你应该阅读的

中国名家经典散文

朱自清 等 著

叶紫 主编

百花洲文艺出版社

图书在版编目（CIP）数据

你应该阅读的中国名家经典散文 /朱自清等著；叶紫主
编. —南昌：百花洲文艺出版社，2018.3
ISBN 978-7-5500-2607-0

Ⅰ.①你… Ⅱ.①朱… ②叶… Ⅲ.①散文集-中国
-近现代 Ⅳ.①I265

中国版本图书馆 CIP 数据核字（2017）第 324596 号

你应该阅读的中国名家经典散文

朱自清 等 著 叶紫 主编

出 版 人	姚雪雪	
出 品 人	杨建峰	
责任编辑	余丽丽	
美术编辑	松 雪	王 进
制 作	王 进	
出版发行	百花洲文艺出版社	
社 址	南昌市红谷滩世贸路 898 号博能中心 A 座 20 楼	
邮 编	330038	
经 销	全国新华书店	
印 刷	河北鹏润印刷有限公司	
开 本	880mm×1230mm 1/32 印张 14	
版 次	2018 年 3 月第 1 版第 1 次印刷	
字 数	320 千字	
书 号	ISBN 978-7-5500-2607-0	
定 价	42.00 元	

赣版权登字 05-2017-551

邮购联系 0791-86895108
网 址 http://www.bhzwy.com
图书若有印装错误，影响阅读，可向承印厂联系调换。

前　言

散文是与诗歌、小说、戏剧并列的一种文学体裁，是最自由的文体，它不讲究音韵，也不讲究排比，更没有任何的束缚及限制。无数中外文学大师以敏锐的观察力和多情悲悯的情愫、情怀，写下了无数字字珠玑、文采斐然、脍炙人口的散文名篇。

现代散文的概念和内涵是鲁迅和很多的作家借助日本和英法等国的随笔体、絮语体、谈话体散文建立的。鲁迅说："到五四运动的时候，才又来了一个展开，散文小品的成功几乎在小说、戏曲和诗歌之上。这之中，自然含着挣扎和战斗，但因为常常取法于英国的随笔（Essay），所以也带一点幽默和雍容；写法也有漂亮和缜密的，这是为了对于旧文学的示威，在表示旧文学之自以为特长者，白话文学也并非做不到。"

上个世纪的一百年中，如鲁迅所说，中国文坛上"散文小品的成功，几乎在小说、戏曲和诗歌之上"。鲁迅的沉郁雄浑、朱自清的淳朴淡泊、沈从文的轻灵曼妙……这一时期的散文，可谓经典层出。经典的魅力是经得住时间的考验的，我们有幸拥有了一批最伟大的经典散文，这是我们共同的心灵氧吧。一个人在其一生中，阅读一定数量的经典散文，不仅可以汲取其中的思想精华和学习作者的写作技巧，而且还可以获得美的享受，净化心灵，陶冶情操，提高审美能力和鉴赏能力。

好的经典散文，应该像一杯好茶，看着舒雅，品之润心。泡在杯里，茶叶慢慢地舒展开来，犹如一位翩翩起舞的少女，姿态优美，每一个动作都蕴含着力度之美，乐感之美；随之，那清清的水飘浮起一片淡淡的绿色，犹如一个顽皮的孩童很随意地划动彩笔，水就在瞬息幻化中，走向绿色的世界。一股淡淡的清香犹如袅袅升起的炊烟，撩拨起心中的欲想。于是情不自禁地品上一口，那几许苦涩，几许甘甜，从口中一直传至心田，从而净化我们的心灵，陶冶我们的性情。

中国经典散文争奇斗艳，异彩纷呈。为了让读者在最短的时间内获得最佳的阅读效果，我们在参考诸多名家推荐的基础上，组织编纂了这本《你应该阅读的中国名家经典散文》，所选作品都是思想性、艺术性俱佳的名家名作。这些作品或者是怀乡思远，心愿难了，婉转缠绵；或者是置身美景，赏心悦目，胸怀舒畅；或者是境遇变迁，感时伤世，忧国忧民；或者是赏玩爱物，历数细节，歌咏叹息；或者是缅怀挚友爱妻，生离死别，心绪奔腾。总之，囊括世事，情怀万种，一言难尽。这些作品不仅为读者提供了一个参考、学习、研究的范本，还能使读者领略到文学艺术的神奇魅力，从中汲取文学大师们的人生智慧。

散文是我们的良师益友，它感染着我们，激励着我们，改变着我们。阅读散文，使我们和名家做零距离的接触和交流，更在境界、品位和文采上提升自己，同时我们也能以名家充满真性情的作品为镜子，照见自己，了解自己，指导自己，找到为人处世的标尺，汲取更多的心灵营养，获取独特的审美体验。

2018 年 3 月

目　录

从百草园到三味书屋

鲁迅①

我家的后面有一个很大的园，相传叫作百草园。 现在是早已并屋子一起卖给朱文公的子孙了，连那最末次的相见也已经隔了七八年，其中似乎确凿只有一些野草；但那时却是我的乐园。

不必说碧绿的菜畦，光滑的石井栏，高大的皂荚树，紫红的桑椹；也不必说鸣蝉在树叶里长吟，肥胖的黄蜂伏在菜花上，轻捷的叫天子（云雀）忽然从草间直窜向云霄里去了。 单是周围的短短的泥墙根一带，就有无限趣味。 油蛉在这里低唱，蟋蟀们在这里弹琴。 翻开断砖来，有时会遇见蜈蚣；还有斑蝥，倘若用手指按住它的脊梁，便会拍的一声，从后窍喷出一阵烟雾。 何首乌藤和木莲藤缠络着，木莲有莲房一般的果实，何首乌有拥肿的根。 有人说，何首乌根是有像人形的，吃了便可以成仙，我于是常常拔它起来，牵连不断地拔起来，也曾因此弄坏了泥墙，却从来没有见过有一块根像人样。 如果不怕刺，还可以摘到覆盆子，像小珊瑚珠攒成的小球，又酸又甜，色味都比桑椹要好得远。

长的草里是不去的，因为相传这园里有一条很大的赤练蛇。

---

① 鲁迅（1881—1936）浙江绍兴人。 原名周樟寿，字豫才，后取名树人，"鲁迅"是发表《狂人日记》时用的笔名，后一直沿用。 主要著作有《呐喊》《彷徨》《故事新编》等小说集，散文诗集《野草》，散文集《朝花夕拾》，《坟》《华盖集》《二心集》《伪自由书》《且介亭杂文》等杂文集。 鲁迅作品风格冷峻，有浓重的反讽色彩，为中国文学作品中的经典。

长妈妈曾经讲给我一个故事听：先前，有一个读书人住在古庙里用功，晚间，在院子里纳凉的时候，突然听到有人在叫他。答应着，四面看时，却见一个美女的脸露在墙头上，向他一笑，隐去了。他很高兴；但竟给那走来夜谈的老和尚识破了机关。说他脸上有些妖气，一定遇见"美女蛇"了；这是人首蛇身的怪物，能唤人名，倘一答应，夜间便要来吃这人的肉的。他自然吓得要死，而那老和尚却道无妨，给他一个小盒子，说只要放在枕边，便可高枕而卧。他虽然照样办，却总是睡不着——当然睡不着的。到半夜，果然来了，沙沙沙！门外像是风雨声。他正抖作一团时，却听得豁的一声，一道金光从枕边飞出，外面便什么声音也没有了，那金光也就飞回来，敛在盒子里。后来呢？后来，老和尚说，这是飞蜈蚣，它能吸蛇的脑髓，美女蛇就被它治死了。

结末的教训是：所以倘有陌生的声音叫你的名字，你万不可答应他。

这故事很使我觉得做人之险，夏夜乘凉，往往有些担心，不敢去看墙上，而且极想得到一盒老和尚那样的飞蜈蚣。走到百草园的草丛旁边时，也常常这样想。但直到现在，总还是没有得到，但也没有遇见过赤练蛇和美女蛇。叫我名字的陌生声音自然是常有的，然而都不是美女蛇。

冬天的百草园比较的无味；雪一下，可就两样了。拍雪人（将自己的全形印在雪上）和塑雪罗汉需要人们鉴赏，这是荒园，人迹罕至，所以不相宜，只好来捕鸟。薄薄的雪，是不行的；总须积雪盖了地面一两天，鸟雀们久已无处觅食的时候才好。扫开一块雪，露出地面，用一枝短棒支起一面大的竹筛来，下面撒些秕谷，棒上系一条长绳，人远远地牵着，看鸟雀下来啄食，走到竹筛底下的时候，将绳子一拉，便罩住了。但所得的是麻雀居多，也有白颊的"张飞鸟"，性子很躁，养不过夜的。

这是闰土的父亲所传授的方法，我却不大能用。 明明见它们进去了，拉了绳，跑去一看，却什么都没有，费了半天力，捉住的不过三四只。 闰土的父亲是小半天便能捕获几十只，装在叉袋里叫着撞着的。 我曾经问他得失的缘由，他只静静地笑道：你太性急，来不及等它走到中间去。

我不知道为什么家里的人要将我送进书塾里去了，而且还是全城中称为最严厉的书塾。 也许是因为拔何首乌毁了泥墙罢，也许是因为将砖头抛到间壁的梁家去了罢，也许是因为站在石井栏上跳了下来罢……都无从知道。 总而言之：我将不能常到百草园了。Ade，我的蟋蟀们！ Ade，我的覆盆子们和木莲们！……

出门向东，不上半里，走过一道石桥，便是我的先生的家了。从一扇黑油的竹门进去，第三间是书房。 中间挂着一块匾道：三味书屋；匾下面是一幅画，画着一只很肥大的梅花鹿伏在古树下。没有孔子牌位，我们便对着那匾和鹿行礼。 第一次算是拜孔子，第二次算是拜先生。

第二次行礼时，先生便和蔼地在一旁答礼。 他是一个高而瘦的老人，须发都花白了，还戴着大眼镜。 我对他很恭敬，因为我早听到，他是本城中极方正、质朴、博学的人。

不知从那里听来的，东方朔也很渊博，他认识一种虫，名曰"怪哉"，冤气所化，用酒一浇，就消释了。 我很想详细地知道这故事，但阿长是不知道的，因为她毕竟不渊博。 现在得到机会了，可以问先生。

"先生，'怪哉'这虫，是怎么一回事？ ……"我上了生书，将要退下来的时候，赶忙问。

"不知道！"他似乎很不高兴，脸上还有怒色了。

我才知道做学生是不应该问这些事的，只要读书，因为他是渊博的宿儒，绝不至于不知道，所谓不知道者，乃是不愿意说。　年纪比我大的人，往往如此，我遇见过好几回了。

我就只读书，正午习字，晚上对课。　先生最初这几天对我很严厉，后来却好起来了，不过给我读的书渐渐加多，对课也渐渐地加上字去，从三言到五言，终于到七言。

三味书屋后面也有一个园，虽然小，但在那里也可以爬上花坛去折腊梅花，在地上或桂花树上寻蝉蜕。　最好的工作是捉了苍蝇喂蚂蚁，静悄悄地没有声音。　然而同窗们到园里的太多，太久，可就不行了，先生在书房里便大叫起来：

"人都到哪里去了？！"

人们便一个一个陆续走回去；一同回去，也不行的。　他有一条戒尺，但是不常用，也有罚跪的规则，但也不常用，普通总不过瞪几眼，大声道：

"读书！"

于是大家放开喉咙读一阵书，真是人声鼎沸。　有念"仁远乎哉我欲仁斯仁至矣"的，有念"笑人齿缺曰狗窦大开"的，有念"上九潜龙勿用"的，有念"厥土下上上错厥贡苞茅橘柚"的……先生自己也念书。　后来，我们的声音便低下去，静下去了，只有他还大声朗读着：

"铁如意，指挥倜傥，一座皆惊呢～～；金叵罗，颠倒淋漓噫，千杯未醉嗬～～～……"

我疑心这是极好的文章，因为读到这里，他总是微笑起来，而且将头仰起，摇着，向后面拗过去，拗过去。

先生读书入神的时候，于我们是很相宜的。　有几个便用纸糊的盔甲套在指甲上做戏。　我是画画儿，用一种叫作"荆川纸"

的，蒙在小说的绣像上一个个描下来，像习字时候的影写一样。读的书多起来，画的画也多起来；书没有读成，画的成绩却不少了，最成片段的是《荡寇志》和《西游记》的绣像，都有一大本。后来，因为要钱用，卖给一个有钱的同窗了。他的父亲是开锡箔店的；听说现在自己已经做了店主，而且快要升到绅士的地位了。这东西早已没有了罢。

范爱农

鲁迅

在东京的客店里，我们大抵一起来就看报。学生所看的多是《朝日新闻》和《读卖新闻》，专爱打听社会上琐事的就看《二六新闻》。一天早晨，劈头就看见一条从中国来的电报，大概是：

"安徽巡抚恩铭被 Jo Shiki Rin 刺杀，刺客就擒。"

大家一怔之后，便容光焕发地互相告语，并且研究这刺客是谁，汉字是怎样三个字。但只要是绍兴人，又不专看教科书的，却早已明白了。这是徐锡麟，他留学回国之后，在做安徽候补道，办着巡警事务，正合于刺杀巡抚的地位。

大家接着就预测他将被极刑，家族将被连累。不久，秋瑾姑娘在绍兴被杀的消息也传来了，徐锡麟是被挖了心，给恩铭的亲兵炒食净尽。人心很愤怒。有几个人便秘密地开一个会，筹集川资；这时用得着日本浪人了，撕乌贼鱼下酒，慷慨一通之后，他便登程去接徐伯荪的家属去。

照例还有一个同乡会，吊烈士，骂满洲；此后便有人主张打电报到北京，痛斥满政府的无人道。 会众即刻分成两派：一派要发电，一派不要发。 我是主张发电的，但当我说出之后，即有一种钝滞的声音跟着起来：

"杀的杀掉了，死的死掉了，还发什么屁电报呢。"

这是一个高大身材，长头发，眼球白多黑少的人，看人总像在渺视。 他蹲在席子上，我发言大抵就反对；我早觉得奇怪，注意着他的了，到这时才打听别人：说这话的是谁呢，有那么冷？ 认识的人告诉我说：他叫范爱农，是徐伯荪的学生。

我非常愤怒了，觉得他简直不是人，自己的先生被杀了，连打一个电报还害怕，于是便坚执地主张要发电，同他争起来。 结果是主张发电的居多数，他屈服了。 其次要推出人来拟电稿。

"何必推举呢？ 自然是主张发电的人啰。"他说。

我觉得他的话又在针对我，无理倒也并非无理的。 但我便主张这一篇悲壮的文章必须深知烈士生平的人做，因为他比别人关系更密切，心里更悲愤，做出来就一定更动人。 于是又争起来。 结果是他不做，我也不做，不知谁承认做去了；其次是大家走散，只留下一个拟稿的和一两个干事，等候做好之后去拍发。

从此我总觉得这范爱农离奇，而且很可恶。 天下可恶的人，当初以为是满人，这时才知道还在其次；第一倒是范爱农。 中国不革命则已，要革命，首先就必须将范爱农除去。

然而这意见后来似乎逐渐淡薄，到底忘却了，我们从此也没有再见面。 直到革命的前一年，我在故乡做教员，大概是春末时候罢，忽然在熟人的客座上看见了一个人，互相熟视了不过两三秒钟，我们便同时说：

"哦哦，你是范爱农！"

"哦哦，你是鲁迅！"

不知怎地我们便都笑了起来，是互相的嘲笑和悲哀。他眼睛还是那样，然而奇怪，只这几年，头上却有了白发了，但也许本来就有，我先前没有留心到。他穿着很旧的布马褂，破布鞋，显得很寒素。谈起自己的经历来，他说他后来没有了学费，不能再留学，便回来了。回到故乡之后，又受着轻蔑，排斥，迫害，几乎无地可容。现在是躲在乡下，教着几个小学生糊口。但因为有时觉得很气闷，所以也乘了航船进城来。

　　他又告诉我现在爱喝酒，于是我们便喝酒。从此他每一进城，必定来访我，非常相熟了。我们醉后常谈些愚不可及的疯话，连母亲偶然听到了也发笑。一天我忽而记起在东京开同乡会时的旧事，便问他：

　　“那一天你专门反对我，而且故意似的，究竟是什么缘故呢？”

　　“你还不知道？我一向就讨厌你的——不但我，我们。”

　　“你那时之前，早知道我是谁么？”

　　“怎么不知道。我们到横滨，来接的不就是子英和你么？你看不起我们，摇摇头，你自己还记得么？”

　　我略略一想，记得的，虽然是七八年前的事。那时是子英来约我的，说到横滨去接新来留学的同乡。汽船一到，看见一大堆，大概一共有十多人，一上岸便将行李放到税关上去候查检，关吏在衣箱中翻来翻去，忽然翻出一双绣花的弓鞋来，便放下公事，拿着仔细地看。我很不满，心里想，这些鸟男人，怎么带这东西来呢。自己不注意，那时也许就摇了摇头。检验完毕，在客店小坐之后，即须上火车。不料这一群读书人又在客车上让起坐位来了，甲要乙坐在这位上，乙要丙去坐，揖让未终，火车已开，车身一摇，即刻跌倒了三四个。我那时也很不满，暗地里想：连火车上的坐位，他们也要分出尊卑来……自己不注意，也许又摇了摇头。 然而那群雍容揖让的人物中就有范爱农，却直到这一天才想到。 岂但他呢，说起来也惭愧，这一群里，还有后来在安徽战死的陈伯平烈士，被害的马宗汉烈士；被囚在黑狱里，到革命后才见天日而身上永带着匪刑的伤痕的也还有一两人。 而我都茫无所知，摇着头将他们一并运上东京了。 徐伯荪虽然和他们同船来，却不在这车上，因为他在神户就和他的夫人坐车走了陆路了。

我想我那时摇头大约有两回，他们看见的不知道是哪一回。让坐时喧闹，检查时幽静，一定是在税关上的那一回了，试问爱农，果然是的。

“我真不懂你们带这东西做什么？ 是谁的？”

“还不是我们师母的？”他瞪着他多白的眼。

“到东京就要假装大脚，又何必带这东西呢？”

“谁知道呢？ 你问她去。”

到冬初，我们的景况更拮据了，然而还喝酒，讲笑话。 忽然是武昌起义，接着是绍兴光复。 第二天爱农就上城来，戴着农夫常用的毡帽，那笑容是从来没有见过的。

“老迅，我们今天不喝酒了。 我要去看看光复的绍兴。 我们同去。”

我们便到街上去走了一通，满眼是白旗。 然而貌虽如此，内骨子是依旧的，因为还是几个旧乡绅所组织的军政府，什么铁路股东是行政司长，钱店掌柜是军械司长……这军政府也到底不长久，几个少年一嚷，王金发带兵从杭州进来了，但即使不嚷或者也会来。 他进来以后，也就被许多闲汉和新进的革命党所包围，大做王都督。 在衙门里的人物，穿布衣来的，不上十天也大概换上皮袍子了，天气还并不冷。

我被摆在师范学校校长的饭碗旁边，王都督给了我校款二百元。 爱农做监学，还是那件布袍子，但不大喝酒了，也很少有工夫谈闲天。 他办事，兼教书，实在勤快得可以。

"情形还是不行，王金发他们。"一个去年听过我的讲义的少年来访问我，慷慨地说，"我们要办一种报来监督他们。 不过发起人要借用先生的名字。 还有一个是子英先生，一个是德清先生。 为社会，我们知道你决不推却的。"

我答应他了。 两天后便看见出报的传单，发起人诚然是三个。 五天后便见报，开首便骂军政府和那里面的人员；此后是骂都督，都督的亲戚，同乡，姨太太……

这样地骂了十多天，就有一种消息传到我的家里来，说都督因为你们诈取了他的钱，还骂他，要派人用手枪来打死你们了。

别人倒还不打紧，第一个着急的是我的母亲，叮嘱我不要再出去。 但我还是照常走，并且说明，王金发是不来打死我们的，他虽然绿林大学出身，而杀人却不很轻易。 况且我拿的是校款，这一点他还能明白的，不过说说罢了。

果然没有来杀。 写信去要经费，又取了二百元。 但仿佛有些怒意，同时传令道：再来要，没有了！

不过爱农得到了一种新消息，却使我很为难。 原来所谓"诈取"者，并非指学校经费而言，是指另有送给报馆的一笔款。 报纸上骂了几天之后，王金发便叫人送去了五百元。 于是乎我们的少年们便开起会议来，第一个问题是：收不收？ 决议曰：收。 第二个问题是：收了之后骂不骂？ 决议曰：骂。 理由是：收钱之后，他是股东；股东不好，自然要骂。

我即刻到报馆去问这事的真假。 都是真的。 略说了几句不该收他钱的话，一个名为会计的便不高兴了，质问我道：

"报馆为什么不收股本？"

"这不是股本……"

"不是股本是什么？"

我就不再说下去了，这一点世故是早已知道的，倘我再说出连累我们的话来，他就会面斥我太爱惜不值钱的生命，不肯为社会牺牲，或者明天在报上就可以看见我怎样怕死发抖的记载。

然而事情很凑巧，季弗写信来催我往南京了。爱农也很赞成，但颇凄凉，说：

"这里又是那样，住不得。你快去罢……"

我懂得他无声的话，决计往南京。先到都督府去辞职，自然照准，派来了一个拖鼻涕的接收员，我交出账目和余款一角又两铜元，不是校长了。后任是孔教会会长傅力臣。

报馆案是我到南京后两三个星期了结的，被一群兵们捣毁。子英在乡下，没有事；德清适值在城里，大腿上被刺了一尖刀。他大怒了。自然，这是很有些痛的，怪他不得。他大怒之后，脱下衣服，照了一张照片，以显示一寸来宽的刀伤，并且做一篇文章叙述情形，向各处分送，宣传军政府的横暴。我想，这种照片现在是大约未必还有人收藏着了，尺寸太小，刀伤缩小到几乎等于无，如果不加说明，看见的人一定以为是带些疯气的风流人物的裸体照片，倘遇见孙传芳大帅，还怕要被禁止的。

我从南京移到北京的时候，爱农的学监也被孔教会会长的校长设法去掉了。他又成了革命前的爱农。我想为他在北京寻一点小事做，这是他非常希望的，然而没有机会。他后来便到一个熟人的家里去寄食，也时时给我信，景况愈困穷，言辞也愈凄苦。终于又非走出这熟人的家不可，便在各处飘浮。不久，忽然从同乡那里得到一个消息，说他已经掉在水里，淹死了。

我疑心他是自杀。因为他是浮水的好手，不容易淹死的。

夜间独坐在会馆里，十分悲凉，又疑心这消息并不确，但无端又觉得这是极其可靠的，虽然并无证据。一点法子都没有，只做了四首诗，后来曾在一种日报上发表，现在是将要忘记完了。只记得一首里的六句，起首四句是："把酒论天下，先生小酒人。大圜犹酩酊，微醉合沉沦。"中间忘掉两句，末了是"旧朋云散尽，余亦等轻尘"。

后来我回故乡去，才知道一些较为详细的事。爱农先是什么事也没得做，因为大家讨厌他。他很困难，但还喝酒，是朋友请他的。他已经很少和人们来往，常见的只剩下几个后来认识的较为年青的人了，然而他们似乎也不愿意多听他的牢骚，以为不如讲笑话有趣。

"也许明天就收到一个电报，拆开来一看，是鲁迅来叫我的。"他时常这样说。

一天，几个新的朋友约他坐船去看戏，回来已过夜半，又是大风雨，他醉着，却偏要到船舷上去小解。大家劝阻他，也不听，自己说是不会掉下去的。但他掉下去了，虽然能浮水，却从此不起来。

第二天打捞尸体，是在菱荡里找到的，直立着。

我至今不明白他究竟是失足还是自杀。

他死后一无所有，遗下一个幼女和他的夫人。有几个人想集一点钱作他女孩将来的学费的基金，因为一经提议，即有族人来争这笔款的保管权——其实还没有这笔款——大家觉得无聊，便无形消散了。

现在不知他唯一的女儿景况如何？倘在上学，中学已该毕业了罢。

忆刘半农君

鲁迅

这是小峰出给我的一个题目。

这题目并不出得过分。半农去世，我是应该哀悼的，因为他也是我的老朋友。但是，这是十来年前的话了，现在呢，可难说得很。

我已经忘记了怎么和他初次会面，以及他怎么能到了北京。他到北京，恐怕是在《新青年》投稿之后，由蔡子民先生或陈独秀先生去请来的，到了之后，当然更是《新青年》里的一个战士。他活泼、勇敢，很打了几次大仗。譬如罢，答王敬轩的双镄信，"她"字和"牠"字的创造，就都是的。这两件，现在看起来，自然是琐屑得很，但那是十多年前，单是提倡新式标点，就会有一大群人"若丧考妣"，恨不得"食肉寝皮"的时候，所以的确是"大仗"。现在的二十岁左右的青年，大约很少有人知道三十年前，单是剪下辫子就会坐牢或杀头的了。然而这曾经是事实。

但半农的活泼，有时颇近于草率，勇敢也有失之无谋的地方。但是，要商量袭击敌人的时候，他还是好伙伴，进行之际，心口并不相应，或者暗暗的给你一刀，他是决不会的。倘若失了算，那是因为没有算好的缘故。

《新青年》每出一期，就开一次编辑会，商定下一期的稿件。其时最惹我注意的是陈独秀和胡适之。假如将韬略比作一间仓库罢，独秀先生的是外面竖一面大旗，大书道："内皆武器，来者小心！"但那门却开着的，里面有几枝枪、几把刀，一目了然，用不着提防。适之先生的是紧紧的关着门，门上粘一张小纸条道："内无武器，请勿疑虑。"这自然可以是真的，但有些人——至少是我这样的人——有时总不免要侧着头想一想。半农却是令人不觉其有"武库"的一个人，所以我佩服陈胡，却亲近半农。

所谓亲近，不过是多谈闲天，一多谈，就露出了缺点。几乎有一年多，他没有消失掉从上海带来的才子必有"红袖添香夜读书"的艳福的思想，好容易才给我们骂掉了。但他好像到处都这么的乱说，使有些"学者"皱眉。有时候，连到《新青年》投稿都被排斥。他很勇于写稿，但试去看旧报去，很有几期是没有他的。那些人们批评他的为人，是：浅。

不错，半农确是浅。但他的浅，却如一条清溪，澄澈见底，纵有多少沉渣和腐草，也不掩其大体的清。倘使装的是烂泥，一时就看不出它的深浅来了；如果是烂泥的深渊呢，那就更不如浅一点的好。

但这些背后的批评，大约是很伤了半农的心的，他的到法国留学，我疑心大半就为此。我最懒于通信，从此我们就疏远起来了。他回来时，我才知道他在外国钞古书，后来也要标点《何典》，我那时还以老朋友自居，在序文上说了几句老实话，事后，才知道半农颇不高兴了，"驷不及舌"，也没有法子。另外还有一回关于《语丝》的彼此心照的不快活。五六年前，曾在上海的宴会上见过一回面，那时候，我们几乎已经无话可谈了。

近几年，半农渐渐的据了要津，我也渐渐的更将他忘却；但从报章上看见他禁称"蜜斯"之类，却很起了反感：我以为这些事情是不必半农来做的。从去年来，又看见他不断地做打油诗，弄烂古文，回想先前的交情，也往往不免长叹。我想，假如见面，而我还以老朋友自居,不给一个"今天天气……哈哈哈"完事,那就也许会弄到冲突的罢。

不过,半农的忠厚,是还使我感动的。 我前年曾到北平,后来有人通知我,半农是要来看我的,有谁恐吓了他一下,不敢来了。这使我很惭愧,因为我到北平后,实在未曾有过访问半农的心思。

现在他死去了,我对于他的感情,和他生时也并无变化。 我爱十年前的半农,而憎恶他的近几年。 这憎恶是朋友的憎恶,因为我希望他常是十年前的半农,他的为战士,即使"浅"罢,却于中国更为有益。 我愿以愤火照出他的战绩,免使一群陷沙鬼将他先前的光荣和死尸一同拖入烂泥的深渊。

记念刘和珍君

鲁迅

一

一九二六年三月二十五日,就是国立北京女子师范大学为十八日在段祺瑞执政府前遇害的刘和珍杨德群两君开追悼会的那一天,我独在礼堂外徘徊,遇见程君,前来问我道,"先生可曾为刘和珍写了一点什么没有?"我说"没有"。 她就正告我,"先生还是写一点罢;刘和珍生前就很爱看先生的文章。"

这是我知道的,凡我所编辑的期刊,大概是因为往往有始无终之故罢,销行一向就甚为寥落,然而在这样的生活艰难中,毅然预定了《莽原》全年的就有她。 我也早觉得有写一点东西的必要了，这虽然于死者毫不相干，但在生者，却大抵只能如此而已。倘使我能够相信真有所谓"在天之灵"，那自然可以得到更大的安慰——但是，现在，却只能如此而已。

可是我实在无话可说。 我只觉得所住的并非人间。 四十多个青年的血，洋溢在我的周围，使我艰于呼吸视听，哪里还能有什么言语？ 长歌当哭，是必须在痛定之后的。 而此后几个所谓学者文人的阴险的论调，尤使我觉得悲哀。 我已经出离愤怒了。 我将深味这非人间的浓黑的悲凉；以我的最大哀痛显示于非人间，使它们快意于我的苦痛，就将这作为后死者的菲薄的祭品，奉献于逝者的灵前。

二

真的猛士，敢于直面惨淡的人生，敢于正视淋漓的鲜血。 这是怎样的哀痛者和幸福者？ 然而造化又常常为庸人设计，以时间的流驶，来洗涤旧迹，仅使留下淡红的血色和微漠的悲哀。 在这淡红的血色和微漠的悲哀中，又给人暂得偷生，维持着这似人非人的世界。 我不知道这样的世界何时是一个尽头！

我们还在这样的世上活着；我也早觉得有写一点东西的必要了。 离三月十八日也已有两星期，忘却的救主快要降临了罢，我正有写一点东西的必要了。

三

在四十余被害的青年之中，刘和珍君是我的学生。 学生云者，我向来这样想，这样说，现在却觉得有些踌躇了，我应该对她奉献我的悲哀与尊敬。 她不是"苟活到现在的我"的学生，是为了中国而死的中国的青年。

她的姓名第一次为我所见，是在去年夏初杨荫榆女士做女子师范大学校长，开除校中六个学生自治会职员的时候。其中的一个就是她；但是我不认识。直到后来，也许已经是刘百昭率领男女武将，强拖出校之后了，才有人指着一个学生告诉我，说：这就是刘和珍。其时我才能将姓名和实体联合起来，心中却暗自诧异。我平素想，能够不为势利所屈，反抗一广有羽翼的校长的学生，无论如何，总该是有些桀骜锋利的，但她却常常微笑着，态度很温和。待到偏安于宗帽胡同，赁屋授课之后，她才始来听我的讲义，于是见面的回数就较多了，也还是始终微笑着，态度很温和。待到学校恢复旧观，往日的教职员以为责任已尽，准备陆续引退的时候，我才见她虑及母校前途，黯然至于泣下。此后似乎就不相见。总之，在我的记忆上，那一次就是永别了。

四

我在十八日早晨，才知道上午有群众向执政府请愿的事；下午便得到噩耗，说卫队居然开枪，死伤至数百人，而刘和珍君即在遇害者之列。但我对于这些传说，竟至于颇为怀疑。我向来是不惮以最坏的恶意，来推测中国人的，然而我还不料，也不信竟会下劣凶残到这地步。况且始终微笑着的和蔼的刘和珍君，更何至于无端在府门前喋血呢？

然而即日证明是事实了，作证的便是她自己的尸骸。还有一具，是杨德群君的。而且又证明着这不但是杀害，简直是虐杀，因为身体上还有棍棒的伤痕。

但段政府就有令，说她们是"暴徒"！

但接着就有流言，说她们是受人利用的。

惨象，已使我目不忍视了；流言，尤使我耳不忍闻。我还有什么话可说呢？ 我懂得衰亡民族之所以默无声息的缘由了。 沉默呵，沉默呵！不在沉默中爆发，就在沉默中灭亡。

五

但是，我还有要说的话。

我没有亲见；听说，她，刘和珍君，那时是欣然前往的。 自然，请愿而已，稍有人心者，谁也不会料到有这样的罗网。 但竟在执政府前中弹了，从背部入，斜穿心肺，已是致命的创伤，只是没有便死。 同去的张静淑君想扶起她，中了四弹，其一是手枪，立仆；同去的杨德群君又想去扶起她，也被击，弹从左肩入，穿胸偏右出，也立仆。 但她还能坐起来，一个兵在她头部及胸部猛击两棍，于是死掉了。

始终微笑的和蔼的刘和珍君确是死掉了，这是真的，有她自己的尸骸为证；沉勇而友爱的杨德群君也死掉了，有她自己的尸骸为证；只有一样沉勇而友爱的张静淑君还在医院里呻吟。 当三个女子从容地转辗于文明人所发明的枪弹的攒射中的时候，这是怎样的一个惊心动魄的伟大呵！中国军人的屠戮妇婴的伟绩，八国联军的惩创学生的武功，不幸全被这几缕血痕抹杀了。

但是中外的杀人者却居然昂起头来，不知道个个脸上有着血污……

六

时间永是流驶，街市依旧太平，有限的几个生命，在中国是不算什么的，至多，不过供无恶意的闲人以饭后的谈资，或者给有恶意的闲人作"流言"的种子。 至于此外的深的意义，我总觉得很寥寥，因为这实在不过是徒手的请愿。 人类的血战前行的历史，正如煤的形成，当时用大量的木材，结果却只是一小块，但请愿是不在其中的，更何况是徒手。

然而既然有了血痕了，当然不觉要扩大。至少，也当浸渍了亲族、师友、爱人的心，纵使时光流驶，洗成绯红，也会在微漠的悲哀中永存微笑的和蔼的旧影。陶潜说过，"亲戚或余悲，他人亦已歌，死去何所道，托体同山阿。"倘能如此，这也就够了。

七

我已经说过：我向来是不惮以最坏的恶意来推测中国人的。但这回却很有几点出于我的意外。一是当局者竟会这样地凶残，一是流言家竟至如此之下劣，一是中国的女性临难竟能如是之从容。

我目睹中国女子的办事，是始于去年的，虽然是少数，但看那干练坚决、百折不回的气概，曾经屡次为之感叹。至于这一回在弹雨中互相救助，虽殒身不恤的事实，则更足为中国女子的勇毅，虽遭阴谋秘计，压抑至数千年，而终于没有消亡的明证了。倘要寻求这一次死伤者对于将来的意义，意义就在此罢。

苟活者在淡红的血色中，会依稀看见微茫的希望；真的猛士，将更奋然而前行。

呜呼，我说不出话，但以此记念刘和珍君！

秋　夜

鲁迅

在我的后园，可以看见墙外有两株树，一株是枣树，还有一株也是枣树。

这上面的夜的天空，奇怪而高，我生平没有见过这样的奇怪而高的天空。 他仿佛要离开人间而去，使人们仰面不再看见。 然而现在却非常之蓝，闪闪地眽着几十个星星的眼，冷眼。 他的口角上现出微笑，似乎自以为大有深意，而将繁霜洒在我的园里的野花草上。

我不知道那些花草真叫什么名字，人们叫他们什么名字。 我记得有一种开过极细小的粉红花，现在还开着，但是更极细小了，她在冷的夜气中，瑟缩地做梦，梦见春的到来，梦见秋的到来，梦见瘦的诗人将眼泪擦在她最末的花瓣上，告诉她秋虽然来，冬虽然来，而此后接着还是春，胡蝶乱飞，蜜蜂都唱起春词来了。 她于是一笑，虽然颜色冻得红惨惨地，仍然瑟缩着。

枣树，他们简直落尽了叶子。 先前，还有一两个孩子来打他们别人打剩的枣子，现在是一个也不剩了，连叶子也落尽了。 他知道小粉红花的梦，秋后要有春；他也知道落叶的梦，春后还是秋。 他简直落尽叶子，单剩干子，然而脱了当初满树是果实和叶子时候的弧形，欠伸得很舒服。 但是，有几枝还低亚着，护定他从打枣的竿梢所得的皮伤，而最直最长的几枝，却已默默地铁似的直刺着奇怪而高的天空，使天空闪闪地鬼眽眼；直刺着天空中圆满的月亮，使月亮窘得发白。

鬼眽眼的天空越加非常之蓝，不安了，仿佛想离去人间，避开枣树，只将月亮剩下。 然而月亮也暗暗地躲到东边去了。 而一无所有的干子，却仍然默默地铁似的直刺着奇怪而高的天空，一意要制他的死命，不管他各式各样地眽着许多蛊惑的眼睛。

哇的一声，夜游的恶鸟飞过了。

我忽而听到夜半的笑声，吃吃地，似乎不愿意惊动睡着的人，然而四周的空气都应和着笑。 夜半，没有别的人，我即刻听出这声音就在我嘴里，我也即刻被这笑声所驱逐，回进自己的房。 灯火的带子也即刻被我旋高了。

后窗的玻璃上丁丁地响，还有许多小飞虫乱撞。 不多久，几个进来了，许是从窗纸的破孔进来的。 他们一进来，又在玻璃的灯罩上撞得丁丁地响。 一个从上面撞进去了，他于是遇到火，而且我以为这火是真的。 两三个却休息在灯的纸罩上喘气。 那罩是昨晚新换的罩，雪白的纸，折出波浪纹的叠痕，一角还画出一枝猩红色的栀子。

猩红的栀子开花时，枣树又要做小粉红花的梦，青葱地弯成弧形了……我又听到夜半的笑声；我赶紧砍断我的心绪，看那老在白纸罩上的小青虫，头大尾小，向日葵子似的，只有半粒小麦那么大，遍身的颜色苍翠得可爱，可怜。

我打一个呵欠，点起一支纸烟，喷出烟来，对着灯默默地敬奠这些苍翠精致的英雄们。

灯下漫笔

鲁迅

一

有一时，就是民国二三年时候，北京的几个国家银行的钞票，信用日见其好了，真所谓蒸蒸日上。 听说连一向执迷于现银的乡下人，也知道这既便当，又可靠，很乐意收受，行使了。 至于稍明事理的人，则不必是"特殊知识阶级"，也早不将沉重累坠的银元装在怀中，来自讨无谓的苦吃。　想来，除了多少对于银子有特别嗜好和爱情的人物之外，所有的怕大都是钞票了罢，而且多是本国的。　但可惜后来忽然受了一个不小的打击。

就是袁世凯想做皇帝的那一年，蔡松坡先生溜出北京，到云南去起义。　这边所受的影响之一，是中国和交通银行的停止兑现。虽然停止兑现，政府勒令商民照旧行用的威力却还有的；商民也自有商民的老本领，不说不要，却道找不出零钱。　假如拿几十几百的钞票去买东西，我不知道怎样，但倘使只要买一枝笔，一盒烟卷呢，难道就付给一元钞票么？　不但不甘心，也没有这许多票。　那么，换铜元，少换几个罢，又都说没有铜元。　那么，到亲戚朋友那里借现钱去罢，怎么会有？　于是降格以求，不讲爱国了，要外国银行的钞票。　但外国银行的钞票这时就等于现银，他如果借给你这钞票，也就借给你真的银元了。

我还记得那时我怀中还有三四十元的中交票，可是忽而变了一个穷人，几乎要绝食，很有些恐慌。　俄国革命以后的藏着纸卢布的富翁的心情，恐怕也就这样的罢；至多，不过更深更大罢了。我只得探听，钞票可能折价换到现银呢？　说是没有行市。　幸而终于，暗暗地有了行市了：六折几。　我非常高兴，赶紧去卖了一半。　后来又涨到七折了，我更非常高兴，全去换了现银，沉垫垫地坠在怀中，似乎这就是我的性命的斤两。　倘在平时，钱铺子如果少给我一个铜元，我是决不答应的。

但我当一包现银塞在怀中，沉垫垫地觉得安心，喜欢的时候，却突然起了另一思想，就是：我们极容易变成奴隶，而且变了之后，还万分喜欢。

假如有一种暴力，"将人不当人"，不但不当人，还不及牛马，不算什么东西；待到人们羡慕牛马，发生"乱离人，不及太平犬"的叹息的时候，然后给与他略等于牛马的价格，有如元朝定律，打死别人的奴隶，赔一头牛，则人们便要心悦诚服，恭颂太平的盛世。 为什么呢？ 因为他虽不算人，究竟已等于牛马了。

我们不必恭读《钦定二十四史》，或者入研究室，审察精神文明的高超。 只要一翻孩子所读的《鉴略》——还嫌烦重，则看《历代纪元编》，就知道"三千余年古国古"的中华，历来所闹的就不过是这一个小玩艺。 但在新近编纂的所谓"历史教科书"一流东西里，却不大看得明白了，只仿佛说：咱们向来就很好的。

但实际上，中国人向来就没有争到过"人"的价格，至多不过是奴隶，到现在还如此，然而下于奴隶的时候，却是数见不鲜的。中国的百姓是中立的，战时连自己也不知道属于那一面，但又属于无论那一面。 强盗来了，就属于官，当然该被杀掠；官兵既到，该是自家人了罢，但仍然要被杀掠，仿佛又属于强盗似的。 这时候，百姓就希望有一个一定的主子，拿他们去做百姓——不敢，是拿他们去做牛马，情愿自己寻草吃，只求他决定他们怎样跑。

假使真有谁能够替他们决定，定下什么奴隶规则来，自然就"皇恩浩荡"了。 可惜的是往往暂时没有谁能定。 举其大者，则如五胡十六国的时候，黄巢的时候，五代时候，宋末元末时候，除了老例的服役纳粮以外，都还要受意外的灾殃。 张献忠的脾气更古怪了，不服役纳粮的要杀，服役纳粮的也要杀，敌他的要杀，降他的也要杀：将奴隶规则毁得粉碎。 这时候，百姓就希望来一个另外的主子，较为顾及他们的奴隶规则的，无论仍旧，或者新颁，总之是有一种规则，使他们可上奴隶的轨道。

"时日曷丧，予及汝偕亡！"言而已，决心实行的不多见。实际上大概是群盗如麻，纷乱至极之后，就有一个较强，或较聪明，或较狡滑，或是外族的人物出来，较有秩序地收拾了天下。

厘定规则：怎样服役，怎样纳粮，怎样磕头，怎样颂圣。而且这规则是不像现在那样朝三暮四的。于是便"万姓胪欢"了；用成语来说，就叫作"天下太平"。

任凭你爱排场的学者们怎样铺张，修史时候设些什么"汉族发祥时代""汉族发达时代""汉族中兴时代"的好题目，好意诚然是可感的，但措辞太绕湾子了。有更其直捷了当的说法在这里——

一、想做奴隶而不得的时代；

二、暂时做稳了奴隶的时代。

这一种循环，也就是"先儒"之所谓"一治一乱"；那些作乱人物，从后日的"臣民"看来，是给"主子"清道辟路的，所以说："为圣天子驱除云尔。"

现在入了那一时代，我也不了然。但看国学家的崇奉国粹，文学家的赞叹固有文明，道学家的热心复古，可见于现状都已不满了。然而我们究竟正向着那一条路走呢？百姓是一遇到莫名其妙的战争，稍富的迁进租界，妇孺则避入教堂里去了，因为那些地方都比较的"稳"，暂不至于想做奴隶而不得。总而言之，复古的，避难的，无智愚贤不肖，似乎都已神往于三百年前的太平盛世，就是"暂时做稳了奴隶的时代"了。

但我们也就都像古人一样，永久满足于"古已有之"的时代么？都像复古家一样，不满于现在，就神往于三百年前的太平盛世？

自然，也不满于现在的，但是，无须反顾，因为前面还有道路在。而创造这中国历史上未曾有过的第三样时代，则是现在的青年的使命！

二

但是赞颂中国固有文明的人们多起来了，加之以外国人。　我常常想，凡有来到中国的，倘能疾首蹙额而憎恶中国，我敢诚意地捧献我的感谢，因为他一定是不愿意吃中国人的肉的！

鹤见祐辅氏在《北京的魅力》中，记一个白人将到中国，预定的暂住时候是一年，但五年之后，还在北京，而且不想回去了。有一天，他们两人一同吃晚饭——

在圆的桃花心木的食桌前坐定，川流不息地献着山海的珍味，谈话就从古董，画，政治这些开头。电灯上罩着支那式的灯罩，淡淡的光洋溢于古物罗列的屋子中。什么无产阶级呀，Proletariat 呀那些事，就像不过在什么地方刮风。

我一面陶醉在支那生活的空气中，一面深思着对于外人有着"魅力"的这东西。元人也曾征服支那，而被征服于汉人种的生活美了；满人也征服支那，而被征服于汉人种的生活美了。现在西洋人也一样，嘴里虽然说着 Democracy 呀，什么什么呀，而却被魅于支那人费六千年而建筑起来的生活的美。一经住过北京，就忘不掉那生活的味道。大风时候的万丈的沙尘，每三月一回的督军们的开战游戏，都不能抹去这支那生活的魅力。

这些话我现在还无力否认他。　我们的古圣先贤既给与我们保古守旧的格言，但同时也排好了用子女玉帛所做的奉献于征服者的大宴。　中国人的耐劳，中国人的多子，都就是办酒的材料，到现在还为我们的爱国者所自诩的。　西洋人初入中国时，被称为蛮夷，自不免个个蹙额，但是，现在则时机已至，到了我们将曾经献于北魏，献于金，献于元，献于清的盛宴，来献给他们的时候了。出则汽车，行则保护：虽遇清道，然而通行自由的；虽或被劫，然而必得赔偿的；孙美瑶掳去他们站在军前，还使官兵不敢开火。何况在华屋中享用盛宴呢？待到享受盛宴的时候，自然也就是赞颂中国固有文明的时候；但是我们的有些乐观的爱国者，也许反而欣然色喜，以为他们将要开始被中国同化了罢。古人曾以女人作苟安的城堡，美其名以自欺曰"和亲"，今人还用子女玉帛为作奴的贽敬，又美其名曰"同化"。所以倘有外国的谁，到了已有赴宴的资格的现在，而还替我们诅咒中国的现状者，这才是真有良心的真可佩服的人！

但我们自己是早已布置妥帖了，有贵贱，有大小，有上下。自己被人凌虐，但也可以凌虐别人；自己被人吃，但也可以吃别人。一级一级的制驭着，不能动弹，也不想动弹了。因为倘一动弹，虽或有利，然而也有弊。我们且看古人的良法美意罢——

> 天有十日，人有十等。下所以事上，上所以共神也。故王臣公，公臣大夫，大夫臣士，士臣皂，皂臣舆，舆臣隶，隶臣僚，僚臣仆，仆臣台。（《左传》昭公七年）

但是"台"没有臣，不是太苦了么？无须担心的，有比他更卑的妻，更弱的子在。而且其子也很有希望，他日长大，升而为"台"，便又有更卑更弱的妻子，供他驱使了。如此连环，各得其所，有敢非议者，其罪名曰不安分！

虽然那是古事，昭公七年离现在也太辽远了，但"复古家"尽可不必悲观的。太平的景象还在：常有兵燹，常有水旱，可有谁听到大叫唤么？ 打的打，革的革，可有处士来横议么？ 对国民如何专横，向外人如何柔媚，不犹是差等的遗风么？ 中国固有的精神文明，其实并未为共和二字所埋没，只有满人已经退席，和先前稍不同。

因此我们在目前，还可以亲见各式各样的筵宴，有烧烤，有翅席，有便饭，有西餐。 但茅檐下也有淡饭，路傍也有残羹，野上也有饿莩；有吃烧烤的身价不资的阔人，也有饿得垂死的每斤八文的孩子（见《现代评论》二十一期）。 所谓中国的文明者，其实不过是安排给阔人享用的人肉的筵宴。 所谓中国者，其实不过是安排这人肉的筵宴的厨房。 不知道而赞颂者是可恕的，否则，此辈当得永远的诅咒！

外国人中，不知道而赞颂者，是可恕的；占了高位，养尊处优，因此受了蛊惑，昧却灵性而赞叹者，也还可恕的。 可是还有两种，其一是以中国人为劣种，只配悉照原来模样，因而故意称赞中国的旧物。 其一是愿世间人各不相同以增自己旅行的兴趣，到中国看辫子，到日本看木屐，到高丽看笠子，倘若服饰一样，便索然无味了，因而来反对亚洲的欧化。 这些都可憎恶。 至于罗素在西湖见轿夫含笑，便赞美中国人，则也许别有意思罢。 但是，轿夫如果能对坐轿的人不含笑，中国也早不是现在似的中国了。

这文明，不但使外国人陶醉，也早使中国一切人们无不陶醉而且至于含笑。 因为古代传来而至今还在的许多差别，使人们各各分离，遂不能再感到别人的痛苦；并且因为自己各有奴使别人，吃掉别人的希望，便也就忘却自己同有被奴使被吃掉的将来。 于是大小无数的人肉的筵宴，即从有文明以来一直排到现在，人们就在这会场中吃人，被吃，以凶人的愚妄的欢呼，将悲惨的弱者的呼号遮掩，更不消说女人和小儿。

这人肉的筵宴现在还排着，有许多人还想一直排下去。扫荡这些食人者，掀掉这筵席，毁坏这厨房，则是现在的青年的使命！

雪

鲁迅

暖国的雨，向来没有变过冰冷的坚硬的灿烂的雪花。博识的人们觉得他单调，他自己也以为不幸否耶？江南的雪，可是滋润美艳之至了；那是还在隐约着的青春的消息，是极壮健的处子的皮肤。雪野中有血红的宝珠山茶，白中隐青的单瓣梅花，深黄的磬口的蜡梅花；雪下面还有冷绿的杂草。胡蝶确乎没有；蜜蜂是否来采山茶花和梅花的蜜，我可记不真切了。但我的眼前仿佛看见冬花开在雪野中，有许多蜜蜂们忙碌地飞着，也听得他们嗡嗡地闹着。

孩子们呵着冻得通红，像紫芽姜一般的小手，七八个一齐来塑雪罗汉。因为不成功，谁的父亲也来帮忙了。罗汉就塑得比孩子们高得多，虽然不过是上小下大的一堆，终于分不清是壶卢还是罗汉；然而很洁白，很明艳，以自身的滋润相粘结，整个地闪闪地生光。孩子们用龙眼核给他做眼珠，又从谁的母亲的脂粉奁中偷得胭脂来涂在嘴唇上。这回确是一个大阿罗汉了。他也就目光灼灼地嘴唇通红地坐在雪地里。

第二天还有几个孩子来访问他；对了他拍手，点头，嬉笑。但他终于独自坐着了。晴天又来消释他的皮肤，寒夜又使他结一层冰，化作不透明的水晶模样；连续的晴天又使他成为不知道算什么，而嘴上的胭脂也褪尽了。

但是，朔方的雪花在纷飞之后，却永远如粉，如沙，他们决不粘连，撒在屋上，地上，枯草上，就是这样。 屋上的雪是早已就有消化了的，因为屋里居人的火的温热。 别的，在晴天之下，旋风忽来，便蓬勃地奋飞，在日光中灿灿地生光，如包藏火焰的大雾，旋转而且升腾，弥漫太空，使太空旋转而且升腾地闪烁。

在无边的旷野上，在凛冽的天宇下，闪闪地旋转升腾着的是雨的精魂……

是的，那是孤独的雪，是死掉的雨，是雨的精魂。

风　筝

鲁迅

北京的冬季，地上还有积雪，灰黑色的秃树枝丫叉于晴朗的天空中，而远处有一二风筝浮动，在我是一种惊异和悲哀。

故乡的风筝时节，是春二月，倘听到沙沙的风轮声，仰头便能看见一个淡墨色的蟹风筝或嫩蓝色的蜈蚣风筝。 还有寂寞的瓦片风筝，没有风轮，又放得很低，伶仃地显出憔悴可怜模样。 但此时地上的杨柳已经发芽，早的山桃也多吐蕾，和孩子们的天上的点缀相照应，打成一片春日的温和。 我现在在那里呢？ 四面都还是严冬的肃杀，而久经诀别的故乡的久经逝去的春天，却就在这天空中荡漾了。

但我是向来不爱放风筝的，不但不爱，并且嫌恶他，因为我以为这是没出息孩子所做的玩艺。 和我相反的是我的小兄弟，他那时大概十岁内外罢，多病，瘦得不堪，然而最喜欢风筝，自己买不起，我又不许放，他只得张着小嘴，呆看着空中出神，有时至于小半日。 远处的蟹风筝突然落下来了，他惊呼；两个瓦片风筝的缠绕解开了，他高兴得跳跃。 他的这些，在我看来都是笑柄，可鄙的。

有一天，我忽然想起，似乎多日不很看见他了，但记得曾见他在后园拾枯竹。 我恍然大悟似的，便跑向少有人去的一间堆积杂物的小屋去，推开门，果然就在尘封的什物堆中发现了他。 他向着大方凳，坐在小凳上；便很惊惶地站了起来，失了色瑟缩着。大方凳旁靠着一个胡蝶风筝的竹骨，还没有糊上纸，凳上是一对做眼睛用的小风轮，正用红纸条装饰着，将要完工了。 我在破获秘密的满足中，又很愤怒他的瞒了我的眼睛，这样苦心孤诣地来偷做没出息孩子的玩艺。 我即刻伸手折断了胡蝶的一支翅骨，又将风轮掷在地下，踏扁了。 论长幼，论力气，他是都敌不过我的，我当然得到完全的胜利，于是傲然走出，留他绝望地站在小屋里。后来他怎样，我不知道，也没有留心。

然而我的惩罚终于轮到了，在我们离别得很久之后，我已经是中年。 我不幸偶而看了一本外国的讲论儿童的书，才知道游戏是儿童最正当的行为，玩具是儿童的天使。 于是二十年来毫不忆及的幼小时候对于精神的虐杀的这一幕，忽地在眼前展开，而我的心也仿佛同时变了铅块，很重很重的堕下去了。

但心又不竟堕下去而至于断绝，他只是很重很重地堕着，堕着。

我也知道补过的方法的：送他风筝，赞成他放，戏他放，我和他一同放。 我们嚷着，跑着，笑着——然而他其时已经和我一样，早已有了胡子了。

我也知道还有一个补过的方法的：去讨他的宽恕，等他说，"我可是毫不怪你呵。"那么，我的心一定就轻松了，这确是一个可行的方法。有一回，我们会面的时候，是脸上都已添刻了许多"生"的辛苦的条纹，而我的心很沉重。我们渐渐谈起儿时的旧事来，我便叙述到这一节，自说少年时代的胡涂。"我可是毫不怪你呵。"我想，他要说了，我即刻便受了宽恕，我的心从此也宽松了罢。

"有过这样的事么？"他惊异地笑着说，就像旁听着别人的故事一样。他什么也不记得了。

全然忘却，毫无怨恨，又有什么宽恕之可言呢？无怨的恕，说谎罢了。

我还能希求什么呢？我的心只得沉重着。

现在，故乡的春天又在这异地的空中了，既给我久经逝去的儿时的回忆，而一并也带着无可把握的悲哀。我倒不如躲到肃杀的严冬中去罢——但是，四面又明明是严冬，正给我非常的寒威和冷气。

喝　茶

周作人①

　　前回徐志摩先生在平民中学讲"吃茶"——并不是胡适之先生所说的"吃讲茶"——我没有工夫去听，又可惜没有见到他精心结构的讲稿，但我推想他是在讲日本的"茶道"，（英文译作 Teaism），而且一定说得很好。茶道的意思，用平凡的话来说，可以称作"忙里偷闲，苦中作乐"，在不完全的现世享乐一点美与和谐，在刹那间体会永久，是日本之"象征的文化"里的一种代表艺术。关于这一件事，徐先生一定已有透彻巧妙的解说，不必再来多嘴。我现在所想说的，只是我个人的很平常的喝茶罢了。

　　喝茶以绿茶为正宗。红茶已经没有什么意味，何况又加糖与牛奶。葛辛（George Gissing）的《草堂随笔》（原名 *Private Papers of Henry Rycroft*）确是很有趣味的书，但冬之卷里说及饮茶，以为英国家庭里下午的红茶与黄油面包是一日中最大的乐事，支那饮茶已历千百年，未必能领略此种乐趣与实益的万分之一，则我殊不以为然。红茶带"土斯"未始不可吃，但这只是当饭，在肚饥时食之

---

① 周作人（1885—1967）。本名櫆寿，字星杓，笔名有岂明、遐寿等。浙江绍兴人。主要著作有《自己的园地》《雨天的书》《谈虎集》《谈龙集》《看云集》《瓜豆集》《药味集》《风雨谈》《知堂回想录》等。周作人是五四时期重要的理论家、批评家，他的散文风格闲适，于淡淡的喜悦中掺杂着几分忧郁，文字表达上则举重若轻，平和冲淡，同时注意适度含蓄，另有一种"涩味"。

而已；我的所谓喝茶，却是在喝清茶，在赏鉴其色与香与味，意未必在止渴，自然更不在果腹了。中国古昔曾吃过煎茶及抹茶，现在所用的都是泡茶，冈仓觉三在《茶之书》（ *Book of Tea*, 1919）里很巧妙的称之曰"自然主义的茶"，所以我们所重的即在这自然之妙味。中国人上茶馆去，左一碗右一碗地喝了半天，好像是刚从沙漠里回来的样子，颇合于我的喝茶的意思（听说闽粤有所谓吃工夫茶者自然也有道理），只可惜近来太是洋场化，失了本意，其结果成为饭馆子之流，只在乡村间还保存一点古风，唯是屋宇器具简陋万分，或者但可称为颇有喝茶之意，而未可许为已得喝茶之道也。

喝茶当于瓦屋纸窗之下，清泉绿茶，用素雅的陶瓷茶具，同二三人共饮，得半日之闲，可抵十年的尘梦。喝茶之后，再去继续修各人的胜业，无论为名为利，都无不可，但偶然的片刻优游乃正亦断不可少。中国喝茶时多吃瓜子，我觉得不很适宜；喝茶时可吃的东西应当是清淡的"茶食"。中国的茶食却变了"满汉饽饽"，其性质与"阿阿兜"相差无几，不是喝茶时所吃的东西了。日本的点心虽是豆米的成品，但那优雅的形色，朴素的味道，很合于茶食的资格，如各色的"羊羹"（据上田恭辅氏考据，说是出于中国唐时的羊肝饼），尤有特殊的风味。江南茶馆中有一种"干丝"，用豆腐干切成细丝，加姜丝酱油，重汤炖热，上浇麻油，出以供客，其利益为"堂倌"所独有。豆腐干中本有一种"茶干"，今变而为丝，亦颇与茶相宜。在南京时常食此品，据云有某寺方丈所制为最，虽也曾尝试，却已忘记，所记得者乃只是下关的江天阁而已。学生们的习惯，平常"干丝"既出，大抵不即食，等到麻油再加，开水重换之后，始行举箸，最为合式，因为一到即罄，次碗继至，不遑应酬，否则麻油三浇，旋即撤去，怒形于色，未免使客不欢而散，茶意都消了。

吾乡昌安门外有一处地方，名三脚桥（实在并无三脚，乃是三出，因以一桥而跨三叉的河上也），其地有豆腐店曰周德和者，制茶干最有名。 寻常的豆腐干方约寸半，厚三分，值钱二文。 周德和的价值相同，小而且薄，几及一半，黝黑坚实，如紫檀片。 我家距三脚桥有步行两小时的路程，故殊不易得，但能吃到油炸者而已。 每天有人挑担设炉镬，沿街叫卖，其词曰：

> 辣酱辣，
>
> 麻油炸，
>
> 红酱搭，
>
> 辣酱拓：
>
> 周德和格五香油炸豆腐干。

其制法如上所述，以竹丝插其末端，每枚值三文。 豆腐干大小如周德和，而甚柔软，大约系常品，唯经过这样烹调，虽然不是茶食之一，却也不失为一种好豆食——豆腐的确也是极好的佳妙的食品，可以有种种的变化，唯在西洋不会被领解，正如茶一般。

日本用茶淘饭，名曰"茶渍"，以腌菜及"泽庵"（即福建的黄土萝卜，日本泽庵法师始传此法，盖从中国传去）等为佐，很有清淡而甘香的风味。 中国人未尝不这样吃，唯其原因，非由穷困即为节省，殆少有故意往清茶淡饭中寻其固有之味者，此所以为可惜也。

北平的春天

周作人

　　北平的春天似乎已经开始了，虽然我还不大觉得。　立春已过了十天，现在是七九六十三的起头了，布衲摊在两肩，穷人该有欣欣向荣之意。　光绪甲辰即一九〇四年小除那时我在江南水师学堂曾作一诗云：

　　　　一年倏就除，风物何凄紧。百岁良悠悠，白日催人尽。既不为大椿，便应如朝菌。一死息群生，何处问灵蠢。

但是第二天除夕我又做了这样一首云：

　　　　东风三月烟花好，凉意千山云树幽，冬最无情今归去，明朝又得及春游。

　　这诗是一样的不成东西，不过可以表示我总是很爱春天的。春天有什么好呢，要讲他的力量及其道德的意义，最好去查盲诗人爱罗先珂的抒情诗的演说，那篇世界语原稿是由我笔录的，译本也是我写的，所以约略都还记得，但是这里誊录自然也更可不必了。春天的是官能的美，是要去直接领略的，关门歌颂一无是处，所以这里抽象的话暂且割爱。

　　且说我自己的关于春的经验，都是与游相关的。　古人虽说以鸟鸣春，但我觉得还是在别方面更感到春的印象，即是水与花木。迂阔地说一句，或者这正是活物的根本的缘故吧。小时候，在春天总有些出游的机会，扫墓与香市是主要的两件事，而通行只有水路，所在又多是山上野外，那么这水与花木自然就不会缺少的。香市是公众的行事，禹庙南镇香炉峰为其代表，扫墓是私家的，会稽的乌石头调马场等地方至今在我的记忆中还是一种代表的春景。庚子年三月十六日的日记云：

> 晨坐船出东郭门，挽纤行十里，至绕门山，今称东湖，为陶心云先生所创修，堤计长二百丈，皆植千叶桃垂柳及女贞子各树，游人颇多。又三十里至富盛埠，乘兜轿过市行三里许，越岭，约千余级。山上映山红牛郎花甚多，又有蕉藤数株，著花蔚蓝色，状如豆花，结实即刀豆也，可入药。路旁皆竹林、竹萌之出土者粗于碗口而长仅二三寸，颇为可观。忽闻有声如鸡鸣，阁阁然，山谷皆响，问之轿夫，云系雉鸡叫也。又二里许过一溪，阔数丈，水没及骭，舁者乱流而渡，水中圆石颗颗，大如鹅卵，整洁可喜。行三四里至墓所，松柏夹道，颇称闳壮。方祭时，小雨霡霂落衣袂间，幸即晴霁。下山午餐，下午开船。将进城门，忽天色如墨，雷电并作，大雨倾注，至家不息。

旧事重提，本来没有多大意思，这里只是举个例子，说明我春游的观念而已。我们本是水乡的居民，平常对于水不觉得怎么新奇，要去临流赏玩一番，可是生平与水太相习了，自有一种情分，仿佛觉得生活的美与悦乐之背景里都有水在，由水而生的草木次之，禽虫又次之。我非不喜禽虫，但他总离不了草木，不但是吃食，也实是必要的寄托，盖即使以鸟鸣春，这鸣也得在枝头或草原上才好，若是雕笼金锁，无论怎样的鸣得起劲，总使人听了索然兴尽也。

话休烦絮。到底北平的春天怎么样了呢。老实说，我住在北京和北平已将二十年，不可谓不久矣，对于春游却并无什么经验。妙峰山虽热闹，尚无暇瞻仰，清明郊游只有野哭可听耳。北平缺少水气，使春光减了成色，而气候变化稍剧，春天似不曾独立存在，如不算他是夏的头，亦不妨称为冬的尾，总之风和日暖让我们著了单袷可以随意徜徉的时候真是极少，刚觉得不冷就要热了起来了。不过这春的季候自然还是有的。第一，冬之后明明是春，且不说节气上的立春也已过了。第二，生物的发生当然是春的证据，牛山和尚诗云，春叫猫儿猫叫春，是也。人在春天却只是懒散，雅人称曰春困，这似乎是别一种表示。所以北平到底还是有他的春天，不过太慌张一点了，又欠腴润一点，叫人有时来不及尝他的味儿，有时尝了觉得稍枯燥了，虽然名字还叫作春天，但是实在就把他当作冬的尾，要不然便是夏的头，反正这两者在表面上虽差得远，实际上对于不大承认他是春天原是一样的。

我倒还是爱北平的冬天。春天总是故乡的有意思，虽然这是三四十年前的事，现在怎么样我不知道。至于冬天，就是三四十年前的故乡的冬天我也不喜欢：那些手脚生冻瘃，半夜里醒过来像是悬空挂着似的上下四旁都是冷气的感觉，很不好受，在北平的纸糊过的屋子里就不会有的。在屋里不苦寒，冬天便有一种好处，可以让人家做事，手不僵冻，不必炙砚呵笔，于我们写文章的人大有利益。北平虽几乎没有春天，我并无什么不满意，盖吾以冬读代春游之乐久矣。

乌篷船

周作人

子荣君：

接到手书，知道你要到我的故乡去，叫我给你一点什么指导。老实说，我的故乡，真正觉得可怀恋的地方，并不是那里；但是因为在那里生长，住过十多年，究竟知道一点情形，所以写这一封信告诉你。

我所要告诉你的，并不是那里的风土人情，那是写不尽的，但是你到那里一看也就会明白的，不必啰唆地多讲。我要说的是一种很有趣的东西，这便是船。你在家乡平常总坐人力车，电车，或是汽车，但在我的故乡那里这些都没有，除了在城内或山上是用轿子以外，普通代步都是用船。船有两种，普通坐的都是"乌篷船"，白篷的大抵作航船用，坐夜航船到西陵去也有特别的风趣，但是你总不便坐，所以我也就可以不说了。乌篷船大的为"四明瓦"（Sy-menngoa），小的为脚划船（划读如 uoa）亦称小船。但是最适用的还是在这中间的"三道"，亦即三明瓦。篷是半圆形的，用竹片编成，中夹竹箬，上涂黑油；在两扇"定篷"之间放着一扇遮阳，也是半圆的，木作格子，嵌着一片片的小鱼鳞，径约一寸，颇有点透明，略似玻璃而坚韧耐用，这就称为明瓦。三明瓦者，谓其中舱有两道，后舱有一道明瓦也。船尾用橹，大抵两支，船首有竹篙，用以定船。船头着眉目，状如老虎，但似在微笑，颇滑稽而不可怕，唯白篷船则无之。　三道船篷之高大约可以使你直立，舱宽可以放下一顶方桌，四个人坐着打马将——这个恐怕你也已学会了罢？　小船则真是一叶扁舟，你坐在船底席上，篷顶离你的头有两三寸，你的两手可以搁在左右的舷上，还把手都露出在外边。　在这种船里仿佛是在水面上坐，靠近田岸去时泥土便和你的眼鼻接近，而且遇着风浪，或是坐得稍不小心，就会船底朝天，发生危险，但是也颇有趣味，是水乡的一种特色。　不过你总可以不必去坐，最好还是坐那三道船罢。

　　你如坐船出去，可是不能像坐电车的那样性急，立刻盼望走到。　倘若出城，走三四十里路（我们那里的里程是很短，一里才及英里三分之一），来回总要预备一天。　你坐在船上，应该是游山的态度，看看四周物色，随处可见的山，岸旁的乌桕，河边的红蓼和白苹，渔舍，各式各样的桥，困倦的时候睡在舱中拿出随笔来看，或者冲一碗清茶喝喝。　偏门外的鉴湖一带，贺家池，壶觞左近，我都是喜欢的，或者往娄公埠骑驴去游兰亭（但我劝你还是步行，骑驴或者于你不很相宜），到得暮色苍然的时候进城上都挂着薜荔的东门来，倒是颇有趣味的事。　倘若路上不平静，你往杭州去时可于下午开船，黄昏时候的景色正最好看，只可惜这一带地方的名字我都忘记了。　夜间睡在舱中，听水声橹声，来往船只的招呼声，以及乡间的犬吠鸡鸣，也都很有意思。　雇一只船到乡下去看庙戏，可以了解中国旧戏的真趣味，而且在船上行动自如，要看就看，要睡就睡，要喝酒就喝酒，我觉得也可以算是理想的行乐法。　只可惜讲维新以来这些演剧与迎会都已禁止，中产阶级的低能人则在"布业会馆"等处建起"海式"的戏场来，请大家买票看上海的猫儿戏。　这些地方你千万不要去——你到我那故乡，恐怕没有一个人认得，我又因为在教书不能陪你去玩，坐夜船，谈闲天，实在抱歉而且惆怅。　川岛君夫妇现在偁山下，本来可以给你介绍，但是你到那里的时候他们恐怕已经离开故乡了。　初寒，善自珍重，不尽。

白马湖之冬

夏丏尊①

在我过去四十余年的生涯中，冬的情味尝得最深刻的，要算十年前初移居白马湖的时候了。 十年以来，白马湖已成了一个小村落，当我移居的时候，还是一片荒野。 春晖中学的新建筑巍然矗立于湖的那一面，湖的这一面的山脚下是小小的几间新平屋，住着我和刘君心如两家。 此外两三里内没有人烟。 一家人于阴历十一月下旬从热闹的杭州移居这荒凉的山野，宛如投身于极带中。

那里的风，差不多日日有的，呼呼作响，好像虎吼。 屋宇虽系新建，构造却极粗率，风从门窗隙缝中来，分外尖削，把门缝窗隙厚厚地用纸糊了，椽缝中却仍有透入。 风刮得厉害的时候，天未夜就把大门关上，全家吃毕夜饭即睡入被窝里，静听寒风的怒号，湖水的澎湃。 靠山的小后轩，算是我的书斋，在全屋子中风最少的一间，我常把头上的罗宋帽拉得低低的，在洋灯下工作至夜深。 松涛如吼，霜月当窗，饥鼠吱吱在尘土奔窜。 我于这种时候深感到萧瑟的诗趣，常独自拨划着炉灰，不肯就睡，把自己拟诸山水画中的人物，作种种幽邈的遐想。

---

① 夏丏尊（1886—1946）。 现代著名文学家、教育家。 原名夏铸，字勉旃，号闷庵，浙江上虞人。 主要著作有《文章作法》（与刘薰宇合作）、《文心》（与叶圣陶合作）、《平屋杂文》《爱的教育》等。 他的散文多为随笔、杂感式议论文字，也有写人、记事、绘景、状物的小品型文字。《鲁迅翁杂记》《猫》《白马湖之冬》等是其代表作。

现在白马湖到处都是树木了，当时尚一株树木都未种。 月亮与太阳都是整个儿的，从上山起直要照到下山为止。 太阳好的时候，只要不刮风，那真和暖得不像冬天。 一家人都坐在庭间曝日，甚至于吃午饭也在屋外，像夏天的晚饭一样。 日光晒到哪里，就把椅凳移到哪里，忽然寒风来了，只好逃难似的各自带了椅凳逃入室中，急急把门关上。 在平常的日子，风来大概在下午快要傍晚的时候，半夜即息。 至于大风寒，那是整日夜狂吼，要二三日才止的。 最严寒的几天，泥地看去惨白如水门汀，山色冻得发紫而黯，湖波泛深蓝色。

下雪原是我所不憎厌的，下雪的日子，室内分外明亮，晚上差不多不用燃灯。 远山积雪足供半个月的观看，举头即可从窗中望见。 可是究竟是南方，每冬下雪不过一二次。 我在那里所日常领略的冬的情味，几乎都从风来。 白马湖的所以多风，可以说有着地理上的原因。 那里环湖都是山，而北首却有一个半里阔的空隙，好似故意张了袋口欢迎风来的样子。 白马湖的山水和普通的风景地相差不远，唯有风却与别的地方不同。 风的多和大，凡是到过那里的人都知道的。 风在冬季的感觉中，自古占着重要的因素，而白马湖的风尤其特别。

现在，一家僦居上海多日了，偶然于夜深人静时听到风声，大家就要提起白马湖来，说"白马湖不知今夜又刮得怎样厉害哩"！

我的母亲

胡适①

我小时身体弱，不能跟着野蛮的孩子们一块儿玩。 我母亲也不准我和他们乱跑乱跳。 小时不曾养成活泼游戏的习惯，无论在什么地方，我总是文绉绉的。 所以家乡老辈都说我"像个先生样子"。 遂叫我做"麇先生"。 这个绰号叫出去之后，人都知道三先生的小儿子叫作麇先生了。 既有"先生"之名，我不能不装出点"先生"样子，更不能跟着顽童们"野"了。 有一天，我在我家八字门口和一班孩子"掷铜钱"，一位老辈走过，见了我，笑道："麇先生也掷铜钱吗？"我听了羞愧的面红耳热，觉得太失了"先生"的身份！

大人们鼓励我装先生样子，我也没有嬉戏的能力和习惯，又因为我确是喜欢看书，故我一生可算是不曾享过儿童游戏的生活。每年秋天，我的庶祖母同我到田里去"监割"（顶好的田，水旱无忧，收成最好，佃户每约田主来监割，打下谷子，两家平分）。我总是坐在小树下看小说。 十一二岁时，我稍活泼一点，居然和

---

① 胡适（1891—1962）。 原名胡洪骍，字适之。 安徽绩溪人。 中国现代著名作家、学者。 1910 年赴美留学。 1917 年获哥伦比亚大学哲学博士学位。同年回国，与陈独秀等发起文学革命运动，发表著名的《文学改良刍议》。 是新文化运动的主将和《新青年》杂志的代表人物。 1920 年发表的《尝试集》为中国现代文学史上第一部新诗集。 1949 年前长期任北大教授、校长。 1958 年任台湾"中央研究院"院长。

一群同学组织了一个戏剧班，做了一些木刀竹枪，借得了几副假胡须，就在村口田里做戏。我做的往往是诸葛亮，刘备一类的文角儿；只有一次我做史文恭，被花荣一箭从椅子上射倒下去，这算是我最活泼的玩艺儿了。

我在这九年（一八九五——一九〇四）之中，只学得了读书写字两件事。在文字和思想（看下章）的方面，不能不算是打了一点底子。但别的方面都没有发展的机会。有一次我们村里"当朋"（八都凡五村，称为"五朋"，每年一村轮着做太子会，名为"当朋"）筹备太子会，有人提议要派我加入前村的昆腔队里学习吹笙或吹笛。族里长辈反对，说我年纪太小，不能跟着太子会走遍五朋。于是我便失掉了这学习音乐的唯一机会。三十年来，我不曾拿过乐器，也全不懂音乐；究竟我有没有一点学音乐的天资，我至今还不知道。至于学图画，更是不可能的事。我常常用竹纸蒙在小说书的石印绘像上，摹画书上的英雄美人。有一天，被先生看见了，挨了一顿大骂，抽屉里的图画都被搜出撕毁了。于是我又失掉了学做画家的机会。

但这九年的生活，除了读书看书之外，究竟给了我一点做人的训练。在这一点上，我的恩师便是我的慈母。

每天天刚亮时，我母亲便把我喊醒，叫我披衣坐起。我从不知道她醒来坐了多久了。她看我清醒了，便对我说昨天我做错了什么事，说错什么话，要我认错，要我用功读书。有时候她对我说父亲的种种好处，她说："你总要踏上你老子的脚步。我一生只晓得这一个完全的人，你要学他，不要跌他的股。"（跌股便是丢脸，出丑。）她说到伤心处，往往掉下泪来。到天大明时，她才把我的衣服穿好，催我去上早学。学堂门上的钥匙放在先生家里，我先到学堂门口一望，便跑到先生家里去敲门。先生家里有人把钥匙从门缝里递出来。 我拿了跑回去，开了门，坐下念生书。 十天之中，总有八九天我是第一个去开学堂门的。 等到先生来了，我背了生书，才回家吃早饭。

我母亲管束我最严，她是慈母兼任严父。 但她从来不在别人面前骂我一句，打我一下，我做错了事，她只对我一望，我看见了她的严厉眼光，便吓住了。 犯的事小，她等到第二天早晨我眼醒时才教训我。 犯的事大，她等到晚上人静时，关了房门，先责备我，然后行罚，或罚跪，或拧我的肉。 无论怎样重罚，总不许我哭出声音来。 她教训儿子不是借此出气叫别人听的。

有一个初秋的傍晚，我吃了晚饭，在门口玩，身上只穿着一件单背心。 这时候我母亲的妹子玉英姨母在我家住，她怕我冷了，拿了一件小衫出来叫我穿上。 我不肯穿，她说："穿上吧，凉了。"我随口回答："娘（凉）什么！ 老子都不老子呀。"我刚说了这一句，一抬头，看见母亲从家里走出，我赶快把小衫穿上。 但她已听见这句轻薄的话了。 晚上人静后，她罚我跪下，重重的责罚了一顿。 她说："你没了老子，是多么得意的事！ 好用来说嘴！"她气得坐着发抖，也不许我上床去睡。 我跪着哭，用手擦眼泪，不知擦进了什么微菌，后来足足害了一年多的眼翳病。 医来医去，总医不好。 我母亲心里又悔又急，听说眼翳可以用舌头舔去，有一夜她把我叫醒，她真用舌头舔我的病眼。 这是我的严师，我的慈母。

我母亲二十三岁做了寡妇，又是当家的后母。 这种生活的痛苦，我的笨笔写不出一万分之一二。 家中财政本不宽裕，全靠二哥在上海经营调度。 大哥从小便是败子，吸鸦片烟，赌博，钱到手就光，光了便回家打主意，见了香炉便拿出去卖，捞着锡茶壶便拿出去押。 我母亲几次邀了本家长辈来，给他定了每月用费的数目。 但他总不够用，到处都欠下烟债赌债。 每年除夕我家中总有一大群讨债的，每人一盏灯笼，坐在大厅上不肯去。 大哥早已避出去了。 大厅的两排椅子上满满的都是灯笼和债主。 我母亲走进走出，料理年夜饭，谢灶神，压岁钱等事，只当作不曾看见这一群人。 到了近半夜，快要"封门"了，我母亲才走后门出去，央一位邻舍本家到我家来，每一家债户开发一点钱。 做好做夕的，这一群讨债的才一个一个提着灯笼走出去。 一会儿，大哥敲门回来了。 我母亲从不骂他一句。 并且因为是新年，她脸上从不露出点怒色。 这样的过年，我过了六七次。

大嫂是个最无能而又最不懂事的人，二嫂是个很能干而气量很窄小的人。 她们常常闹意见，只因为我母亲的和气榜样，她们还不曾有公然相骂相打的事。 她们闹气时，只是不说话，不答话，把脸放下来，叫人难看；二嫂生气时，脸色变青，更是怕人。 她们对我母亲闹气时，也是如此。 我起初全不懂得这一套，后来也渐渐懂得看人的脸色了。 我渐渐明白，世间最可厌恶的事莫如一张生气的脸，世间最下流的事莫如把生气的脸摆给旁人看。 这比打骂还难受。

我母亲的气量大，性子好，又因为做了后母后婆，她更事事留心，事事格外容忍。 大哥的女儿比我只小一岁，她的伙食衣服总是和我的一样。 我和她有小争执，总是我吃亏，母亲总是责备我，要我事事让她。 后来大嫂二嫂都生了儿子了，她们生气时便打骂孩子来出气，一面打，一面用尖刻有刺的话骂给别人听。 我母亲只装做听不见。 有时候，她实在忍不住了，便悄悄走出门去，或到左邻立大嫂家去坐一会，或走后门到后邻度大嫂家去闲谈。 她从不和两个嫂子吵一句嘴。

每个嫂子一生气，往往十天半个月不歇，天天走进走出，板着脸，咬着嘴，打骂小孩子出气。　我母亲只忍耐着，忍到实在不可再忍的一天，她也有她的法子。　这一天的天明时，她便不起床，轻轻地哭一场。　她不骂一个人，只哭她的丈夫，哭她自己苦命，留不住她丈夫来照管她。　她先哭时，声音很低，渐渐哭出声来。我醒了起来劝她，她不肯住。　这时候，我总听得见前堂（二嫂住前堂东房）或后堂（大嫂住后堂西房）有一扇房门开了，一个嫂子走出房向厨房走去。　不多一会，那位嫂子来敲我们的房门了。　我开了房门，她走进来，捧着一碗热茶，送到我母亲床前，劝她止哭，请她喝口热茶。　我母亲慢慢停住哭声，伸手接了茶碗。　那位嫂子站着劝一会，才退出去。　没有一句话提到什么人，也没有一个字提到这十天半个月来的气脸，然而各人心里明白，泡茶进来的嫂子总是那十天半个月来闹气的人。　奇怪的很，这一哭之后，至少有一两个月的太平清静日子。

　　我母亲待人最仁慈，最温和，从来没有一句伤人感情的话。但她有时候也很有刚气，不受一点人格上的侮辱。　我家五叔是个无正业的浪人，有一天在烟馆里发牢骚，说我母亲家中有事总请某人帮忙，大概总有什么好处给他。　这句话传到了我母亲耳朵里，她气得大哭，请了几位本家来，把五叔喊来，她当面质问他，她给了某人什么好处。　直到五叔当众认错赔罪，她才罢休。

　　我在我母亲的教训之下住了九年，受了她的极大极深的影响。我十四岁（其实只有十二岁零两三个月）便离开她了，在这广漠的人海里独自混了二十多年，没有一个人管束过我。　如果我学得了一丝一毫的好脾气，如果我学得了一点点待人接物的和气，如果我能宽恕人，体谅人——我都得感谢我的慈母。

追悼志摩

胡适

悄悄的我走了，
正如我悄悄的来；
我挥一挥衣袖，
不带走一片云彩。
——《再别康桥》

志摩这一回真走了！ 可不是悄悄的走。 在那淋漓的大雨里，在那迷蒙的大雾里，一个猛烈的大震动，三百匹马力的飞机碰在一座终古不动的山上，我们的朋友额上受了一下致命的撞伤，大概立刻失去了知觉。 半空中起了一团天火，像天上陨了一颗大星似的直掉下地去。 我们的志摩和他的两个同伴就死在那烈焰里了！

我们初得着他的死信，都不肯相信，都不信志摩这样一个可爱的人会死的这么惨酷。 但在那几天的精神大震撼稍稍过去之后，我们忍不住要想，那么的死法也许只有志摩最配。 我们不相信志摩会"悄悄的走了"，也不忍想志摩会有一个"平凡的死"，死在天空之中，大雨淋着，大雾笼罩着，大火焚烧着，那撞不倒的山头在旁边冷眼瞧着。 我们新时代的新诗人，就是要自己挑一种死法，也挑不出更合适，更悲壮的了。

志摩走了，我们这个世界里被他带走了不少的云彩，他在我们这些朋友之中，真是一片最可爱的云彩，永远是温暖的颜色，永远是美的花样，永远是可爱。 他常说：

> 我不知道风
> 是在哪一方向吹——

我们也不知道风是在哪一个方向吹，可是狂风过去之后，我们的天空变惨淡了，变寂寞了，我们才感觉我们的天上的一片最可爱的云彩被狂风卷去了，永远不回来了！

这十几天里，常有朋友到家里来谈志摩，谈起来常常有人痛哭。 在别处痛哭他的，一定还不少。 志摩所以能使朋友这样哀念他，只是因为他的为人整个的只是一团同情心，只是一团爱。 叶公超先生说：

> 他对于任何人，任何事，从未有过绝对的怨恨，甚至于无意中都没有表示过一些憎嫉的神气。

陈通伯先生说：

> 尤其朋友里缺不了他。他是我们的连索，他是粘着性的，发酵性的。在这七八年中，国内文艺界里起了不少的风波，吵了不少的架，许多很熟的朋友往往弄得不能见面。但我没有听见有人怨恨过志摩。谁也不能抵抗志摩的同情心，谁也不能避开他的粘着性。他才是和事佬，使我们怀着无穷的同情，他总是朋友中间的"连索"。他从没有疑心，他从不会妒忌。他使这些多疑善妒的人们十分惭愧，又十分羡慕。

他的一生真是爱的象征。　爱是他的宗教，他的上帝。

　　我攀登了万仞的高冈，
　　荆棘扎烂了我的衣裳，
　　我向缥缈的云天外望——
　　上帝，我望不见你！
　　……
　　我在道旁见一个小孩，
　　活泼，秀丽，褴褛的衣衫，
　　他叫声"妈"，眼里亮着爱——
　　上帝，他眼里有你！
　　　　　　　　——《他眼里有你》

　　志摩今年在他的《猛虎集·自序》里曾说他的心境是"一个曾经有单纯信仰的流入怀疑的颓废"。　这句话是他最好的自述。　他的人生观真是一种"单纯信仰"，这里面只有三个词：一个是爱，一个是自由，一个是美。　他梦想这三个理想的条件能够会合在一个人生里，这是他的"单纯信仰"。　他的一生的历史，只是他追求这个单纯信仰的实现的历史。

　　社会上对于他的行为，往往有不能谅解地方，都只因为社会上批评他的人不曾懂得志摩的"单纯信仰"的人生观。　他的离婚和他的第二次结婚，是他一生最受社会严厉批评的两件事。　现在志摩的棺已盖了，而社会上的议论还未定。　但我们知道这两件事的人，都能明白，至少在志摩的方面，这两件事最可以代表志摩的单纯理想的追求。　他万分诚恳地相信那两件事都是实现他那"美与爱与自由"的人生的正当步骤。　这两件事的结果，在别人看来，似乎都不曾能够实现志摩的理想生活。 但到了今日，我们还忍用成败来议论他吗？

我忍不住我的历史癖，今天我要引用一点神圣的历史材料，来说明志摩决心离婚时的心理。 民国十一年三月，他正式向他的夫人提议离婚。 他告诉她，他们不应该继续他们的没有爱情没有自由的结婚生活了。 他提议"自由之偿还自由"，他认为这是"彼此重见生命之曙光，不世之荣业"。 他说：

> 故转夜为日，转地狱为天堂，直指顾间事矣。……真生命必自奋斗自求得来，真幸福亦必自奋斗自求得来，真恋爱亦必自奋斗自求得来！彼此前途无限……彼此有改良社会之心，彼此有造福人类之心，其先自作榜样，勇决智断，彼此尊重人格，自由离婚，止绝苦痛，始兆幸福，皆在此矣。

这信里完全是青年的志摩的单纯的理想主义，他觉得那没有爱又没有自由的家庭是可以摧毁他们的人格的，所以他下了决心，要把自由偿还自由，要从自由求得他们的真生命，真幸福，真恋爱。

后来他回国了，婚是离了，而家庭和社会都不能谅解他。 最奇怪的是他和他已离婚的夫人通信更勤，感情更好。 社会上的人更不明白了。 志摩是梁任公先生最爱护的学生，所以民国十二年任公先生曾写一封很长很恳切的信去劝他。 在这信里，任公提出两点：

> 其一，万不容以他人之苦痛，易自己之快乐。弟之此举，其于弟将来之快乐能得与否，殆茫如捕风，然先已予多数人以无量之苦痛。

其二，恋爱神圣为今之少年所乐道。……兹事盖可遇而不可求。……况多情多感之人，其幻想起落鹘突，而得满足得宁帖也极难。所梦想之神圣境界恐终不可得，徒以烦恼终其身已耳。

任公又说：

呜呼志摩！天下岂有圆满之宇宙？……当知吾侪以不求圆满为生活态度，斯可以领略生活之妙味矣。……若沉迷于不可必得之梦境，挫折数次，生意尽矣，郁悒侘傺以死，死为无名。死犹可也，最可畏者，不死不生而堕落至不复能自拔。呜呼志摩，可无惧耶！可无惧耶！（十二年一月二日信）

任公一眼看透了志摩的行为是追求一种"梦想的神圣境界"，他料到他必要失望，又怕他少年人受不起几次挫折，就会死，就会堕落。所以他以老师的资格警告他："天下岂有圆满之宇宙？"

但这种反理想主义是志摩所不能承认的。他答复任公的信，第一不承认他是把他人的苦痛来换自己的快乐。他说：

我之甘冒世之不韪，竭全力以斗者，非特求免凶惨之苦痛，实求良心之安顿，求人格之确立，求灵魂之救度耳。

人谁不求庸德？人谁不安现成？人谁不畏艰险？然且有突围而出者，夫岂得已而然哉？

第二，他也承认恋爱是可遇而不可求的，但他不能不去追求。他说：

我将于茫茫人海中访我唯一灵魂之伴侣；得之，我幸；不得，我命，如此而已。

他又相信他的理想是可以创造培养出来的。　他对任公说：

　　嗟夫吾师！我尝奋我灵魂之精髓，以凝成一理想之明珠，涵之以热满之心血，朗照我深奥之灵府。而庸俗忌之嫉之，辄欲麻木其灵魂，捣碎其理想，杀灭其希望，污毁其纯洁！我之不流入堕落，流入庸懦，流入卑污，其几亦微矣！

　　我今天发表这三封不曾发表过的信，因为这几封信最能表现那个单纯的理想主义者徐志摩。　他深信理想的人生必须有爱，必须有自由，必须有美；他深信这种三位一体的人生是可以追求的，至少是可以用纯洁的心血培养出来的——我们若从这个观点来观察志摩的一生，他这十年中的一切行为就全可以了解了。　我还可以说，只有从这个观点上才可以了解志摩的行为。　我们必须先认清了他的单纯信仰的人生观，方才认得清志摩的为人。

　　志摩最近几年的生活，他承认是失败。　他有一首"生活"的诗，诗是暗惨的可怕：

　　阴沉，黑暗，毒蛇似的蜿蜒，
　　生活逼成了一条甬道：
　　一度陷入，你只可向前，
　　手扪索着冷壁的粘潮。

　　在妖魔的脏腑内挣扎，

头顶不见一线的天光，

这魂魄，在恐怖的压迫下，

除了消灭更有什么愿望？

（十九年五月二十九日）

他的失败是一个单纯的理想主义者的失败。 他的追求，使我们惭愧，因为我们的信心太小了，从不敢梦想他的梦想。 他的失败，也应该使我们对他表示更深厚的恭敬与同情，因为偌大的世界之中，只有他有这信心，冒了绝大的危险，费了无数的麻烦，牺牲了一切平凡的安逸，牺牲了家庭的亲谊和人间的名誉，去追求，去试验一个"梦想之神圣境界"，而终于免不了惨酷的失败，也不完全是他的人生观的失败。 他的失败是因为他的信仰太单纯了，而这个现实世界太复杂了，他的单纯的信仰禁不起这个现实世界的摧毁；正如易卜生的诗剧 *Brand* 里的那个理想主义者，抱着他的理想，在人间处处碰钉子，碰得焦头烂额，失败而死。

然而我们的志摩"在这恐怖的压迫下"，从不叫一声"我投降了"！从不曾完全绝望，他从不曾绝对怨恨谁。 他对我们说：

你们不能更多地责备。我觉得我已经是满头的血水，能不低头已算是好的。（《猛虎集·自序》）

是的，他不曾低头。 他仍旧昂起头来做人；他仍旧是他那一团的同情心，一团的爱。 我们看他替朋友做事，替团体做事，他总是仍旧那样热心，仍旧那样高兴。 几年的挫折，失败，苦痛，似乎使他更成熟了，更可爱了。

他在苦痛之中，仍旧继续他的歌唱。 他的诗作风也更成熟了。 他所谓"初期的汹涌性"固然是没有了，作品也减少了；但是他的意境变深厚了，笔致变淡远了，技术和风格都更进步了。这是读《猛虎集》的人都能感觉到的。

志摩自己希望今年是他的"一个真的复活的机会"。 他说：

抬起头居然又见到了天。眼睛睁开了，心也跟着开始了跳动。

我们一班朋友都替他高兴。 他这几年来想用心血浇灌的花树也许是枯萎的了；但他的同情，他的鼓舞，早又在别的园地里种出了无数的可爱的小树，开出了无数可爱的鲜花。 他自己的歌唱有一个时代是几乎消沉了；但他的歌声引起了他的园地外无数的歌喉，嘹亮的唱，哀怨的唱，美丽的唱。 这都是他的安慰，都使他高兴。

谁也想不到在这个最有希望的复活时代，他竟丢了我们走了！他的《猛虎集》里有一首咏一只黄鹂的诗，现在重读了，好像他在那里描写他自己的死，和我们对他的死的悲哀：

等候他唱，我们静着望，
怕惊了他。
但他一展翅，
冲破浓密，化一朵彩云：
飞来了，不见了，没了——
像是春光，火焰，像是热情。

志摩这样一个可爱的人，真是一片春光，一团火焰，一腔热情。 现在难道都完了？

绝不！ 绝不！志摩最爱他自己的一首小诗，题目叫作《偶然》，在他的《卞昆冈》剧本里，在那个可爱的孩子阿明临死时，那个瞎子弄着三弦，唱着这首诗：

> 我是天空里的一片云，
> 偶尔投影在你的波心——
> 你不必讶异，
> 更无须欢喜——
> 在转瞬间消灭了踪影。
>
> 你我相逢在黑夜的海上，
> 你有你的，我有我的，方向。
> 你记得也好，
> 最好你忘掉，
> 在这交会时互放的光亮！

朋友们，志摩是走了，但他投的影子会永远留在我们心里，他放的光亮也会永远留在人间，他不曾白来了一世。 我们有了他做朋友，也可以安慰自己说不曾白来了一世。 我们忘不了他和我们：

> 在那交会时互放的光亮！

落花生

许地山[①]

我们屋后有半亩隙地。母亲说："让它荒芜着怪可惜，既然你们那么爱吃花生，就辟来做花生园罢。"我们几姊弟和几个小丫头都很喜欢——买种的买种，动土的动土，灌园的灌园；过不了几个月，居然收获了！

妈妈说："今晚我们可以做一个收获节，也请你们爹爹来尝尝我们的新花生，如何？"我们都答应了。母亲把花生做成好几样的食品，还吩咐这节期要在园里的茅亭举行。

那晚上的天色不大好，可是爹爹也到来，实在很难得！爹爹说："你们爱吃花生么？"

我们都争着答应："爱！"

"谁能把花生的好处说出来？"

姊姊说："花生的气味很美。"

哥哥说："花生可以制油。"

我说："无论何等人都可以用贱价买它来吃，都喜欢吃它。这就是它的好处。"

爹爹说："花生的用处固然很多，但有一样是很可贵的。这

---

① 许地山（1893—1941）。原名赞堃。字地山，笔名落华生。原籍广东揭阳，生于台湾。毕业于燕京大学，后留学美、英等国。曾任教于燕京大学和香港大学。是"文学研究会"的发起人之一，为现代著名作家，有《空山灵雨》《缀网劳蛛》《危巢坠简》等小说、散文集行世。

小小的花生不像那好看的苹果、桃子、石榴，把它们的果实悬在枝上，鲜红嫩绿的颜色，令人一望而发生羡慕的心，它只把果子埋在地底，等到成熟，才容人把它挖出来。 你们偶然看见一棵花生瑟缩地长在地上，不能立刻辨出它有没有果实，非得等到你接触它才能知道。"

我们都说："是的。"母亲也点点头。 爹爹接下去说："所以你们要像花生，因为它是有用的，不是伟大、好看的东西。"我说："那么，人要做有用的人，不要做伟大、体面的人了。"爹爹说："这是我对于你们的希望。"

我们谈到夜阑才散，所有花生食品虽然没有了，然而父亲的话现在还印在我心版上。

牵牛花

叶圣陶①

手种牵牛花，接连有三四年了。 水门汀地没法下种，种在十来个瓦盆里。 泥是今年又明年反复着用的，无从取得新的来加入。 曾与铁路轨道旁边种地的那个北方人商量，愿出钱向他买一点，他不肯。

从城隍庙的花店买了一包过磷酸骨粉，掺和在每一盆泥里，这算代替了新泥。

瓦盆排列在墙脚，从墙头垂下十条麻线，每两条距离七八寸，让牵牛花的藤蔓缠绕上去。 这是今年的新计划。 往年是把瓦盆摆在三尺光景高的木架子上的。 这样，藤蔓很容易爬到了墙头，随后长出来的互相纠缠着，因自身的重量倒垂下来，但末梢的嫩条便又蛇头一般仰起，向上伸，与别组的嫩条纠缠，待不胜重量时便重演那老把戏；因此，墙头往往堆积着繁密的叶和花，与墙腰的部分不相称。 今年从墙脚爬起，沿墙多了三尺光景的路程，或者会好一点；而且，这就将有一垛完全是叶和花的墙。

---

① 叶圣陶（1894—1988）。 原名叶绍钧，江苏苏州人，中国现代著名作家、编辑家、教育家。 1914 年开始文学创作；1921 年与沈雁冰、郑振铎等组织发起文学研究会；1923—1930 年间任上海商务印书馆编辑，主编著名的《小说月报》《文学旬刊》；1930 年起任开明书店编辑，主编《中学生》杂志；新中国成立后历任出版总署副署长、教育部副部长等职。 代表作有短篇小说《潘先生在难中》《多收了三五斗》及长篇小说《倪焕之》等，现有《叶圣陶文集》《叶圣陶集》等行世。

藤蔓从两瓣子叶中间引伸出来以后，不到一个月工夫，爬得最快的几株将要齐墙头了。　每一个叶柄处生一个花苞，像谷粒那样大便转黄萎去。　据几年来的经验，知道起头的一批花苞是开不出来的；到后来发育更见旺盛，新的叶蔓比近根部肥大，那时的花苞才开得成。

　　今年的叶格外绿，绿得鲜明；又格外厚，仿佛丝绒裁剪成的。这自是过磷酸骨粉的功效。　他日花开，可以推知将比往年的盛大。

　　但兴趣并不专在看花。　种了这小东西，庭中就成为系人心情的所在，早上才起，工毕回来，不觉总要在那里小立一会儿，那藤蔓缠着麻线卷上去，嫩绿的头看似静止的，并不动弹；实际却无时不回旋向上，在先朝这边，停一歇再看，它便朝那边了。　前一晚只是绿豆般大一粒的嫩头，早起看时，便已透出二三寸长的新条，缀着一两张满被细白绒毛的小叶子，叶柄处是仅能辨认形状的花苞，而末梢又有了绿豆般大一粒的嫩头。　有时认着墙上的斑驳痕想，明天未必便爬到那里吧？　但出乎意外，明晨已爬到了斑驳痕之上；好努力的一夜工夫！"生之力"不可得见；在这样小立静观的当儿，却默契了"生之力"了。　渐渐地，浑忘意想，复何言说，只呆对这一墙绿叶。

　　即使没有花，兴趣未尝短少；何况他日花开，将比往年的盛大呢。

江南的冬景

郁达夫①

凡在北国过过冬天的人，总都道围炉煮茗，或吃煊羊肉，剥花生米，饮白干的滋味。而有地炉，暖炕等设备的人家，不管它们外面是雪深几尺，或风大若雷，而躲在屋里过活的两三个月的生活，却是一年之中最有劲的一段蛰居异境；老年人不必说，就是顶喜欢活动的小孩子们，总也是个个在怀恋的，因为当这中间，有萝卜，雅儿梨等水果的闲食，还有大年夜，正月初一元宵等热闹的节期。

但在江南，可又不同：冬至过后，大江以南的树叶，也不至于脱尽。寒风——西北风——间或吹来，至多也不过冷了一日两日。到得灰云扫尽，落叶满街，晨霜白得像黑女脸上的脂粉似的。清早，太阳一上屋檐，鸟雀便又在吱叫，泥地里便又放出水蒸气来，老翁小孩就又可以上门前的隙地里去坐着曝背谈天，营屋外的生涯了；这一种江南的冬景，岂不也可爱得很么？

我生长江南，儿时所受的江南冬日的印象，铭刻特深；虽则渐入中年，又爱上了晚秋，以为秋天正是读读书，写写字的人的最惠

---

① 郁达夫（1895—1945）。现代作家。原名郁文，浙江富阳人。新文学最早的白话短篇小说集《沉沦》出版后，以其"惊人的取材、大胆的描写"而震动了文坛。郁达夫陆续自编《达夫全集》出版，其后还有《履痕处处》《达夫日记》《闲书》等，短篇小说有《沉沦》《春风沉醉的晚上》《迟桂花》，中篇小说《她是一个弱女子》和《出奔》等。

节季，但对于江南的冬景，总觉得是可以抵得过北方夏夜的一种特殊情调，说得摩登些，便是一种明朗的情调。

我也曾到过闽粤，在那里过冬天，和暖原极和暖，有时候到了阴历的年边，说不定还不得不拿出纱衫来着；走过野人的篱落，更还看得见许多杂七杂八的秋花！　一番阵雨雷鸣过后，凉冷一点，至多也只好换上一件夹衣，在闽粤之间，皮袍棉袄是绝对用不着的！　这一种极南的气候异状，并不是我所说的江南的冬景，只能叫它作南国的长春，是春或秋的延长。

江南的地质丰腴而润泽，所以含得住热气，养得住植物；因而长江一带，芦花可以到冬至而不败，红叶也有时候会保持得三个月以上的生命。　像钱塘江两岸的乌桕树，则红叶落后，还有雪白的桕子着在枝头，一点一丛，用照相机照将出来，可以乱梅花之真。草色顶多成了赭色，根边总带点绿意，非但野火烧不尽，就是寒风也吹不倒的。　若遇到风和日暖的午后，你一个人肯上冬郊去走走，则青天碧落之下，你不但感不到岁时的肃杀，并且还可以饱觉着一种莫名其妙的含蓄在那里的生气："若是冬天来了，春天也总马上会来"的诗人的名句，只有在江南的山野里，最容易体会得出。

说起了寒郊的散步，实在是江南的冬日，所给予江南居住者的一种特异的恩惠；在北方的冰天雪地里生长的人，是终他的一生，也绝不会有享受这一种清福的机会的。　我不知道德国的冬天，比起我们江浙来如何，但从许多作家的喜欢以 Spaziergang 一字来做他们的创造题目的一点看来，大约是德国南部地方，四季的变迁，总也和我们的江南差仿不多。　譬如说十九世纪那位乡土诗人洛在格（Peter Rosegger，1843—1918）罢，他用这一个"散步"题目的文章尤其写得多，而所写的情形，却又是大半可以拿到中国江浙的山区地方来适用的。

　　江南河港交流，且又地滨大海，湖沼特多，故空气里时含水分；到得冬天，不时也会下着微雨，而这微雨寒村里的冬霖景象，又是一种说不出的悠闲境界。你试想想，秋收过后，河流边三五家人家会聚在一道的一个小村子里，门对长桥，窗临远阜，这中间又多是树枝槎丫的杂木树林；在这一幅冬日农村的图上，再洒上一层细得同粉也似的白雨，加上一层淡得几不成墨的背景，你说还够不够悠闲？若再要点景致进去，则门前可以泊一只乌篷小船，茅屋里可以添几个喧哗的酒客，天垂暮了，还可以加一味红黄，在茅屋窗中画上一圈暗示着灯光的月晕。人到了这一个境界，自然会得胸襟洒脱起来，终至于得失俱亡，死生不同；我们总该还记得唐朝那位诗人做的"暮雨潇潇江上村"的一首绝句罢？诗人到此，连对绿林豪客都客气起来了，这不是江南冬景的迷人又是什么？

　　一提到雨，也就必然地要想到雪："晚来天欲雪，能饮一杯无？"自然是江南日暮的雪景。"寒沙梅影路，微雪酒香村"，则雪月梅的冬宵三友，会合在一道，在调戏酒姑娘了。"柴门闻犬吠，风雪夜归人"，是江南雪夜，更深人静后的景况。"前树深雪里，昨夜一枝开"，又到了第二天的早晨，和狗一样喜欢弄雪的村童来报告村景了。诗人的诗句，也许不尽是在江南所写，而做这几句诗的诗人，也许不尽是江南人，但借了这几句诗来描写江南的雪景，岂不直截了当，比我这一枝愚劣的笔所写的散文更美丽得多？

　　有几年，在江南，在江南也许会没有雨没有雪地过一个冬，到了春间阴历的正月底或二月初再冷一冷下一点春雪的；去年（1934）的冬天是如此，今年的冬天恐怕也不得不然，以节气推算起来，大约大冷的日子，将在 1936 年的 2 月尽头，最多也总不过是七八天的样子。像这样的冬天，乡下人叫作旱冬，对于麦的收成或者好些，但是人口却要受到损伤；旱得久了，白喉，流行性感冒等疾病自然容易上身，可是想恣意享受江南的冬景的人，在这一种冬天，倒只会得到快活一点，因为晴和的日子多了，上郊外去闲步逍遥的机会自然也多；日本人叫作 Hiking，德国人叫作 Spaziergang 狂者，所最欢迎的也就是这样的冬天。

窗外的天气晴朗得像晚秋一样；晴空的高爽，日光的洋溢，引诱得使你在房间里坐不住，空言不如实践，这一种无聊的杂文，我也不再想写下去了，还是拿起手杖，搁下纸笔，上湖上散散步罢！

故都的秋

郁达夫

秋天，无论在什么地方的秋天，总是好的；可是啊，北国的秋，却特别地来得清，来得静，来得悲凉。我的不远千里，要从杭州赶上青岛，更要从青岛赶上北平来的理由，也不过想饱尝一尝这一"秋"，这故都的秋味。

江南，秋当然也是有的；但草木凋得慢，空气来得润，天的颜色显得淡，并且又时常多雨而少风；一个人夹在苏州上海杭州，或厦门香港广州的市民中间，浑浑沌沌地过去，只能感到一点点清凉，秋的味，秋的色，秋的意境与姿态，总看不饱，尝不透，赏玩不到十足。秋并不是名花，也并不是美酒，那一种半开，半醉的状态，在领略秋的过程上，是不合适的。

不逢北国之秋，已将近十余年了。　在南方每年到了秋天，总要想起陶然亭的芦花，钓鱼台的柳影，西山的虫唱，玉泉山的夜月，潭柘寺的钟声。　在北平即使不出门去罢，就是在皇城人海之中，租人家一椽破屋来住着，早晨起来，泡一碗浓茶，向院子一坐，你也能看得到很高很高的碧蓝的天色，听得到青天下驯鸽的飞声。　从槐树叶底，朝东细数着一丝一丝漏下来的日光，或在破壁腰中，静对着像喇叭似的牵牛花（朝荣）的蓝朵，自然而然地也能够感觉到十分的秋意。　说到了牵牛花，我以为以蓝色或白色者为佳，紫黑色次之，淡红色最下。　最好，还要在牵牛花底，教长着几根疏疏落落的尖细且长的秋草，使作陪衬。

　　北国的槐树，也是一种能使人联想起秋来的点缀。　像花而又不是花的那一种落蕊，早晨起来，会铺得满地。　脚踏上去，声音也没有，气味也没有，只能感出一点点极微细极柔软的触觉。　扫街的在树影下一阵扫后，灰土上留下来的一条条扫帚的丝纹，看起来既觉得细腻，又觉得清闲，潜意识下并且还觉得有点儿落寞，古人所说的梧桐一叶而天下知秋的遥想，大约也就在这些深沉的地方。

　　秋蝉的衰弱的残声，更是北国的特产；因为北平处处全长着树，屋子又低，所以无论在什么地方，都听得见它们的啼唱。　在南方是非要上郊外或山上去才听得到的。　这秋蝉的嘶叫，在北平可和蟋蟀耗子一样，简直像是家家户户都养在家里的家虫。

　　还有秋雨哩，北方的秋雨，也似乎比南方的下得奇，下得有味，下得更像样。

　　在灰沉沉的天底下，忽而来一阵凉风，便息列索落地下起雨来了。　一层雨过，云渐渐地卷向了西去，天又青了，太阳又露出脸来了；着着很厚的青布单衣或夹袄的都市闲人，咬着烟管，在雨后的斜桥影里，上桥头树底下去一立，遇见熟人，便会用了缓慢悠闲的声调，微叹着互答着说：

"唉，天可真凉了——"（这了字念得很高，拖得很长。）

"可不是么？一层秋雨一层凉了！"

北方人念阵字，总老像是层字，平平仄仄起来，这念错的歧韵，倒来得正好。

北方的果树，到秋来，也是一种奇景。第一是枣子树；屋角，墙头，茅房边上，灶房门口，它都会一株株地长大起来。像橄榄又像鸽蛋似的这枣子颗儿，在小椭圆形的细叶中间，显出淡绿微黄的颜色的时候，正是秋的全盛时期；等枣树叶落，枣子红完，西北风就要起来了，北方便是尘沙灰土的世界，只有这枣子，柿子，葡萄，成熟到八九分的七八月之交，是北国的清秋的佳日，是一年之中最好也没有的 Golden Days。

有些批评家说，中国的文人学士，尤其是诗人，都带着很浓厚的颓废色彩，所以中国的诗文里，颂赞秋的文字特别多。但外国的诗人，又何尝不然？我虽则外国诗文念得不多，也不想开出账来，做一篇秋的诗歌散文钞，但你若去一翻英德法意等诗人的集子，或各国的诗文的 Anthology 来，总能够看到许多关于秋的歌颂与悲啼。各著名的大诗人的长篇田园诗或四季诗里，也总以关于秋的部分，写得最出色而最有味。足见有感觉的动物，有情趣的人类，对于秋，总是一样的能特别引起深沉，幽远，严厉，萧索的感触来的。不单是诗人，就是被关闭在牢狱里的囚犯，到了秋天，我想也一定会感到一种不能自已的深情；秋之于人，何尝有国别，更何尝有人种阶级的区别呢？不过在中国，文字里有一个"秋士"的成语，读本里又有着很普遍的欧阳子的《秋声》与苏东坡的《赤壁赋》等，就觉得中国的文人，与秋的关系特别深了。可是这秋的深味，尤其是中国的秋的深味，非要在北方，才感受得到底。

南国之秋，当然是也有它的特异的地方的，比如廿四桥的明月，钱塘江的秋潮，普陀山的凉雾，荔枝湾的残荷等等，可是色彩不浓，回味不永。 比起北国的秋来，正像是黄酒之与白干，稀饭之与馍馍，鲈鱼之与大蟹，黄犬之与骆驼。

秋天，这北国的秋天，若留得住的话，我愿把寿命的三分之二折去，换得一个三分之一的零头。

秋天的况味

林语堂①

秋天的黄昏，一人独坐在沙发上抽烟，看烟头白灰之下露出红光，微微透露出暖气，心头的情绪便跟着那蓝烟缭绕而上，一样的轻松，一样的自由。　一转眼，缭烟变成缕缕的细丝，慢慢不见了，而那霎时，心上的情绪也跟着消沉于大千世界，所以也不讲那时的情绪，而只讲那时的情绪的况味。　待要划一根洋火，再点起那已点过三四次的雪茄，却因白灰已积得太多，点不着，乃轻轻地一弹，烟灰静悄悄地落在铜炉上，其静寂如同我此时用毛笔写在纸上一样，一点的声息也没有。　于是再点起来，一口一口地吞云吐雾，香气扑鼻，宛如偎红倚翠温香在抱情调。　于是想到这烟一股温煦的热气，想到室中缭绕暗淡的烟霞，想到秋天的意味。　这时才想起，向来诗文上秋的含义，并不是这样的，使人联想的是萧杀，是凄凉，是秋扇，是红叶，是荒林，是姜草。　然而秋确有另一意味，没有春天的阳气勃勃，也没有夏天的炎烈迫人，也不像冬天之全入于枯槁凋零。　我所爱的是秋林古气磅礴气象。　有人以老

①　林语堂（1895—1976）。　原名和乐，后改玉堂，又改语堂。　福建龙溪人。　1924 年后为《语丝》主要撰稿人之一。　1926 年到厦门大学任文学院院长。1927 年任外交部秘书。　1932 年主编《论语》半月刊。　1934 年创办《人间世》；1935 年创办《宇宙风》，提倡"以自我为中心，以闲适为格调"的小品文。　1935 年后，在美国用英文写《吾国与吾民》《京华烟云》《风声鹤唳》等文化著作和长篇小说。

气横秋骂人，可见是不懂得秋林古色之滋味。

　　在四时中，我于秋是有偏爱的，所以不妨说说。 秋代表成熟，对于春天之明媚娇艳，夏日之茂密浓深，都是过来人，不足为奇了，所以其色淡，叶多黄，有古色苍茏之概，不单以葱翠争荣了。 这是我所谓秋的意味。 大概我所爱的不是晚秋，是初秋，那时暄气初消，月正圆，蟹正肥，桂花皎洁，也未陷入凛冽萧瑟气态，这是最值得赏乐的。 那时的温和，如我烟上的红灰，只是一股熏熟的温香罢了。 或如文人已排脱下笔惊人的格调，而渐趋纯熟练达，宏毅坚实，其文读来有深长意味。 这就是庄子所谓"正得秋而万宝成"结实的意义。 在人生上最享乐的就是这一类的事。 比如酒以醇以老为佳。 烟也有和烈之辨。 雪茄之佳者，远胜于香烟，因其味较和。 倘是烧得得法，慢慢的吸完一支，看那红光炙发，有无穷的意味。 鸦片吾不知，然看见人在烟灯上烧，听那微微哔剥的声音，也觉得有一种诗意。 大概凡是古老、纯熟、熏黄、熟练的事物，都使我得到同样的愉快。 如一只熏黑的陶锅在烘炉上用慢火炖猪肉时所发出的锅中徐吟的声调，是使我感到同观人烧大烟一样的兴趣。 或如一本用过二十年而尚未破烂的字典，或是一张用了半世的书桌，或如看见街上一块熏黑了老气横秋的招牌，或是看见书法大家苍劲雄深的笔迹，都令人有相同的快乐。 人生世上如岁月之有四时，必须要经过这纯熟时期，如女人发育健全遭遇安顺的，亦必有一时徐娘半老的风韵，为二八佳人所绝不可及者。 使我最佩服的是邓肯的佳句："世人只会吟咏春天与恋爱，真无道理。 须知秋天的景色，更华丽，更恢奇，而秋天的快乐有万倍的雄壮，惊奇，瑰丽。 我真可怜那些妇女识见褊狭，使她们错过爱之秋天的宏大的赠赐。"若邓肯者，可谓识趣之人。

翡冷翠山居闲话

徐志摩①

在这里出门散步去，上山或是下山，在一个晴好的五月的向晚，正像是去赴一个美的宴会，比如去一果子园，那边每株树上都是满挂着诗情最秀逸的果实。假如你单是站着看还不满意时，只要你一伸手就可以采取，可以恣尝鲜味，足够你性灵的迷醉。阳光正好暖和，绝不过暖；风息是温驯的，而且往往因为他是从繁花的山林里吹度过来，他带来一股幽远的淡香，连着一息滋润的水汽，摩挲着你的颜面，轻绕着你的肩腰，就这单纯的呼吸已是无穷的愉快；空气总是明净的，近谷内不生烟，远山上不起霭，那美秀风景的全部正像画片似的展露在你的眼前，供你闲暇的鉴赏。

作客山中的妙处，尤在你永不须踌躇你的服色与体态；你不妨摇曳着一头的蓬草，不妨纵容你满腮的苔藓；你爱穿什么就穿什么；扮一个牧童，扮一个渔翁，装一个农夫，装一个走江湖的桀卜闪，装一个猎户；你再不必提心整理你的领结，你尽可以不用领结，给你的颈根与胸膛一半日的自由，你可以拿一条艳色的长巾包在你的头上，学一个太平军的头目，或是拜伦那埃及装的姿态；但最要紧的是穿上你最旧的旧鞋，别管他模样不佳，他们是顶可爱的

① 徐志摩（1896—1931）。浙江宁海县人，中国现代著名诗人。曾留学于美国与英国，为新月社主要成员。著有《志摩的诗》《翡冷翠的一夜》《猛虎集》《云游集》等诗集，散文集有《落叶》《巴黎的鳞爪》《自剖》。徐志摩的主要成就是在诗歌创作方面，他的散文艳丽、活脱，具有诗的格调与意蕴。

好友，他们承着你的体重却不叫你记起你还有一双脚在你的底下。

　　这样的玩顶好是不要约伴，我竟想严格地取缔，只许你独身；因为有了伴多少总得叫你分心，尤其是年轻的女伴，那是最危险最专制不过的旅伴，你应得躲避她像你躲避青草里一条美丽的花蛇！平常我们从自己家里走到朋友的家里，或是我们执事的地方，那无非是在同一个大牢里从一间狱室移到另一间狱室去，拘束永远跟着我们，自由永远寻不到我们；但在这春夏间美秀的山中或乡间你要是有机会独身闲逛时，那才是你福星高照的时候，那才是你实际领受，亲口尝味，自由与自在的时候，那才是你肉体与灵魂行动一致的时候；朋友们，我们多长一岁年纪往往只是加重我们头上的枷，加紧我们脚胫上的链。　我们见小孩子在草里在沙堆里在浅水里打滚作乐，或是看见小猫追他自己的尾巴，何尝没有羡慕的时候，但我们的枷，我们的链永远是制定我们行动的上司！　所以只有你单身奔赴大自然的怀抱时，像一个裸体的小孩扑入他母亲的怀抱时，你才知道灵魂的愉快是怎样的，单是活着的快乐是怎样的，单就呼吸单就走道单就张眼看耸耳听的幸福是怎样的。　因此你得严格地为己，极端地自私，只许你，体魄与性灵，与自然同在一个脉搏里跳动，同在一个音波里起伏，同在一个神奇的宇宙里自得。　我们浑朴的天真是像含羞草似的娇柔，一经同伴的抵触，他就卷了起来，但在澄静的日光下，和风中，他的姿态是自然的，他的生活是无阻碍的。

　　你一个人漫游的时候，你就会在青草里坐地仰卧，甚至有时打滚，因为草的和暖的颜色自然地唤起你童稚的活泼；在静僻的道上你就会不自主地狂舞，看着你自己的身影幻出种种诡异的变相，因为道旁树木的阴影在他们纤徐的婆娑里暗示你舞蹈的快乐；你也会得信口的歌唱，偶尔记起断片的音调，与你自己随口的小曲，因为树林中的莺燕告诉你春光是应得赞美的；更不必说你的胸襟自然会跟着漫长的山径开拓，你的心地会看着澄蓝的天空静定，你的思想和着山罅间的水声，山罅里的泉响，有时一澄到底的清澈，有时激起成章的波动，流，流，流入凉爽的橄榄林中，流入妩媚的阿诺河去……

　　并且你不但不须约伴，每逢这样的游行，你也不必带书。　书是理想的伴侣，但你应得带书，是在火车上，在你住处的客室里，不是在你独身漫步的时候。　什么伟大的深沉的鼓舞的清明的优美的思想的根源不是可以在风籁中，云彩里，山势与地形的起伏里，花草的颜色与香息里寻得？　自然是最伟大的一部书，葛德说，在他每一页的字句里我们读得最深奥的消息。　并且这书上的文字是人人懂得的；阿尔帕斯与五老峰，雪西里与普陀山，莱茵河与扬子江，梨梦湖与西子湖，建兰与琼花，杭州西溪的芦雪与威尼市夕照的红潮，百灵与夜莺，更不提一般黄的黄麦，一般紫的紫藤，一般青的青草同在大地上生长，同在和风中波动——他们应用的符号是永远一致的，他们的意义是永远明显的，只要你自己性灵上不长疮瘢，眼不盲，耳不塞，这无形迹的最高等教育便永远是你的名分，这不取费的最珍贵的补剂便永远供你的受用；只要你认识了这一部书，你在这世界上寂寞时便不寂寞，穷困时不穷困，苦恼时有安慰，挫折时有鼓励，软弱时有督责，迷失时有南针。

白杨礼赞

茅盾[1]

白杨树实在不是平凡的，我赞美白杨树！

当汽车在望不到边际的高原上奔驰，扑入你的视野的，是黄绿错综的一条大毯子：黄的，那是土，未开垦的处女土，几百万年前由伟大的自然力所堆积成功的黄土高原的外壳；绿的呢，是人类劳力战胜自然的成果，是麦田，和风吹送，翻起了一轮一轮的绿波——这时你会真心佩服昔人所造的两个字"麦浪"，若不是妙手偶得，便确是经过锤炼的语言的精华。 黄与绿主宰着，无边无垠，坦荡如砥，这时如果不是宛若并肩的远山的连峰提醒了你（这些山峰凭你的肉眼来判断，就知道是在你脚底下的），你会忘记了汽车是在高原上行驶，这时你涌起来的感想也许是"雄壮"，也许是"伟大"，诸如此类的形容词，然而同时你的眼睛也许觉得有点倦怠，你对当前的"雄壮"或"伟大"闭了眼，而另一种味儿在你心头潜滋暗长了——"单调"！ 可不是，单调，有一点儿罢？

然而刹那间，要是你猛抬眼看见了前面远远地有一排——不，

---

① 茅盾（1896—1981）。 原名沈德鸿，字雁冰，浙江桐乡人，中国现代作家。 1916 年毕业于北京大学预科班。 1916 年后历任上海商务印书馆编辑、《小说月报》主编、《民国日报》主编，为文学研究会发起人之一。 1928 年赴日本，1930 年回国，加入左翼作家联盟。 新中国成立后历任文化部长、中国作协主席等职。 主要作品有长篇小说《子夜》，中篇小说《蚀》（三部曲），短篇小说《春蚕》《林家铺子》等。

或者甚至只是三五株，一二株，傲然地耸立，像哨兵似的树木的话，那你的恹恹欲睡的情绪又将如何？　我那时是惊奇地叫了一声的！

那就是白杨树，西北极普通的一种树，然而实在不是平凡的一种树！

那是力争上游的一种树，笔直的干，笔直的枝。　它的干呢，通常是丈把高，像是加以人工似的，一丈以内，绝无旁枝；它所有的桠枝呢，一律向上，而且紧紧靠拢，也像是加以人工似的，成为一束，绝无横斜逸出；它的宽大的叶子也是片片向上，几乎没有斜生的，更不用说倒垂了；它的皮，光滑而有银色的晕圈，微微泛出淡青色。　这是虽在北方的风雪的压迫下却保持着倔犟挺立的一种树！　哪怕只有碗来粗细罢，它却努力向上发展，高到丈许，二丈，参天耸立，不折不挠，对抗着西北风。

这就是白杨树，西北极普通的一种树，然而绝不是平凡的树！

它没有婆娑的姿态，没有屈曲盘旋的虬枝，也许你要说它不美丽，——如果美是专指"婆娑"或"横斜逸出"之类而言，那么白杨树算不得树中的好女子；但是它却是伟岸，正直，朴质，严肃，也不缺乏温和，更不用提它的坚强不屈与挺拔，它是树中的伟丈夫！　当你在积雪初融的高原上走过，看见平坦的大地上傲然挺立这么一株或一排白杨树，难道你觉得树只是树，难道你就不想到它的朴质，严肃，坚强不屈，至少也象征了北方的农民；难道你竟一点也不联想到，在敌后的广大土地上，到处有坚强不屈，就像这白杨树一样傲然挺立的守卫他们家乡的哨兵！　难道你又不更远一点想到这样枝枝叶叶靠紧团结，力求上进的白杨树，宛然象征了今天在华北平原纵横决荡用血写出新中国历史的那种精神和意志。

白杨不是平凡的树。　它在西北极普遍，不被人重视，就跟北方农民相似，它有极强的生命力，磨折不了，压迫不倒，也跟北方的农民相似。 我赞美白杨树，就因为它不但象征了北方的农民，尤其象征了今天我们民族解放斗争中所不可缺的朴质，坚强，以及力求上进的精神。

让那些看不起民众，贱视民众，顽固的倒退的人们去赞美那贵族化的楠木（那也是直干秀颀的），去鄙视这极常见，极易生长的白杨罢，但是我要高声赞美白杨树！

青纱帐

王统照①

　　稍稍熟悉北方情形的人，当然知道这三个字——青纱帐，帐子上加青纱二字，很容易令人想到那幽幽的、沉沉的、如烟如雾的趣味。　其中大约是小簟轻衾吧？　有个诗人在帐中低吟着"手倦抛书午梦长"的句子，或者更宜于有个雪肤花貌的"玉人"，从淡淡的灯光下透露出横陈的丰腴的肉体美来。　可是煞风景得很！　现在在北方一提起青纱帐这个暗喻格的字眼，汗喘气力，光着身子的农夫，横飞的子弹，枪，杀，劫掳，火光，这一大串的人物与光景，便即刻联想得出来。

　　北方有的是遍野的高粱，亦即所谓秫秸，每到夏季，正是它们茂生的时季。　身个儿高，叶子长大，不到晒米的日子，早已在其中可以藏住人，不比麦子豆类隐蔽不住东西。　这些年来北方，凡是有乡村的地方，这个严重的青纱帐季，便是一年中顶难过而要戒严的时候。

　　当初给遍野的高粱赠予这个美妙的别号的，够得上是位"幽雅"的诗人吧？　本来如刀的长叶，连接起来恰像一个大的帐幔，

---

　　① 王统照（1897—1957）。　现代作家。　字剑三，笔名韦佩、容庐、卢生等。　山东诸城人。　出版有长篇小说《一叶》《黄昏》，短篇小说集《春雨之夜》《霜痕》，诗文集《童心》等。　另有诗集《这时代》《夜行集》《放歌集》，短篇小说集《号声》《银龙集》，散文集《青纱帐》《去来今》，诗集《鹊华小集》，论文随笔集《炉边文谈》，六卷本《王统照文集》等。

微风过处，秆、叶摇拂，用青纱的色彩作比，谁能说是不对？　然而高粱在北方的农产植物中是具有雄伟壮丽的姿态的。　它不像黄云般的麦穗那么轻袅，也不是谷子穗垂头委琐的神气，高高独立，昂首在毒日的灼热之下，周身碧绿，满布着新鲜的生机。　高粱米在东北几省中是一般家庭的普通食物，东北人在别的地方住久了，仍然还很欢喜吃高粱米煮饭。　除那几省之外，在北方也是农民的主要食物，可以糊成饼子，摊作煎饼，而最大的用处是制造白干酒的原料，所以白干酒也叫作高粱酒。　中国的酒类性烈易醉的莫过于高粱酒。　可见这类农产物中所含精液之纯，与北方的土壤气候都有关系。　但高粱的特性也由此可以看出。

为什么北方农家有地不全种能产小米的谷类，非种高粱不可？据农人讲起来自有他们的理由。　不错，高粱的价值不要说不及麦、豆，连小米也不如。　然而每亩的产量多，而尤其需要的是燃料。　我们的都会地方现在是用煤，也有用电与瓦斯的，可是在北方的乡间因为交通不便与价值高贵的关系，主要的燃料是高粱秸。如果一年地里不种高粱，那么农民的燃料便自然发生恐慌。　除去做粗糙的食品外，这便是在北方夏季到处能看见一片片高秆红穗的高粱地的缘故。

高粱的收获期约在夏末秋初。　从前有我的一位族侄——他死去十几年了，一位旧典型的诗人——他曾有过一首旧诗，是极好的一段高粱赞：

高粱高似竹，遍野参差绿。粒粒珊瑚珠，节节琅玉圆。

农人对于高粱的红米与长秆子的爱惜，的确也与珊瑚琅玉相等。　或者因为这等农产物品格过于低下的缘故，自来少见诸诗人的歌咏，不如稻、麦、豆类常在中国的田园诗人的句子中读得到。

但这若干年来，高粱地是特别的为人所憎恶畏惧！ 常常可以听见说："青纱帐起来，如何，如何……""今年的青纱帐季怎么过法？"因为每年的这个时季，乡村中到处遍布着恐怖，隐藏着杀机。 通常在黄河以北的土匪头目，叫作"秆子头"，望文思义，便可知道与青纱帐是有关系的。 高粱秆子在热天中既遍地皆是，容易藏身，比起"占山为王"还要便利。

青纱帐，现今不复是诗人、色情狂者所想象的清幽与挑拨肉感的所在，而变成乡村间所恐怖的"魔帐"了！

多少年来帝国主义的压迫，与连年内战，捐税重重，官吏、地主的剥削，现在的农村已经成了一个待爆发的空壳。 许多人想着回到纯洁的乡村，以及想尽方法要改造乡村，不能不说他们的"用心良苦"，然而事实告诉我们，这样枝枝节节、一手一足的办法，何时才有成效！

青纱帐季的恐怖不过是一点表面上的情形，其所以有散布恐慌的原因多得很呢。

"青纱帐"这三个字徒然留下了极淡漠的、如烟如雾的一个表象在人人的心中，而内里面却藏有炸药的引子！

春

朱自清①

盼望着，盼望着，东风来了，春天的脚步近了。

一切都像刚睡醒的样子，欣欣然张开了眼。 山朗润起来了，水涨起来了，太阳的脸红起来了。

小草偷偷地从土地里钻出来，嫩嫩的，绿绿的。 园子里，田野里，瞧去，一大片一大片满是的。 坐着，躺着，打两个滚，踢几脚球，赛几趟跑，捉几回迷藏。 风轻悄悄的，草软绵绵的。

桃树、杏树、梨树，你不让我，我不让你，都开满了花赶趟儿。 红的像火，粉的像霞，白的像雪。 花里带着甜味儿；闭了眼，树上仿佛已经满是桃儿、杏儿、梨儿。 花下成千成百的蜜蜂嗡嗡地闹着，大小的蝴蝶飞来飞去。 野花遍地是：杂样儿，有名字的，没名字的，散在草丛里，像眼睛，像星星，还眨呀眨的。

"吹面不寒杨柳风"，不错的，像母亲的手抚摸着你。 风里带来些新翻的泥土的气息，混着青草味儿，还有各种花的香，都在

① 朱自清（1898—1948）。 字佩弦，江苏扬州人，中国现代著名诗人、散文家、学者。 1920 年毕业于北京大学哲学系，大学期间开始新诗创作并积极投身于新文学运动，参加文学研究会。 1925 年后长期任清华大学国文系教授。 1931 年留学伦敦，遍游欧洲。 次年回国，继续执教清华大学。 抗战爆发后随校南迁任西南联大教授，后回北平继续执教于清华大学。 一生著述颇丰，在诗歌、散文及文学研究领域都有开拓性的成就。 有《雪朝》《毁灭》《踪迹》等诗集，《背影》《欧游杂记》等散文集及《经典常谈》《论雅俗共赏》《标准与尺度》等评论随笔集。 现有多种版本的各类诗文选集行于海内外。

微微润湿的空气里酝酿。 鸟儿将巢安在繁花嫩叶当中，高兴起来了，呼朋引伴地卖弄清脆的歌喉，唱出宛转的曲子，跟轻风流水应和着。 牛背上牧童的短笛，这时候也成天嘹亮地响着。

雨是最寻常的，一下就是三两天。 可别恼。 看，像牛毛，像花针，像细丝，密密地斜织着，人家屋顶上全笼着一层薄烟。 树叶儿却绿得发亮，小草儿也青得逼你的眼。 傍晚时候，上灯了，一点点黄晕的光，烘托出一片安静而和平的夜。 在乡下，小路上，石桥边，有撑起伞慢慢走着的人，地里还有工作的农民，披着蓑戴着笠。 他们的房屋，稀稀疏疏的，在雨里静默着。

天上风筝渐渐多了，地上孩子也多了。 城里乡下，家家户户，老老小小，也赶趟儿似的，一个个都出来了。 舒活舒活筋骨，抖擞抖擞精神，各做各的一份事儿去。 "一年之计在于春"，刚起头儿，有的是工夫，有的是希望。

春天像刚落地的娃娃，从头到脚都是新的，它生长着。

春天像小姑娘，花枝招展的，笑着，走着。

春天像健壮的青年，有铁一般的胳膊和腰脚，领着我们上前去。

荷塘月色

朱自清

这几天心里颇不宁静。 今晚在院子里坐着乘凉，忽然想起日日走过的荷塘，在这满月的光里，总该另有一番样子吧。 月亮渐渐地升高了，墙外马路上孩子们的欢笑，已经听不见了；妻在屋里拍着闰儿，迷迷糊糊地哼着眠歌。我悄悄地披了大衫，带上门出去。

沿着荷塘，是一条曲折的小煤屑路。这是一条幽僻的路；白天也少人走，夜晚更加寂寞。荷塘四面，长着许多树，蓊蓊郁郁的。路的一旁，是些杨柳，和一些不知道名字的树。没有月光的晚上，这路上阴森森的，有些怕人。今晚却很好，虽然月光也还是淡淡的。

路上只我一个人，背着手踱着。这一片天地好像是我的；我也像超出了平常的自己，到了另一世界里。我爱热闹，也爱冷静；爱群居，也爱独处。像今晚上，一个人在这苍茫的月下，什么都可以想，什么都可以不想，便觉是个自由的人。白天里一定要做的事，一定要说的话，现在都可不理。这是独处的妙处，我且受用这无边的荷香月色好了。

曲曲折折的荷塘上面，弥望的是田田的叶子。叶子出水很高，像亭亭的舞女的裙。层层的叶子中间，零星地点缀着些白花，有袅娜地开着的，有羞涩地打着朵儿的；正如一粒粒的明珠，又如碧天里的星星，又如刚出浴的美人。微风过处，送来缕缕清香，仿佛远处高楼上渺茫的歌声似的。这时候叶子与花也有一丝的颤动，像闪电般，霎时传过荷塘的那边去了。叶子本是肩并肩密密地挨着，这便宛然有了一道凝碧的波痕。叶子底下是脉脉的流水，遮住了，不能见一些颜色；而叶子却更见风致了。

月光如流水一般，静静地泻在这一片叶子和花上。薄薄的青雾浮起在荷塘里。叶子和花仿佛在牛乳中洗过一样；又像笼着轻纱的梦。虽然是满月，天上却有一层淡淡的云，所以不能朗照；但我以为这恰是到了好处——酣眠固不可少，小睡也别有风味的。月光是隔了树照过来的，高处丛生的灌木，落下参差的斑驳的黑影，峭楞楞如鬼一般；弯弯的杨柳的稀疏的倩影，却又像是画在荷叶上。 塘中的月色并不均匀；但光与影有着和谐的旋律，如梵婀玲上奏着的名曲。

荷塘的四面，远远近近，高高低低都是树，而杨柳最多。 这些树将一片荷塘重重围住；只在小路一旁，漏着几段空隙，像是特为月光留下的。 树色一例是阴阴的，乍看像一团烟雾；但杨柳的风姿，便在烟雾里也辨得出。 树梢上隐隐约约的是一带远山，只有大意罢了。 树缝里也漏着一两点路灯光，没精打采的，是渴睡人的眼。 这时候最热闹的，要数树上的蝉声与水里的蛙声；但热闹是它们的，我什么也没有。

忽然想起采莲的事情来了。 采莲是江南的旧俗，似乎很早就有，而六朝时为盛；从诗歌里可以约略知道。 采莲的是少年的女子，她们是荡着小船，唱着艳歌去的。 采莲人不用说很多，还有看采莲的人。 那是一个热闹的季节，也是一个风流的季节。 梁元帝《采莲赋》里说得好：

> 于是妖童媛女，荡舟心许；鹢首徐回，兼传羽杯；棹将移而藻挂，船欲动而萍开。尔其纤腰束素，迁延顾步；夏始春余，叶嫩花初，恐沾裳而浅笑，畏倾船而敛裾。

可见当时嬉游的光景了。 这真是有趣的事，可惜我们现在早已无福消受了。

于是又记起《西洲曲》里的句子：

> 采莲南塘秋，莲花过人头；
> 低头弄莲子，莲子清如水。

今晚若有采莲人，这儿的莲花也算得"过人头"了；只不见一些流水的影子，是不行的。 这令我到底惦着江南了——这样想着，猛一抬头，不觉已是自己的门前；轻轻地推门进去，什么声息也没有，妻已睡熟好久了。

怀李叔同先生

丰子恺①

距今二十九年前，我十七岁的时候，最初在杭州的浙江省立第一师范学校里见到李叔同先生，即后来的弘一法师。那时我是预科生，他是我们的音乐教师。我们上他的音乐课时，有一种特殊的感觉：严肃。摇过预备铃，我们走向音乐教室，推进门去，先吃一惊：李先生早已端坐在讲台上。以为先生总要迟到而嘴里随便唱着、喊着，或笑着、骂着而推进门去的同学，吃惊更是不小。他们的唱声、喊声、笑声、骂声以门槛为界限而忽然消灭。接着是低着头，红着脸，去端坐在自己的位子里。端坐在自己的位子里偷偷地仰起头来看看，看见李先生的高高的瘦削的上半身穿着整洁的黑布马褂，露出在讲桌上，宽广得可以走马的前额，细长的凤眼，隆正的鼻梁，形成威严的表情。扁平而阔的嘴唇两端常有深涡，显示和蔼的表情。这副相貌，用"温而厉"三个字来描写，大概差不多了。讲桌上放着点名簿、讲义，以及他的教课笔记簿、粉笔。钢琴衣解开着，琴盖开着，谱表摆着，琴头上又放着一只时表，闪闪的金光直射到我们的眼中。黑板（是上下两块可

---

① 丰子恺（1898—1975）。浙江桐乡人，中国现代著名美术家、散文家。早年就读于浙江省第一师范学校，1919 年至上海，与友人共同创办上海师范专科学校。1921 年游学日本研习画事。后曾执教于浙江上虞白马湖春晖中学。1929 年任开明书店编辑，1933 年移居杭州，专事绘画及翻译，主要散文有《缘缘堂随笔》等多种结集。现有各种版本的文集选集画集行于海内外。

以推动的）上早已清楚地写出本课内所应写的东西（两块都写好。上块盖着下块，用下块时把上块推开）。 在这样布置的讲台上，李先生端坐着。 坐到上课铃响出（后来我们知道他这脾气，上音乐课必早到。 故上课铃响时，同学早已到齐），他站起身来，深深地一鞠躬，课就开始了。 这样地上课，空气严肃得很。

有一个人上音乐课时不唱歌而看别的书，有一个人上音乐课时吐痰在地板上，以为李先生不看见的，其实他都知道。 但他不立刻责备，等到下课后，他用很轻而严肃的声音郑重地说："某某等一等出去。"于是这位某某同学只得站着。 等到别的同学都出去了，他又用轻而严肃的声音向这某某同学和气地说："下次上课时不要看别的书。"或者："下次痰不要吐在地板上。"说过之后他微微一鞠躬，表示"你出去罢"。 出来的人大都脸上发红。 又有一次下音乐课，最后出去的人无心把门一拉，碰得太重，发出很大的声音。 他走了数十步之后，李先生走出门来，满面和气地叫他转来。 等他到了，李先生又叫他进教室来。 进了教室，李先生用很轻而严肃的声音向他和气地说："下次走出教室，轻轻地关门。"就对他一鞠躬，送他出门，自己轻轻地把门关了。 最不易忘却的，是有一次上弹琴课的时候。 我们是师范生，每人都要学弹琴，全校有五六十架风琴及两架钢琴。 风琴每室两架，给学生练习用；钢琴一架放在唱歌教室里，一架放在弹琴教室里。 上弹琴课时，十数人为一组，环立在琴旁，看李先生范奏。 有一次正在范奏的时候，有一个同学放一屁，没有声音，却是很臭。 钢琴及李先生十数同学全部沉浸在亚莫尼亚气体中。 同学大都掩鼻或发出讨厌的声音。 李先生眉头一皱，管自弹琴（我想他一定屏息着）。 弹到后来，亚莫尼亚气散光了，他的眉头方才舒展。 教完以后，下课铃响了。 李先生立起一鞠躬，表示散课。 散课以后，同学还未出门，李先生又郑重地宣旨："大家等一等去，还有一句话。"大家又肃立了。 李先生又用很轻而严肃的声音和气地说："以后放屁，到门外去，不要放在室内。"接着又一鞠躬，表示叫我们出去。 同学都忍着笑，一出门来，大家快跑，跑到远处去大笑一顿。

李先生用这样的态度来教我们音乐，因此我们上音乐课时，觉得比上其他一切课更严肃。 同时对于音乐教师李叔同先生，比对其他教师更敬仰。 那时的学校，首重的是所谓"英、国、算"，即英文、国文和算学。 在别的学校里，这三门功课的教师最有权威；而在我们这师范学校里，音乐教师最有权威，因为他是李叔同先生的缘故。

李叔同先生为什么能有这种权威呢？ 不仅为了他学问好，不仅为了他音乐好，主要的还是为了他态度认真。 李先生一生的最大特点是"认真"。 他对于一件事，不做则已，要做就非做得彻底不可。

他出身富裕之家，他的父亲是天津有名的银行家。 他是第五位姨太太所生。 他父亲生他时，年已七十二岁。 他堕地后就遭父丧，又逢家庭之变，青年时就陪了他的生母南迁上海。 在上海南洋公学读书奉母时，他是一个翩翩公子。 当时上海文坛有著名的沪学会，李先生应沪学会征文，名字屡列第一。 从此他就为沪上名人所器重，而交游日广，终以"才子"驰名于当时的上海。 所以后来他母亲死了，他赴日本留学的时候，作一首《金缕曲》，词曰："披发佯狂走。 莽中原，暮鸦啼彻，几株衰柳。 破碎河山谁收拾，零落西风依旧。 便惹得离人消瘦。 行矣临流重太息，说相思刻骨双红豆。 愁黯黯，浓于酒。 漾情不断淞波溜。 恨年年絮飘萍泊，遮难回首。 二十文章惊海内，毕竟空谈何有！ 听匣底苍龙狂吼。长夜西风眠不得，度群生那惜心肝剖。是祖国，忍孤负？"读这首词，可想见他当时豪气满胸，爱国热情炽盛。他出家时把过去的照片统统送我，我曾在照片中看见过当时在上海的他：丝绒碗帽，正中缀一方白玉，曲襟背心，花缎袍子，后面挂着胖辫子，底下缎带扎脚管，双梁厚底鞋子，头抬得很高，英俊之气，流露于眉目间。真是当时上海一等的翩翩公子。这是最初表示他的特性：凡事认真。他立意要做翩翩公子，就彻底地做一个翩翩公子。

后来他到日本，看见明治维新的文化，就渴慕西洋文明。他立刻放弃了翩翩公子态度，改做一个留学生。他入东京美术学校，同时又入音乐学校。这些学校都是模仿西洋的，所教的都是西洋画和西洋音乐。李先生在南洋公学时英文学得很好；到了日本，就买了许多西洋文学书。他出家时曾送我一部残缺的原本《莎士比亚全集》，他对我说："这书我从前细读过，有许多笔记在上面，虽然不全，也是纪念物。"由此可想见他在日本时，对于西洋艺术全面进攻，绘画、音乐、文学、戏剧都研究。后来他在日本创办春柳剧社，纠集留学同志，共演当时西洋著名的悲剧《茶花女》（小仲马著）。他自己把腰束小，扮作茶花女，粉墨登场。这照片，他出家时也送给我，一向归我保藏，直到抗战时为兵火所毁。现在我还记得这照片：卷发，白的上衣，白的长裙拖着地面，腰身小到一把，两手举起托着后头，头向右歪侧，眉峰紧蹙，眼波斜睇，正是茶花女自伤命薄的神情。另外还有许多演剧的照片，不可胜记。这春柳剧社后来迁回中国，李先生就脱出，由另一班人去办，便是中国最初的"话剧"社。由此可想见，李先生在日本时，是彻头彻尾的一个留学生。我见过他当时的照片：高帽子、硬领、硬袖、燕尾服、史的克、尖头皮鞋，加之长身、高鼻，没有脚的眼镜夹在鼻梁上，竟活像一个西洋人。 这是第二次表示他的特性：凡事认真，学一样，像一样。 要做留学生，就彻底地做一个留学生。

他回国后，在上海太平洋报社当编辑。 不久，就被南京高等师范请去教图画、音乐。 后来又应杭州师范之聘，同时兼任两个学校的课，每月中半个月住南京，半个月住杭州。 两校都请助教，他不在时由助教代课。 我就是杭州师范的学生。 这时候，李先生已由留学生变为"教师"。 这一变，变得真彻底：漂亮的洋装不穿了，却换上灰色粗布袍子、黑布马褂、布底鞋子。 金丝边眼镜也换了黑的钢丝边眼镜。 他是一个修养很深的美术家，所以对于仪表很讲究。 虽然布衣，却很称身，常常整洁。 他穿布衣，全无穷相，而另具一种朴素的美。 你可想见，他是扮过茶花女的，身材生得非常窈窕。 穿了布衣，仍是一个美男子。 "淡妆浓抹总相宜"，这诗句原是描写西子的，但拿来形容我们的李先生的仪表，也很适用。 今人侈谈"生活艺术化"，大都好奇立异，非艺术的。 李先生的服装，才真可称为生活的艺术化。 他一时代的服装，表出着一时代的思想与生活。 各时代的思想与生活判然不同，各时代的服装也判然不同。 布衣布鞋的李先生，与洋装时代的李先生、曲襟背心时代的李先生，判若三人。 这是第三次表示他的特性：认真。

我二年级时，图画归李先生教。 他教我们木炭石膏模型写生。 同学一向描惯临画，起初无从着手。 四十余人中，竟没有一个人描得像样的。 后来他拿范画给我们看。 画毕把范画挂在黑板上。 同学们大都看着黑板临摹。 只有我和少数同学，依他的方法从石膏模型写生。 我对于写生，从这时候开始发生兴味。 我到此时，恍然大悟：那些粉本原是别人看了实物而写生出来的。 我们也应该直接从实物写生入手，何必临摹他人，依样画葫芦呢？　于是我的画进步起来。　此后李先生与我接近的机会更多。　因为我常去请他教画，又教日本文。　以后的李先生的生活，我所知道的较为详细。　他本来常读性理的书，后来忽然信了道教，案头常常放着《道藏》。　那时我还是一个毛头青年，谈不到宗教。　李先生除绘事外，并不对我谈道。　但我发见他的生活日渐收敛起来，仿佛一个人就要动身赴远方时的模样。　他常把自己不用的东西送给我。

　　他的朋友日本画家大野隆德、河合新藏、三宅克己等到西湖来写生时，他带了我去请他们吃一次饭，以后就把这些日本人交给我，叫我引导他们（我当时已能讲普通应酬的日本话）。　他自己就关起房门来研究道学。　有一天，他决定入大慈山去断食，我有课事，不能陪去，由校工闻玉陪去。　数日之后，我去望他。　见他躺在床上，面容消瘦，但精神很好，对我讲话，同平时差不多。　他断食共十七日，由闻玉扶起来，摄一个影，影片上端由闻玉题字："李息翁先生断食后之像，侍子闻玉题。"这照片后来制成明信片分送朋友。　像的下面用铅字排印着："某年月日，入大慈山断食十七日，身心灵化，欢乐康强——欣欣道人记。"李先生这时候已由"教师"一变而为"道人"了。　学道就断食十七日，也是他凡事"认真"的表示。

　　但他学道的时候很短。　断食以后，不久他就学佛。　他自己对我说，他的学佛是受马一浮先生指示的。　出家前数日，他同我到西湖玉泉去看一位程中和先生。　这程先生原来是当军人的，现在退伍，住在玉泉，正想出家为僧。　李先生同他谈得很久。　此后不久，我陪大野隆德到玉泉去投宿，看见一个和尚坐着，正是这位程先生。　我想称他"程先生"，觉得不合。　想称他法师，又不知道他的法名（后来知道是弘伞），一时周章得很。 我回去对李先生讲了，李先生告诉我，他不久要出家为僧，就做弘伞的师弟。 我愕然不知所对。 过了几天，他果然辞职，要去出家。 出家的前晚，他叫我和同学叶天瑞、李增庸三人到他的房间里，把房间里所有的东西送给我们三人。 第二天，我们三人送他到虎跑。 我们回来分得了他的"遗产"，再去望他时，他已光着头皮，穿着僧衣，俨然一位清癯的法师了。

　　我从此改口，称他为"法师"。 法师的僧腊二十四年。 这二十四年中，我颠沛流离，他一贯到底，而且修行功夫愈进愈深。当初修净土宗，后来又修律宗。 律宗是讲究戒律的。 一举一动，都有规律，严肃认真之极。 这是佛门中最难修的一宗。 数百年来，传统断绝，直到弘一法师方才复兴，所以佛门中称他为"重兴南山律宗第十一代祖师"。 他的生活非常认真。 举一例说：有一次我寄一卷宣纸去，请弘一法师写佛号。 宣纸多了些，他就来信问我，余多的宣纸如何处置？ 又有一次，我寄回件邮票去，多了几分。 他把多的几分寄还我。 以后我寄纸或邮票，就预先声明：余多的送与法师。 有一次他到我家。 我请他藤椅子里坐。 他把藤椅子轻轻摇动，然后慢慢地坐下去。 起先我不敢问。 后来他每次都如此，我就启问。 法师回答我说："这椅子里头，两根藤之间，也许有小虫伏着。 突然坐下去，要把它们压死，所以先摇动一下，慢慢地坐下去，好让它们走避。"读者听到这话，也许要笑。 但这正是做人极度认真的表示。

　　如上所述，弘一法师由翩翩公子一变而为留学生，又变而为教师，三变而为道人，四变而为和尚。 每做一种人，都做得十分像样。 好比全能的优伶：起青衣像个青衣，起先生像个先生，起大面又像个大面……都是"认真"的缘故。

现在弘一法师在福建泉州圆寂了。噩耗传到贵州遵义的时候，我正在束装，将迁居重庆。我发愿到重庆后替法师画像一百帧，分送各地信善，刻石供养。现在画像已经如愿了。我和李先生在世间的师弟尘缘已经结束，然而他的遗训——认真——永远铭刻在我心头。

月下的回忆

庐隐①

晚凉的时候，困倦的睡魔都退避了，我们便乘兴登大连的南山，在南山之巅，可以看见大连全市。 我们出发的时候，已经是暮色苍茫，看不见娇媚的夕阳影子了。 登山的时候，眼前模糊，只隐约能辨人影；漱玉穿着高底皮鞋，几次要摔倒，都被淡如扶住，因此每人都存了戒心，不敢大意了。

到了山巅，大连全市的电灯，如中宵的繁星般，密密层层满布太空，淡如说是钻石缀成的大衣，披在淡装的素娥身上；漱玉说比得不确，不如说我们乘了云梯，到了清虚上界，下望诸星，吐豪光千丈的情景为逼真些。

他们两人的争论，无形中引动我们的幻想，子豪仰天吟道："举首问明月，不知天上今夕是何年？"她的吟声未竭，大家的心灵都被打动了，互相问道："今天是阴历几时？ 有月亮吗？"有的说十五，有的说十七，有的说十六，漱玉高声道："不用争了。 今日是十六，不信看我的日记本去！"子豪说：

---

① 庐隐（1898—1934）。 原名黄淑仪，又名黄英。 生于福建闽侯。 1925年出版第一本小说集《海滨故人》。 1926 年到上海大夏大学教书，1927 年任北京市立女子第一中学校长半年，几年间，母亲、丈夫、哥哥和挚友石评梅先后逝世，悲哀情绪浸透在这个时期出版的作品集《灵海潮汐》和《曼丽》之中。 1930年与李唯建结婚，1931 年出版了二人的通信集《云欧情书集》。 婚后他们一度在东京居住，出版过《东京小品》。

"既是十六，月光应当还是圆的，怎么这时候还没有看见出来呢？"淡如说："你看那两个山峰的中间一片红润；不是月亮将要出来的预兆吗？"我们集中目力，都望那边看去了，果见那红光越来越红，半边灼灼的天，像是着了火，我们静悄悄地望了些时，那月儿已露出一角来了；颜色和丹砂一般红，渐渐大了也渐渐淡了，约有五分钟的时候，全个团团的月儿，已经高高站在南山之巅，下窥芸芸众生了。我们都拍着手，表示欢迎的意思；子豪说："是我们多情欢迎明月？还是明月多情，见我们深夜登山来欢迎我们呢？"这个问题提出来后，大家议论的声音，立刻破了深山的寂静，和夜的消沉，那酣眠高枝的鸥鹄也吓得飞起来了。

淡如最喜欢在清澈的月下，妩媚的花前，作苍凉的声音读诗吟词，这时又在那里高唱南唐李后主的《虞美人》，诵到"故国不堪回首月明中"声调更加凄楚；这声调随着空气震荡，更轻轻浸进我的心灵深处；对着现在玄妙笼月的南山的大连，不禁更回想到三日前所看见污浊充满的大连，不能不生一种深刻的回忆了！

在一个广场上，有无数的儿童，拿着几个球在那里横穿竖冲地乱跑，不久铃声响了，一个一个和一群蜜蜂般地涌进学校门去了；当他们往里走的时候，我脑膜上已经张好了白幕，专等照这形形式式的电影；顽皮没有礼貌的行动，憔悴带黄色的面庞，受压迫含抑闷的眼光，一色色都从我面前过去了，印入心幕了。

进了课堂，里头坐着五十多个学生，一个三十多岁，有一点胡须的男教员，正在那里讲历史，"支那之部"四个字端端正正写在黑板上；我心里忽然一动，我想大连是谁的地方啊？用的可是日本的教科书——教书的又是日本教员——这本来没有什么，教育和学问是没有国界的，除了政治的臭味——他是不许藩篱这边的人和藩篱那边的人握手以外，人们的心都和电流一般相通的——这个很自然……

　　"这是那里来的，不是日本人吗？"靠着我站在这边的两个小学生在那窃窃私语，遂打断我的思路，只留心听他们的谈话。　过了些时，那个较小的学生说："这是支那北京来的，你没有看见先生在揭示板写的告白吗？"我听了这口气真奇怪，分明是日本人的口气，原来大连人已受了软化了吗？　不久，我们出了这课堂，孩子们的谈论听不见了。

　　那一天晚上，我们住的房子里，灯光格外明亮；在灯光之下有一个瘦长脸的男子，在那里指手划脚演说："诸君！　诸君！　你们知道用吗啡培成的果子，给人吃了，比那百万雄兵的毒还要大吗？教育是好名词，然而这种含毒质的教育，正和吗啡果相同……你们知道吗？　大连的孩子谁也不晓得有中华民国呵！　他们已经中了吗啡果的毒了！　……

　　"中了毒无论怎样，终久是要发作的，你看那一条街上是西岗子，一连有一千余家的暗娼，是谁开的？　原来是保护治安的警察老爷，和暗探老爷们勾通地棍办的，警察老爷和暗探老爷，都是吃了吗啡果子的大连公学校的卒业生呵！"

　　他说到那里，两个拳头不住在桌上乱击，口里不住的诅咒，眼泪不竭的涌出，一颗赤心几乎从嘴里跳了出来！　歇了一歇他又说："我有一个朋友，在一天下午，从西岗子路过，就见那灰色的墙根底下每一家的门口，都有一个邪形鸠面的男子蹲在那里，看见他走过去的时候，由第一个人起，连续着打起呼啸来；这种奇异的暗号，真是使人惊吓，好像一群恶魔要捕人的神气；更奇怪的，打过这呼啸以后立刻各家的门又都开了；有妖态荡气的妇人，向外探头；我那个朋友，看见她们那种样子，已明白她们要强留客人的意思，只得低下头，急急走过；经过她们门前，有的捉他的衣袖，有的和他调笑，幸亏他穿的是西装，她们不知道他到底是什么来历不敢过于造次，他才得脱了虎口。当他才走出胡同口的时候，从胡同的那一头，来了一个穿着黄灰色短衣裤的工人；他们依样的作那呼啸的暗号，他回头一看，那人已被东首第二家的一个高颧骨的妇人拖进去了！"

唉！这不是吗啡果的种子，开的沉沦的花吗？

我正在回忆从前的种种，忽然漱玉在我肩上击了一下说："好好的月亮不看，却在这漆黑树影底下发什么怔。"

漱玉的话打断我的回忆，现在我不再想什么了，东西张望，只怕辜负了眼前的美景！

远远地海水，放出寒栗的光芒来；我寄我的深愁于流水，我将我的苦闷付清光；只是那多事的月亮，无论如何把我尘浊的影子，清清楚楚反射在那块白石头上；我对着她，好像怜她，又好像恼她；怜她无故受尽了苦痛的磨折，恨她为什么自己要着迹，若没这有形的她，也没有这影子的她了；无形无迹，又何至被有形有迹的世界折磨呢？……连累得我的灵魂受苦恼……

夜深了！月儿的影子偏了，我们又从来处去了。

我愿秋常驻人间

庐隐

提到秋，谁都不免有一种凄迷哀凉的色调，浮上心头；更试翻古往今来的骚人、墨客，在他们的歌咏中，也都把秋染上凄迷哀凉的色调，如李白的《秋思》："……天秋木叶下，月冷莎鸡悲。坐愁群芳歇，白露凋华滋。"柳永的《雪梅香辞》："景萧索，危楼独立面晴空。动悲秋情绪，当时宋玉应同。"周密的《声声慢》："……对西风休赋登楼，怎去得，怕凄凉时节，团扇悲秋。"

这种凄迷哀凉的色调，便是美的元素，这种美的元素只有"秋"才有。也只有在"秋"的季节中，人们才体验得出，因为一个人在感官被极度的刺激和压扎的时候，常会使心头麻木。故在盛夏闷热时，或在严冬苦寒中，心灵永久如虫类的蛰伏。等到一声秋风吹到人间，也正等于一声春雷，震动大地，把一些僵木的灵魂如虫类般地唤醒了。

灵魂既经苏醒，灵的感官便与世界万汇相接触了。于是见到阶前落叶萧萧下，而联想到不尽长江滚滚来，更因其特别自由敏感的神经，而感到不尽的长江是千古长存，而倏忽的生命，譬诸昙花一现。于是悲来填膺，愁绪横生。

这就是提到秋，谁都不免一种凄迷哀凉的色调，浮上心头的原因了。

其实秋是具有极丰富的色彩，极活泼的精神的，它的一切现象，并不像敏感的诗人墨客所体验的那种凄迷哀凉。

当霜薄风清的秋晨，漫步郊野，你便可以看见如火般的颜色染在枫林、柿丛和浓紫的颜色泼满了山巅天际，简直是一个气魄伟大的画家的大手笔，任意趣之所在，勾抹涂染，自有其雄伟的丰姿，又岂是纤细的春景所能望其项背？

至于秋风的犀利，可以洗尽积垢，秋月的明澈，可以照烛幽微，秋是又犀利又潇洒，不拘不束的一位艺术家的象征，这种色调，实可以苏息现代困闷人群的灵魂，因此我愿秋常驻人间！

我的母亲

老舍①

母亲的娘家是在北平德胜门外，土城儿外边，通大钟寺的大路上的一个小村里。村里一共有四五家人家，都姓马。大家都种点不十分肥美的土地，但是与我同辈的兄弟们，也有当兵的，作木匠的，作泥水匠的，和当巡察的。他们虽然是农家，却养不起牛马，人手不够的时候，妇女便也须下地做活。

对于姥姥家，我只知道上述的一点。外公外婆是什么样子，我就不知道了，因为他们早已去世。至于更远的族系与家史，就更不晓得了；穷人只能顾眼前的衣食，没有工夫谈论什么过去的光荣；"家谱"这字眼，我在幼年就根本没有听说过。

母亲生在农家，所以勤俭诚实，身体也好。这一点事实却极重要，因为假若我没有这样的一位母亲，我之为我恐怕也就要大大地打个折扣了。

母亲出嫁大概是很早，因为我的大姐现在已是六十多岁的老太婆，而我的大甥女还长我一岁啊。我有三个哥哥，四个姐姐，但能长大成人的，只有大姐，二姐，三哥与我。我是"老"儿子。

---

① 老舍（1899—1966）。中国现代著名文学家、剧作家。代表作有长篇小说《骆驼祥子》《四世同堂》等，多幕话剧《龙须沟》《茶馆》。其文学创作历时四十年，作品多以城市底层人民生活为题材，生活气息和地方色彩浓郁，风格上寓庄于谐，语言生动流畅，是中国现代文学史上以语言艺术取胜的大师之一。

生我的时候，母亲已有四十一岁，大姐、二姐已都出了阁。

由大姐与二姐所嫁入的家庭来推断，在我生下之前，我的家里大概还马马虎虎的过得去。那时候订婚讲究门当户对，而大姐丈是作小官的，二姐丈也开过一间酒馆，他们都是相当体面的人。

可是，我，我给家庭带来了不幸：我生下来，母亲晕过去半夜，才睁眼看见她的老儿子——感谢大姐，把我揣在怀里，致未冻死。

兄不到十岁，三姐十二三岁，我才一岁半，全仗母亲独力抚养了。父亲的寡姐跟我们一块儿住，她吸鸦片，她喜摸纸牌，她的脾气极坏。为我们的衣食，母亲要给人家洗衣服，缝补或裁缝衣裳。在我的记忆中，她的手终年是鲜红微肿的。白天，她洗衣服，洗一两大绿瓦盆，她做事永远丝毫也不敷衍，就是屠户们送来的黑如铁的布袜，她也给洗得雪白。晚间，她与三姐抱着一盏油灯，还要缝补衣服，一直到半夜。她终年没有休息，可是在忙碌中她还把院子屋中收拾得清清爽爽。桌椅都是旧的，柜门的铜活久已残缺不全，可是她的手老使破桌面上没有尘土，残破的铜活发着光。院中，父亲遗留下的几盆石榴与夹竹桃，永远会得到应有的浇灌与爱护，年年夏天开许多花。

哥哥似乎没有同我玩耍过。有时候，他去读书；有时候，他去学徒；有时候，他也去卖花生或樱桃之类的小东西。母亲含着泪把他送走，不到两天，又含着泪接他回来。我不明白这都是什么事，而只觉得与他很生疏。与母亲相依为命的是我与三姐。因此，她们做事，我老在后面跟着。她们浇花，我也张罗着取水；她们扫地，我就撮土……从这里，我学得了爱花，爱清洁，守秩序。这些习惯至今还被我保存着。

有客人来，无论手中怎么窘，母亲也要设法弄一点东西去款待。　舅父与表哥们往往是自己掏钱买酒肉食，这使她脸上羞得飞红，可是，殷勤地给他们温酒作面，又给她一些喜悦。　遇上亲友家中有喜丧事，母亲必把大褂洗得干干净净，亲自去贺吊——份礼也许只是两吊小钱。　到如今为我的好客的习性，还未全改，尽管生活是这么清苦，因为自幼儿看惯了的事情是不易改掉的。

　　姑母时常闹脾气。　她单在鸡蛋里找骨头。　她是我家中的阎王。　直到我入了中学，她才死去，我可是没有看见母亲反抗过。"没受过婆婆的气，还不受大姑子的气吗？　命当如此！"母亲在非解释一下不足以平服别人的时候，才这样说。　是的，命当如此。　母亲活到老，穷到老，辛苦到老，全是命当如此。　她最会吃亏。　给亲友邻居帮忙，她总跑在前面：她会给婴儿洗三——穷朋友们可以因此少花一笔"请姥姥"钱——她会刮痧，她会给孩子们剃头，她会给少妇们绞脸……凡是她能做的，都有求必应。　但是，吵嘴打架，永远没有她。　她宁吃亏，不逗气。　当姑母死的时候，母亲似乎把一世的委屈都哭了出来，一直哭到坟地。　不知道哪里来的一位侄子，声称有承继权，母亲便一声不响，教他搬走那些破桌子烂板凳，而且把姑母养的一只肥肉鸡也送给他。

　　可是，母亲并不软弱。　父亲死在庚子闹"拳"的那一年。　联军入城，挨家搜索财物鸡鸭，我们被搜两次。　母亲拉着哥哥、三姐坐在墙根，等着"鬼子"进了街，门是开着的。　"鬼子"进门，一刺刀先把老黄狗刺死，而后入室搜索。　他们走后，母亲把破衣箱搬起，才发现了我。　假若箱子不空，我早就被压死了。　皇上跑了，丈夫死了，鬼子来了，满城是血光火焰，可是母亲不怕，她要在刺刀下，饥荒中，保护着儿女。　北平有多少变乱啊，有时候兵变了，街市整条的烧起，火团落在我们院中。　有时候内战了，城门紧闭，铺店关门，昼夜响着枪炮。　这惊恐，这紧张，再加上一家饮食的筹划，儿女安全的顾虑，岂是一软弱的老寡妇所能受得起的？可是，在这种时候，母亲的心横起来，她不慌不哭，要从无办法中想出办法来。她的泪会往心中落！这点软而硬的性格，也传给了我。我对一切人与事，都取和平的态度，把吃亏当作当然的。但是，在做人上，我有一定的宗旨与基本的法则，什么事都可将就，而不能超过自己画好的界限。我怕见生人，怕办杂事，怕出头露面；但是到了非我去不可的时候，我便不敢不去，正像我的母亲。从私塾到小学，到中学，我经历过起码有二十位教师吧，其中有给我很大影响的，也有毫无影响的，但是我的真正的教师，把性格传给我的，是我的母亲。母亲并不识字，她给我的是生命的教育。

当我在小学毕了业的时候，亲友一致地愿意我去学手艺，好帮助母亲。我晓得我应当去找饭吃，以减轻母亲的勤劳困苦。可是，我也愿意升学。我偷偷地考入了师范学校——制服，饭食，书籍，宿处，都由学校供给。只有这样，我才敢对母亲说升学的话。入学，要交十元的保证金，这是一笔巨款！母亲作了半个月的难，把这巨款筹到，而后含泪把我送出门去。她不辞劳苦，只要儿子有出息。当我由师范毕业，而被派为小学校校长，母亲与我都一夜不曾合眼。我只说了句："以后，您可以歇一歇了！"她的回答只有一串串的眼泪。我入学之后，三姐结了婚。母亲对儿女是都一样疼爱的，但是假若她也有点偏爱的话，她应当偏爱三姐，因为自父亲死后，家中一切的事情都是母亲和三姐共同撑持的。三姐是母亲的右手，但是母亲知道这右手必须割去，她不能为自己的便利而耽误了女儿的青春。当花轿来到我们的破门外的时候，母亲的手就和冰一样的凉，脸上没有血色——那是阴历四月，天气很暖。大家都怕她晕过去。可是，她挣扎着，咬着嘴唇，手扶着门框，看花轿徐徐地走去。 不久，姑母死了。 三姐已出嫁，哥哥不在家，我又住学校，家中只剩母亲自己。 她还须自早至晚的操作，可是终日没人和她说一句话。 新年到了，正赶上政府倡用阳历，不许过旧年。 除夕，我请了两小时的假。 由拥挤不堪的街市回到清炉冷灶的家中。 母亲笑了。 乃至听说我还须回校，她愣住了。 半天，她才叹出一口气来。 到我该走的时候，她递给我一些花生，"去吧，小子！"街上是那么热闹，我却什么也没看见，泪遮迷了我的眼。 今天，泪又遮住了我的眼，又想起当日孤独的过那凄惨的除夕的慈母。 可是，慈母不会再候盼着我了，她已入了土！

儿女的生命是不依顺着母亲所投下的轨道一直前进的，所以老人总免不了伤心。 我廿三岁，母亲要我结了婚，我不要。 我请来三姐给我说情，老母含泪点了头。 我爱母亲，但是我给了她最大的打击。 时代使我成为逆子。 廿七岁，我上了英国。 为了自己，我给六十多岁的老母以第二次打击。 在她七十大寿的那一天，我还远在异城。 那天，据姐姐们后来告诉我，老太太只喝了两口酒，很早地便睡下。 她想念她的幼子，而不便说出来。

七七抗战后，我由济南逃出来。 北平又像庚子那年似的被鬼子占据了，可是母亲日夜惦念的幼子却跑到西南来。 母亲怎样想念我，我可以想象得到，可是我不能回去。 每逢接到家信，我总不敢马上拆看，我怕，怕，怕，怕有那不祥的消息。 人，即使活到八九十岁，有母亲便可以多少还有点孩子气。 失了慈母便像花插在瓶子里，虽然还有色有香，却失去了根。 有母亲的人，心里是安定的。 我怕，怕，怕家信中带来不好的消息，告诉我已是失去了根的花草。

去年一年，我在家信中找不到关于老母的起居情况。 我疑虑，害怕。 我想象得到。 设有不幸，家中念我流亡孤苦，或不忍相告。 母亲的生日是在九月，我在八月半写去祝寿的信，算计着会在寿日之前到达。 信中嘱咐千万把寿日的详情写来，使我不再疑虑。 十二月二十六日，由文化劳军大会上回来，我接到家信。我不敢拆读。 就寝前，我拆开信，母亲已去世一年了！

生命是母亲给我的。 我之能长大成人，是母亲的血汗灌养的。 我之能成为一个不十分坏的人，是母亲感化的。 我的性格，习惯，是母亲传给的。 她一世未曾享过一天福，临死还吃的是粗粮。 唉！还说什么呢？ 心痛！ 心痛！

中　年

苏雪林[1]

　　如果说人的一生，果然像年之四季，那么除了婴儿期的头，斩去了死亡期的尾，人生应该分为四个阶段，即青年、壮年、中年、老年是也。　自成童至二十五岁为青春期，由此至三十五岁为壮年期，由此至四十五岁为中年期，以后为老年期。　但照中国一般习惯，往往将壮年期并入中年，而四十以后，便算入了老年，于是西洋人以四十岁为生命之开始，中国人则以四十为衰老之开始。　请一位中国中年，谈谈他身心两方面的经验，也许会涉及老年的范围，这是我们这未老先衰民族的宿命，言之是颇为可悲的。　若其身体强健，可以活到八九十或百岁的话，则上述四期，可以各延长五年十年，反之则缩短几年。　总之这四个阶段的短长，随人体质和心灵的情况分之，不必过于呆板。

　　中年和青年差别的地方，在形体方面也可以明显地看出。　初入中年时，因体内脂肪积蓄过多，而变成肥胖，这就是普通之所谓"发福"。　男子"发福"之后，身材更觉魁伟，配上一张红褐色的脸，两撇八字胡，也相当的威严。　在女人，那就成了一个恐慌问题。　如名之为"发福"，不如名之为"发祸"。　过丰的肌肉，

---

① 苏雪林（1897—1999）。　女，小说家、古代文学史家。　原名苏梅，原籍安徽太平，生于浙江瑞安。　笔名绿漪等。　1952 年起在台湾省立师范学院及台南成功大学任教。　1964 年去新加坡南洋大学任教。　1973 年后专事著述。　主要散文集有《青鸟集》《归鸿集》《灵海微澜》等。

蚕食她原来的娇美，使她变成一个粗蠢臃肿的"硕人"。 许多爱美的妇女，为想瘦，往往厉行减食绝食，或操劳，但长期饥饿辛苦之后，一复食和一休息，反而更肥胖起来。 我就看见很多的中年女友，为了胖这一字，烦恼哭泣，认为那是莫可禳解的灾殃。 不过平心而论，这可恶的胖，虽然夺去了你那婀娜的腰身，秀媚的脸庞和莹滑的玉臂，也偿还你一部分青春之美，等到你肌肉退潮，脸起皱纹时，你想胖还不可得呢。

四十以后，血气渐衰，腰酸背痛，各种病痛乘机而起。 一叶落而知天下秋，一星白发，也就是衰老的预告。 古人最先发现自己头上白发，便不免再三嗟叹，形之吟咏，谁说这不是发于自然的情感？ 眼睛逐渐昏花，牙齿也开始动摇，肠胃则有如淤塞的河道，愈来愈窄。 食欲不旺，食量自然减少。 少年凡是可吃的东西，都吃得很有味，中年则必须比较精美的方能入口，而少年据案时那种狼吞虎咽的豪情壮概，则完全消失了。

对气候的抗拒力极差。 冬天怕冷，夏天又怕热。 以我个人而论，就在乐山这样不大寒冷的冬天，棉小袄再加皮袍，出门时更要压上一件厚大衣，晚间两层棉被，而"汤婆子"还是少不得。 夏天热到八九十度，便觉胸口闭室，喘不过气来。 略为大意，就有触暑发痧之患。 假如自己原有点不舒服，再受这蒸郁气候压迫时，便有徘徊于死亡边沿的感觉。 古人曰夏为"死季"，大约是专为我们这种孱弱的中年人或老年人而说的吧。

再看那些青年人，大雪天竟有仅穿一件夹袍或一件薄棉袍而挺过的。 夏季赤日西窗，挥汗如雨，一样可以伏案用功。 比赛过一场激烈的篮球或足球后，浑身热汗如浆，又可以立刻跳入冷水池游泳。 使我们处在这场合，非风瘫则必罹重感冒了。 所以青年在我们眼里不但怀有避尘珠而已，他们还有避寒避暑珠呢。 啊，青年真是活神仙。

　　记得从前有位长辈，见我常以体弱为忧，便安慰我说，青年人身体里各种组织都很脆弱，而且空虚，到了中年，骨髓长满，脏腑的营养功能也完成了，体气自然充强。　这话你们或者要认为缺少生理学的根据，而我却是经验之谈，你将来是可以体会到的。　听了这番话后，我对于将来的健康，果然抱了一种希望。　匆匆二十余年，这话竟无兑现之期，才明白那长辈的经验只是他个人的经验而已。　不过青年体质虽健旺而神经则似乎比较脆弱。　所以青年有许多属于神经方面的疾病。　我少年时，下午喝杯浓茶或咖啡，或偶尔构思，或精神受了小小刺激，则非通宵失眠不可。　用脑筋不能连续二小时以上，又不能天天按时刻用功。　于今这些现象大都不复存在，可见我的神经组织确比以前坚固了。　不过这也许是麻木，中年人的喜怒哀乐，都不如青年之易于激动，正是麻木的证据。

　　有人说所谓中年的转变，与其说它是属于生理方面，毋宁说它是属于心理方面。　人生到了四十左右，心理每会发生绝大变化，在恋爱上更特别显明。　是以有人定四十岁为人生危险年龄云云，这话我从前也信以为真，而且曾祈祷它赶快实现。　因为我久已厌倦于自己这不死不生的精神状况，若有个改换，哪管它是哪里来的，我都一样欣喜地加以接受。　然而没有影响，一点也没有。　也许时候还没有到，我愿意耐心等待。　可是我预料它的结局，也将同我那对生理方面的希望一般。　要是真来了呢，我当然不愿再行接受丘比特的金箭，我只希望文艺之神再一度拨醒我心灵创作之火，使我文思怒放，笔底生花，而将十余年预定的著作计划，一一实现。　听说四十左右是人生的成熟期，西洋作家有价值的作品，大都产于此时。　谁说我这过奢的期望，不能实现几分之几？　但回顾自己的身体状况，又不免灰心，唉，这未老先衰民族的宿命！

中年人所最恼恨自己的，是学习的困难。学习的成绩，要一个仓库去保存它，那仓库就是记忆力。但人到中年，这份宝贵的天赋，照例要被造物主收回。无论什么书，你读过一遍后，可以很清晰的记得其中情节，几天以后，痕迹便淡了一层，一两个月后，只留得一点影子，以后连那点影子也模糊了。以起码的文字而论，幼小时候学会的结构当然不易遗忘，但有些俗体破体先入为主——这都是从油印讲义，教员黑板，影印的古书来的——后来想矫正也觉非常之难。我们当国文教师的人，看见学生在作文簿上写了俗体破体的字，有义务替他校正。校过二三回之后，他还再犯，便不免要生气怪他太不小心，甚至心里还要骂他几声低能。然而说也可怜，有些不大应用的字，自己想写时，还得查查字典呢。

我有亲戚某君，中学卒业后，为生活关系，当了猢狲王。常自恨少时英文没有学好，四十岁以上，居然下了读通这门文字的决心。他平日功课太忙，只能利用暑假，取古人三冬文史之意。这样用了三四个假期的功，英文果大有进步，可以不假字典而读普通文学书，写信作文，不但通而且可说好。但后来他还是把这"劳什子"丢开手了。他告诉我们说，中年人想学习一种新才艺，不唯事倍功半，竟可以说不可能，原因就为了记忆力退化得太厉害。以学习生字，幼时学十多个字要费一天半天工夫，于今半小时可以记得四五十个。有时沾沾自喜，以为自己的头脑比幼时还强。是的，从理解力而论，现在果大胜于幼年时代，这种强记的本领，大半是靠理解力帮忙的。但强记只能收短时期的功效。那些生字好比一群小精灵，非常狡猾，它们被你抓住时，便服服帖帖地服从你指挥，等你一转背，便一个一个溜之大吉。有人说读外国文记生字有秘诀，天天温习一次，就要以永为己有了。 这法子我也曾试过，效果不能说没有，但生字积上几百时，每天温习一次，至少要费上几小时的时间，所学愈多，担负愈重，不是经济办法，何况搁置一天，仍然遗忘了呢。 翻开生字簿个个字认得，在别处遇见时，则有时像有些面善，但仓促间总喊不出它的名字，有时认得它的头，忘了它的尾；有时甲的意义会缠到乙上去。 你们看见我英文写读的能力，以为学到这样的程度，抛荒可惜。 不知那点成绩是我在拼命用功之下产生出来的，是努力到炉火纯青时，生命锤砧间，敲打出来的几块钢铁。 将书本子搁开三五个月，我还是从前的我。 一个人非永远保有追求时情热，就维持不住太太的心，那么她便是天上神仙，也只有不要。 我的生活环境即不许我天天捧着英文念，则我放弃这每天从坠下原处再转巨石上山的希腊神话里受罪英雄的苦工，你们该不至批评我无恒吧。

不仅某君如此，大多数中年用功的人都有这经验。 中年人用功往往是"竹篮打水一场空"，照法国俗话，又像是"檀内德的桶"，这头塞进，那头立刻脱出。 听说托尔斯泰以八十高龄还能从头学希腊文，而哈理孙女士七十多岁时也开始学习一种新文字。 那是天才的头脑，非普通人所能企及的。 不过中年人也不必因此而灰了做学问的雄心，记忆力仍然强的，当然一样可以学习。

所以，青年人禀很高的天资，又处优良的环境，而悠悠忽忽不肯用心读书，或者将难得光阴，虚耗在儿戏的恋爱和无聊的争逐上，真是莫大的罪过，非常地可惜。

学问既积蓄在记忆的仓库里，而中年人的记忆力又如此之坏，那么你们究竟有些什么呢？ 嘘，朋友，我告诉你一个秘密，轻轻地，莫让别人听见。 我们是空洞的。 打开我们的脑壳一看，虽非四壁萧然，一无所有，却也寒伧得可以。 我们的学问在哪里？ 在书卷里，在笔记簿里，在卡片里，在社会里，在大自然里，幸而有一条绳索，一头连结我们的脑筋，一头连结在这些上，只须一牵动，那些埋伏着的兵，便听了暗号似的，从四面八方蜂拥出来，排成队伍，听我自由调遣。 这条绳索，叫作"思想的系统"，是我们中年人修炼多年而成功的法宝。 我们可以向青年骄傲的，也许仅仅是这件东西吧，设若不幸，来了一把火，将我们精神的壁垒烧个精光，那我们就立刻窘态毕露了。 但是，亏得那件法宝水火都侵害它不得，重挣一份家当还不难，所以中年人虽甚空虚，自己又觉得很富裕。

上文说中年喜怒哀乐都不易激动，不过这是神经麻木而不是感情麻木。 中年的感情实比青年深沉，而波澜则更为阔大，他不容易动情，真动时连自己也怕。 所谓"中年伤于哀乐"，所谓"中年不乐"，正指此而言。 青年遇小小伤心事，便会号啕涕泣，中年的眼泪则比金子还贵，然而青年死了父母和爱人，当时虽痛不欲生，过了几时，也就慢慢忘记了。 中年于骨肉之生离死别，表面虽似无所感动，而那深刻的悲哀，会啮蚀你的心灵，镌削你的肌肉，使你暗中消磨下去。 精神的创口，只有时间那一味药可以治疗，然而中年人的心伤也许到死还不能结合。

中年人是颓废的。 到了这样年龄，什么都经历过了，什么味都尝过了，什么都看穿看透了。 现在呢，满足了。 希望呢，大半渺茫了。 人生的真义，虽不容易了解，中年人却偏要认为已经了解，不完全至少也了解它大半。 世界是苦海，人是生来受罪的，黄连树下的弹琴，毒蛇猛兽窥伺着的井边，啜取酽蜜，珍惜人生，享受人生，所谓人生真义不过是这么一回事。 中年人不容易改变他的习惯，细微如抽烟喝茶，明知其有害身体，也克制不了。 勉强改了，不久又犯，也许不是不能改，是懒得改，它是一种享乐呀！女人到了三十以上，自知韶华已谢，红颜不再，更加着意装饰。 为什么青年女郎服装多取素雅，而中年女人反而欢喜浓妆艳抹呢，文人学士则有文人学士的哀乐，"天上一轮好月，一杯得火候好茶，其实珍惜之不尽也"。 张宗岱《陶庵梦忆》，就充满了这种"中年情调"。 无怪在这火辣辣战争时代里，有人要骂他为"有闲"。

人生至乐是朋友，然而中年人却不易交到真正的朋友，由于世故的深沉，人情的历练，相对之际，谁也不能披肝露胆，掏出性灵深处那片真纯。 少年好友相处，互相尔汝，形影双忘，吵架时好像其仇不共戴天，转眼又破涕为欢，言归于好了。 中年人若在友谊上发生意见，那痕迹便终身揩拭不去，所以中年人对朋友总客客气气的有许多礼貌。 有人将上流社会的社交，比做箭猪的团聚：箭猪在冬夜离开太远苦寒，挤得太紧又刺痛，所以它们总设法永远保持相当的距离。 上流人社交的客气礼貌，便是这距离的代表。 这比喻何等有趣，又何等透彻，有了中年交友经验的人，想来是不会否认的。 不过中年人有时候也可以交到极知心的朋友，这时候将嬉笑浪谑的无聊，化作有益学问的切磋，酒肉争逐的浪费，变成严肃事业的互助。 一位学问见识都比你高的人，不但能促进你学业上的进步，更能给你以人格上莫大的潜移默化。 开头时，你俩的意见，一个站在南极的冰峰，一个据于北极的雪岭，后来慢慢接近了，慢慢同化了。 你们辩论时也许还免不了几场激烈的争执，然而到后来，还不是九九归元，折中于同一的论点。 每当久别相逢之际，夜雨四窗，烹茶剪烛，举凡读书的乐趣，艺术的欣赏，变幻无端的世途经历，生命旅程的甘酸苦辣，都化作娓娓清谈，互相勘查，互相印证，结果往往是相视而笑，莫逆于心。 其趣味之隽永深厚，绝不是少年时代那些浮薄的友谊可比的。

除了独身主义者，人到中年，谁不有个家庭的组织？　不过这时候夫妇间的轻怜蜜爱、调情打趣都完了，小小离别，万语千言的情书也完了，鼻涕眼泪也完了，闺阃之中，现在已变得非常平静，听不见吵闹之声，也听不见天真孩气的嬉笑。　新婚时的热恋，好比那春江汹涌的怒潮，于今只是一潭微澜不生，莹晶照眼的秋水。夫妇成了名义上的，只合力维持着一个家庭罢了。　男子将感情意志，都集中于学问和事业上。　假如他命运亨通，一帆风顺的话，做官定已做到部长次长；教书，则出洋镀金以后，也可以做到大学教授；假如他是个作家，则灾梨祸枣的文章，至少已印行三册五册；在商界非银行总理，则必大店的老板。　地位若次了一等或二等呢，那他必定设法向上爬。　在山脚望着山顶，也许有懒得上去的时候，既然到半山或离山顶不远之处，谁也不肯放弃这份"登峰造极"的光荣和陶醉不是？　听说男子到了中年，青年时代强盛的爱欲就变为权势欲和领袖欲，总想大权独揽，出人头地，所以倾轧、排挤、嫉妒、水火种种手段，在中年社会里玩得特别多。啊，男子天生个个都是政客！

　　男子权势欲领袖欲之发达，即在家庭也有所表现。　在家庭，他是丈夫，是父亲，是一家之主。　许多男子都以家室之累为苦，听说从前还有人将家庭画成一部满装老小和家具的大车，而将自己画作一个汗流气喘拼命向前拉曳的苦力。　这当然不错。　当家的人谁不是活受罪，但是，你应该知道做家主也有做家主的威严。　奴仆服从你，儿女尊敬你，太太即说是如何的摩登女性，即靠你养活，也不得不委屈自己一点而将就你。　若是个旧式太太，那更会将你当作神明供奉。　你在外边受了什么刺激，或在办公所受了上司的指斥，憋着一肚皮气回家，不妨向太太发泄发泄，她除了委屈得哭泣一场之外，是绝不敢向你提出离婚的。　假如生了一点小病痛，更可以向太太撒撒娇，你可以安然躺在床上，要她替你按摩，要她奉茶奉水，你平日不常吃到的好菜，也不由她不亲下厨房替你烧。　撒娇也是人生快乐之一，一个人若无处撒娇，那才是人生大不幸哪！

　　女人结婚之后，一心对着丈夫，若有了孩子，她的恋爱就立刻换了方向。　尼采说："女人种种都是谜，说来说去，只有一解答，叫作生小孩。"其实这不是女人的谜，是造物主的谜。　假如世间没有母爱，嘻，你这位疯狂哲学家，也能在这里摇唇弄笔发表你轻视女性的理论么？　女人对孩子，不但是爱，竟是崇拜，孩子是她的神。　不但在养育，也竟在玩弄，孩子是她的消遣品。　她爱抚他，引逗他，摇撼他，吻抱他，一缕芳心，时刻萦绕在孩子身上。　就在这样迷醉甜蜜的心情中，才能将孩子一个个从摇篮尿布之中养大。　养孩子就是女人一生的事业，就这样将芳年玉貌，消磨净尽，而匆匆到了她认为可厌的中年。

　　青年生活于将来，老年生活于过去，中年则生活于现在。　所以中年又大都是实际主义者。　人在青年，谁没有一片雄心壮志？谁没有一番宏济苍生的抱负？　谁没有种种荒唐瑰丽的梦想？　青年谈恋爱，就要歌哭缠绵，誓生盟死，男以维特为豪，女以绿蒂自命；谈探险，就恨不得乘火箭飞入月宫，或到其他星球里去寻觅殖民地；话革命，又想赴汤蹈火与恶势力拼命，披荆斩棘，从赤土上建起他们理想的王国。　中年人可不像这么罗曼蒂克，也没有这股子傻劲。　在他看来，美的梦想，不如享受一顿精馔之实在；理想的王国，不如一座安适家园之合乎他的要求；整顿乾坤，安民济世，自有周公孔圣人在那里忙，用不着我去插手。　带领着妻儿，安稳住在自己手创的小天地里，或从事名山胜业，以博身后之虚声，或丝竹陶情，以为中年之怀抱，或着意安排一个向平事了，五岳毕游以后的娱乐之场。 管他世外风云变幻、潮流撞击，我在我的小天地里还一样优哉游哉，聊以卒岁。 你笑我太颓唐，骂我太庸俗，批评我太自私，我都承认，算了，你不必再寻着我缠了。

不过我以上所说的话，并不认为每个中年人都如此，仅说我所见一部分中年人呈有这种表象而已。 希望中年人读了拙文，不至于对我提起诉讼，以为我在毁坏普天下中年人的名誉。 其实中年才是人生的成熟期，谈学问则已有相当成就，谈经验则也已相当丰富，叫他去办一项事业，自然能够措置有力，精神灌注，把它办得井井有条。 少年是学习时期，壮年是练习时期，中年才是实地应用时期，所以我们求人必求之于中年。

少年读古人书，于书中所说的一切，不是盲目的信从，就是武断的抹煞。 中年人读书比较广博，自然三五折中，求出一个比较适当的标准。 他不轻信古人，也不瞎诋古人。 他绝不把婴儿和浴盆的残水都泼出。 他对于旧殿堂的庄严宏丽，能给予适当的赞美和欣赏。 若事实上这座殿堂非除去不可时，他宁可一砖一石，一栋一梁，慢慢地拆。 材料若有可用的，就保存起来，留作将来新建筑之用，绝不鲁鲁莽莽地放一把火烧得寸草不留，后来又有无材可用之叹。 少年时读古人书，总感觉时代已过，与现代不发生交涉，所以恨不得将所有线装书一齐抛入茅厕；甚至西洋文艺宗哲之书，也要替它定出主义时代的所属，如其不属他们所信仰的主义和他们所视为神圣的时代，虽莎士比亚、拉辛、贝多芬、罗丹等伟大天才心血的结晶，也恨不得以"过时""无用"两句话轻轻抹煞。中年人则知道这种幼稚狂暴的举动未免太无意识，对于文化遗产的接受也是太不经济，况且古人书里说的话就是古人的人生经验，少年人还没有到获得那种经验的年龄，所以读古人书总感觉隔膜。到了中年了解世事渐多，回头来读古人书又是一番境界，他对于圣贤的教训，前哲的遗谟，天才血汗的成绩，不像少年人那么狂妄地鄙弃，反而能够很虚心地加以承认。

青年最富于感染性，容易接受新的思想。到了中年，则脑筋里自然筑起一千丈铜墙铁壁，所以中年多不能跟着前时代潮流跑。但据此就判定中年"顽固"的罪名，他也不甘服的。中年涉世较深，人生经验丰富，判断力自然比较强，对于一种新学说新主义，主要以批评的态度，将其中利弊，实施以后影响的好坏仔细研究一番。真是合乎需要，他采用它也许比青年更来得坚决。他又明白一个制度的改良，一个理想的实现，不一定需要破坏和流血，难道没有比较温和的途径可以遵循？假如青年多读历史，认识历来那些不合理性革命之恐怖，那些无谓牺牲之悲惨，那些毫无补偿的损失之重大，也许他们的态度要稳健些了。何况时髦的东西，不见得真个是美，真个合用，年轻女郎穿了短袖衫，看见别人的长袖，几乎要视为大逆不道，可是二三年后又流行长袖，她们又要视短袖为异端了。幸而世界是青年与中老年共有的，幸而青年也不久会变成中老年，否则世界三天就要变换一个新花样，能叫人活得下去么，还是谢谢吧。

踏进秋天园林，只见枝头累累，都是鲜红，深紫，或黄金色的果实，在秋阳里闪着异样的光。丰硕，圆满，清芬扑鼻，蜜汁欲流，让你尽情去采撷。但你说想欣赏那荣华绚烂的花时，哎，那就可惜你来晚了一步，那只是春天的事啊！

小橘灯

冰心①

这是十几年以前的事了。

在一个春节前一天的下午，我到重庆郊外去看一位朋友。她住在那个乡村的乡公所楼上。走上一段阴暗的仄仄的楼梯，进到一间有一张方桌和几张竹凳、墙上装着一架电话的屋子，再进去就是我的朋友的房间，和外间只隔一幅布帘。她不在家，窗前桌上留着一张条子，说是她临时有事出去，叫我等着她。

我在她桌前坐下，随手拿起一张报纸来看，忽然听见外屋板门吱的一声开了。过了一会，又听见有人在挪动那竹凳子。我掀开帘子，看见一个小姑娘，只有八九岁光景，瘦瘦的苍白的脸，冻得发紫的嘴唇，头发很短，穿一身很破旧的衣裤，光脚穿一双草鞋，正在登上竹凳想去摘墙上的听话器，看见我似乎吃了一惊，把手缩了回来。我问她："你要打电话吗？"她一面爬下竹凳，一面点头说："我要××医院，找胡大夫，我妈妈刚才吐了许多血！"我问："你知道××医院的电话号码吗？"她摇了摇头说："我正想问电话局……"我赶紧从机旁的电话本子里找到医院的号码，就又

---

① 冰心（1900—1999）。原名谢婉莹，福建长乐人，20世纪中国著名女诗人、女作家。早期主要创作短篇小说、诗歌和散文，40年代后专事散文及儿童文学创作。主要作品有诗集《春水》《繁星》，短篇小说集《超人》，散文集《寄小读者》《往事》等，现有《冰心小说散文选集》《冰心文集》等各种选集、文集行世。

问她："找到了大夫，我请他到谁家去呢？"她说："你只要说王春林家里病了，他就会来的。"

我把电话打通了，她感激地谢了我，回头就走。我拉住她问："你的家远吗？"她指着窗外说："就在山窝那棵大黄果树下面，一下子就走到的。"说着就登、登、登地下楼去了。

我又回到屋里去，把报纸前前后后都看完了，又拿起一本《唐诗三百首》来，看了一半，天色越发阴沉了，我的朋友还不回来。我无聊地站了起来，望着窗外浓雾里迷茫的山景，看到那棵黄果树下面的小屋，忽然想去探望那个小姑娘和她生病的妈妈。我下楼在门口买了几个大红橘子，塞在手提袋里，顺着歪斜不平的石板路，走到那小屋的门口。

我轻轻地叩着板门，刚才那个小姑娘出来开了门，抬头看了我，先愣了一下，后来就微笑了，招手叫我进去。这屋子很小很黑，靠墙的板铺上，她的妈妈闭着眼平躺着，大约是睡着了，被头上有斑斑的血痕。她的脸向里侧着，只看见她脸上的乱发，和脑后的一个大髻。门边一个小炭炉，上面放着一个小沙锅，微微地冒着热气。这小姑娘把炉前的小凳子让我坐了，她自己就蹲在我旁边，不住地打量我。我轻轻地问："大夫来过了吗？"她说："来过了，给妈妈打了一针……她现在很好。"她又像安慰我似的说："你放心，大夫明早还要来的。"我问："她吃过东西吗？这锅里是什么？"她笑说："红薯稀饭——我们的年夜饭。"我想起了我带来的橘子，就拿出来放在床边的小矮桌上。她没有作声，只伸手拿过一个最大的橘子来，用小刀削去上面的一段皮，又用两只手把底下的一大半轻轻地揉捏着。

我低声问："你家还有什么人？"她说："现在没有什么人，我爸爸到外面去了……"她没有说下去，只慢慢地从橘皮里掏出一瓤一瓤的橘瓣来，放在她妈妈的枕头边。

炉火的微光，渐渐地暗了下去，外面更黑了。 我站起来要走，她拉住我，一面极其敏捷地拿过穿着麻线的大针，把那小橘碗四周相对地穿起来，像一个小筐似的，用一根小竹棍挑着，又从窗台上拿了一段短短的洋蜡头，放在里面点起来，递给我说："天黑了，路滑，这盏小橘灯照你上山吧！"

我赞赏地接过，谢了她，她送我出到门外，我不知道说什么好，她又像安慰我似的说："不久，我爸爸一定会回来的。 那时我妈妈就会好了。"她用小手在面前画一个圆圈，最后按到我的手上："我们大家也都好了！"显然地，这"大家"也包括我在内。

我提着这灵巧的小橘灯慢慢地在黑暗潮湿的山路上走着。 这朦胧的橘红的光，实在照不了多远，但这小姑娘的镇定、勇敢、乐观的精神鼓舞了我，我似乎觉得眼前有无限光明！

我的朋友已经回来了，看见我提着小橘灯，便问我从哪里来。我说："从……从王春林家来。"她惊异地说："王春林，那个木匠，你怎么认得他？ 去年山下医学院里，有几个学生，被当作共产党抓走了，以后王春林也失踪了，据说他常替那些学生送信……"

当夜，我就离开那山村，再也没有听见那小姑娘和她母亲的消息。

但是从那时起，每逢春节，我就想起那盏小橘灯。 十二年过去了，那小姑娘的爸爸一定早回来了。 她妈妈也一定好了吧？ 因为我们"大家"都"好"了！

往事（二）

冰心

一

那天大雪，郁郁黄昏之中，送一个朋友出山而去。绒绒的雪上，极整齐分明地镌着我们偕行的足印。独自归来的路上，偶然低首，看见洁白匀整的雪花，只这一瞬间，已又轻轻地掩盖了我们去时的踪迹——白茫茫的大地上，还有谁知道这一片雪下，一刹那前，有个同行，有个送别？

我的心因觉悟而沉沉地浸入悲哀！苏东坡的：

> 人生到处知何似？
> 应似飞鸿踏雪泥——
> 泥上偶然留指爪，
> 鸿飞那复计东西！
> ……

那几句还未曾说到尽头处，岂但鸿飞不复计东西？连雪泥上的指爪都是不得而留的……于是人生到处都是渺茫了！

生命何其实在？又何其飘忽？他如迎面吹来的朔风，扑到脸上时，明明觉得砭骨劲寒；他又匆匆吹过，飒飒地散到树林子里，到天空中，渺无来因去果，纵骑着快马，也无处追寻。

原也是无聊，而薄纸存留的时候，或者比时晴的快雪长久些——今日不乐。松涛细响之中，四面风来的山亭上，又提笔来写"往事"。生命的历史一页一页地翻下去，渐渐翻近中叶；页页佳妙，图画的色彩也加倍地鲜明，动摇了我的心灵与眼目。这几幅是造物者的手迹。他轻描淡写了，又展开在我的眼前；我瞻仰之下，加上一两笔点缀。

点缀完了，自己看着，似乎起了感慨，人生经得起追写几次的往事？生命刻刻消磨于把笔之顷……

这时青山的春雨已洒到松梢了！

三

今夜林中月下的青山，无可比拟！仿佛万一，只能说是似娟娟的静女，虽是照人地明艳，却不飞扬妖冶；是低眉垂袖，璎珞矜严。

流动的光辉之中，一切都失了正色：松林是一片浓黑的，天空是莹白的，无边的雪地，竟是浅蓝色的了。这三色衬成的宇宙，充满了宁静，超逸与庄严；中间流溢着满空幽哀的神意，一切言词文字都丧失了，几乎不容凝视，不容把握！

今夜的林中，绝不宜于将军夜猎——那丛骑杂沓，传叫风生，会踏毁了这平整匀纤的雪地；朵朵的火燎，和生寒的铁甲，会缭乱了静冷的月光。

今夜的林中，也不宜于燃枝野餐——火光中的喧哗欢笑，杯盘狼藉，会惊起树上隐栖的禽鸟；踏月归去，数里相和的歌声，会打破了这如怨如慕的诗的世界。

今夜的林中，也不宜于爱友话别，叮咛细语——凄意已足，语音已微；而抑郁缠绵，作茧自缚的情绪，总是太"人间的"了，对不上这晶莹的雪月，空阔的山林。

今夜的林中，也不宜于高士徘徊，美人掩映——纵使林中月下，有佳句可寻，有佳音可赏，而一片光雾凄迷之中，只容意念回旋，不容人物点缀。

我倚枕百般回肠凝想，忽然一念回转，黯然神伤……

今夜的青山只宜于这些女孩子，这些病中倚枕看月的女孩子！

假如我能飞身月中下视：依山上下曲折的长廊，雪色侵围阑外，月光浸着雪净的衾绸，逼着玲珑的眉宇。 这一带长廊之中，万籁俱绝，万缘俱断，有如水的客愁，有如丝的乡梦，有幽感，有彻悟，有祈祷，有忏悔，有千万种话……

山中的千百日，山光松影重叠到千百回，世事从头减去，感悟逐渐侵来，已滤就了水晶般清澈的襟怀。 这时纵是顽石钝根，也要思量万事，何况这些思深善怀的女子？

往者如观流水——月下的乡魂旅思：或在罗马故宫，颓垣废柱之旁；或在万里长城，缺堞断阶之上；或在约旦河边，或在麦加城里；或超渡莱茵河，或飞越落基山；有多少魂销目断，是耶非耶？只她知道！

来者如仰高山——久久地徘徊在困弱道途之上，也许明日，也许今年，就揭卸病的细网，轻轻地试叩死的铁门！

天国泥犁，任她幻拟，是泛入七宝莲池？ 是参谒白玉帝座？是欢悦？ 是惊怯？ 有天上的重逢，有人间的留恋，有未成而可成的事功，有将实而仍虚的愿望；岂但为我？ 牵及众生，大哉生命！

这一切，融合着无限之生一刹那顷，此时此地的，宇宙中流动的光辉，是幽感，是彻悟，都已宛宛氤氲，超凡入圣——

万能的上帝，我诚何福？ 我又何辜？ ……

桨声灯影里的秦淮河

俞平伯①

我们消受得秦淮河上的灯影，当圆月犹皎的仲夏之夜。

在茶店里吃了一盘豆腐干丝，两个烧饼之后，以歪歪的脚步踅上夫子庙前停泊着的画舫，就懒洋洋躺到藤椅上去了。 好郁蒸的江南，傍晚也还是热的。 "快开船罢！"桨声响了。

小的灯舫初次在河中荡漾；于我，情景是颇朦胧，滋味是怪羞涩的。 我要错认它作七里的山塘；可是，河房里明窗洞启，映着玲珑入画的曲栏杆，顿然省得身在何处了。 佩弦呢，他已是重来，很应当消释一些迷惘的。 但看他太频繁地摇着我的黑纸扇。胖子是这个样怯热的吗？

又早是夕阳西下，河上妆成一抹胭脂的薄媚。 是被青溪的姊妹们所熏染的吗？ 还是匀得她们脸上的残脂呢？ 寂寂的河水，随双桨打它，终是没言语。 密匝匝的绮恨逐老去的年华，已都如蜜饯似的融在流波的心窝里，连呜咽也将嫌它多事，更哪里论到哀嘶。 心头，婉转的凄怀；口内，徘徊的低唱；留在夜夜的秦淮

① 俞平伯（1900—1990）。 中国现代诗人、散文家、著名红学家。 浙江德清人。 1919 年毕业于北京大学，次年到杭州第一师范学校任教。 五四时期，先后加入新潮社、文学研究会、语丝社等新文学团体。 1922 年与朱自清等人创办《诗》月刊。 曾先后任教于上海大学、燕京大学、清华大学、北京大学、中国学院，新中国成立后任北大教授。 1952 年任中国社会科学院文学研究所研究员。 主要著作有诗集《冬夜》，散文集《燕知草》《杂拌儿》等。

河上。

在利涉桥边买了一匣烟，荡过东关头，渐荡出大中桥了。 船儿悄悄地穿出连环着的三个壮阔的涵洞，青溪夏夜的韶华已如巨幅的画豁然而抖落。 哦！ 凄厉而繁的弦索，颤岔而涩的歌喉，杂着吓哈的笑语声，劈啪的竹牌响，更能把诸楼船上的华灯彩绘，显出火样的鲜明，火样的温煦了。 小船儿载着我们，在大船缝里挤着，挨着，抹着走。 它忘了自己也是今宵河上的一星灯火。

既踏进所谓"六朝金粉气"的销金窟，谁不笑笑呢！ 今天的一晚，且默了滔滔的言说，且舒了恻恻的情怀，暂且学着，姑且学着我们平时认为在醉里梦里的他们的憨痴笑语。 看！ 初上的灯儿们一点点掠剪柔腻的波心，梭织地往来，把河水都皱得微明了。 纸薄的心旌，我的，尽无休息地跟着它们飘荡，以至于怦怦而内热。 这还好说什么的！ 如此说，诱惑是诚然有的，且于我已留下不易磨灭的印记。 至于对榻的那一位先生，自认曾经一度摆脱了纠缠的他，其辩解又在何处？ 这实在非我所知。

我们，醉不以涩味的酒，以微漾着，轻晕着的夜的风华。 不是什么欣悦，不是什么慰藉，只感到一种怪陌生，怪异样的朦胧。 朦胧之中似乎胎孕着一个如花的笑——这么淡，那么淡的倩笑。 淡到已不可说，已不可拟，且已不可想；但我们终究是眩晕在它离合的神光之下的。 我们没法使人信它是有，我们不信它是没有。 勉强哲学地说，这或近于佛家的所谓"空"，既不当鲁莽说它是"无"，也不能径直说它是"有"。 或者说"有"是有的，只因无可比拟形容那"有"的光景；故从表面看，与"没有"似不生分别。 若定要我再说得具体些：譬如东风初劲时，直上高翔的纸鸢，牵线的那人儿自然远得很了，知她是哪一家呢？ 但凭那鸢尾一缕飘绵的彩线，便容易揣知下面的人寰中，必有微红的一双素手，卷起轻绡的广袖，牢担荷小纸鸢儿的命根的。 飘翔岂不是东风的力，又岂不是纸鸢的含德；但其根株却将另有所寄。 请问，这和纸鸢的省悟与否有何关系？ 故我们不能认笑是非有，也不能认朦胧即是笑。 我们定应当如此说，朦胧里胎孕着一个如花的幻笑，和朦胧又互相混融着的；因它本来是淡极了，淡极了这么一个。

漫题那些纷烦的话，船儿已将泊在灯火的丛中去了。 对岸有盏跳动的汽油灯，佩弦便硬说它远不如微黄的灯火。 我简直没法和他分证那是非。

时有小小的艇子急忙忙打桨，向灯影的密流里横冲直撞。 冷静孤独的油灯映见黯淡久的画船头上，秦淮河姑娘们的靓妆。 茉莉的香，白兰花的香，脂粉的香，纱衣裳的香……微波泛滥出甜的暗香，随着她们那些船儿荡，随着我们这船儿荡，随着大大小小一切的船儿荡。 有的互相笑语，有的默然不响，有的衬着胡琴亮着嗓子唱。 一个，三两个，五六七个，比肩坐在船头的两旁，也无非多添些淡薄的影儿葬在我们的心上——太过火了，不至于罢，早消失在我们的眼皮上。 谁都是这样急忙忙的打着桨，谁都是这样向灯影的密流里冲着撞。 又何况久沉沦的她们，又何况漂泊惯的我们俩。 当时浅浅的醉，今朝空空的惆怅；实说，咱们萍泛的绮思不过如此而已，至多也不过如此而已。 你且别讲，你且别想！这无非是梦中的电光，这无非是无明的幻相，这无非是以零星的火种微炎在大欲的根苗上。 扮戏的咱们，散了场一个样，然而，上场锣，下场锣，天天忙，人人忙。 看！ 吓！ 载送女郎的艇子才过去，货郎担的小船不是又来了？ 一盏小煤油灯，一舱的什物，他也忙得来像手里的摇铃，这样丁冬而郎当。

杨枝绿影下有条华灯璀璨的彩舫在那边停泊。 我们那船不禁也依傍短柳的腰肢，欹侧地歇了。 游客们的大船，歌女们的艇子，靠着。 唱的拉着嗓子，听的歪着头，斜着眼，有的甚至于跳过她们的船头。 如那时有严重些的声音，必然说："这哪里是什么旖旎风光！"咱们真是不知道，只模糊地觉着在秦淮河船上板起方正的脸是怪不好意思的。 咱们本是在旅馆里，为什么不早早入睡，掂着牙儿，领略那"卧后清宵细细长"；而偏这样急急忙忙跑河上来无聊浪荡？

还说那时的话，从杨柳枝的乱鬃里所得的境界，照规矩，外带三分风华的。 况且今宵此地，动荡着有灯火的明姿。 况且今宵此地，又是圆月欲缺未缺，欲上未上的黄昏时候。 叮当的小锣，伊轧的胡琴，沉填的大鼓……弦吹声腾沸遍了三里的秦淮河。 喳喳嚷嚷的一片，分不出谁是谁，分不出哪儿是哪儿，只有整个的繁喧来把我们包填。 仿佛都抢着说笑，这儿夜夜尽是如此的，不过初上城的乡下佬是第一次呢。 真是乡下人，真是第一次。

穿花蝴蝶样的小艇子多到不和我们相干。 货郎担式的船，曾以一瓶汽水之故而拢近来，这是真的。 至于她们呢，即使偶然灯影相偎而切掠过去，也无非瞧见我们微红的脸罢了，不见得有什么别的。 可是，夸口早哩！ ——来了，竟向我们来了！ 不但是近，且拢着了。 船头傍着，船尾也傍着；这不但是拢着，且并着了。 厮并着倒还不很要紧，且有人扑冬地跨上我们的船头了。 这岂不大吃一惊！ 幸而来的不是姑娘们，还好。 （她们正冷冰冰地在那船头上。）来人年纪并不大，神气倒怪狡猾，把一扣破烂的手折，摊在我们眼前，让细瞧那些戏目，好好儿点个唱。 他说："先生，这是小意思。"诸君，读者，怎么办？

好，自命为超然派的来看榜样！ 两船挨着，灯光愈皎，见佩弦的脸又红起来了。 那时的我是否也这样？ 这当转问他。 （我希望我的镜子不要过于给我下不去。）老是红着脸终究不能打发人家走路的，所以想个法子在当时是很必要。 说来也好笑。 我的老调是一味的默，或干脆说个"不"，或者摇摇头，摆摆手表示"绝不"。 如今都已使尽了。 佩弦便进了一步，他嫌我的方术太冷漠了，又未必中用，摆脱纠缠的正当道路唯有辩解。 好吗！ 听他说："你不知道？ 这事我们是不能做的。"这是诸辩解中最简洁，最漂亮的一个。 可惜他所说的"不知道"来人倒真有些"不知道"！ 辜负了这二十分聪明的反语。 他想得有理由，你们为什么不能做这事呢？ 因这"为什么"，佩弦又有进一层的曲解。 哪知道更坏事，竟只博得那些船上人的一哂而去。 他们平常虽不以聪明名家，但今晚却又怪聪明，如洞彻我们的肺肝一样的。 这故事即我情愿讲给诸君听，怕有人未必愿意哩。 "算了罢，就是这样算了罢"，恕我不再写下了，以外的让他自己说。

叙述只是如此，其实那时联翩而来的，我记得至少也有三五次。 我们把她们一个一个的打发走路。 但走的是走了，来的还正来。 我们可以使她们走，我们不能禁止她们来。 我们虽不轻被摇撼，但已有一点杌陧了，况且小艇上总载去一半的失望和一半的轻蔑，在桨声里仿佛狠狠地说，"都是呆子，都是吝啬鬼！"还有我们的船家（姑娘们卖个唱，他可以赚几个子的佣金）眼看她们一个一个地去远了，呆呆地蹲踞着，怪无聊赖似的。 碰着了这种外缘，无怒亦无哀，唯有一种情意的紧张，使我们从颓弛中体会出挣扎来。 这味道倒许很真切的，只恐怕不易为倦鸦似的人们所喜。

曾游过秦淮河的到底乖些。 佩弦告船家："我们多给你酒钱，把船摇开，别让他们来噜苏。"自此以后，桨声复响，还我以平静了，我们俩又渐渐无拘无束舒服起来，又滔滔不断地来谈谈方才的经过。 今儿是算怎么一回事？ 我们齐声说，欲的胎动无可疑的。 正如水见波痕轻婉已极，与未波时究不相类。 微醉的我们，洪醉的他们，深浅虽不同，却同为一醉。 接着来了第二问，既自认有欲的微炎，为什么艇子来时又羞涩地躲了呢？ 在这儿，答语参差着。 佩弦说他的是一种暗昧的道德意味，我说是一种似较深沉的眷爱。 我只背诵岂明君的几句诗给佩弦听，望他曲喻我的心胸。 可恨他今天似乎有些发钝，反而追着问我。

前面已是复成桥。 青溪之东，暗碧的树梢上面微耀着一桁的清光。 我们的船就缚在枯柳桩边待月。 其时河心里晃荡着的，河岸头歇泊着的各式灯船，望去，少说点也有十廿来只。 唯不觉繁喧，只添我们以幽甜。 虽同是灯船，虽同是秦淮，虽同是我们，却是灯影淡了，河水静了，我们倦了，况且月儿将上了。 灯影里的昏黄，和月下灯影里的昏黄原是不相似的，又何况入倦的眼中所见的昏黄呢？ 灯光所以映出她的秾姿，月华所以洗她的秀骨，以蓬腾的心焰跳舞她的盛年，以饧涩的眼波供养她的迟暮。 必如此，才会有圆足的醉，圆足的恋，圆足的颓弛，成熟了我们的心田。

犹未下弦，一丸鹅蛋似的月，被纤柔的云丝们簇拥上了一碧的遥天。 冉冉地行来，冷冷地照着秦淮。 我们已打桨而徐归了。归途的感念，这一个黄昏里，心和境的交萦互染，其繁密殊超我们的言说。 主心主物的哲思，依我外行人看，实在把事情说得太嫌简单，太嫌容易，太嫌分明了，实有的只是浑然之感。 就论这一次秦淮夜泛罢，从来处来，从去处去，分析其间的成因自然亦是可能。 不过求得圆满足尽的解析，使片段的因子们合拢来代替刹那间所体验的实有，这个我觉得有点不可能，至少于现在的我们是如此的。 凡上所叙，请读者们只看作我归来后，回忆中所偶然留下的千百分之一二，微薄的残影。 若所谓"当时之感"，我绝不敢望诸君能在此中窥得。 即我自己虽正在这儿执笔构思，实在也无从重新体验出那时的情景。 说老实话，我所有的只是忆。 我告诸君的只是忆中的秦淮夜泛。 至于说到那"当时之感"，这应当去请教当时的我。 而他久飞升了，无所存在。

　　……

　　凉月凉风之下，我们背着秦淮河走去，悄默是当然的事了。如回头，河中的繁灯想定是依然。 我们却早已走得远，"灯火未阑人散"；佩弦，诸君，我记得这就是在南京四日的酣嬉，将分手时的前夜。

杨　梅

鲁彦①

过完了长期的蛰伏生活，眼看着新黄嫩绿的春天爬上了枯枝，正欣喜着想跑到大自然的怀中，发泄胸中的抑郁，却忽然病了。

唉，忽然病了。

我这粗壮的躯壳，不知道经过了多少炎夏和严冬，被轮船和火车抛掷过多少次海角与天涯，尝受过多少辛劳与艰苦，从来不知道战栗或疲倦的呵，现在却呆木地躺在床上，不能随意地转侧了。

尤其是这躯壳内的这一颗心。它许多年可说是铁一样的。对着眼前的艰苦，它不会畏缩；对着未来的憧憬，它不肯绝望。对着过去的痛苦，它不愿回忆的呵。然而现在，它却尽管凄凉地往复地想了。

唉，唉，可悲呵，这病着的躯壳的病着的心。

尤其是对着这细雨连绵的春天。

这雨，落在西北，可不全像江南的故乡的雨吗？细细的，丝一样，若断若续的。

故乡的雨，故乡的天，故乡的山河和田野……还有那蔚蓝中衬着整齐的金黄的菜花的春天，金黄的稻穗带着可爱的气息的夏天，

---

① 鲁彦（1901—1944）。原名王衡。浙江镇海人。现代著名作家、翻译家。坚持"文艺为人生""文艺为社会"的主张。出版有《小小的心》等多部小说集，散文集有《驴子和骡子》《旅人的心》等，译作有《显克微奇小说集》等。人称其作品有"直率的笔调""诗似的美句"。

蟋蟀和纺织娘们在濡湿的草中唱着诗的秋天，小船吱吱地触着沉默的薄冰的冬天……还有那熟识的道路，还有那亲密的故居……

不，不，我不想这些，我现在不能回去，而且是病着，我得让我的心平静；恢复我过去的铁一般的坚硬，告诉自己，这雨是落在西北，不是故乡的雨——而且不像春天的雨，却像夏天的雨。

不要那样想吧，我的可怜的心呵，我的头正像夏天烈日下的汽油缸，将要炸裂了，我的嘴唇正干燥得将要迸出火花来了呢。 让这夏天的雨来压下我头部的炎热，让……让……

唉，唉，就说是故乡的杨梅吧……它正是在类似这样的雨天成熟的呵。

故乡的食物，我没有比这更喜欢的了。 倘若我爱故乡，不如就说我完全是爱的这叫作杨梅的果子吧。

呵，相思的杨梅！ 它有着多么奇异的形状，多么可爱的颜色，多么甜美的滋味呀。

它是圆的，和大的龙眼一样大小，远看并不稀奇，拿到手里，原来它是遍身生着刺的哩。 这并非是它的壳，这就是它的肉。 不知道的人一定以为这满身生着刺的果子是不能进口的了，否则也须用什么刀子削去那刺的尖端的吧？ 然而这是过虑。 它原来是希望人家爱它吃它的。 只要等它渐渐长熟，它的刺也渐渐软了，平了。 那时放到嘴里，软滑之外还带着什么感觉呢？ 没有人能想得到，它还保存着它的特点，每一根刺平滑地在舌尖上触了过去，细腻柔软而且亲切——这好比最甜蜜的吻，使人迷醉呵。

颜色更可爱呢。 它最先是淡红的，像娇嫩的婴儿的面颊，随后变成了深红，像是处女的害羞，最后黑红了——不，我们说它是黑的。 然而它并不是黑，也不是黑红。 原来是红的。 太红了，所以像是黑。 轻轻地啄开它，我们就看见了那新鲜红嫩的内部，同时我们已染上了一嘴的红水。 说它新鲜红嫩，有的人也许以为一定像贵妃的肉色似的荔枝吧？ 嗳！ 那就错了。 荔枝的光色是呆板的，像玻璃，像鱼目；杨梅的光色却是生动的，像映着朝霞的露水呢。

滋味吗？ 没有十分熟是酸带甜，成熟了便单是甜，这甜味可绝不使人讨厌，不但爱吃甜味的人尝了一下舍不得丢掉，就连不爱吃甜味的人也会完全给它吸引住，越吃越爱吃。 它是甜的，然而又依然是酸的，而这酸味，我们须待吃饱了杨梅以后，再吃别的东西的时候，才能领会得到。 那时我们才知道自己的牙齿酸了，软了，连豆腐也咬不下了，于是我们才恍然悟到刚才吃多了酸的杨梅。 我们知道这个，然而我们仍然爱它，我们仍须吃一个大饱。它真是世上最迷人的东西。

唉，唉，故乡的杨梅呵！

细雨如丝的时节，人家把它一船一船地载来，一担一担地挑来，我们一篮一篮地买了进来，挂一篮在檐口下，放一篮在水缸上。 倒上一脸盆，用冷水一洗，一颗一颗地放进嘴里，一面还没有吃了，一面又早已从脸盆里拿起了一颗，一口气吃了一二十颗，有时来不及把它的核一一吐出来，便一直吞进了肚里。

"生了虫呢……蛇吃过了呢……"母亲看见我们吃得快，吃得多，便这样的说了起来，要我们仔细地看一看，多多地洗一番。

但我们并不管这些，它成了我们的生命，我们越吃越快了。

"好吃，好吃！"我们心里这样想着，嘴里却没有余暇说话。待肚子胀上加胀，胀上加胀，眼看着一脸盆的杨梅吃得一颗也不留，这才呆笨地挺着肚子，走了开去，叹气似的嘘出一声"咳"来……

唉，可爱的故乡的杨梅呵！

一年，二年……我已有十六七年不曾尝到它的滋味了。　偶尔回到故乡，不是在严寒冬天，便是在酷热的夏天，或者杨梅还未成熟，或者杨梅已经落完了。　这中间，曾经有两次，在异地见到过杨梅，比故乡的小，比故乡的酸，颜色又不及故乡的红。　我想回味过去，把它买了许多来。

"长在树上，有虫爬过，有蛇吃过呢……"

我现在成了大人，有了知识，爱惜自己的生命甚于杨梅了。我用沸滚的开水去细细地洗杨梅，觉得还不够消除那上面的微菌似的。

于是它不但不像故乡的，而且简直不是杨梅了，我只尝了一两颗，便不再吃下去。

最后一次我终于在离故乡不远的地方见到了可爱的故乡的杨梅。

然而又因为我成了大人，有了知识，爱惜自己的生命甚于杨梅，偶然发现一条小虫，也就拒绝了回味的欢愉。

现在我的味觉也显然改变了，即使回到故乡，遇到细雨如丝的杨梅时节，即使并不害怕从前的那种吃法，我的舌头应该感觉不出从前的那种美味了，我的牙齿应该不会像从前似的能够容忍那酸性了。

唉，故乡离开我愈远了。

我们中间横着许多鸿沟，那不是千万里的山河的阻隔，那是唉，唉，我到底病了。　我为什么要想到这些呢？

看呵，这眼前如丝的细雨，不是若断若续地落在西北的春天里吗？

萤火虫

贾祖璋①

　　满天的繁星在树梢头辉耀着，黑暗中，四周都是黑魆魆的树影；只有东面的一池水，在微风中把天上的星，皱作一缕缕的银波，反映出一些光辉来。　池边几丛的芦苇和一片稻田，也是黑魆魆的，但芦苇在风中摇曳的姿态，却隐约可以辨认，这芦苇底下和田边的草丛，是萤火虫的发祥地。　它们一个个从草丛中起来，是忽明忽暗的一点点的白光；好似天上的繁星，一个个在那里移动。最有趣的是这些白光虽然乱窜，但也有一些追逐的形迹：有时一个飞在前面，亮了起来，另一个就会向它一直赶去，但前面一个忽然隐没了，或者飞到水面上，与水中的星光混杂了；或者飞入芦苇或稻田里，给那枝叶遮住；于是追逐者失了目标，就迟疑地转换方向飞去。　有时反给别个萤火虫作为追逐的目标了。　而且这样的追逐往往不止一对，所以水面上，稻田上，一明一暗，一上一下的闪闪的白光与天上的星光同样地繁多；尤其是在水面的，映着皱起的银波，那情景是很感兴趣的。

　　这是幼年时暑假在乡间纳凉时所见的情景。　当时与弟妹等一边听着在烈日中辛苦了一日才得这片刻安闲休息的邻舍们的谈笑，

---

　　①　贾祖璋（1901—1988）。　福建漳州人，中国现代著名科普作家、生物学家。　自学生物学，1934年后始大量发表生物小品。　著有《鸟与文学》《鸟类研究》等。

一边向萤火虫唱着质朴的儿歌：

> 萤火虫，
> 夜夜红，
> 飞到天上捉蚜虫，
> 飞到地上捉绿葱。

在这样的歌声中，偶然有几个飞到身边，赶忙用芭蕉扇去拍，有时竟会把它拍在地上。有时它突然一暗，就飞到扇子所能拍到的范围以外去了，这时就是追了上去，也往往是不能再拍着的。被拍在地上的，它把光隐了，也着实难以寻觅；或又悄悄地飞起，才再现它的光芒，也往往给它逃去。被捉住的最初是用它来赌胜负，就是放在地上，用脚一拖。在地上划起一条发光的线，比较哪个人划得长，就作为胜利。不消说，这是一种残酷的行为，真所谓"以生命为儿戏"的了。后来那些幸运的个体不会这样被牺牲，它们被闭入日间预备好的鸭蛋壳里，让它们一闪一闪，作为小灯笼。就睡时就携到枕边，颇有爱观不忍释手的样子。但大人们以为萤火虫假如有机会钻入人的耳内，就会进去吃脑子，所以又往往被禁止携入房间里的。

萤火虫是怎样发生的，乡间没有谈起；但古书上却说它是腐草所化成的。去年那号称中国第一家的老牌杂志，竟发表过罗广庭博士的生物化生说，所以腐草化萤，大概是可靠的。但罗博士经广东方面几位大学教授要求严密实验以后，一直到现在还未曾有过下文，至少那家老牌杂志没有再把他的实验发表过，大抵罗博士已被他们戳穿西洋镜了；那末腐草为萤的传说也就有重行估定价值的必要。

原来萤有许多种数，全世界所产能够发光的萤有两千种，形态相像而不能发光的也有两千种。　我们这里最常见的一种是身体黄色，而翅膀的末端有些黑色的。　它们也有雌雄，结婚以后，雄的以为责任已尽，随即死去；雌萤在水边的杂草根际产生微细的球形黄白色卵三四百粒，也随即死去。　这卵也能发一些微光，经过廿七八天，就孵化为幼虫，幼虫的身体有十三个环节，长纺锤形，略扁平；头和尾是黑色的，体节的两旁也有黑点。　尾端有一个能够吸附他物的附属器，可代足用。　尾端稍前方的身体两侧还有一个特殊的发光器官，也能放青色的光。　日中隐伏于泥土下，夜间出来觅食。　它能吃一种做人类肺蛭中间宿主的螺类，所以有相当的益处。　下一年的春天，长大成熟，在地下掘一个小洞，脱了皮化蛹。　蛹淡黄色，夜间也能发光。　到夏天就化作能够飞行的成虫。看了这一简单的生活史，腐草为萤的传说，可以不攻自破了。

　　最令人感到兴趣的萤火，是从哪里来的呢？　在科学上的研究，以前有人以为是某种发光性细菌与萤火虫共栖的缘故，但近来经过详细的研究，确定并没有细菌的形迹可寻，还是说它是一种化学作用来得妥当。　这种发光器的构造，随萤的种类和发育的时代而不同。　幼虫和蛹大抵相似；在成虫普通位于尾端的腹面，表面是一层淡黄色透明质硬的薄膜，下面排列着多数整齐的细胞，形成扁平的光盘，细胞里有多数黄色细粒，叫作"萤火体"（Lucifer-ase），遇着氧气就起化学作用而发光。　这些细胞的周围又满布毛细管，毛细管连接气管能送入空气，使萤光体可以接触氧气。　又分布着许多神经，能随意调节空气的输送，所以现出忽明忽暗的样子。　与发光细胞相对的还有一层含有多数蚁酸盐或尿酸盐的小结晶的细胞，呈乳白色，好似一面镜子，能够把光反射到外方。

　　萤光不含赤外线（热线）和紫外线（化学线），所以只有光而没有热，是一种理想的照明用的光。 但现在的人类还不能明白这些萤光体的内容；既不能直接利用它，也不能仿照它的化学成分来制出一种人造的萤光。 人类所能利用的，在历史上有晋代的车胤，把它盛在袋里，以代烛火读书。 在外国，墨西哥地方出产一种巨大的萤火虫，胸部有两个大发光器，放绿色的光；腹部下面也有一个发光器，放橙黄色的光；两色相映，极为美丽，妇人把它簪在发间，作为夜舞时的装饰品。 还有，就是作为玩耍而已。 至于在萤火虫的自身，藉此可以引诱异性，又可以威吓敌害，对于它的生活上是很有意义的。

在电灯，煤气灯和霓虹灯交互辉煌的上海，是没有机会遇到萤火虫的。 故乡的萤火虫更是一年，二年，几乎十年没有见过了。最近家中来信说：三月没有雨，田里的稻都已枯死，桑树也有许多枯萎了。 那末往时所见的一池水，当然已经干涸；一片秀田，看去一定像一片焦土；那黑魋魋的树影，也必定很稀疏了。 我那辛苦工作的邻舍们已经无工可做，他们可以作长期的休息了，但是在纳凉的时候，在他们的谈话中，未知还能闻到多少笑声。

因了萤火虫我记着了遭遇旱灾的故乡了。 祝福我辛苦的邻人们，应该有一条生路可走。

桃源与沅州

沈从文①

　　全中国的读书人，大概从唐朝以来，命运中就注定了应读一篇《桃花源记》，因此把桃源当成一个洞天福地。　人人皆知道那地方是武陵渔人发现的，有桃花夹岸，芳草鲜美。　远客来到，乡下人就杀鸡，温酒，表示欢迎。　乡下人皆避秦隐居的遗民，不知有汉朝，更无论魏晋了。　千余年来读书人对于桃源的印象，既不怎么改变，所以每当国体衰弱发生变乱时，想做遗民的必多，这文章也就增加了许多人的幻想，增加了许多人的酒量。　至于住在那儿的人呢，却无人自以为是遗民或神仙，也从不曾有人遇着遗民或神仙。

　　桃源洞离桃源县二十五里。　从桃源县坐小船沿沅水上行，船到百马渡时，上南岸走去，忘路之远近乱走一阵，桃花源就在跟前了。　那地方桃花虽不如何动人，竹林却很有意思。　如椽如柱的大竹子，随处皆可发现前人用小刀刻划留下的诗歌。　新派学生不甘自弃，也多刻下英文字母的题名。　竹林里间或潜伏一二蓢径壮士，待机会霍地从路旁跃出，仿照《水浒传》上英雄好汉行为，向游客发个利市，使人措手不及，不免吃点小惊。　桃源县城则与长

---

　　①　沈从文（1902—1988）。　苗族，湖南凤凰县人，中国现代著名作家。1924年开始创作，创作数量极丰。　代表作有《边城》《长河》《湘行散记》《从文自传》《湘西》等。　1949年后改行从事文物研究，有《龙凤艺术》《中国古代服饰研究》等学术著作行世。

江中部各小县城差不多，一入城门最触目的是推行印花税与某种公债的布告。 城中有棺材铺，官药铺，有茶馆酒馆，有米行脚行，有和尚道士，有经纪媒婆。 庙宇祠堂多数为军队驻防，门外必有个武装同志站岗。 土栈烟馆皆照章纳税，受当地军警保护。 代表本地的出产，边街上有几十家玉器作，用珉石染红着绿，琢成酒杯笔架等物，货物品质平平常常，价钱却不轻贱。 另外还有个名为"后江"的地方，住下无数公私不分的妓女，很认真经营她们的业务。 有些人家在一个菜园平房里，有些却又住在空船上，地方虽脏一点倒富有诗意。 这些妇女使用她们的下体，安慰军政各界，且征服了往还沅水流域的烟贩，木商，船主，以及种种因公出差过路人，挖空了每个顾客的钱包，维持许多人生活，促进地方的繁荣。 一县之长照例是个读书人，从史籍上早知道这是人类一种最古的职业，没有郡县以前就有了它，取缔既与"风俗"不合，且影响及若干人生存，因此就很正当的向这些人来抽收一种捐税（并采取了个美丽名词叫作花捐），把这笔款项用来补充地方行政，保安，或城乡教育经费。

桃源既是个有名地方，每年自然就有许多"风雅"人，心慕古桃源之名，二三月里携了《陶靖节集》与《诗韵集成》等参考资料和文房四宝，来到桃源县访幽探胜。 这些人往桃源洞赋诗前后，必尚有机会过后江走走。 由朋友或专家引导，这家那家坐坐，烧匣烟，喝杯茶。 看中意某一个女人时，问问行市，花个三元五元，便在那龌龊不堪万人用过的花板床上，压着那可怜妇人胸膛放荡一夜，于是纪游诗上多了几首无题艳遇诗，"巫峡神女""汉皋解佩""刘阮天台"等等典故，一律被引用到诗上去。 看过了桃源洞，这人平常若是很谨慎的，自会觉得应当即早过医生处走走，于是匆匆地回家了。 至于接待过这种外路"风雅"人的妓女呢，前一夜也许陆续接待过了三个麻阳船水手，后一夜又得陪伴两个贵州省牛皮商人。这些妇人照例说不定还被一个散兵游勇，一个县公署执达吏，一个公安局书记，或一个当地小流氓，长时期包定占有，客来时那人往烟馆过夜，客去后再回到妇人身边来烧烟。

妓女的数目，占城中人口比例数不小。因此仿佛有各种原因，她们的年龄皆比其他都市更无限制。有些人年在五十以上，还不甘自弃，同孙女辈前来参加这种生活斗争，每日轮流接待水手同军营中火案。也有年纪不过十三四岁，乳臭尚未脱尽，便在那儿服侍客人过夜的。

她们的技艺是烧烧鸦片烟，唱点流行小曲，若来客是粮子上跑四方人物，还得唱唱军歌党歌，与电影明星的新歌，应酬应酬，增加兴趣。她们的收入有些一次可得洋钱二十三十，有些一整夜又只得三毛五毛。这些人有病本不算一回事，实在病重了，不能做生意挣饭吃，间或就上街走到西药房去打针，六零六，三零三扎那么几下，或请走方郎中配副药，朱砂茯苓乱吃一阵，只要支持得下去，总不会坐下来吃白饭。直到病倒了，毫无希望可言了，就叫毛伙用门板抬到那类住在空船中孤身过日子的老妇人身边去，尽她咽最后那一口气。死去时亲人呼天抢地哭一阵，罄所有请和尚安魂念经，再托人赊购副四合头棺木，或借"大加一"买副薄薄板片，土里一埋也就完事了。

桃源地方已有公路，直达号称"湘西咽喉"的武陵（常德），每日皆有八辆十辆新式载客汽车，按照一定时刻在公路上奔驰。距常德约九十里，车票价钱一元零。这公路从常德且直达湖南省会的长沙，汽车路程约四点钟，车票价约六元。公路通车时，有人说这条公路在湘省经济上具有极大意义，对于黔省出口"特货"运输可方便不少。这人似乎不知道特货过境每次皆三百担五百担，公路上一天不过十几辆汽车来回，若非特货再加以精制，每天能运输多少？ 关于特货的精制，在各省严厉禁烟宣传中，平民谁还有胆量来做这种非法勾当。 假若在桃源县某种铺子里，居然有人能够设法购买一点黄色粉末药物，仔细问问也就会弄明白那货物的来源，且明白出产地并不是桃源县城，运输出口时或用轮船直往汉口，却不需借公路汽车转运长沙。

真可称为桃源名产的，是家鸡同鸡卵，街头巷尾无处不可以发现这种冠赤如火庞大庄严的生物。 凡过路人初见这地方鸡卵，必以为是鸭卵或鹅卵。 其次，桃源有一种小划子，轻捷，稳当，干净，在沅河中可称首屈一指。 一个外省旅行者，若想到湘西的永绥、乾城、凤凰，研究湘边苗族的分布状况，或想从湘西往四川的酉阳、秀山，调查桐油的生产，往贵州的铜仁，调查朱砂水银的生产，往玉屏调查竹科种类，注意造箫制纸的工业，皆可在桃源县魁星阁下边，雇妥那么只小船，沿沅河溯流而上，直达目的地，到地时取行李上岸落店，毫无何等困难。

一只桃源小划子上照例要个舵手，管理后梢，调动船只左右。张挂风帆，松紧帆索，捕捉河面山谷中的微风。 放缆拉船，量渡河面宽窄与河流水势，伸缩竹缆。 另外还要个拦头工人，上滩下滩时看水认容口，出事前提醒舵手躲避石头、恶浪与洑流，出事后点篙子需要准确，稳重。 这种人还要有胆量，有气力，有经验。张帆落帆皆得很敏捷地拉桅下绳索。 走风船行如箭时，便蹲坐在船头打吆喝呼啸，嘲笑同行落后的船只。 自己船只落后被人嘲骂时，还得回骂；人家唱歌也得用歌声作答。 两船相碰说理时，不让别人占便宜。 动手打架时，先把篙子抽出拿在手上。 船只捐入急流乱石中，不问冬夏，皆得敏捷而勇敢地脱光衣裤，向急流中跳去，在水里尽肩背之力使船只离开险境。 掌舵的有事不能尽职，就从船顶爬过船尾去，做个临时舵手。 船上若有小水手，还应事事照料小水手，指点小水手。 更有一份不可推却的职务，便是在一切过失上，应与掌舵的各据小船一头，相互辱宗骂祖，继续使船前进。 小船除此两人以外，尚需要个小水手，居于杂务地位，淘米，烧饭，切菜，洗碗，无事不作。 行船时应荡桨就帮同荡桨，应点篙就帮同持篙。 这种小水手大都在学习期间，应处处留心，取得经验同本领。 除了学习看水，看风，记石头，使用篙桨以外，也学习挨打挨骂。 尽各种古怪稀奇字眼儿成天在耳边响着，好好地保留在记忆里，将来长大时再用它来辱骂旁人。 上行无风吹，一个人还得负了纤板，曳着一段竹缆，在荒凉河岸小路上拉船前进。 小船停泊码头边时，又得规规矩矩守船。

关于他们经济情势，舵手多为船家长年雇工，平均算来合八分到一角钱一天。 拦头工有长年雇定的，人若年富力强多经验，待遇同掌舵的差不多。 若只是短期包来回，上行平均每天可得一毛或一毛五分钱，下行则尽义务吃白饭而已。 至于小水手，学习期限看年龄同本事来，有些人每天可得两分钱作零用，有些人在船上三年五载吃白饭，一个不小心，闪不知被自己手中竹篙弹入乱石激流中，泅水技术又不在行，淹死了，船主方面写得有字据，生死家长不能过问，掌舵的把死者剩余的衣服交给亲长说明白落水情形后，烧几百钱纸，手续便清楚了。

一只桃源小划子，有了这样三个水手，再加上一个需要赶路，有耐心，不嫌孤独，能花个二十三十的乘客，这船便在一条清明透澈的沅水上下游移动起来了。 在这条河里在这种小船上做乘客，最先见于记载的一人，应当是那疯疯癫癫的楚逐臣屈原。 在他自己的文章里，他就说道："朝发汪渚兮，夕宿辰阳。"若果他那文章还值得称引，我们尚可以就"沅有芷兮澧有兰"与"乘舲上沅"

这些话，估想他当年或许就坐了这种小船，溯流而上，到过出产香草香花的沅州。 沅州上游不远有个白燕溪，小溪谷里生芷草，到如今还随处可见。 这种兰科植物生根在悬崖罅隙间，或蔓延到松树枝桠上，长叶飘拂，花朵下垂成一长串，风致楚楚。 花叶形体较建兰柔和，香味较建兰淡远。 游白燕溪的可坐小船去，船上人若伸手可及，多随意伸手摘花，顷刻就成一束。 若崖石过高，还可以用竹篙将花打下，尽它堕入清溪洄流里，再用手去溪里把花捞起。 除了兰芷以外，还有不少香草香花，在溪边崖下繁殖。 那种黛色无际的崖石，那种一丛丛幽香眩目的奇葩，那种小小洄旋的溪流，合成一个如何不可言说迷人心目的圣境！若没有这种地方，屈原便再疯一点，据我想来，他文章未必就能写得那么美丽。

什么人看了我这个记载，若神往于香草香花的沅州，居然从桃源包了小船，过沅州去，希望实地研究解决《楚辞》上几个草木问题。 到了沅州南门城边，也许无意中会一眼瞥见城门上有一片触目黑色，因好奇想明白它，一时可无从向谁去询问。 他所见到的只是一片新的血迹，并非古迹。 大约在清党前后，有个晃州姓唐的青年，北京农科大学毕业生，用党务特派员资格，率领了两万以上四乡农民和一群青年学生，肩持各种农具，上城请愿。 守城兵先已得到长官命令，不许请愿群众进城。 于是两方面自然而然发生了冲突。 一面是旗帜，木棒，呼喊与愤怒，一面是一尊机关枪同四支步枪。 街道那么窄，结果站在最前线上的特派员同四十多个青年学生与农民，便皆在城门边牺牲了。 其余农民一看情形不对，抛下农具四散吓跑了。 那个特派员的尸体，于是被兵士用刺刀钉在城门木板上，示众三天。 三天过后，便抛入屈原所称赞的清流里喂鱼吃了。 几年来本地人派捐拉夫，在应付差役中把日子混过去，大致把这件事也慢慢地忘掉了。

桃源小船载客载到沅州府，把客人行李扛上岸，讨得酒钱回船时，这些水手必乘兴过皮匠街走走。那地方同桃源的后江差不多，住下不少经营最古职业的人物。地方既非商埠，价钱可公道一些。花四百钱关一次门，上船时还可以得一包黄油油的"上净丝"烟，那是十年前的规矩。照目前百物昂贵情形想来，一切当然已不同了，出钱的花费也许得多一点，收钱的待客也许早已改用"美丽牌"代替"上净丝"了。

或有人在皮匠街蓦然间遇见水手，对水手发问："弄船的，'肥水不落外人田'，家里有的你让别人用，用别人的你还得花钱，上算吗？"

那水手一定会拍着腰间鹿皮抱兜，笑眯眯地回答说："大爷，'羊毛出在羊身上'，这钱不是我桃源人的钱，上算的。"

他回答的只是后半截，前半截却不必提。本人正在沅州，离桃源远过八百里，桃源那一个他管不着。

便因为这点哲学，水手们的生活，比起"风雅人"来似乎洒脱多了。若说话不犯忌讳，无人疑心我"袒护无产阶级"，我还想说他们的行为，比起"风雅人"来也实在道德得多。

雅　舍

梁实秋[1]

　　到四川来，觉得此地人建造房屋最是经济。　火烧过的，常常用来做柱子，孤零零地砌起四根砖柱，上面盖上一个木头架子，看上去瘦骨嶙峋，单薄得可怜；但是顶上铺了瓦，四面编了竹箅墙，墙上敷了泥灰，远远地看过去，没有人能说不像是座房子。　我现在住的"雅舍"正是这样一座典型的房子。　不消说，这房子有砖柱有竹箅墙，一切特点都应有尽有。　讲到住房，我的经验不算少，什么"上支下摘"，"前廊后厦"，"一楼一底"，"三上三下"，"亭子间"，"茆草棚"，"琼楼玉宇"和"摩天大厦"，各式各样，我都尝试过。　我不论住在那里，只要住得稍久，对那房子便发生感情，非不得已我还舍不得搬。　这"雅舍"，我初来时仅求其能蔽风雨，并不敢存奢想。　现在住了两个多月，我的好感油然而生。　虽然我已渐渐感觉它是并不能蔽风雨：因为有窗而无玻璃，风来则洞若凉亭；有瓦而空隙不少，雨来则渗如滴漏。　纵然不能蔽风雨，"雅舍"还是各自有它的个性。有个性就可爱。

　　"雅舍"的位置在半山腰，下距马路约有七八十层的土阶。前面是阡陌螺旋的稻田。　再远望过去是几抹葱翠的远山，旁边

---

　　① 梁实秋（1903—1987）。　北京人。　美国哈佛大学硕士。　20 世纪 40 年代末期居台湾。　译有莎士比亚全集四十卷，著有《雅舍小品》等多种著作。

有高粱地，有竹林，有水池，有粪坑，后面是荒僻的榛莽未除的土山坡。 若说地点荒凉，则月明之夕，或风雨之日，亦常有客到，大抵好友不嫌路远，路远乃见情谊。 客来则先爬几十级的土阶，进得屋来，仍须上坡，因为屋内地板乃依山势而铺，一面高，一面低，坡度甚大，客来无不惊叹，我则久而安之，每日由书房走到饭厅是上坡，饭后鼓腹而出是下坡，亦不觉有大不便处。

"雅舍"共是六间，我居其二。 篦墙不固，门窗不严，故我与邻人彼此均可互通声息。 邻人轰饮作乐，咿唔诗章，喁喁细语，以及鼾声，喷嚏声，吮汤声，撕纸声，脱皮鞋声，均随时由门窗户壁的隙处荡漾而来，破我岑寂。 入夜则鼠子瞰灯，才一合眼，鼠子便自由行动，或搬核桃在地板上顺坡而下，或吸油灯而推翻烛台，或攀援而上帐顶，或在门框桌脚上磨牙，使人不得安枕。 但是对于鼠子，我很惭愧地承认，我"没有法子"。 "没有法子"一语是被外国人常常引用着的，以为这话最足代表中国人的懒惰隐忍的态度。 其实我的对付鼠子并不懒惰。 窗上糊纸，纸一戳就破；门户关紧，而相鼠有牙，一阵咬便是一个洞洞。 试问还有什么法子？ 洋鬼子住到"雅舍"里，不也是"没有法子"？ 比鼠子更骚扰的是蚊子。"雅舍"的蚊风之盛，是我前所未见的，"聚蚊成雷"真有其事！ 每当黄昏时候，满屋里磕头碰脑的全是蚊子，又黑又大，骨骼都像是硬的。 在别处蚊子早已肃清的时候，在"雅舍"则格外猖獗，来客偶不留心，则两腿伤处累累隆起如玉蜀黍，但是我仍安之。 冬天一到，蚊子自然绝迹，明年夏天——谁知道我还是否住在"雅舍"！

"雅舍"最宜月夜——地势较高，得月较先。看山头吐月，红盘乍涌，一霎间，清光四射，天空皎洁，四野无声，微闻犬吠，坐客无不悄然！舍前有两株梨树，等到月升中天，清光从树间筛洒而下，地下阴影斑斓，此时尤为幽绝。直到兴阑人散，归房就寝，月光仍然逼进窗来，助我凄凉。细雨蒙蒙之际，"雅舍"亦复有趣。推窗展望，俨然米氏章法，若云若雾，一片弥漫。但若大雨滂沱，我就又惶悚不安了，屋顶湿印到处都有，起初如碗大，俄而扩大如盆，继则滴水乃不绝，终乃屋顶灰泥突然崩裂，如奇葩初绽，砉然一声而泥水下注，此刻满室狼藉，抢救无及。此种经验，已数见不鲜。

　　"雅舍"之陈设，只当得简朴二字，但洒扫拂拭，不使有纤尘。我非显要，故名公巨卿之照片不得入我室；我非牙医，故无博士文凭张挂壁间；我不业理发，故丝织西湖十景以及电影明星之照片亦均不能张我四壁。我有一几一椅一榻，酣睡写读，均已有着，我也不复他求。但是我陈设虽简，我却喜欢翻新布置。西人常常讥笑妇人喜欢变更桌椅位置，以为这是妇人天性喜变之一征。诬否且不论，我是喜欢改变的。中国旧式家庭，陈设千篇一律，正厅上是一条案，前面一张八仙桌，一边一把靠椅，两旁是两把靠椅夹一只茶几。我以为陈设宜求疏落参差之致，最忌排偶。"雅舍"所有，毫无新奇，但一物一事之安排布置俱不从俗。人入我室，即知此是我室。笠翁《闲情偶寄》之所论，正合我意。

　　"雅舍"非我所有，我仅是房客之一。但思"天地者万物之逆旅"，人生本来如寄，我住"雅舍"一日，"雅舍"即一日为我所有。即使此一日亦不能算是我有，至少此一日"雅舍"所能给予之苦辣酸甜，我实躬受亲尝。 刘克庄词："客里似家家似寄"，我此时此刻卜居"雅舍"，"雅舍"即似我家。 其实似家似寄，我亦分辨不清。

长日无俚，写作自遣，随想随写，不拘篇章，冠以"雅舍小品"四字，以示写作所在，且志因缘。

西湖的雪景

钟敬文①

　　从来谈论西湖之胜景的，大抵注目于春夏两季；而各地游客，也多于此时翩然来临。　秋季游人已渐少，入冬后，则更形疏落了。　这当中自然有以致其然的道理。　春夏之间，气温和暖，湖上风物，应时佳胜，或"杂花生树，群莺乱飞"，或"浴晴鸥鹭争飞，拂袂荷风荐爽"，都是要教人眷眷不易忘情的。　于此时节，往来湖上，沉醉于柔媚芳馨的情味中，谁说不应该呢？　但是春花固可爱，秋月不是也要使人销魂么？　四时的烟景不同，而真赏者各能得其佳趣；不过，这未易以论于一般人罢了。　高深父先生曾告诉过我们："若能高朗其怀，旷达其意，超尘脱俗，别具天眼，揽景会心，便得真趣。"我们虽不成才但对于先贤这种深于体验的话，也忍只当作全无关系的耳边风么？　自宋朝以来，平章西湖风景的，有所谓"西湖十景，钱塘十景"之说，虽里面也曾列入"断桥残雪""孤山霁雪"两个名目，但实际上，真的会去赏玩这种清寒不很近情的景致的，怕没有多少人吧。　《四时幽赏录》的著者，在"冬时幽赏"门中，言及雪景的，几占十分的七八，其名目有"雪霁策蹇寻梅"，"三茅山顶望江天雪霁"，"西溪道中玩雪"，"扫雪烹茶玩画"，"雪夜煨芋谈禅"，"山窗听雪敲

----

① 钟敬文（1903—2002）。　著名散文家、民俗学家，广东海丰人，原名谭宗。　出版散文集《荔枝小品》《西湖漫拾》《湖上散记》《钟敬文散文选》。

146

竹"，"雪后镇海楼观晚炊"等。 其中大半所述景色，读了不禁移人神思，固不徒文字粹美而已。 但他是一位潇洒出尘的名士，所以能够有此独具心眼的幽赏；我们一方面自然佩服他心情的深湛，另一方面却也可以证出能领略此中奥味者之所以稀少的必然了。

西湖的雪景，我共玩了两次。 第一次是在此间初下雪的第三天。 我于午前十点钟时才出去。 一个人从校门乘黄包车到湖滨下车，徒步走出钱塘门。 经白堤，旋转入孤山路。 沿孤山西行，到西泠桥，折由大道回来。 此次雪本不大，加以出去时间太迟，山野上盖着的，大都已消去，所以没有什么动人之处。 现在我要细述的，是第二次的重游。 那天是一月廿四日。 因为在床上感到意外冰冷之故，清晨初醒来时，我便预知昨宵是下了雪。 果然，当我打开房门一看时，对面房屋的瓦上全变成白色了，天井中一株木樨花的枝叶上，也黏缀着一小堆一小堆的白粉。 详细地看去，觉得比日前两三回所下的都来得大些。 因为以前的，虽然也铺盖了屋顶，但有些瓦沟上却仍然是黑色，这天却一色地白着，绝少铺不匀的地方了。 并且都厚厚的，约摸有一两寸高的程度。 日前的雪，虽然铺满了屋顶，但于木樨花树，却好像全无关系似的，此回它可不免受影响了，这也是雪落得比较大些的明证。

老李照例是起得很迟的，有时我上了两课下来，才看见他在房里穿衣服，预备上办公厅去。 这天，我起来跑到他的房里，把他叫醒之后，他犹带着几分睡意地问我："老钟，今天外面有没有下雪？"我回答他说："不但有呢，并且颇大。"他起初怀疑着，直待我把窗内的白布幔拉开，让他望见了屋顶才肯相信。 "老钟，我们今天到灵隐去耍子吧？"他很高兴地说。 我"哼"的应了一声，便回到自己的房里来了。

我们在校门上车时，大约已九点钟左右了。时小雨霏霏，冷风拂人如泼水。从车帘两旁缺处望出去，路旁高起之地，和所有一切高低不平的屋顶，都撒着白面粉似的，又如铺陈着新打好的棉被一般。街上的已大半变成雪泥，车子在上面碾过，不绝地发出唧唧的声音，与车轮转动时摩擦着中间横木的音响相杂。

我们到了湖滨，便换登汽车。往时这条路线的搭客是颇热闹的，现在却很零落了。同车的不到十个人，为遨游而来的客人还怕没有一半。当车驶过白堤时，我们向车外眺望内外湖风景，但见一片迷蒙的水汽弥漫着，对面的山峰，只有一个几乎辨不清楚的薄影。葛岭、宝石山这边，因为距离比较密迩的缘故，山上的积雪和树木，大略可以看得出来；但地位较高的保俶塔，便陷于朦胧中了。到西冷桥近前时，再回望湖中，见湖心亭四围枯秃的树干，好似怯寒般地在那里呆立着，我不禁联想起《陶庵梦忆》中一段情词俱幽绝的文字来：

崇祯五年十二月，余住西湖。大雪三日，湖中人鸟声俱绝。是日更定，余拿一小舟，拥毳衣炉火，独往湖心亭看雪。雾凇沆砀，天与云与山与水，上下一白。湖上影子，唯长堤一痕、湖心亭一点与余舟一芥，舟中人两三粒而已。到亭上，有两人铺毡对坐，一童子烧酒炉正沸。见余，大喜曰："湖中焉得更有此人！"拉余同饮。余强饮三大白而别。问其姓氏，是金陵人，客此。及下船，舟子喃喃曰："莫说相公痴，更有痴似相公者！"（《湖心亭看雪》）

不知这时的湖心亭上，尚有此种痴人否？心里不觉漠然了一会。车过西冷桥以后，车暂驶行于两边山岭林木连接着的野道中。 所有的山上，都堆积着很厚的雪块，虽然不能如瓦屋上那样铺填得均匀普遍，那一片片清白的光彩，却尽够使我感到宇宙的清寒、壮旷与纯洁！常绿树的枝叶后所堆着的雪，和枯树上的，很有差别。 前者因为有叶子衬托着之故，雪上特别堆积得大块点，远远望去，如开满了白的山茶花，或吾乡的水锦花。 后者，则只有一小块的雪片能够在上面黏着不坠落下去，与刚著花的梅李树绝地相似。 实在，我初次几乎把那些近在路旁的几株错认了。 野上半黄或全赤了的枯草，多压在两三寸厚的雪褥下面；有些枝条软弱的树，也被压抑得敧敧倒倒的。 路上行人很稀少。 道旁野人的屋里，时见有衣着破旧而笨重的老人、童子，在围着火炉取暖。 看了那古朴清贫的情况，仿佛令我暂时忘怀了我们所处时代的纷扰、繁缛了。

到了灵隐山门，我们便下车了。 一走进去，空气怪清冷的，不但没有游客，往时那些卖念珠、古钱、天竺筷子的小贩子也不见了。 石道上铺积着颇深的雪泥。 飞来峰疏疏落落地着了许多雪块，清泠亭及其他建筑物的顶面，一例的密盖着纯白色的毡毯。一个拍照的，当我们刚进门时，便紧紧地跟在后面。 因为老李的高兴，我们便在清泠亭旁照了两个影。

好奇心打动着我，使我感觉到眼前所看到的之不满足，而更向处境较幽深的韬光庵去。 我幽悄地尽移着步向前走，老李也不声张地跟着我。 从灵隐寺到韬光庵的这条山径，实际上虽不见怎样的长，但颇深曲而饶于风致。 这里的雪，要比城中和湖上各处的都大些。 在径上的雪块，大约有半尺来厚，两旁树上的积雪，也比来路上所见的浓重。 曾来游玩过的人，该不会忘记的吧，这条路上两旁是怎样的繁殖着高高的绿竹。 这时，竹枝和竹叶上，大都着满了雪，向下低低地垂着。 《四时幽赏录》"山窗听雪敲竹"条云："飞雪有声，唯在竹间最雅。山窗寒夜，时听雪洒竹林；淅沥萧萧，连翻瑟瑟，声韵悠然，逸我清听。忽尔回风交急，折竹一声，使我寒毡增冷。"这种风味，可惜我没有福分消受。

在冬天，本来是游客冷落的时候，何况这样雨雪清冷的日子呢？所以当我们跑到庵里时，别的游人一个都没有——这在我们上山时看山径上的足迹便可以晓得的——而僧人的眼色里，并且也有一种觉得怪异的表示。我们一直跑上最后的观海亭。那里石阶上下都厚厚地堆满了水沫似的雪，亭前的树上，雪着得很重，在雪的下层并结了冰块。旁边有几株山茶花，正在艳开着粉红色的花朵。那花朵有些坠下来的，半掩在雪花里，红白相映，色彩灿然，使我们感到华而不俗，清而不寒。因而联忆起那"天寒翠袖薄，日暮倚修竹"的美人儿来。

登上这亭，在平日是可以近瞰西湖，远望浙江，甚而至于缥缈的沧海的，可是此刻却不能了。离庵不远的山岭、僧房、竹树，尚勉强可见，稍远则封锁在茫漠的烟雾里了。

> 空斋躅壁卧，忽梦溪山好。朝骑秃尾驴，来寻雪中道。石壁引孤松，长空没飞鸟。不见远山横，寒烟起林杪。（《雪中登黄山》）

我倚着亭柱，默默地在咀嚼着王渔洋这首五言诗的清妙；尤其是结尾两句，更道破了雪景的三昧。但说不定许多没有经验的人，要妄笑它是无味的诗句呢。文艺的真赏鉴，本来是件不容易的事，这又何必咄咄见怪？自己解说了一番，心里也就释然了。

本来拟在僧房里吃素面的，不知为什么，竟跑到山门前的酒楼喝酒了。老李不能多喝，我一个人也就无多兴致干杯了。在那里，我把在山径上带下来的一团冷雪，放进在酒杯里混着喝。堂倌看了说："这是顶上的冰激凌呢。"

半因为等不到汽车，半因为想多玩一点雪景，我们决意步行到岳坟才叫划子去游湖。一路上，虽然走的是来时汽车经过的故道，但在徒步观赏中，不免觉得更有情味了。我们的革履，踏着一两寸厚的雪泥前进，频频地发出一种清脆的声音。有时路旁树枝上的雪块，忽然掉了下来，着在我们的外套上，正前人所谓"玉坠冰柯，沾衣生湿"的情景。我迟回着我的步履，扩展着我的视域，油然有一脉浓重而灵秘的诗情，浮上我的心头来，使我幽然意远，漠然神凝。郑綮对人说自己的诗思，在灞桥雪中、驴背上，真是怪懂得趣儿的说法！

当我们在岳王庙前登舟时，雪又纷纷地下起来了。湖里除了我们的一只小划子以外，再看不到别的舟楫。平湖漠漠，一切都沉默无哗。舟穿过西泠桥，缓泛里西湖中，孤山和对面诸山及上下的楼亭、房屋，都白了头，在风雪中兀立着。山径上，望不见一个人影；湖面连水鸟都没有踪迹，只有乱飘的雪花坠下时，微起些涟漪而已。柳宗元诗云："千山鸟飞绝，万径人踪灭。孤舟蓑笠翁，独钓寒江雪。"我想这时如果有一个渔翁在垂钓，它很可以借来说明眼前的景物呢。

舟将驶近断桥的时候，雪花飞飘得更其凌乱。我们向北一面的外套，差不多大半白而且湿了。风也似乎吹得格外紧劲些，我的脸不能向它吹来的方面望去。因为革履渗进了雪水的缘故，双足尤冰冻得难忍。这时，从来不多开过口的舟子，忽然问我们说："你们觉得此处比较寒冷么？"我们问他什么缘故。据说是宝石山一带的雪山风吹过来的原因。我于是默默地兴想到知识的范围和它的获得等重大的问题上去了。

我们到湖滨登岸时，已是下午三点余钟了。公园中各处都堆满了雪，有些已变成泥泞。除了极少数在待生意的舟子和别的苦力之外，平日朝夕在此间舒舒地来往着的少男少女、老爷太太，此时大都密藏在"销金帐中，低斟浅酌，饮羊羔美酒"——至少也靠在腾着红焰的火炉旁，陪伴家人或挚友，无忧虑地在大谈其闲天——以享受着他们幸福的时光，再不愿来这风狂雪乱的水涯，消受贫穷人所惯受的寒冷了。

这次的薄游，虽然也给了我些牢骚和别的苦味，但我要用良心做担保地说，它所给予我的心灵深处的欢悦，是无穷深远的！可惜诗笔是钝秃了。否则，我将如何超越了一切古诗人的狂热歌咏了它呢！

好吧，容我在这儿诚心沥情地说一声："谢谢雪的西湖，谢谢西湖的雪！"

鸟的天堂

巴金①

在 N 的小学校里我们吃过了晚饭，热气已经退了。 太阳落下了山坡，只留了一段灿烂的红霞在天边，在山头，在树梢。

"我们划船去！"N 提议说，那时候我们大家站在校前的池畔，看那山景。

"好。"别的朋友很高兴地接口说，我也跟着赞同了。

我们走过一条石子路，很快地就到了河边。 那里有一个茅草的水阁，穿过它，在河边大树下我们发现了几只小船。

我们陆续跳在一只船上，一个朋友解开了绳，拿起竹竿一拨，于是船缓缓地动了，向着河中间流去。

三个朋友划着船，我袖手坐在船中望四周的景致。

远远地一座塔耸立在山坡上面，许多绿树拥抱着它，在这附近很少有那样的塔，那里是朋友 Y 的家乡，我明天就要到那里去，登那山，上那塔。

河面是很宽的，白茫茫的水上没有一点波浪。 船平静地在水面流动。 三只桨有规律地在水里拨动，那声音送进耳朵去就像一曲音乐。

---

① 巴金（1904—2005）。 原名李尧棠，字芾甘，四川成都人，中国现代著名作家，文学翻译家。 著有《家》《春》《秋》《寒夜》等著名长中篇小说多部，亦创作结集有《随想录》等十余种散文集。 现在各种版本各种文字的著作单行本及文集行于海内外。

在一个地方河面变窄了。一簇簇的绿叶突出到水面来。那树叶真绿得可爱。是许多株茂盛的榕树，但我却看不出它们的树干在什么地方。

当我说许多株榕树的时候，我的错误马上就给朋友们纠正了，一个朋友说那里只有一株榕树，另一个朋友说那里的榕树是两株。

我看见过不少的大榕树，但像这样大的榕树我却是第一次看见。

我们的船渐渐逼近那榕树了。我便有了机会看见它的真面，真是一株大树，枝干的数目是不可计数的。枝上又生根，有许多根直垂到地上，进入了土里。一部分的树枝垂到水面，从远处看，就像一株大树躺卧在水面一般。

这时候正是榕树茂盛的时期。（树上已经结了小小的果实，而且许多落下来了。）它现在好像在把它的全部生命力展示给我们看。那么多的绿叶，一簇堆在另一簇上面，不留一点缝隙。那翠绿的颜色明亮地照耀着我们的眼睛，似乎每一片树叶上都有一个新的生命在颤动。这美丽的南国的树。

船在树下泊了片刻，岸上很湿，我们没有上去。朋友说这里是"鸟的天堂"，有许多鸟在这树上做窠，农民不许人去捉它们。我仿佛听见几只鸟扑翅的声音，但等我的眼睛注意地去看那里时，我却看不见一只鸟的影儿。只有无数的树根立在地上，像许多根木桩。土地是湿的，大概潮涨时河水时常会冲上岸去。鸟的天堂里没有一只鸟儿，我不禁这样想。于是船开了。一个朋友拨着船，缓缓地流到河中间去。

在河边田畔的小径上有几株荔枝树。绿叶丛中垂着累累的红色果实，映到我们的眼帘来就带了大的引诱性。我们的船就往那里流。一个朋友拿起桨把船拨进一条小沟。在那小径边旁，船停住了，我们都跳上了岸。

两个朋友很快地爬到树上去，从树上抛了几枝带叶的荔枝下来，我们接着，我和 N 和 Y 三个人站在树下，就剥开几个来吃。等他们下地来时，我们大家一面吃着荔枝，一面回到船上去。 这荔枝还没有成熟，大家后来都不想吃了。

第二天我们划着船到 Y 的家乡去，就是那个有山有塔的地方。从 N 的小学校出发，我们又经过那"鸟的天堂"。

这一次是在早晨，阳光照耀在水面上，在树梢，一切都显得更加光明了。 我们也把船在树下泊了片刻。

起初周围是静寂的。 后来忽然起了一声鸟叫。 朋友 N 把手一拍，我们便看见一只大鸟飞了起来。 接着又看见第二只，第三只。 我们继续在拍掌。 很快地这树林就变得热闹了。 到处都是鸟声，到处都是鸟影。 大的，小的，花的，黑的，有的站在树枝上叫，有的飞起来，有的在扑翅膀。

我注意地看着。 我的眼睛真是应接不暇，看清楚了这只，又看落了那只，看见了那只，第三只又飞起了。 一只画眉鸟飞了出来。 给我们的拍掌声惊吓着，又飞进了树林，站在一根小枝上兴奋地叫着，那歌声真好听。

"走罢。"Y 催促说。

当小船向着高塔下面的乡村流去的时候，我还回头去看那被抛在后面的茂盛的榕树。 我感到一点儿的留恋的心情。 昨天是我的眼睛骗了我。 那"鸟的天堂"的确是鸟的天堂啊！

怀念萧珊

巴金

一

今天是萧珊逝世的六周年纪念日。 六年前的光景还非常鲜明地出现在我的眼前。 那一天我从火葬场回到家中，一切都是乱糟糟的，过了两三天我渐渐地安静下来了，一个人坐在书桌前，想写一篇纪念她的文章。 在五十年前我就有了这样一种习惯，有感情无处倾吐时我经常求助于纸笔。 可是一九七二年八月里那几天，我每天坐三四个小时望着面前摊开的稿纸，却写不出一句话。 我痛苦地想，难道给关了几年的"牛棚"，真的就变成"牛"了？头上仿佛压了一块大石头，思想好像冻结了一样。 我索性放下笔，什么也不写了。

六年过去了。 林彪、"四人帮"及其爪牙们的确把我搞得很"狼狈"，但我还是活下来了，而且偏偏活得比较健康，脑子也并不糊涂，有时还可以写一两篇文章。 最近我经常去火葬场，参加老朋友们的骨灰安放仪式。 在大厅里，我想起许多事情。 同样地奏着哀乐，我的思想却从挤满了人的大厅转到只有二三十个人的中厅里去了，我们正在用哭声向萧珊的遗体告别。 我记起了《家》里面觉新说过的一句话："好像珏死了，也是一个不祥的鬼。"四十七年前我写这句话的时候，怎么想得到我是在写自己！我没有流眼泪，可是我觉得有无数锋利的指甲在搔我的心。 我站在死者遗体旁边，望着那张惨白色的脸，那两片咽下千言万语的嘴唇，我咬紧牙齿，在心里，唤着死者的名字。 我想，我比她大十三岁，为什么不让我先死？ 我想，这是多么不公平！她究竟犯了什么罪？她也给关进"牛棚"，挂上"牛鬼蛇神"的小纸牌，还扫过马路。究竟为什么？ 理由很简单，她是我的妻子。 她患了病，得不到治疗，也因为她是我的妻子。 想尽办法一直到逝世前三个星期，靠开后门她才住进医院。 但是癌细胞已经扩散，肠癌变成了肝癌。

她不想死，她要活，她愿意改造思想，她愿意看到社会主义建成。 这个愿望总不能说是痴心妄想吧？ 她本来可以活下去，倘使她不是"黑老K"的"臭婆娘"。 一句话，是我连累了她，是我害了她。

在我靠边的几年中间，我所受到的精神折磨她也同样受到。但是我并未挨过打，她却挨了"北京来的红卫兵"的铜头皮带，留在她左眼上的黑圈好几天以后才褪尽。 她挨打只是为了保护我，她看见那些年轻人深夜闯进来，害怕他们把我揪走，便溜出大门，到对面派出所去，请民警同志出来干预。 那里只有一个人值班，不敢管。 当着民警的面，她被他们用铜头皮带狠狠抽了一下，给押了回来，同我一起关在马桶间里。

她不仅分担了我的痛苦，还给了我不少的安慰和鼓励。 在"四害"横行的时候，我在原单位（中国作家协会上海分会）给人当作"罪人"和"贱民"看待，日子十分难过，有时到晚上九十点钟才能回家。 我进了门看到她的面容，满脑子的乌云都消散了。我有什么委屈、牢骚，都可以向她尽情倾吐。 有一个时期我和她每晚临睡前要服两粒眠尔通才能够闭眼，可是天刚刚发白就都醒了。我唤她，她也唤我。我诉苦般地说："日子难过啊!"她也用同样的声音回答："日子难过啊!"但是她马上加一句："要坚持下去。"或者再加一句："坚持就是胜利。"我说"日子难过"，因为在那一段时间里，我每天在"牛棚"里面劳动、学习、写交代、写检查、写思想汇报。任何人都可以责骂我、教训我、指挥我。从外地到"作协分会"来串联的人可以随意点名叫我出去"示众"，还要自报罪行。上下班不限时间，由管理"牛棚"的"监督组"随意决定。任何人都可以闯进我家里来，高兴拿什么就拿走什么。这个时候大规模的群众性批斗和电视批斗大会还没有开始，但已经越来越逼近了。

她说"日子难过"，因为她给两次揪到机关，靠边劳动，后来也常常参加陪斗。在淮海中路"大批判专栏"上张贴着批判我的罪行的大字报，我一家人的名字都给写出来"示众"，不用说"臭婆娘"的大名占着显著的地位。这些文字像虫子一样咬痛她的心。她让上海戏剧学院"狂妄派"学生突然袭击、揪到"作协分会"去的时候，在我家大门上还贴了一张揭露她的所谓罪行的大字报。幸好当天夜里我儿子把它撕毁。否则这一张大字报就会要了她的命!

人们的白眼，人们的冷嘲热骂蚕蚀着她的身心。我看出来她的健康逐渐遭到损害。表面上的平静是虚假的。内心的痛苦像一锅煮沸的水，她怎么能遮盖住!怎么能使它平静!她不断地给我安慰，对我表示信任，替我感到不平。然而她看到我的问题一天天地变得严重，上面对我的压力一天天地增加，她又非常担心。有时同我一起上班或者下班，走近巨鹿路口，快到"作协分会"，或者走近湖南路口，快到我们家，她总是抬不起头。我理解她，同情她，也非常担心她经受不起沉重的打击。 我记得有一天到了平常下班的时间，我们没有受到留难，回到家里她比较高兴，到厨房去烧菜。 我翻看当天的报纸，在第三版上看到当时做了"作协分会"的"头头"的两个工人作家写的文章《彻底揭露巴金的反革命真面目》。 真是当头一棒！我看了两三行，连忙把报纸藏起来，我害怕让她看见。 她端着烧好的菜出来，脸上还带笑容，吃饭时她有说有笑。 饭后她要看报，我企图把她的注意力引到别处。 但是没有用，她找到了报纸。 她的笑容一下子完全消失。 这一夜她再没有讲话，早早地进了房间。 我后来发现她躺在床上小声哭着。 一个安静的夜晚给破坏了。 今天回想当时的情景，她那张满是泪痕的脸还在我的眼前。 我多么愿意让她的泪痕消失，笑容在她那憔悴的脸上重现，即使减少我几年的生命来换取我们家庭生活中一个宁静的夜晚，我也心甘情愿！

二

我听周信芳同志的媳妇说，周的夫人在逝世前经常被打手们拉出去当作皮球推来推去，打得遍体鳞伤。 有人劝她躲开，她说："我躲开，他们就要这样对付周先生了。"萧珊并未受到这种新式体罚。 可是她在精神上给别人当皮球打来打去。 她也有这样的想法：她多受一点精神折磨，可以减轻对我的压力。 其实这是她一片痴心，结果只苦了她自己。 我看见她一天天地憔悴下去，我看见她的生命之火逐渐熄灭，我多么痛心。 我劝她，安慰她，我想拉住她，一点也没有用。

她常常问我："你的问题什么时候才解决呢？"我苦笑地说："总有一天会解决的。"她叹口气说："我恐怕等不到那个时候了。"后来她病倒了，有人劝她打电话找我回家，她不知从哪里得来的消息，她说："他在写检查，不要打岔他。 他的问题大概可以解决了。"等到我从五七干校回家休假，她已经不能起床。 她还问我检查写得怎样，问题是否可以解决。 我当时的确在写检查，而且已经写了好几次了。 他们要我写，只是为了消耗我的生命。 但她怎么能理解呢？

这时离她逝世不过两个多月，癌细胞已经扩散，可是我们不知道，想找医生给她认真检查一次，也毫无办法。 平日去医院挂号看门诊，等了许久才见到医生或者实习医生，随便给开个药方就算解决问题。 只有在发烧到摄氏三十九度才有资格挂急诊号，或者还可以在病人拥挤的观察室里待上一天半天。 当时去医院看病找交通工具也很困难，常常是我女婿借了自行车来，让她坐在车上，他慢慢地推着走。 有一次她雇到小三轮车去看病，看好门诊回家雇不到车了，只好同陪她看病的朋友一起慢慢地走回来，走走停停，走到街口，她快要倒下了，只得请求行人到我们家通知。 她一个表侄正好来探病，就由他去把她背了回家。 她希望拍一张X光片子查一查肠子有什么病，但是办不到。 后来靠了她一位亲戚帮忙开后门两次拍片，才查出她患肠癌。 以后又靠朋友设法开后门住进了医院。 她自己还很高兴，以为得救了。 只有她一个人不知真实的病情，她在医院里只活了三个星期。

我休假回家假期满了，我又请过两次假，留在家里照料病人。 最多也不到一个月。 我看见她病情日趋严重，实在不愿意把她丢开不管，我要求延长假期的时候，我们那个单位的一个"工宣队"头头逼着我第二天就回干校去。 我回到家里，她问起来，我无法隐瞒。 她叹了一口气，说："你放心去吧。"她把脸掉过去，不让我看她。 我女儿、女婿看到这种情景，自告奋勇跑到巨鹿路向那位"工宣队"头头解释，希望同意我在市区多留些日子照料病人。 可是那个头头"执法如山"，还说：他不是医生，留在家里，有什么用！"留在家里对他改造不利！"他们气愤地回到家中，只说机关不同意，后来才对我传达了这句"名言"。 我还能讲什么呢？ 明天回干校去！

整个晚上她睡不好，我更睡不好。 出乎意外，第二天一早我那个插队落户的儿子在我们房间里出现了，他是昨天半夜里到的。他得到了家信，请假回家看母亲，却没有想到母亲病成这样。 我见了他一面，把他母亲交给他，就回干校去了。

在车上我的情绪很不好。 我实在想不通为什么会有这样的事情。 我在干校待了五天，无法同家里通消息。 我已经猜到她病不轻了，可是人们不让我过问她的事情。 这五天是多么难熬的日子！到第五天晚上在干校的造反派头头通知我们全体第二天一早回市区开会。 这样我才又回到了家，见到我的爱人。 靠了朋友帮忙，她可以住进中山医院肝癌病房，一切准备好，她第二天就要住院了。她多么希望住院前见我一面，我终于回来了。 连我也没有想到她的病情发展得这么快。 我们见了面，我一句话也讲不出来。 她说了一句："我到底住院了。"我答说："你安心治疗吧。"她父亲也来看她，老人家双目失明，去医院探病有困难，可能是来同他的女儿告别了。

我吃过中饭，就去参加给别人戴上反革命帽子的大会，受批判、戴帽子的人不止一个。 其中有一个我的熟人王若望同志，他过去也是作家，不过比我年轻。 我们一起在"牛棚"里关过一个时期，他的罪名是"摘帽右派"。 他不服，不听话，他贴出大字报，声明"自己解放自己"，因此罪名越搞越大，给捉去关了一个时期不算，还戴上了反革命的帽子监督劳动。 在会场里我一直像在做怪梦。 开完会回家，见到萧珊感到格外亲切，仿佛重回人间。 可是她不舒服，不想讲话，偶尔讲一句半句。 我还记得她讲了两次："我看不到了。"我连声问她看不到什么，她后来才说："看不到你解放了。"我还能再讲什么呢？

我儿子在旁边，垂头丧气，精神不好，晚饭只吃了半碗，像是患感冒。 她忽然指着他小声说："他怎么办呢？"他当时在安徽山区农村已经待了三年半，政治上没有人管，生活上不能养活自己，而且因为是我的儿子，给剥夺了好些公民权利。 他先学会沉默，后来又学会抽烟。 我怀着内疚的心情看着他。 我后悔当初不该写小说，更不该生儿育女。 我还记得前两年在痛苦难熬的时候她对我说："孩子们说爸爸做了坏事，害了我们大家。"这好像用刀子在割我身上的肉。 我没有出声，我把泪水全吞在肚里。 她睡了一觉醒过来忽然问我："你明天不去了？"我说："不去了。"就是那个"工宣队"头头今天通知我不用再去干校就留在市区。他还问我："你知道萧珊是什么病？"我答说："知道。"其实家里瞒住我，不给我知道真相，我还是从他这句话里猜到的。

三

第二天早晨她动身去医院，一个朋友和我女儿、女婿陪她去。她穿好衣服等候车来。 她显得急躁，又有些留恋，东张张西望望，她也许在想是不是能再看到这里的一切。 我送走她，心上反而加了一块大石头。

将近二十天里，我每天去医院陪伴她大半天。 我照料她，我

162

坐在病床前守着她，同她短短地谈几句话。 她的病情恶化，一天天衰弱下去，肚子却一天天大起来，行动越来越不方便。 当时病房里没有人照料，生活方面除饮食外一切都必须自理。 后来听同病房的人称赞她"坚强"，说她每天早晚都默默地挣扎着下了床，走到厕所。 医生对我们谈起，病人的身体经不住手术，最怕的是她的肠子堵塞，要是不堵塞，还可以拖延一个时期。 她住院后的半个月是一九六六年八月以来我既感痛苦又感到幸福的一段时间，是我和她在一起度过的最后的平静的时刻，我今天还不能将它忘记。 但是半个月以后，她的病情又有了发展。 一天吃中饭的时候，医生通知我儿子找我去谈话。 他告诉我：病人的肠子给堵住了，必须开刀。 开刀不一定有把握，也许中途出毛病。 但是不开刀，后果更不堪设想。 他要我决定，并且要我劝她同意。 我做了决定，就去病房对她解释。 我讲完话，她只说了一句："看来，我们要分别了。"她望着我，眼睛里全是泪水。 我说："不会的……"我的声音哑了。 接着护士长来安慰她，对她说："我陪你，不要紧的。"她回答："你陪我就好。"

时间很紧迫，医生、护士们很快做好了准备，她给送进手术室去了，是她的表侄把她推到手术室门口的。 我们就在外面走廊上等了好几个小时，等到她平安地给送出来，由儿子把她推回到病房去。 儿子还在她的身边守过一个夜晚。 过两天他也病倒了，查出来他患肝炎，是从安徽农村带回来的。 本来我们想瞒住他的母亲，可是无意间让他母亲知道了。 她不断地问："儿子怎么样？"我自己也不知道儿子怎么样，我怎么能使她放心呢？ 晚上回到家，走进空空的、静静的房间，我几乎要叫出声来："一切都朝我的头打下来吧，让所有的灾祸都来吧。 我受得住！"

我应当感谢那位热心而又善良的护士长，她同情我的处境，要我把儿子的事情完全交给她办。她作好安排，陪他看病、检查，让他很快住进别处的隔离病房，得到及时的治疗和护理。他在隔离病房里苦苦地等候母亲病情的好转。母亲躺在病床上，只能有气无力地说几句短短的话，她经常问："棠棠怎么样？"从她那双含泪的眼睛里我明白她多么想看见她最爱的儿子。但是她已经没有精力多想了。

她每天给输血，打盐水针。她看见我去就断断续续地问我："输多少西西的血？该怎么办？"我安慰她："你只管放心。没有问题，治病要紧。"她不止一次地说："你辛苦了。"我有什么苦呢？我能够为我最亲爱的人做事情，哪怕做一件小事，我也高兴！后来她的身体更不行了。医生给她输氧气，鼻子里整天插着管子。她几次要求拿开，这说明她感到难受，但是听了我们的劝告，她终于忍受下去了。开刀以后她只活了五天。谁也想不到她会去得这么快！五天中间我整天守在病床前，默默地望着她在受苦（我是设身处地感觉到这样的），可是她除了两三次要求搬开床前巨大的氧气筒，三四次表示担心输血较多付不出医药费之外，并没有抱怨过什么。见到熟人她常有这样一种表情：请原谅我麻烦了你们。她非常安静，但并未昏睡，始终睁大两只眼睛。眼睛很大，很美，很亮。我望着，望着，好像在望快要燃尽的烛火。我多想让这对眼睛永远亮下去！我多么害怕她离开我！我甚至愿意为我那十四卷"邪书"受到千刀万剐，只求她能安静地活下去。

不久前我重读梅林写的《马克思传》，书中引用了马克思给女儿的信里的一段话，讲到马克思夫人的死。信上说："她很快就咽了气。……这个病具有一种逐渐虚脱的性质，就像由于衰老所致一样。 甚至在最后几小时也没有临终的挣扎，而是慢慢地沉入睡乡。 她的眼睛比任何时候都更大、更美、更亮！"这段话我记得很清楚。 马克思夫人也死于癌症。 我默默地望着萧珊那对很大、很美、很亮的眼睛，我想起这段话，稍微得到一点安慰，听说她的确也"没有临终的挣扎"，也是"慢慢地沉入睡乡"。 我这样说，因为她离开这个世界的时候，我不在她的身边。 那天是星期天，卫生防疫站因为我们家发现了肝炎病人，派人上午来做消毒工作。 她的表妹有空愿意到医院去照料她，讲好我们吃过中饭就去接替。 没有想到我们刚刚端起饭碗，就得到传呼电话，通知我女儿、女婿赶到医院。 她那张病床上连床垫也给拿走了。 别人告诉我她在太平间。 我们又下了楼赶到那里，在门口遇见表妹。 还是她找人帮忙把"咽了气"的病人抬进来的。 死者还不曾给放进铁匣子里送进冷库，她躺在担架上，但已经给白布床单包得紧紧的，看不到面容了。 我只看到她的名字。 我弯下身子，把地上那个还有点人形的白布包拍了好几下，一面哭着唤她的名字。 不过几分钟的时间。 这算是什么告别呢？

据表妹说，她逝世的时刻，表妹也不知道。 她曾经对表妹说："找医生来。"医生来过，并没有什么。 后来她就渐渐地"沉入睡乡"。 表妹还以为她在睡眠。 一个护士来找针，才发觉她的心脏已经停止跳动了。 我没有能同她诀别，我有许多话没有能向她倾吐，她不能没有留下一句遗言就离开我！我后来常常想，她对表妹说："找医生来。"很可能不是"找医生"，是"找李先生"（她平日这样称呼我）。 为什么那天上午偏偏我不在病房呢？ 家里人都不在她身边，她死得这样凄凉！

我女婿马上打电话给我们仅有的几个亲戚。 她的弟媳赶到医院，马上晕了过去。 三天以后在龙华火葬场举行告别仪式。 她的朋友一个也没有来，因为一则我们没有通知，二则我是一个审查了将近七年的对象。 没有悼词，没有吊客，只有一片伤心的哭声。 我衷心感谢前来参加仪式的少数亲友和特地来帮忙的我女儿的两三个同学。 最后，我跟她的遗体告别，女儿望着遗容哀哭，儿子在隔离病房还不知道把他当作命根子的妈妈已经死亡。 值得提说的是她当作自己儿子照顾了好些年的一位亡友的男孩从北京赶来，只为了见她的最后一面。 这个整天同钢铁打交道的技术员，他的心倒不像钢铁那样。 他得到电报以后，他爱人对他说："你去吧，你不去一趟，你的心永远安定不了。"我在变了形的她的遗体旁边站了一会。 别人给我和她照了像。 我痛苦地想：这是最后一次了，即使给我们留下来很难看的形象，我也要珍视这个镜头。

一切都结束了。 过了几天我和女儿、女婿到火葬场，领到了她的骨灰盒。 在存放室寄存了三年之后，我按期把骨灰盒接回家里。 有人劝我把她的骨灰安葬，我宁愿让骨灰盒放在我的寝室里，我感到她仍然和我在一起。

四

梦魇一般的日子终于过去了。 六年仿佛一瞬间似的远远地落在后面了。 其实哪里是一瞬间！这段时间里有多少流着血和泪的日子啊。 不仅是六年，从我开始写这篇短文到现在又过去了半年，半年中我经常在火葬场的大厅里默哀，行礼，为了纪念给"四人帮"迫害致死的朋友。 想到他们不能把个人的智慧和才华献给社会主义祖国，我万分惋惜。 每次戴上黑纱、插上纸花的同时，我也想起我自己最亲爱的朋友，一个普通的文艺爱好者，一个成绩不大的翻译工作者，一个心地善良的人。 她是我的生命的一部分，她的骨灰里有我的泪和血。

　　她是我的一个读者。 一九三六年我在上海第一次同她见面。 一九三八年和一九四一年我们两次在桂林像朋友似的住在一起。 一九四四年我们在贵阳结婚。 我认识她的时候，她还不到二十，对她的成长我应当负很大的责任。 她读了我的小说，给我写信，后来见到了我，对我发生了感情。 她在中学念书，看见我以前，因为参加学生运动被学校开除，回到家乡住了一个短时期，又出来进另一所学校。 倘使不是为了我，她三七、三八年一定去了延安。 她同我谈了八年的恋爱，后来到贵阳旅行结婚，只印发了一个通知，没有摆过一桌酒席。 从贵阳我和她先后到了重庆，住在民国路文化生活出版社门市部楼梯下七八个平方米的小屋里。 她托人买了四只玻璃杯开始组织我们的小家庭。 她陪着我经历了各种艰苦生活。 在抗日战争紧张的时期，我们一起在日军进城以前十多个小时逃离广州，我们从广东到广西，从昆明到桂林，从金华到温州，我们分散了，又重见，相见后又别离。 在我那两册《旅途通讯》中就有一部分这种生活的记录。 四十年前有一位朋友批评我："这算什么文章！"我的《文集》出版后，另一位朋友认为我不应当把它们也收进去。 他们都有道理。 两年来我对朋友、对读者讲过不止一次，我决定不让《文集》重版。 但是为我自己，我要经常翻看那两小册《通讯》。 在那些年代，每当我落在困苦的境地里、朋友们各奔前程的时候，她总是亲切地在我的耳边说："不要难过，我不会离开你，我在你的身边。"的确，只有在她最后一次进手术室之前她才说过这样一句："我们要分别了。"

　　我同她一起生活了三十多年。 但是我并没有好好地帮助过她。 她比我有才华，却缺乏刻苦钻研的精神。 我很喜欢她翻译的普希金和屠格涅夫的小说。 虽然译文并不恰当，也不是普希金和屠格涅夫的风格，它们却是有创造性的文学作品，阅读它们对我是一种享受。 她想改变自己的生活，不愿做家庭妇女，却又缺少吃苦耐劳的勇气。 她听一个朋友的劝告，得到后来也是给"四人帮"迫害致死的叶以群同志的同意，到《上海文学》"义务劳动"，也做了一点点工作，然而在运动中却受到批判，说她专门向老作家组稿，又说她是我派去的"坐探"。 她为了改造思想，想走捷径，要求参加"四清"运动，找人推荐到某铜厂的工作组工作，工作相当忙碌、紧张，她却精神愉快。 但是到我快要靠边的时候，她也被叫回"作协分会"参加运动。 她第一次参加这种急风暴雨般的斗争，而且是以反动权威家属的身份参加，她不知道该怎么办才好。 她张惶失措，坐立不安，替我担心，又为儿女的前途忧虑。 她盼望什么人向她伸出援助的手，可是朋友们离开了她，"同事们"拿她当作箭靶，还有人想通过整她来整我。 她不是"作协分会"或者刊物的正式工作人员，可是仍然被"勒令"靠边劳动、站队挂牌，放回家以后，又给揪到机关。 过一个时期，她写了认罪的检查。

第二次给放回家的时候，我们机关的造反派头头却通知里弄委员会罚她扫街。 她怕人看见，每天大清早起来，拿着扫帚出门，扫得筋疲力尽，才回到家里，关上大门，吐了一口气。 但有时她还碰到上学去的小孩，对她叫骂"巴金的臭婆娘"。 我偶尔看见她拿着扫帚回来，不敢正眼看她，我感到负罪的心情，这是对她的一个致命的打击。 不到两个月，她病倒了，以后就没有再出去扫街（我妹妹继续扫了一个时期），但是也没有完全恢复健康。 尽管她还继续拖了四年，但一直到死她并不曾看到我恢复自由。 这就是她的最后，然而绝不是她的结局。 她的结局将和我的结局连在一起。

我绝不悲观。 我要争取多活。 我要为我们社会主义祖国工作到生命的最后一息。 在我丧失工作能力的时候，我希望病榻上有萧珊翻译的那几本小说。 等到我永远闭上眼睛，就让我的骨灰同她的掺和在一起。

一片阳光

林徽因[1]

放了假，春初的日子松弛下来。 将午未午时候的阳光，澄黄的一片，由窗棂横浸到室内，晶莹地四处射。 我有点发怔，习惯地在沉寂中惊讶我的周围。 我望着太阳那湛明的体质，像要辨别它那交织绚烂的色泽，追逐它那不着痕迹的流动。 看它洁净地映到书桌上时，我感到桌面上平铺着一种恬静，一种精神上的豪兴，情趣上的闲逸；即或所谓"窗明几净"，那里默守着神秘的期待，漾开诗的气氛。 那种静，在静里似可听到那一处净琮的泉流，和着仿佛是断续的琴声，低诉着一个幽独者自误的音调。 看到这同一片阳光射到地上时，我感到地面上花影浮动，暗香吹拂左右，人随着晌午的光霭花气在变幻，那种动，柔谐婉转有如无声音乐，令人悠然轻快，不自觉地脱落伤愁。 至多，在舒扬理智的客观里使我偶一回头，看看过去幼年记忆步履所留的残迹，有点儿惋惜时间；微微怪时间不能保存情绪，保存那一切情绪所曾流连的境界。

倚在软椅上不但奢侈，也许更是一种过失，有闲的过失。 但东坡的辩护："懒者常似静，静岂懒者徒"，不是没有道理。 如果此刻不倚榻上而"静"，则方才情绪所兜的小小圈子便无条件地

---

① 林徽因（1904—1955）。 福建闽侯人。 文学创作主要包括散文、诗歌、小说、剧本、译文等，代表作有诗歌《你是人间四月天》，小说《九十九度中》等。

失落了去！人家就不可惜它，自己却实在不能不感到这种亲密的损失的可哀。

就说它是情绪上的小小旅行吧，不走并无不可，不过走走未始不是更好。归根说，我们活在这世上到底最珍惜一些什么？果真珍惜万物之灵的人的活动所产生的种种，所谓人类文化？这人类文化到底又靠一些什么？我们怀疑或许就是人身上那一撮精神同机体的感觉，生理心理所共起的情感，所激发出的一串行为，所聚敛的一点智慧——那么一点点人之所以为人的表现。宇宙万物客观的本无所可珍惜，反映在人性上的山川草木禽兽才开始有了秀丽，有了气质，有了灵犀。反映在人性上的人自己更不用说。没有人的感觉，人的情感，即便有自然，也就没有自然的美，质或神方面更无所谓人的智慧，人的创造，人的一切生活艺术的表现！这样说来，谁该鄙弃自己感觉上的小小旅行？为壮壮自己胆子，我们更该相信唯其人类有这类情绪的驰骋，实际的世间才赓续着产生我们精神所寄托的文物精萃。

此刻我竟可以微微一咳嗽，乃至于用播音的圆润口调说：我们既然无疑地珍惜文化，即尊重盘古到今种种的艺术——无论是抽象的思想的艺术，或是具体的驾驭天然材料另创的非天然形象——则对于艺术所由来的渊源，那点点人的感觉，人的情感智慧（通称人的情绪），又当如何地珍惜才算合理？

但是情绪的驰骋，显然不是诗或画或任何其他艺术建造的完成。这驰骋此刻虽占了自己生活的若干时间，却并不在空间里占任何一个小小位置！这个情形自己需完全明了。此刻它仅是一种无踪迹的流动，并无栖身的形体。它或含有各种或可捉摸的素质，但是好奇地探讨这个素质而具体要表现它的差事，无论其有无意义，除却本人外，别人是无能为力的。我此刻为着一片清婉可喜的阳光，分明自己在对内心交流变化的各种联想发生一种兴趣的注意，换句话说，这好奇与兴趣的注意已是我此刻生活的活动。一种力量又迫着我来把握住这个活动，而设法表现它，这不易抑制的冲动，或即所谓艺术冲动也未可知！　只记得冷静的杜工部散散步，看看花，也不免会有"江上被花恼不彻，无处告诉只颠狂"的情绪上一片紊乱！　玲珑煦暖的阳光照人面前，那美的感人力量就不减于花，不容我生硬地自己把情绪分划为有闲与实际的两种，而权其轻重，然后再决定取舍的。　我也只有情绪上的一片紊乱。

情绪的旅行本偶然的事，今天一开头并为着这片春初晌午的阳光，现在也还是为着它。　房间内有两种豪侈的光常叫我的心绪紧张如同花开，趁着感觉的微风，深浅零乱于冷智的枝叶中间。　一种是烛光，高高的台座，长垂的烛泪，熊熊红焰当帘幕四一下时各处光影掩映。　那种闪烁明艳，雅有古意，明明是画中景象，却含有更多诗的成分。　另一种便是这初春晌午的阳光，到时候有意无意的大片子洒落满室，那些窗棂栏板几案笔砚浴在光霭中，一时全成了静物图案；再有红蕊细枝点缀几处，室内更是轻香浮溢，叫人俯仰全触到一种灵性。

这种说法怕有点会发生误会，我并不说这片阳光射入室内，需要笔砚花香那些儒雅的托衬才能动人，我的意思倒是：室内顶寻常的一些供设，只要一片阳光这样又幽娴又洒脱地落在上面，一切都会带上另一种动人的气息。

这里要说到我最初认识的一片阳光。　那年我六岁，记得是刚刚出了水珠以后——水珠即寻常水痘，不过我家乡的话叫它做水珠。　当时我很喜欢那美丽的名字，忘却它是一种病，因而也觉到一种神秘的骄傲。　只要人过我窗口问问出"水珠"么？　我就感到一种荣耀。　那个感觉至今还印在脑子里。　也为这个缘故，我还记得病中奢侈的愉悦心境。 虽然同其他多次的害病一样，那次我仍然是孤独地被囚禁在一间房屋里休养的。 那是我们老宅子里最后的一进房子；白粉墙围着小小院子，北面一排三间，当中夹着一个开敞的厅堂。 我病在东头娘的卧室里。 西头是婶婶的住房。 娘同婶永远要在祖母的前院里行使她们女人们的职务的，于是我常是这三间房屋唯一留守的主人。

在那三间屋子里病着，那经验是难堪的。 时间过得特别慢，尤其是在日中毫无睡意的时候。 起初，我仅集注我的听觉在各种似脚步，又不似脚步的上面。 猜想着，等候着，希望着人来。 间或听听隔墙各种琐碎的声音，由墙基底下传达出来又消敛了去。过一会儿，我就不耐烦了——不记得是怎样的，我就蹑着鞋，挨着木床走到房门边。 房门向着厅堂斜斜地开着一扇，我便扶着门框好奇地向外探望。

那时大概刚是午后两点钟光景，一张刚开过饭的八仙桌，异常寂寞地立在当中。 桌下一片由厅口处射进来的阳光，泄泄融融地倒在那里。 一个绝对悄寂的周围伴着这一片无声的金色的晶莹，不知为什么，忽使我六岁孩子的心里起了一次极不平常的振荡。

那里并没有几案花香，美术的布置，只是一张极寻常的八仙桌。 如果我的记忆没有错，那上面在不多时间以前，是刚陈列过咸鱼、酱菜一类极寻常俭朴的午餐的。 小孩子的心却呆了。 或许两只眼睛倒张大一点，四处地望，似乎在寻觅一个问题的答案。为什么那片阳光美得那样动人？ 我记得我爬到房内窗前的桌子上坐着，有意无意地望望窗外，院里粉墙疏影同室内那片金色和煦决然不同趣味。 顺便我翻开手边娘梳妆用的旧式镜箱，又上下摇动那小排状抽屉，同那刻成花篮形的小铜坠子，不时听雀跃过枝清脆的鸟语。 心里却仍为那片阳光隐着一片模糊的疑问。

时间经过二十多年，直到今天，又是这样一泄阳光，一片不可捉摸，不可思议流动的而又恬静的瑰宝，我才明白我那问题是永远没有答案的。 事实上仅是如此：一张孤独的桌，一角寂寞的厅堂。 一只灵巧的镜箱，或窗外断续的鸟语，和水珠——那美丽小孩子的病名——便凑巧永远同初春静沉的阳光整整复斜斜地成了我回忆中极自然的联想。

菜园小记

吴伯箫[1]

种花好，种菜更好。花种得好，姹紫嫣红，满园芬芳，可以欣赏；菜种得好，嫩绿的茎叶，肥硕的块根，多浆的果实，却可以食用。俗话说："瓜菜半年粮。"

我想起在延安蓝家坪我们种的菜园来了。

说是菜园，其实是果园。那园里桃树杏树很多，还有海棠。每年春二三月，粉红的桃杏花开罢，不久就开绿叶衬托的艳丽的海棠花，很热闹。果实成熟的时候，杏是水杏，桃是毛桃，海棠是垂垂联珠，又是一番繁盛景象。

果园也是花园。那园里花的种类不少。木本的有蔷薇，木槿，丁香；草本的有凤仙，石竹，夜来香，江西腊，步步高……草花不名贵，但是长得繁茂泼辣。甬路的两边，菜地的周围，园里的角角落落，到处都是。草花里边长得最繁茂最泼辣的是波斯菊，密密丛丛地长满了向阳的山坡。这种花开得稠，有绛紫的，有银白的，一层一层，散发着浓郁的异香；也开得时间长，能装点整个秋天。这一点很像野生的千头菊。这种花称作"菊"，看来是有道理的。

---

[1] 吴伯箫（1906—1982）。山东莱芜人，中国现代著名散文家、学者。抗战时期奔赴延安，抗战胜利后赴东北从事教育宣传工作。20 世纪 50 年代任东北师范大学教授、文学院院长，后调任人民教育出版社从事编辑出版工作。主要散文集有《羽书》《烟尘集》《北极星》等。

说的菜园，是就园里的隙地开辟的。 果树是围屏，草花是篱笆，中间是菜畦，共有三五处，面积大小不等，都是土壤肥沃，阳光充足，最适于种菜的地方。 我们经营的那一处，三面是果树，一面是山坡，地形长方，面积约二三分。 那是在大种蔬菜的时期我们三个同志在业余时间为集体经营的。 收成的蔬菜归集体伙食，自己也有一份比较丰富的享用。

那几年，在延安的同志，大家都在工作，学习，战斗的空隙里种蔬菜。 机关，学校，部队里吃的蔬菜差不多都能自给。 那个时候提出种"十边"，可是见缝插针，很自然地"十边"都种了。窑洞的门前，平房的左右前后，河边，路边，甚至个别山头新开的土地都种了菜。

我们种的那块菜地，在那园里是条件最好的。 土肥地整，曾经有人侍弄过，算是熟菜地。 地的一半是韭菜畦。 韭菜有宿根，不要费太大的劳力（当然要费些工夫），只要施施肥，培培土，浇浇水，出了九就能发出鲜绿肥嫩的韭芽。 最难得的是，菜地西北的石崖底下有一个石窠，挖出石窠里的乱石沉泥，石缝里就泠泠地流出泉水。 石窠不大，但是积一窠水恰好可以浇完那块菜地。 积水用完，一顿饭的工夫又可以蓄满。 水满的时候，一清到底，不溢不流，很有点像童话里的宝瓶，水用了还有，用了还有，不用就总是满着。 泉水清冽，不浇菜也足以浇果树，或者用来洗头，洗衣服。 "沧浪之水清兮，可以濯我缨。 沧浪之水浊兮，可以濯我足。"这比沧浪之水还好。 同样种菜的别的同志，菜地附近没有水泉，用水要到延河里去挑，不像我们三个，从石窠通菜地掏一条窄窄浅浅的水沟，用柳罐打水，抬抬手就把菜浇了。 大家都羡慕我们，我们也觉得沾了自然条件的光，仿佛干活掂了轻的，很不好意思，就下定决心要把菜地种好，管好。

"庄稼一枝花，全靠粪当家。"为了积肥，大家趁早晚散步的时候到大路上拾粪，那里来往的牲口多，"只要动动手，肥源到处有"啊。我们请老农讲课，大家跟着学了不少知识。《万丈高楼从地起》的歌者——农民诗人孙万福，就是有名的老师之一。记得那个时候他是六十多岁，精神矍铄，声音响亮，讲话又亲切又质朴，那老当益壮的风度，到现在我还留着深刻的印象。跟那些老师，我们学种菜，种瓜，种烟。像种瓜要浸种、压秧，种烟要打杈、掐尖，很多实际学问我们都是边做边跟老师学的。有的学会烤烟，自己做挺讲究的纸烟和雪茄；有的学会蔬菜加工，做番茄酱能吃到冬天；有的学会蔬菜腌渍、窖藏，使秋菜接上春菜。

种菜是细致活儿，"种菜如绣花"；认真干起来也很累人，就劳动量说，"一亩园十亩田"。但是种菜是极有乐趣的事情。种菜的乐趣不只是在吃菜的时候，像苏东坡在《菜羹赋》里所说的："汲幽泉以揉濯，持露叶与琼枝。"或者像他在《后杞菊赋》里所说的："春食苗，夏食叶，秋食花实而冬食根，庶几西河南阳之寿。"种菜的整个过程，随时都有乐趣。施肥，松土，整畦，下种，是花费劳动量最多的时候吧，那时蔬菜还看不到影子哩，可是"种瓜得瓜，种豆得豆"，就算种的只是希望，那希望也给人很大的鼓舞。因为那希望是用成实的种子种在水肥充足的土壤里的，人勤地不懒，出一分劳力就一定能有一分收成。验证不远，不出十天八天，你留心那平整湿润的菜畦吧，就从那里会生长出又绿又嫩又苗壮的瓜菜的新芽哩。那些新芽，条播的行列整齐，撒播的万头攒动，点插的傲然不群，带着笑，发着光，充满了无限生机。一棵新芽简直就是一颗闪亮的珍珠。"夜雨剪春韭"是老杜的诗句吧，清新极了；老圃种菜，一畦菜怕不就是一首更清新的诗？

暮春，中午，踩着畦垄间苗或者锄草中耕，煦暖的阳光照得人浑身舒畅。 新鲜的泥土气息，素淡的蔬菜清香，一阵阵沁人心脾。 一会儿站起来，伸伸腰，用手背擦擦额头的汗，看看苗间得稀稠，中耕得深浅，草锄得是不是干净，那时候人是会感到劳动的愉快的。 夏天，晚上，菜地浇完了，三五个同志趁着皎洁的月光，坐在畦头泉边，吸吸烟；或者不吸烟，谈谈话；谈生活，谈社会和自然的改造，一边人声咯咯啰啰，一边在谈话间歇的时候听菜畦里昆虫的鸣声；蒜在抽薹，白菜在卷心，芫荽在散发脉脉的香气：一切都使人感到一种真正的田园乐趣。

我们种的那块菜地里，韭菜以外，有葱、蒜，有白菜、萝卜，还有黄瓜、茄子、辣椒、西红柿，等等。 农谚说："谷雨前后，栽瓜种豆。""头伏萝卜二伏菜。"虽然按照时令季节，各种蔬菜种得有早有晚，有时收了这种菜才种那种菜；但是除了冰雪严寒的冬天，一年里春夏秋三季，菜园里总是经常有几种蔬菜在竞肥争绿的。 特别是夏末秋初，你看吧：青的萝卜，紫的茄子，红的辣椒，又红又黄的西红柿，真是五彩斑斓，耀眼争光。

那年蔬菜丰收。 韭菜割了三茬，最后吃了薹下韭（跟莲下藕一样，那是以老来嫩有名的），掐了韭花。 春白菜以后种了秋白菜，细水萝卜以后种了白萝卜。 园里连江西腊、波斯菊都要开败的时候，我们还收了最后一批西红柿。 天凉了，西红柿吃起来甘脆爽口，有些秋梨的味道。 我们还把通红通红的辣椒穿成串晒干了，挂在窑洞的窗户旁边，一直挂到过新年。

囚绿记

陆蠡①

这是去年夏间的事情。

我住在北平的一家公寓里。 我占据着高广不过一丈的小房间，砖铺的潮湿的地面，纸糊的墙壁和天花板，两扇木格子嵌玻璃的窗，窗上有很灵巧的纸卷帘，这在南方是少见的。

窗是朝东的。 北方的夏季天亮得快，早晨五点钟左右太阳便照进我的小屋，把可畏的光线射个满室，直到十一点半才退出，令人感到炎热。 这公寓里还有几间空房子，我原有选择的自由的，但我终于选定了这朝东房间，我怀着喜悦而满足的心情占有它，那是有一个小小理由。

这房间靠南的墙壁上，有一个小圆窗，直径一尺左右。 窗是圆的，却嵌着一块六角形的玻璃，并且左下角是打碎了，留下一个大孔隙，手可以随意伸进伸出。 圆窗外面长着常春藤。 当太阳照过它繁密的枝叶，透到我房里来的时候，便有一片绿影。 我便是欢喜这片绿影才选定这房间的。 当公寓里的伙计替我提了随身小提箱，领我到这房间来的时候，我瞥见这绿影，感觉到一种喜悦，便毫不犹豫地决定下来，这样的了截爽直使公寓里伙计都惊奇了。

---

① 陆蠡（1908—1942）。 浙江天台人，中国现代著名作家、文学翻译家。著有散文集《海星》《竹刀》《囚绿记》，译有屠格涅夫《罗亭》《烟》及法国拉玛尔丁《葛莱齐拉》。 现有《陆蠡集》行世。

绿色是多宝贵的啊！它是生命，它是希望，它是慰安，它是快乐。我怀念着绿色把我的心等焦了。我欢喜看水白，我欢喜看草绿。我疲累于灰暗的都市的天空，和黄漠的平原。我怀念着绿色，如同涸辙的鱼盼等着雨水！我急不暇择的心情即使一枝之绿也视同至宝。当我在这小房中安顿下来，我移徙小台子到圆窗下，让我的面朝墙壁和小窗。门虽是常开着，可没人来打扰我，因为在这古城中我是孤独而陌生。但我并不感到孤独。我忘记了困倦的旅程和已往的许多不快的记忆。我望着这小圆洞，绿叶和我对语。我了解自然无声的语言，正如它了解我的语言一样。

我快活地坐在我的窗前。度过了一个月，两个月，我留恋于这片绿色。我开始了解渡越沙漠者望见绿洲的欢喜，我开始了解航海的冒险家望见海面飘来花草的茎叶的欢喜。人是在自然中生长的，绿是自然的颜色。

我天天望着窗口常春藤的生长。看它怎样伸开柔软的卷须，攀住一根缘引它的绳索，或一茎枯枝，看它怎样舒开折叠着的嫩叶，渐渐变青，渐渐变老，我细细观赏它纤细的脉络，嫩芽。我以揠苗助长的心情，巴不得它长得快，长得茂绿。下雨的时候，我爱它淅沥的声音，婆娑的摆舞。

忽然有一种自私的念头触动了我。我从破碎的窗口伸出手去，把两枝浆液丰富的柔条牵进我的屋子里来，教它伸长到我的书案上，让绿色和我更接近，更亲密。我拿绿色来装饰我这简陋的房间，装饰我过于抑郁的心情。我要借绿色来比喻葱茏的爱和幸福，我要借绿色来比喻猗郁的年华。我囚住这绿色如同幽囚一只小鸟，要它为我作无声的歌唱。

绿的枝条悬垂在我的案前了，它依旧伸长，依旧攀缘，依旧舒放，并且比在外边长得更快。我好像发现了一种"生的欢喜"，超过了任何种的喜悦。从前我有个时候，住在乡间的一所草屋里，地面是新铺的泥土，未除净的草根在我的床下茁出嫩绿的芽苗，蕈菌在地角上生长，我不忍加以剪除。后来一个友人一边说一边笑，替我拔去这些野草，我心里还引为可惜，倒怪他多事似的。

可是每天在早晨，我起来观看这被幽囚的"绿友"时，它的尖端总朝着窗外的方向。甚至于一枚细叶，一茎卷须，都朝原来的方向。植物是多固执啊！它不了解我对它的爱抚，我对它的善意。我为了这永远向着阳光生长的植物不快，因为它损害了我的自尊心。可是我囚系住它，仍旧让柔弱的枝叶垂在我的案前。

它渐渐失去了青苍的颜色，变成柔绿，变成嫩黄，枝条变成细瘦，变成娇弱，好像病了的孩子。我渐渐不能原谅我自己的过失，把天空底下的植物移锁到暗黑的室内；我渐渐为这病损的枝叶可怜，虽则我恼怒它的固执，无亲热，我仍旧不放走它。魔念在我心中生长了。

我原是打算七月尾就回南去的。我计算着我的归期，计算这"绿囚"出牢的日子。在我离开的时候，便是它恢复自由的时候。

卢沟桥事件发生了。担心我的朋友电催我赶速南归。我不得不变更我的计划，在七月中旬，不能再留连于烽烟四逼中的旧都。火车已经断了数天，我每日须得留心开车的消息。终于在一天早晨候到了。临行时我珍重地开释了这永不屈服于黑暗的囚人。我把瘦黄的枝叶放在原来的位置上，向它致诚意的祝福，愿它繁茂苍绿。

离开北平一年了。我怀念着我的圆窗和绿友。有一天，得重和它们见面的时候，会和我面生么？

松树的风格

陶铸①

去年冬天，我从英德到连县去，沿途看到松树郁郁苍苍，生气勃勃，傲然屹立。虽是坐在车子上，一棵棵松树一晃而过，但它们那种不畏风霜的姿态却使人油然而生敬意，久久不忘。当时很想把这种感觉写下来，但又不能写成。前两天在虎门和中山大学中文系的师生们座谈时，又谈到这一点，希望青年同志们能和松树一样，成长为具有松树的风格，也就是具有共产主义风格的人。现在把当时的感觉写出来，与大家共勉。

我对松树怀有敬佩之心不自今日始。自古以来，多少人就歌颂过它，赞美过它，把它作为崇高的品质的象征。

你看它不管是在悬崖的缝隙间也好，不管是在贫瘠的土地上也好，只要有一粒种子——这粒种子也不管是你有意种植的，还是随意丢落的；也不管是风吹来的，还是从飞鸟的嘴里跌落的，总之，只要有一粒种子，它就不择地势，不畏严寒酷热，随处茁壮地生长起来了。它既不需要谁来施肥，也不需要谁来灌溉。狂风吹不倒它，洪水淹不没它，严寒冻不死它，干旱旱不坏它。它只是一味地无忧无虑地生长。松树的生命力可谓强矣！松树要求于人的可

---

① 陶铸（1908—1969）。无产阶级革命家、党和国家的卓越领导人。湖南祁阳石洞源人。著作有《理想·情操·精神生活》《思想·感情·文采》和《随行纪谈》等。

谓少矣！这是我每看到松树油然而生敬意的原因之一。

我对松树怀有敬意的更重要的原因却是它那种自我牺牲的精神。你看，松树的干是用途极广的木材，并且是很好的造纸原料；松树的叶子可以提制挥发油；松树的脂液可制松香、松节油，是很重要的工业原料；松树的根和枝又是很好的燃料。更不用说在夏天，它用自己的枝叶挡住炎炎烈日，叫人们在如盖的绿荫下休憩；在黑夜，它可以劈成碎片做成火把，照亮人们前进的路。总之一句话，为了人类，它的确是做到了"粉身碎骨"的地步了。

要求于人的甚少，给予人的甚多，这就是松树的风格。

鲁迅先生说的"我吃的是草，挤出来的是奶"，也正是松树的风格的写照。

自然，松树的风格中还包含着乐观主义的精神。你看它无论在严寒霜雪中和盛夏烈日中，总是精神奕奕，从来都不知道什么叫作忧郁和畏惧。

我常想：杨柳婀娜多姿，可谓妩媚极了；桃李绚烂多彩，可谓鲜艳极了，但它们只是给人一种外表好看的印象，不能给人以力量。松树却不同，它可能不如杨柳与桃李那么好看，但它却给人以启发，以深思和勇气，尤其是想到它那种崇高的风格的时候，不由人不油然而生敬意。

我每次看到松树，想到它那种崇高的风格的时候，就联想到共产主义风格。

我想：所谓共产主义风格，应该就是要求于人的甚少，而给予人的却甚多的风格；所谓共产主义风格，应该就是为了人民的利益和事业不畏任何牺牲的风格。

每一个具有共产主义风格的人，都应该像松树一样，不管在怎样恶劣的环境下，都能茁壮地生长，顽强地工作，永不被困难吓倒，永不屈服于恶劣环境。　每一个具有共产主义风格的人，都应该具有松树那样的崇高品质：人民需要我们做什么，我们就去做什么，只要是为了人民的利益，粉身碎骨，赴汤蹈火，也在所不惜；而且毫无怨言，永远浑身洋溢着革命的乐观主义的精神。

　　具有这种共产主义风格的人是很多的。　在革命艰苦的年代里，在白色恐怖的日子里，多少人不管环境的恶劣和情况的险恶，为了人民的幸福，他们忍受了多少的艰难困苦，做了多少有意义的工作呵！　他们贡献出所有的精力，其至最宝贵的生命。　就是在他们临牺牲的一刹那间，他们想的不是自己，而是人民和祖国甚至全世界的将来。　然而，他们要求于人的是什么呢？　什么也没有。这不由得使我们想起松树的崇高的风格！

　　目前，在社会主义革命和社会主义建设的日子里，多少人不顾个人的得失，不顾个人的辛劳，夜以继日，废寝忘食，为加速我们的革命和建设而不知疲倦地苦干着。　在他们的意念中，一切都是为了把社会主义革命进行到底，为了迅速改变我国"一穷二白"的面貌，为了使人民的生活过得更好。　这又不由得使我们想起松树的崇高的风格。

　　具有这种风格的人是越来越多了。　这样的人越多，我们的革命和建设也就会越快。　我希望每个人都能像松树一样具有坚强的意志和崇高的品质；我希望每个人都成为具有共产主义风格的人。

忆白石老人

艾青①

　　1949 年我进北京城不久，就打听白石老人的情况，知道他还健在，我就想看望这位老画家。 我约了沙可夫和江丰两个同志，由李可染同志陪同去看他，他住在西城跨车胡同十三号。 进门的小房间住了一个小老头子，没有胡子，后来听说是清皇室的一名小太监，给他看门的。

　　当时，我们三个人都是北京军事管制委员会的文化接管委员，穿的是军装，臂上带臂章，三个人去看他，难免要使老人感到奇怪。 经李可染介绍，他接待了我们。 我马上向前说："我在十八岁的时候，看了老先生的四张册页，印象很深，多年都没有机会见到你，今天特意来拜访。"

　　他问："你在哪儿看到我的画？"

　　我说："1928 年，已经二十一年了，在杭州西湖艺术院。"

　　他问："谁是艺术院院长？"

　　我说："林风眠。"

　　他说："他喜欢我的画。"

　　这样他才知道来访者是艺术界的人，亲近多了，马上叫护士研

---

　　① 艾青（1910—1996）。 原名蒋海澄，浙江金华人，现代著名诗人，是继郭沫若、闻一多等人之后推动一代诗风的重要诗人。 著有长诗《大堰河——我的保姆》《向太阳》，诗集《宝石的红星》及《艾青诗选》等。

墨，戴上袖子，拿出几张纸给我们画画。他送了我们三个人每人一张水墨画，两尺琴条。给我画的是四只虾，半透明的，上画有两条小鱼。题款：

"艾青先生雅正 八十九岁白石"，印章"白石翁"，另一方"吾所能者乐事"。

我们真高兴，带着感激的心情和他告别了。

我当时是接管中央美术学院的军代表。听说白石老人是教授，每月到学校一次，画一张画给学生看，作示范表演。有学生提出要把他的工资停掉。

我说："这样的老画家，每月来一次画一张画，就是很大的贡献。日本人来，他没有饿死。国民党来，也没有饿死。共产党来，怎么能把他饿死呢？"何况美院院长徐悲鸿非常看重他，收藏了不少他的画，这样的提案当然不会采纳。

老人一生都很勤奋，木工出身，学雕花，后来学画。他已画了半个多世纪了，技巧精练，而他又是个爱创新的人，画的题材很广泛：山水、人物、花鸟虫鱼。没有看见他临摹别人的。他具有敏锐的观察力，记忆力特别强，能准确地捕捉形象。他有一双显微镜的眼睛，早年画的昆虫，纤毫毕露。我看见他的飞蛾，伏在地上，满身白粉，头上有两瓣触须；他画的蜜蜂，翅膀好像有嗡嗡的声音；画知了、蜻蜓的翅膀像薄纱一样；他画的蚱蜢，大红大绿，很像后期印象派的油画。

他画鸡冠花，也画牡丹，但他和人家的画法不一样，大红花，笔触很粗，叶子用黑墨只几点；他画丝瓜、倭瓜；特别爱画葫芦；他爱画残荷，看看很乱，但很有气势。

有一张他画的向日葵。题：

"齐白石居京师第八年画"，印章"木居士"。题诗：

"茅檐矮矮长葵齐，雨打风摇损叶稀。 干旱犹思晴畅好，倾心应向日东西。 白石山翁灯昏又题。"印章"白石翁"。

有一张柿子，粗枝大叶，果实赭红，写"杏子坞老民居京华第十一年矣丁卯"，印章"木人"。

他也画山水，没有见他画重峦叠嶂，多是平日容易见到的。他一张山水画上题：

"予用自家笔墨写山水，然人皆余为糊涂，吾亦以为然。 白石山翁并题"。 印章"白石山翁"。

后在画的空白处写"此幅无年月，是予二十年前所作者，今再题。 八十八白石"，印章"齐大"。

事实是他不愿画人家画过的。

我在上海朵云轩买了一张他画的一片小松林，二尺的水墨画。我拿到和平书店给许麟庐看，许以为是假的，我要他一同到白石老人家，挂起来给白石老人看。 我说："这画是我从上海买的，他说是假的，我说是真的，你看看……"他看了之后说："这个画人家画不出来的。"署名齐白石，印章是"白石翁"。

我又买了一张八尺的大画，画的是没有叶子的松树，结了松果，上面题了一首诗："松针已尽虫犹瘦，松子余年绿似苔。 安得老天怜此树，雨风雷电一起来。 阿爷尝语，先朝庚午夏，星塘老屋一带之松，为虫食其叶。 一日，大风雨雷电，虫尽灭绝。 丁巳以来，借山馆后之松，虫食欲枯。 安得庚午之雷雨不可得矣。辛酉春正月画此并题记之。 三百石印富翁五过都门"，下有八字："安得之安字本欲字"。 印章"白石翁"。

他看了之后竟说："这是张假画。"

我却笑着说："这是昨天晚上我一夜把它赶出来的。"他知道骗不了我，就说："我拿两张画换你这张画。"我说："你就拿二十张画给我，我也不换。"他知道这是对他画的赞赏。

这张画是他七十多岁时的作品。 他拿了放大镜很仔细地看了说："我年轻时画画多么用心呵。"

一张画了九只麻雀在乱飞。 诗题：

"叶落见藤乱，天寒入鸟音。 老夫诗欲鸣，风急吹衣襟。 枯藤寒雀从未有，既作新画，又作新诗。 借山老人非懒辈也。 观画者老何郎也。"印章"齐大"。 看完画，他问我："老何郎是谁呀？"

我说："我正想问你呢。"他说："我记不起来了。"这张画是他早年画的，有一颗大印"甑屋"。

我曾多次见他画小鸡，毛茸茸，很可爱；也见过他的鱼鹰，水是绿的，钻进水里的，很生动。

他对自己的艺术是很欣赏的，有一次，他正在画虾，用笔在纸上画了一根长长的头发粗细的须，一边对我说："我这么老了，还能画这样的线。"

他挂了三张画给我看，问我："你说哪一张好？"我问他："这是干什么？"他说："你懂得。"

我曾多次陪外宾去访问他，有一次，他很不高兴，我问他为什么，他说外宾看了他的画没有称赞他。 我说："他称赞了，你听不懂。"他说他要的是外宾伸出大拇指来。 他多天真！

他九十三岁时，国务院给他做寿，拍了电影，他和周恩来总理照了相，他很高兴。 第二天画了几张画作为答谢的礼物，用红纸签署，亲自送到几个有关的人家里。 送我的一张两尺长的彩色画，画的是一筐荔枝和一枝枇杷，这是他送我的第二张画，上面题：

"艾青先生　齐璜白石九十三岁"，印章"齐大"，另外在下面的一角有一方大的印章"人犹有所憾"。

他原来的润格，普通的画每尺四元，我以十元一尺买他的画，工笔草虫、山水、人物加倍，每次都请他到饭馆吃一顿，然后用车送他回家。 他爱吃对虾，据说最多能吃六只。 他的胃特别强，花生米只一咬成两瓣，再一咬就往下咽。 他不吸烟，每顿能喝一两杯白酒。

一天，我收到他给毛主席刻的两方印子，阴文阳文都是毛泽东（他不知毛主席的号叫润之）。 我把印子请毛主席的秘书转交。毛主席为报答宴请他一次，由郭沫若作陪。

他所收的门生很多，据说连梅兰芳也跪着磕过头，其中最出色的要算李可染。 李原在西湖艺术院学画，素描基础很好，抗战期间画过几个战士被日军钉死在墙上的画。 李在美院当教授，拜白石老人为师。 李有一张画，一头躺着的水牛，牛背脊梁骨用一笔下来，气势很好，一个小孩赤着背，手持鸟笼，笼中小鸟在叫，牛转过头来听叫声……

白石老人看了一张画，题了字：

"心思手作不愧乾嘉间以后继起高手。 八十七岁白石甲亥。"印章"白石题跋"。

一天，我去看他，他拿了一张纸条问我："这是个什么人哪，诗写得不坏，出口能成腔。"我接过来一看是柳亚子写的，诗里大意说："你比我大十二岁，应该是我的老师。"我感到很惊奇地说："你连柳亚子也不认得，他是中央人民政府的委员。"他说："我两耳不闻天下事，连这么个大人物也不知道。"感到有些愧色。

我在给他看门的太监那儿买了一张小横幅的字，写着："家山杏子坞，闲行日将夕。 忽忘还家路，依着牛蹄迹。"印章"阿芝"，另一印"吾年八十乙矣"。 我特别喜欢他的诗，生活气息浓，有一种朴素的美。 早年，有人说他写的诗是薛蟠体，实在不公平。

我有几次去看他，都是李可染陪着，这一次听说他搬到一个女弟子家——是一个起义的将领家。 他见到李可染忽然问："你贵姓？"李可染马上知道他不高兴了，就说："我最近忙，没有来看老师。"他转身对我说："艾青先生，解放初期，承蒙不弃，以为我是能画几笔的……"李可染马上说："艾先生最近出国，没有来看老师。"他才平息了怨怒。 他说最近有人从香港来，要他到香港去。 我说："你到香港去干什么？ 那儿许多人是从大陆逃亡的……你到香港，半路上死了怎么办？"他说："香港来人，要了我的亲笔写的润格，说我可以到香港卖画。"他不知道有人骗去他的润格，到香港去卖假画。

不久，他就搬回跨车胡同十二号了。

我想要他画一张他没有画过的画，我说："你给我画一张册页，从来没有画过的画。"他欣然答应。 护士安排好了，他走到画案旁边了一张水墨画：一只青蛙往水里跳的时候，一条后腿被草绊住了，青蛙前面有三个蝌蚪在游动，更显示青蛙挣不脱去的焦急。 他很高兴地说："这个，我从来没有画过。"我也很高兴。 他问我题什么款。 我说："你就题吧，我是你的学生。"他题：

青也吾弟小兄璜时同在京华深究画法九十三岁时记齐白石

一天，我在伦池斋看见了一本册页，册页的第一张是白石老人画的：一个盘子放满了樱桃，有五颗落在盘子下面，盘子在一个小木架子上。 我想买这张画。 店主人说："要买就整本买。"我看不上别的画，光要这一张，他把价抬得高高的，我没有买；马上跑到白石老人家，对他说："我刚才看了伦池斋你画的樱桃，真好。"他问："是怎样的？"我就把画给他说了，他马上说："我给你画一张。"他在一张两尺的琴条上画起来，但是颜色没有伦池斋的那么鲜艳，他说："西洋红没有了。"

画完了，他写了两句诗，字很大：

若教点上佳人口，言事言情总断魂。

他显然是衰老了，我请他到曲园吃了饭，用车子送他回到跨车胡同，然后跑到伦池斋，把那张册页高价买来了。 署名"齐白石"，印章"木人"。

后来，我把画给吴作人看，他说某年展览会上他见过这张画，整个展览会就这张画最突出。

有一次，他提出要我给他写传。 我觉得我知道他的事太少，他已经九十多岁，我认识他也不过最近七八年，而且我已经看了他的年谱，就说："你的年谱不是已经有了吗？"我说的是胡适、邓广铭、黎锦熙三人合写的，商务印书馆出版的《齐白石年谱》。他不作声。

后来我问别人，他为什么不满意他的年谱，据说那本年谱把他的"瞒天过海法"给写了。 1937 年他七十五岁时，算命的说他流年不利，所以他增加了两岁。

这之后，我很少去看他，他也越来越不爱说话了。

最后一次我去看他，他已奄奄一息地躺在躺椅上，我上去握住他的手问他："你还认得我吗？"他无力地看了我一眼，轻轻地说："我有一个朋友，名字叫艾青。"他很少说话，我就说："我会来看你的。"他却说："你再来，我已不在了。"他已预感到自己在世之日不会有多久了。 想不到这一别就成了永诀——紧接着的一场运动把我送到北大荒。

他逝世时已经九十七岁，实际是九十五岁。

初冬过三峡

萧乾①

一

听说船早晨十点从奉节入峡，九点多钟我揣了一份干粮爬上一道金属小梯，站到船顶层的甲板上了。 从那时候起，我就跟天、水以及两岸的巉岩峭壁打成一片，一直伫立到天色昏暗，只听得见成群的水鸭子在江面上啾啾私语，却看不见它们的时候，才回到舱里。 在初冬的江风里吹了将近九个钟头，脸和手背都觉得有些麻木臃肿了，然而那是怎样难忘的九个钟头啊！我一直都像是在变幻无穷的梦境里，又像是在听一阕奔放浩荡的交响乐章：忽而妩媚，忽而雄壮；忽而阴森逼人，忽而灿烂夺目。

整个大江有如一环环接起来的银链，每一环四壁都是蔽天翳日的峰峦，中间各自形成一个独特天地，有的椭圆如琵琶，有的长如梭。 走进一环，回首只见浮云衬着初冬的天空，自由自在地游动，下面众峰峥嵘，各不相让，实在看不出船是怎样硬从群山缝隙里钻过来的。 往前看呢，山岚弥漫，重岩叠嶂，有的如笋如柱，直插云霄，有的像彩屏般森严大方地屹立在前，挡住去路。 天又晓得船将怎样从这些巨汉的腋下钻出去。

---

① 萧乾（1910—1999）。 原名萧秉乾，生于北京。 蒙古族。 中国现代著名作家、记者、文学翻译家。 曾任职于《大公报》，出版有译著作品数十部。

那两百公里的水程用文学作品来形容，正像是一出情节惊险、故事曲折离奇的好戏，这一幕包管你猜不出下一幕的发展，文思如此之绵密，而又如此之突兀，它迫使你非一口气看完不可。

出了三峡，我只有力气说一句话：这真是自然之大手笔。晚餐桌上，我们拿它比过密西西比河，也比过从阿尔卑斯山穿过的一段多瑙河，越比越觉得祖国河山的奇瑰，也越体会到我们的诗词绘画何以那样峻拔奇伟、气势万千。

二

没到三峡以前，只把它想象成岩壁峭绝，不见天日。其实，太阳这个巧妙的照明师不但利用出峡入峡的当儿，不断跟我们玩着捉迷藏，它还会在壁立千仞的幽谷里，忽而从峰与峰之间投进一道金晃晃的光柱，忽而它又躲进云里，透过薄云垂下一匹轻纱。

早年读书时候，对三峡的云彩早就向往了，这次一见，果然是不平凡。过瞿塘峡，山巅积雪跟云絮几乎羼在一起，明明是云彩在移动，恍惚间却觉得是山头在走。过巫峡，云渐成朵，忽聚忽散，似天鹅群舞，在蓝天上织出奇妙的图案。有时候云彩又呈一束束白色的飘带，它似乎在用尽一切轻盈婀娜的姿态来衬托四周叠起的重岭。

初入峡，颇有逛东岳庙时候的森懔之感。四面八方都是些奇而丑的山神，朝自己扑奔而来。两岸斑驳的岩石如巨兽伺伏，又似正在沉眠。山峰有的作蝙蝠展翅状，有的如尖刀倒插，也有的似引颈欲鸣的雄鸡，就好像一位魄力大、手艺高的巨人曾挥动千钧巨斧，东斫西削，硬替大江斩出这道去路。岩身有的作绛紫色，有的灰白杏黄间杂。著名的"三排石"是浅灰带黄，像煞三堵断垣。 仙女峰作杏黄色，峰形尖如手指，真是瑰丽动人。

尽管山坳里树上还累累挂着黄澄澄的广柑，峰巅却见了雪。大概只薄薄下了一层，经风一刮，远望好像楞楞可见的肋骨。巫峡某峰，半腰横挂着一道灰云，显得异常英俊。 有的山上还有闪亮的瀑布，像银丝带般蜿蜒飘下。 也有的虽然只不过是山缝儿里淌下的一道涧流，可是在夕阳的映照下，却也变成了金色的链子。

船刚到夔府峡，望到屹立中流的滟滪滩，就不能不领略到三峡水势的险巇了。 从那以后，江面不断出现这种拦路的礁石。 勇敢的人们居然还给这些暗礁起下动听的名字：如"头珠石""二珠石"。 这以外，江心还埋伏着无数险滩，名字也都蛮漂亮。 过去不晓得多少生灵都葬身在那里了。 现在尽管江身狭窄如昔，却安全得像个秩序井然的城市。 江面每个暗礁上面都浮起红色灯标，船每航到瓶口细颈处，山脚必有个水标站，门前挂着各种标记，那大概就相当于陆地上的交通警。 水浅地方，必有白色的报航船，对来往船只报告水位。 傍晚，还有人驾船把江面一盏盏的红灯点着，那使我忆起老北京的路灯。

每过险滩，从船舷俯瞰，江心总像有万条蛟龙翻滚，漩涡团团，船身震撼。 这时候，水面皱纹圆如铜钱，乱如海藻，恐怖如陷阱。 为了避免搁浅，穿着救生衣的水手站在船头的两侧，用一根红蓝相间的长篙不停地试着水位。 只听到风的呼啸，船头跟激流的冲撞，和水手报水位的喊声。 这当儿，驾驶台一定紧张得很了。

船一声接一声地响着汽笛，对面要是有船，也鸣笛示意。 船跟船打了招呼，于是，山跟山也对语起来了，声音辽远而深沉，像是发自大地的肺腑。

三

最令人惊心动魄的是激流里的木船。有的是出来打鱼的，有的正把川江的橘麻往下游运。剽悍的船夫就驾着这种弱不禁风的木船，沿着嶙峋的巉岩，在江心跟汹涌的漩涡搏斗。船身给风刮得倾斜了，浪花漫过了船头，但是勇敢的桨手们还在劲风里唱着号子歌。

这当儿，一声汽笛，轮船眼看开过来了。木船赶紧朝江边划。轮船驶过，在江里翻滚的那一万条蛟龙变成十万条了，木船就像狂风中的荷瓣那样横过来倒过去地颠簸动荡。不管怎样，桨手们依旧唱着号子歌，逆流前进。他们征服三峡的方法虽然是古老过时的，然而他们毕竟还是征服者。

三峡的山水叫人惊服，更叫人惊服的是沿峡劳动人民征服自然，谋取生存的勇气和本领。在那耸立的峭壁上，依稀可以辨出千百层细小石级，蜿蜒交错，真是羊肠蟠道三十六迥。有时候重岩绝壁上垂下一道长达十几丈的竹梯，远望宛如什么爬虫在巉岩上蠕动。上面，白色的炊烟从一排排茅舍里袅袅上升。用望远镜眺望，还可以看到屋檐下晒的柴火、腊肉或渔具，旁边的土丘大约就是他们的祖茔。峡里还时常看见田垄和牲口。在只有老鹰才飞得到的绝岩上，古代的人们建起了高塔和寺庙。

船到南津关，岸上忽然出现了一片完全不同的景象：山麓下搭起一排新的木屋和白色的帐篷。这时候，一簇年轻小伙子正在篮球架子下面嘶嚷着，抢夺着。多么熟稔的声音啊！我听到了筑路工人铿然的铁锹声，也听到更洪亮的炸石声。赶紧借过望远镜来一望，镜子里出现了一张张充满青春气息的笑脸。多巧啊，电灯这当儿亮了。我看见高耸的钻探机。

原来这是个重大的勘察基地，岸上的人们正是历史奇迹的创造者。　他们征服自然的规模更大，办法更高明了。　他们正设计在三峡东边把口的地方修建一座世界最大的水电站，一座可以照耀半个中国的水电站。　三峡将从蜀道上一道险巇的关隘，变成幸福的源泉。

　　山势渐渐由奇伟而平凡了，船终于在苍茫的暮色里，安全出了峡。　从此，漩涡消失了，两岸的峭岩消失了，江面温柔广阔，酷似一片湖水。　轮船转弯时，衬着暮霭，船身在江面轧出千百道金色的田垄，又像有万条龙睛鱼在船尾并排追踪。

　　江边的渔船已经看不清楚了，天水交接处，疏疏朗朗只见几根枯苇般的桅杆。　天空昏暗得像一面积满尘埃的镜子，一只苍鹰此刻正兀自在那里盘旋。　它像是在寻思着什么，又像是对这片山川云物有所依恋。

老　王

杨绛①

我常坐老王的三轮。他蹬，我坐，一路上我们说着闲话。

据老王自己讲：北京解放后，蹬三轮的都组织起来；那时候他"脑袋慢"，"没绕过来"，"晚了一步"，就"进不去了"。他感叹自己"人老了，没用了"。老王常有失群落伍的惶恐，因为他是单干户。他靠着活命的只是一辆破旧的三轮车；有个哥哥死了，有两个侄儿"没出息"，此外就没什么亲人。

老王不仅老，他只有一只眼，另一只是"田螺眼"，瞎的。乘客不愿坐他的车，怕他看不清，撞了什么。有人说，这老光棍大约年轻时候不老实，害了什么恶病，瞎掉一只眼。他那只好眼也有病，天黑了就看不见。有一次，他撞在电杆上，撞得半面肿胀，又青又紫。那时候我们在干校，我女儿说他是夜盲症，给他吃了大瓶的鱼肝油，晚上就看得见了。他也许是从小营养不良而瞎了一眼，也许是得了恶病，反正同是不幸，而后者该是更深的不幸。

---

① 杨绛（1911—2016）。女，江苏无锡人，著名学者、文学翻译家。早年曾就读于苏州东吴大学、清华大学研究院、英国牛津大学、法国巴黎大学。1939 年起至 1953 年间，曾任振华女中上海分校校长、震旦女子文理学院外文系教授、清华大学外文系教授。1953 年后任中国社会科学院外国文学研究所研究员，专事外国文学研究及翻译工作。主要译著有《小癞子》《堂吉诃德》等，文学著述主要有长篇小说《洗澡》、散文集《干校六记》、回忆录《钱锺书与〈围城〉》等。

有一天傍晚，我们夫妇散步，经过一个荒僻的小胡同，看见一个破破落落的大院，里面有几间塌败的小屋；老王正蹬着他那辆三轮进大院去。后来我坐着老王的车和他闲聊的时候，问起那里是不是他的家。他说，住那儿多年了。

有一年夏天，老王给我们楼下人家送冰，愿意给我们家带送，车费减半。我们当然不要他减半收费。每天清晨，老王抱着冰上三楼，代我们放入冰箱。他送的冰比他前任送的大一倍，冰价相等。胡同口蹬三轮的我们大多熟识，老王是其中最老实的。他从没看透我们是好欺负的主顾，他大概压根儿没想到这点。

"文化大革命"开始，默存不知怎么的一条腿走不得路了。我代他请了假，烦老王送他上医院。我自己不敢乘三轮，挤公共汽车到医院门口等待。老王帮我把默存扶下车，却坚绝不肯拿钱。他说："我送钱先生看病，不要钱。"我一定要给钱，他哑着嗓子悄悄问："你还有钱吗？"我笑说有钱，他拿了钱却还不大放心。

我们从干校回来，载客三轮都取缔了。老王只好把他那辆三轮改成运货的平板三轮。他并没有力气运送什么货物。幸亏有一位老先生愿把自己降格为"货"，让老王运送。老王欣然在三轮平板的周围装上半寸高的边缘，好像有了这半寸边缘，乘客就围住了不会掉落。我问老王凭这位主顾，是否能维持生活。他说可以凑合。可是过些时老王病了，不知什么病，花钱吃了不知什么药，总不见好。开始几个月他还能扶病到我家来。以后只好托他同院的老李来代他传话了。

有一天，我在家听到打门，开门看见老王直僵僵地镶嵌在门框里。往常他坐在蹬三轮的座上，或抱着冰伛着身子进我家来，不显得那么高，也许他平时不那么瘦，也不那么直僵僵的。他面色死灰，两只眼上都结着一层翳，分不清哪一只瞎、哪一只不瞎。说得可笑些，他简直像棺材里倒出来的，就像我想象里的僵尸，骷髅上绷着一层枯黄的干皮，打上一棍就会散成一堆白骨。 我吃惊地说："啊呀，老王，你好些了吗？"

他"唔"了一声，直着脚往里走，对我伸出两手。 他一手提着一个瓶子，一手提着一包东西。

我忙去接。 瓶里是香油，包裹里是鸡蛋。 我记不清是十个还是二十个，因为在我记忆里多得数不完。 我也记不起他是怎么说的，反正意思很明白，那是他送我们的。

我强笑说："老王，这么新鲜的大鸡蛋，都给我们吃？"

他只说："我不吃。"

我谢了他的好香油，谢了他的大鸡蛋，然后转身进屋去。 他赶忙止住我说："我不是要钱。"

我也赶忙解释："我知道，我知道——不过你既然自己来了，就免得托人捎了。"

他也许觉得我这话有理，站着等我。

我把他包鸡蛋的一方灰不灰、蓝不蓝的方格子破布叠好还他。他一手拿着布，一手攥着钱，滞笨地转过身子。 我忙去给他开了门，站在楼梯口，看他直着脚一级一级下楼去，直担心他半楼梯摔倒。 等到听不见脚步声，我回屋才感到抱歉，没请他坐坐喝口茶水。 可是我害怕得糊涂了，那直僵僵的身体好像不能坐，稍一弯曲就会散成一堆骨头。 我不能想象他是怎么回家的。

过了十多天，我碰见老王同院的老李。 我问："老王怎么了？ 好些没有？"

"早埋了。"

"呀，他什么时候？ ……"

"什么时候死的？　就是到您那儿的明天。"

他还讲老王身上缠了多少尺全新的白布——因为老王是回民，埋在什么沟里。　我也不懂，没多问。

我回家看着还没动用的那瓶香油和没吃完的鸡蛋，一再追忆老王和我对答的话，捉摸他是否知道我领受他的谢意。　我想他是知道的。　但不知为什么，每想起老王，总觉得心上不安。　因为吃了他的香油和鸡蛋？　因为他来表示感谢，我却拿钱去侮辱他？　都不是。　几年过去了，我渐渐明白：那是一个多吃多占的人对一个不幸者的愧怍。

回忆陈寅恪先生

季羡林①

别人奇怪，我自己也奇怪：我写了这样多的回忆师友的文章，独独遗漏了陈寅恪先生。这究竟是为什么呢？对我来说，这是事出有因，查亦有据的。我一直到今天还经常读陈先生的文章，而且协助出版社出先生的全集。我当然会时时想到寅恪先生的。我是一个颇为喜欢舞笔弄墨的人，想写一篇回忆文章，自是意中事。但是，我对先生的回忆，我认为是异常珍贵的，超乎寻常的神圣的。我希望自己的文章不要玷污了这一点神圣性，故而迟迟不敢下笔。到了今天，北大出版社要出版我的《怀旧集》，已经到了非写不行的时候了。

要论我同寅恪先生的关系，应该从六十五年前的清华大学算起。我于一九三〇年考入国立清华大学，入西洋文学系（不知道从什么时候起改名为外国语文系）。西洋文学系有一套完整的教学计划，必修课规定得有条有理，完完整整。但是给选修课留下的时间却是很富裕的，除了选修课以外，还可以旁听或者偷听，教师不以为忤，学生各得其乐。我曾旁听过朱自清、俞平伯、郑振铎等先生的课，都安然无恙，而且因此同郑振铎先生建立了终生的

---

① 季羡林（1911—2009）。山东临清县人，著名学者、作家。专事印度古代语言、中印文化关系史及佛教研究。1934 年毕业于清华大学，1941 年获德国歌廷根大学博士学位，1946 年回国任北京大学东语系教授。著有《原始佛教中的语言问题》、散文随笔集《朗润集》等。

友谊。 但也并不是一切都一帆风顺。 我同一群学生去旁听冰心先生的课，她当时极年轻，而名满天下。 我们是慕名而去的。 冰心先生满脸庄严，不苟言笑，看到课堂上挤满了这样多学生，知道其中有"诈"，于是威仪俨然地下了"逐客令"："凡非选修此课者，下一堂不许再来！"我们悚然而听，惶然而退，从此不敢再进她讲课的教室。 四十多年以后，我同冰心重逢，她已经变成了一个慈祥和蔼的老人，由怒目金刚一变而为慈眉菩萨。 我向她谈起她当年"逐客"的事情，她已经完全忘记，我们相视而笑，有会于心。

就在这个时候，我旁听了寅恪先生的"佛经翻译文学"。 参考书用的是《六祖坛经》，我曾到城里一个大庙里去买过此书。寅恪师讲课，同他写文章一样，先把必要的材料写在黑板上，然后再根据材料进行解释、考证、分析、综合，对地名和人名更是特别注意。 他的分析细入毫发，如剥蕉叶，愈剥愈细愈剥愈深，然而一本实事求是的精神，不武断，不夸大，不歪曲，不断章取义，他仿佛引导我们走在山阴道上，盘旋曲折，山重水复，柳暗花明，最终豁然开朗，把我们引上阳关大道。 读他的文章，听他的课，简直是一种享受，无法比拟的享受。 在中外众多学者中，能给我这种享受的，国外只有亨利希·吕德斯（Heinich luidum），在国内只有陈师一人，他被海内外学人公推为考证大师，是完全应该的。这种学风，同后来滋害流毒的"以论代史"的学风，相差不可以道里计。 然而，茫茫士林，难得解人，一些鼓其如簧之舌惑学人的所谓"学者"，骄纵跋扈，不禁令人浩叹矣。 寅恪师这种学风，影响了我的一生。 后来到德国，读了吕德斯教授的书，并且受到了他的嫡传弟子瓦尔德施米特（Waldnhumids）教授的教导和熏陶，可谓三生有幸。 可惜自己的学殖瘠茫，又限于天赋，虽还不能说无所收获，然而犹如细流比沧海，空怀仰止之心，徒增效颦之恨。这只怪我自己，怪不得别人。

总之，我在清华四年，读完了西洋文学系所有的必修课程，得到了一个学士头衔，现在回想起来，说一句不客气的话：我从这些课程中收获不大，欧洲著名的作家，什么莎士比亚、歌德、塞万提斯、莫里哀、但丁等等的著作都读过，连现在忽然时髦起来的《尤利西斯》和《追忆似水年华》等等也都读过，然而大都是浮光掠影，并不深入，给我留下深远影响的课反而是一门旁听课和一门选修课。前者就是在上面谈到寅恪师的"佛经翻译文学"；后者是朱光潜先生的"文艺心理学"，也就是美学。关于后者，我在别的地方已经谈过，这里就不再赘述了。

在清华时，除了上课以外，同陈师的接触并不太多。我没到他家去过一次。有时候，在校内林阴道上，在熙往攘来的学生人流中，有时会见到陈师去上课，身着长袍，朴素无华，肘下夹着一个布包，里面装满了讲课时用的书籍和资料。不认识他的人，恐怕大都把他看成是琉璃厂某一个书店的到清华来送书的老板，决不会知道，他就是名扬海内外的大学者，他同当时清华留洋归来的大多数西装革履、发光鉴人的教授迥乎不同，在这一方面，他也给我留下了毕生难忘的印象，令我受益无穷。

离开了水木清华，我同寅恪先生有一个长期的别离。我在济南教了一年国文，就到了德国哥廷根大学。到了这里，我才开始学习梵文、巴利文和吐火罗文。在我一生治学的道路上，这是一个极关重要的转折点。我从此告别了歌德和莎士比亚，同释迦牟尼和弥勒佛打起交道来。不用说，这个转变来自寅恪先生的影响。真是无巧不成书，我的德国老师瓦尔德施米特教授同寅恪先生在柏林大学是同学，同为吕德斯教授的学生。这样一来，我的中德两位老师同出一个老师的门下。 有人说："名师出高徒。"我的老师和太老师们不可谓不"名"矣，可我这个徒却太不"高"了。 忝列门墙，言之汗颜。 但不管怎样说，这总算是一个中德学坛上的佳话吧。

我在哥廷根十年，正值二战，是我一生精神上最痛苦然而在学术上收获却是最丰富的十年。 国家为外寇侵入，家人数年无消息，上有飞机轰炸，下无食品果腹。 然而读书却无任何干扰。 教授和学生多被征从军。 偌大的两个研究所：印度学研究所和汉学研究所，都归我一个人掌管。 插架数万册珍贵图书，任我翻阅。在汉学研究所深深的院落里，高大阴沉的书库中，在梵学研究所古老的研究室中，阒无一人。 天上飞机的嗡嗡声与我腹中的饥肠辘辘声相应和，闭目则浮想联翩，神驰万里，看到我的国，看到我的家，张目则梵典在前，有许多疑难问题，需要我来发复。 我此时恍如遗世独立，苦欤？ 乐欤？ 我自己也回答不上来了。

经过了轰炸的炼狱，又经过了饥饿，到了一九四五年，在我来到哥廷根十年之后，我终于盼来了光明，东西法西斯垮台了。 美国兵先攻占哥廷根，后为英国人来接管。 此时，我得知寅恪先生在英国医目疾，我连忙写了一封长信，向他汇报我十年来学习的情况，并将自己在哥廷根科学院院刊及其他刊物上发表的一些论文寄呈。 出乎我意料地迅速，我得了先生的复信，也是一封长信，告诉我他的近况，并说不久将回国。 信中最重要的事情是说，他想向北大校长胡适，代校长傅斯年，文学院长汤用彤几位先生介绍我到北大任教，我真是喜出望外，谁听到能到最高学府去任教而会不引以为荣呢？ 我于是立即回信，表示同意和感谢。

这一年深秋，我终于告别了住了整整十年的哥廷根，怀着"客树回望成故乡"的心情，一步三回首地到了瑞士。 在这个山明水秀的世界公园里住了几个月。 一九四六年春天，经过法国和越南的西贡，又经过香港，回到了上海。 在克家的榻榻米上住了一段时间。 从上海到南京，又睡到了长之的办公桌上，这时候，寅恪先生也已从英国回到了南京。 我曾谒见先生于俞大维官邸中。 谈了谈阔别十多年以来的详细情况，先生十分高兴，叮嘱我到鸡鸣寺下中央研究院去拜见北大代校长傅斯年先生，特别嘱咐我带上我用德文写的论文，可见先生对我爱护之深以及用心之细。

这一年的深秋，我从南京回到上海，乘轮船到了秦皇岛，又从秦皇岛乘火车回到了阔别十二年的北京（当时叫北平）。 由于战争关系，津浦路早已不通，回北京只能走海路，从那里到北京的铁路由美国少爷兵把守，所以还能通车。 到了北京以后，一片"落叶满长安"的悲凉气象。 我先在沙滩红楼暂住，随即拜见汤用彤先生，按北大当时的规定，从海外得到了博士学位回国的人，只能任副教授，在清华叫作专任讲师，经过几年的时间，才能转向正教授。 我当然不能例外，而且心悦诚服，没有半点非分之想。 然而过了大约一周的光景，汤先生告诉我，我已被聘为正教授，兼东方语言文学系的系主任，这真是石破天惊，大大地出我意料，我这个当一周副教授的纪录，大概也可以进入吉尼斯世界纪录了吧，说自己不高兴，那是谎言，那是矫情。 由此也可以看出老一辈学者对后辈的提携和爱护。

不记得是在什么时候，寅恪师也来到北京，仍然住在清华园。我立即到清华去拜见。 当时从北京城到清华是要费一些周折的，宛如一次短途旅行，沿途几十里路全是农田。 秋天青纱帐起，还真有绿林人士拦路抢劫的，现在的年轻人很难想象了。 但是，有寅恪先生在，我决不会惮于这样的旅行。 在三年之内，我颇到清华园去过多次，我知道先生年老体弱，最喜欢当年住北京的天主教外国神甫亲手酿造的栅栏红葡萄酒，我曾到今天市委党校所在地当年神甫们的静修院的地下室中去买过几次栅栏红葡萄酒，又长途跋涉送到清华园，送到先生手中，心里颇觉安慰。几瓶酒在现在不算什么，但是在当时通货膨胀已经达到了钞票上每天加一个零还跟不上物价飞速提高的速度的情况下，几瓶酒已非同小可了。

有一年的春天，中山公园的藤萝开满了紫色的花朵，累累垂垂，紫气弥漫，招来了众多的游人和蜜蜂。我们一群弟子们，记得有周一良、王永兴、汪篯等，知道先生爱花，现在虽患目疾，迹近失明，但据先生自己说，有些东西还能影影绰绰看到一团影子。大片藤萝花的紫光，先生或还能看到。而且在那种兵荒马乱、物价飞涨、人命微浅、朝不虑夕的情况下，我们想请先生散一散心，征询先生的意见，他怡然应允。我们真是大喜过望，在来今雨轩藤萝深处，找到一个茶桌，侍先生观赏紫藤。先生显然兴致极高。我们谈笑风生，尽欢而散。我想，这也许是先生在那样的年头里最愉快的时刻。

还有一件事，也给我留下了毕生难忘的回忆。在解放前夕，政府经济实已完全崩溃。从法币改为银元券，又从银元券改为金圆券，越改越乱，到了后来，到粮店买几斤粮食，携带的这币那券的重量有时要超过粮食本身。学术界的泰斗、德高望重、被著名的史学家郑天挺先生称之为"教授的教授"的陈寅恪先生，也不能例外。到了冬天，他连买煤取暖的钱都没有，我把这情况告诉了已经回国的北大校长胡适之先生。胡先生最尊重最爱护确有成就的知识分子，当年他介绍王静庵先生到清华国学研究院去任教，一时传为佳话。寅恪先生在《王观堂先生挽词》中有几句诗："鲁连黄鹞绩溪胡，独为神州惜大儒。学院遂闻传绝业，园林差喜适幽居"，讲的就是这一件事。现在却轮到适之先生再一次"独为神州惜大儒"了，而这个"大儒"不是别人，竟是寅恪先生本人。适之先生想赠寅恪先生一笔数目颇大的美元。但是，寅恪先生却拒不接受。最后寅恪先生决定用卖掉藏书的办法来取得适之先生的美元，于是适之先生就派他自己的汽车——顺便说一句，当时北京汽车极为罕见，北大只有校长的一辆——让我到清华陈先生家装了一车西文关于佛教和中亚古代语言的极为珍贵的书。陈先生只收两千美元。这个数目在当时虽不算少，然而同书比起来，还是微不足道的。在这一批书中，仅一部《圣彼得堡梵德大词典》市价就远远超过这个数目了。这一批书实际上带有捐赠的性质。而寅恪师对于金钱的一芥不取的狷介性格，由此也可见一斑了。

在这三年内，我同寅恪师往来颇频繁。我写了一篇论文：《浮屠与佛》，首先读给他听，想听听他的批评意见。不意竟得到他的赞赏，他把此文介绍给《中央研究院史语所集刊》发表。这个刊物在当时是最具权威性的刊物，简直有点"一登龙门，声价十倍"的威风。我自然感到受宠若惊。差幸我的结论并没有瞎说八道，几十年以后，我又写了一篇《再谈浮屠与佛》，用大量的新材料，重申前说，颇得到学界同行们的赞许。

在我同先生来往的几年中，我们当然会谈到很多话题。谈治学时最多，政治也并非不谈但极少。寅恪先生决不是一个"闭门只读圣贤书"的书呆子，他继承了中国"士"的优良传统：天下兴亡，匹夫有责。从他的著作中也可以看出，他非常关心政治。他研究隋唐史，表面上似乎是满篇考证。骨子里谈的都是成败兴衰的政治问题，可惜难得解人。我们谈到当代学术，他当然会对每一个学者都有自己的看法。但是，除了对一位明史专家外，他没有对任何人说贬低的话。对青年学人，只谈优点，一片爱护青年学者的热忱，真令人肃然起敬。就连那一位由于误会而对他专门攻击，甚至说些难听的话的学者，陈师也从来没有说过半句褒贬的话。 先生的盛德由此可见。 鲁迅先生从来不攻击年轻人，差堪媲美。

时光如电，人事沧桑，转眼就到了一九四八年年底。 解放军把北京城团团包围住，胡适校长从南京派来了专机，想接几个教授到南京去，有一个名单。 名单上有名的人，大多数都没有走，陈寅恪先生走了，这又成了某一些人探讨研究的题目：陈先生是否对共产党有看法？ 他是否对国民党留恋？ 根据后来出版的浦江清先生的日记，寅恪先生并不反对共产主义，他反对的仅是苏联牌的共产主义。 在当时，这也许是一爪怪想法，甚至是一个大逆不道的想法。 然而到了今天，真相已大白于天下，难道不应该对先生的睿智表示敬佩吗？ 至于他对国民党的态度，最明显地表现在他对蒋介石的态度上。 一九四〇年，他在《庚辰暮春重庆夜宴归作》这一首诗中写道："食蛤那知天下事，看花愁近最高楼。"吴宓先生对此诗作注说："寅恪赴渝，出席中央研究院会议，寓俞大维妹丈宅。 已而蒋公宴请中央研究院到会诸先生。 寅恪于座中初次见蒋公，深觉其人不足为，有负厥职，故有此诗第六句。"按即"看花愁近最高楼"这一句。 寅恪师对蒋介石，也可以说是对国民党的态度表达得不能再清楚明白了。 然而，几年前，一位台湾学者偏偏寻章摘句，说寅恪先生早有意到台湾去。 这真是天下的一大怪事。

到了南京以后，寅恪先生又辗转到了广州，从此留在那里没有动，他在台湾有很多亲友，动员他去台湾者，恐怕大有人在，然而他却岿然不为所动。 其中详细情况，我不得而知。 我们国家许多领导人，包括周恩来、陈毅、陶铸、郭沫若等等，对陈师礼敬备至。 他同陶铸和老革命家兼学者的杜国庠，成了私交极深的朋友。 在他晚年的诗中，不能说没有欢快之情，然而更多的却是抑郁之感。 现在回想起来，他这种抑郁之感能说没有根据吗？ 能说不是查实有据吗？ 我们这一批老知识分子，到了今天，都已成了过来人。 如果不昧良心说句真话，同陈师比较起来，只能说我们愚钝，我们麻木，此外还有什么话好说呢？

一九五一年，我奉命随中国文化代表团，访问印度和缅甸。在广州停留了相当长的时间，准备将所有的重要发言稿都译为英文。 我当然不会放过这个机会的，我到岭南大学寅恪先生家中去拜谒，相见极欢，陈师母也殷勤招待。 陈师此时目疾虽日益严重，仍能看到眼前的白色的东西。 有关领导，据说就是陈毅和陶铸，命人在先生楼前草地上铺成了一条白色的路，路旁全是绿草，碧绿与雪白相映照，供先生散步之用。 从这一件小事中，也可以看到我们国家对陈师尊敬之真诚了。 陈师是极富于感情的人，他对此能无所感吗？

然而，世事如白云苍狗，变幻莫测。 解放后不久，正当众多的老知识分子兴高采烈、激情未熄的时候，华盖运便临到头上。运动一个接着一个，针对的全是知识分子。 批完了《武训传》，批俞平伯，批完了俞平伯，批胡适，一路批，批，批，斗，斗，斗，最后批到了陈寅恪头上。 此时，极大规模的、遍及全国的反右斗争还没有开始。 老年反思，我在政治上是个蠢材，对这一系列的批和斗，我是心悦诚服的，一点没有感到其中有什么问题。我虽然没有明确地意识到，在我灵魂深处，我真认为中国老知识分子就是"原罪"的化身，批是天经地义的。 但是，一旦批到了陈寅恪先生头上，我心里却感到不是味。 虽然经人再三动员，我却始终没有参加到这一场闹剧式的大合唱中去。 我不愿意厚着面皮，充当事后的诸葛亮，我当时的认识也是十分模糊的，但是，我毕竟没有行动。 现在时过境迁，在四十年之后，想到我没有出卖我的良心，差堪自慰，能够对得起老师的在天之灵了。

可是，从那以后，直到老师于一九六九年在空前浩劫中被折磨得离开了人世，将近二十年中，我没能再见到他。 现在我的年龄已经超过了他在世的年龄五年，算是寿登耄耋了。 现在我时常翻读先生的诗文。 每读一次，都觉得有新的收获。 我明确意识到，我还未能登他的堂奥。 哲人其萎，空余著述。 我却是进取有心，请益无人，因此更增加了对他的怀念。 我们虽非亲属，我却时有风木之悲。 这恐怕也是非常自然的吧。

我已经到了望九之年，虽然看样子离开为自己的生命画句号的时候还会有一段距离，现在还不能就作总结，但是，自己毕竟已经到了日薄西山、人命危浅之际，不想到这一点也是不可能的。 我身历几个朝代，忍受过千辛万苦。 现在只觉得身后的路漫长无边，眼前的路却是越来越短，已经是很有限了。 我并没有倚老卖老，苟且偷安，然而我却明确地意识到，我成了一个"悲剧"人物。 我的悲剧不在于我不想"不用扬鞭自奋蹄"，不想"老骥伏枥，志在千里"，而是在"老骥伏枥，志在万里"。 自己现在承担的或者被迫承担的工作，头绪繁多，五花八门，纷纭复杂，有时还矛盾重重，早已远远超过了自己的负荷量，超过自己的年龄。这里面，有外在原因，但主要是内在原因。 清夜扪心自问：自己患了老来疯了吗？ 你眼前还有一百年的寿命吗？ 可是，一到了白天，一接触实际，件件事情都想推掉，但是件件事情都推不掉，真仿佛京剧中的一句话："马行在夹道内，难以回马。"此中滋味，只有自己一人能了解，实不足为外人道也。

在这样的情况下，我有时会情不自禁地回想自己的一生。 自己究竟应该怎样来评价自己的一生呢？ 我虽遭逢过大大小小的灾难，像十年浩劫那样中国人民空前的愚蠢到野蛮到令人无法理解的灾难，我也不幸——也可以说是有"幸"身逢其盛，几乎把一条老命搭上，然而我仍然觉得自己是幸运的，自己赶上了许多意外的机遇。 我只举一个小例子。 自从盘古开天地，不知从哪里吹来了一股神风，吹出了知识分子这个特殊的族类。 知识分子有很多特点。 在经济和物质方面是一个"穷"字，自古已然，于今为烈。在精神方面，是考试多如牛毛。 在这里也是自古已然，于今为烈。 例子俯拾即是，不必多论。 我自己考了一辈子，自小学、中学、大学，一直到留学，月有月考，季有季考，还有什么全国统考，考得一塌糊涂。 可是我自己在上百场国内外的考试中，从来没有名落孙山。 你能说这不是机遇好吗？

但是，俗话说："一个篱笆三个桩，一个好汉三个帮。"如果没有人帮助，一个人会是一事无成的。 我也遇到了极幸运的机遇。 生平帮过我的人无虑数百。 要我举出人名的话，我首先要举出的，在国外有两个人，一个是我的博士论文导师瓦尔德施米特教授，另一个是教吐火罗语的老师西克教授。 在国内的有四个人：一个是冯友兰先生，如果没有他同德国签订德国清华交换研究生的话，我根本到不了德国。 一个是胡适之先生，一个是汤用彤先生，如果没有他们的提携的话，我根本来不到北大。 最后但不是最少，是陈寅恪先生。 如果没有他的影响的话，我不会走上现在走的这一条治学的道路，也同样是来不了北大。 至于他为什么不把我介绍给我的母校清华，而介绍给北大，我从来没有问过他，至今恐怕永远也是一个谜，我们不去谈它了。

我不是一个忘恩负义的人。 我一向认为，感恩图报是做人的根本准则之一。 但是，我对他们四位，以及许许多多帮助过我的师友怎样"报"呢？ 专就寅恪师而论，我只有努力学习他的著作，努力宣扬他的学术成就，努力帮助出版社把他的全集出全、出好。 我深深地感激广州中山大学的校领导和历史系的领导，他们再三举办寅恪先生学术研讨会，包括国外学者在内，群贤毕至。中大还特别创办了陈寅恪纪念馆。 所有这一切，我这个寅恪先生的弟子都看在眼中，感在心中，感到很大的慰藉。 国内外研究陈寅恪先生的学者日益增多，先生的道德文章必将日益发扬光大，这是毫无问题的。 这是我在垂暮之年所能得到的最大的愉快。

然而，我仍然有我个人的思想问题和感情问题。 我现在是"后已见来者"，然而却是"前不见古人"，再也不会见到寅恪先生了。 我心中感到无限的空寞，这个空寞是无论如何也填充不起来了。 掷笔长叹，不禁老泪纵横矣。

雨　前

何其芳[①]

　　最后的鸽群带着低弱的笛声在微风里划一个圈子后，也消失了。　也许是误认这灰暗的凄冷的天空为夜色的来袭，或是也预感到风雨的将至，遂过早地飞回它们温暖的木舍。

　　几天的阳光在柳条上撒下的一抹嫩绿，被尘土埋掩得有憔悴色了，是需要一次洗涤。　还有干裂的大地和树根也早已期待着雨。雨却迟疑着。

　　我怀想着故乡的雷声和雨声。　那隆隆的有力的搏击，从山谷返响到山谷，仿佛春之芽就从冻土里震动，惊醒，而怒苗出来。细草样柔的雨声又以温存之手抚摩它，使它簇生油绿的枝叶而开出红色的花。　这些怀想如乡愁一样萦绕得使我忧郁了。　我心里的气候也和这北方大陆一样缺少雨量，一滴温柔的泪在我枯涩的眼里，如迟疑在这阴沉的天空里的雨点，久不落下。

　　白色的鸭也似有一点烦躁了，在不洁的颜色的都市的河沟里传出它们焦急的叫声。　有的还未厌倦那船一样的徐徐的划行；有的却倒插它们的长颈在水里，红色的蹼趾伸在尾后，不停地扑击着水

---

　　① 　何其芳（1912—1977）。　原名何永芳，四川万县人。　1929 年考入上海中国公学预科，曾发表新诗。　1931 年入北京大学哲学系，开始在京、沪的《现代》《文学季刊》等刊物上发表作品。　散文集《画梦录》以绚丽的文采表现象征的诗意，创造出独立的抒情散文体。　论著有《关于现实主义》《西苑集》《关于写诗和读诗》等。

以支持身体的平衡。 不知是在寻找沟底的细微的食物，还是贪那深深的水里的寒冷。

有几个已上岸了，在柳树下来回地作绅士的散步，舒息划行的疲劳，然后参差地站着，用嘴细细地抚理它们遍体白色的羽毛，间或又摇动身子或扑展着阔翅，使那缀在羽毛间的水珠坠落。 一个已修饰完毕的，弯曲它的颈到背上，长长的红嘴藏没在翅膀里，静静合上它白色的茸毛间的小黑眼睛，仿佛准备睡眠。 可怜的小动物，你就是这样做你的梦吗？

我想起故乡放雏鸭的人了。 一大群鹅黄色的雏鸭游牧在溪流间。 清浅的水，两岸青青的草，一根长长的竹竿在牧人的手里。他的小队伍是多么欢欣地发出啁啾声，又多么驯服地随着他的竿头越过一个田野又一个山坡！夜来了，帐幕似的竹篷撑在地上，就是他的家。 但这是怎样辽远的想象呵！在这多尘土的国土里，我仅只希望听见一点树叶上的雨声。 一点雨声的幽凉滴到我憔悴的梦，也许会长成一树圆圆的绿荫来覆荫我自己。

我仰起头。 天空低垂如灰色的雾幕，落下一些寒冷的碎屑到我脸上。 一只远来的鹰隼仿佛带着怒愤，对这沉重的天色的怒愤，平张的双翅不动地从天空斜插下，几乎触到河沟对岸的土阜，而又鼓扑着双翅，作出猛烈的声响腾上了。 那样巨大的翅使我惊异。 我看见了它两肋间斑白的羽毛。

接着听见了它有力的鸣声，如同一个巨大的心的呼号，或是在黑暗里寻找伴侣的叫唤。

然而雨还是没有来。

老　家

孙犁①

　　前几年，我曾诌过两句旧诗："梦中每迷还乡路，愈知晚途念桑梓。"最近几天，又接连做这样的梦：要回家，总是不自由；请假不准，或是路途遥远。有时决心起程，单人独行，又总是在日已西斜时，迷失路途，忘记要经过的村庄的名字，无法打听。或者是遇见雨水，道路泥泞；而所穿鞋子又不利于行路，有时鞋太大，有时鞋太小，有时倒穿着，有时横穿着，有时系以绳索。种种困扰，非弄到急醒了不可。

　　也好，醒了也就不再着急，我还是躺在原来的地方，原来的床上，舒一口气，翻一个身。

　　其实，"文化大革命"以后，我已经回过两次老家，这些年就再也没有回去过，也不想再回去了。一是，家里已经没有亲人，回去连给我做饭的人也没有了。二是，村中和我认识的老年人，越来越少，中年以下，都不认识，见面只能寒暄几句，没有什么意思。

　　前两次回去，一次是陪伴一位正在相爱的女人，一次是在和这位女人不睦之后。第一次，我们在村庄的周围走了走，在田头路

---

　　①　孙犁（1913—2002）。现代著名作家，原名孙树勋，河北平安人。著有小说《风云初记》《铁木前传》等，有《晚华集》《秀露集》《澹定集》等十余种散文集传世。

边坐了坐，蘑菇也采过，柴火也拾过。 第二次，我一个人，看见亲人丘陇，故园荒废，触景生情，心情很坏，不久就回来了。

现在，梦中思念故乡的情绪，又如此浓烈，究竟是什么道理呢？ 实在说不清楚。

我是从十二岁离开故乡的。 但有时出来，有时回去，老家还是我固定的窠巢，游子的归宿。 中年以后，则在外之日多，居家之日少，且经战乱，行居无定。 及至晚年，不管怎样说和如何想，回老家去住，是不可能的了。

是的，从我这一辈起，我这一家人，就要流落异乡了。

人对故乡，感情是难以割断的，而且会越来越萦绕在意识的深处，形成不断的梦境。

那里的河流，确已经干了，但风沙还是熟悉的。 屋顶上的炊烟不见了，灶下做饭人，也早已不在。 老屋顶上长着很高的草，破漏不堪。 村人故旧，都指点着说："这一家人，都到外面去了，不再回来了。"

我越来越思念我的故乡，也越来越尊重我的故乡。 前不久，我写信给一位青年作家说："写文章得罪人，是免不了的。 但我甚愿因为写文章，得罪乡里。 遇有此等情节，一定请你提醒我注意！"

最近有朋友到我们村里去了一趟，给我几间老屋拍了一张照片，在村支书家里，吃了一顿饺子。 关于老屋，支书对他说："前几年，我去信问他，他回信说：'也不拆，也不卖，听其自然，倒了再说。'看来，他对这几间破房，还是有感情的。"

朋友告诉我：现在村里，新房林立；村外，果树成林。 我那几间破房，留在那里，实在太不调和了。

我解嘲似的说："那总是一个标志，证明我曾是村中的一户。

人们路过那里，看到那破房，就会想起我，念叨我。 不然，就真的会把我忘记了。"

但是，新的正在突起，旧的终归要消失。

亡人逸事

孙犁

一

旧式婚姻，过去叫作"天作之合"，是非常偶然的。 据亡妻言，她十九岁那年，夏季一个下雨天，她父亲在临街的梢门洞里闲坐，从东面来了两个妇女，是说媒为业的，被雨淋湿了衣服。 她父亲认识其中的一个，就让她们到梢门下避避雨再走，随便问道：

"给谁家说亲去来？"

"东头崔家。"

"给哪村说的？"

"东辽城。 崔家的姑娘不大般配，恐怕成不了。"

"男方是怎么个人家？"

媒人简单介绍了一下，就笑着问：

"你家二姑娘怎样？ 不愿意寻吧？"

"怎么不愿意。 你们就去给说说吧，我也打听打听。"她父亲回答得很爽快。

就这样，经过媒人来回跑了几趟，亲事竟然说成了。 结婚以后，她跟我学认字，我们的洞房喜联横批，就是"天作之合"四个字。 她点头笑着说：

"真不假，什么事都是天定的。 假如不是下雨，我就到不了你家里来！"

二

虽然是封建婚姻，第一次见面却是在结婚之前，订婚后，她们村里唱大戏，我正好放假在家里。 她们村有我的一个远房姑姑，特意来叫我去看戏，说是可以相相媳妇。 开戏的那天，我去了，姑姑在戏台下等我。 她拉着我的手，走到一条长板凳跟前。 板凳上，并排站着三个大姑娘，都穿得花枝招展，留着大辫子。 姑姑叫着我的名字，说：

"你就在这里看吧，散了戏，我来叫你家去吃饭。"

姑姑的话还没有说完，我看见站在板凳中间的那个姑娘，用力盯了我一眼，从板凳上跳下来，走到照棚外面，钻进了一辆轿车。那时姑娘们出来看戏，虽在本村，也是套车送到台下，然后再搬着带来的板凳，到照棚下面看戏的。

结婚以后，姑姑总是拿这件事和她开玩笑，她也总是说姑姑会出坏道儿。

她礼教观念很重。 结婚已经好多年，有一次我路过她家，想叫她跟我一同回家去，她严肃地说：

"你明天叫车来接我吧，我才走。"我只好一个人走了。

三

她在娘家，因为是小闺女，娇惯一些，从小只会做些针线活；没有下场下地劳动过。 到了我们家，我母亲好下地劳动，尤其好打早起，麦秋两季，听见鸡叫，就叫起她来做饭。 又没个钟表，有时饭做熟了，天还不亮。 她颇以为苦。 回到娘家，曾向她父亲哭诉。 她父亲问：

"婆婆叫你早起，她也起来吗？ "

"她比我起得更早。 还说心疼我，让我多睡了会儿哩！ "

"那你还哭什么呢？ "

我母亲知道她没有力气，常对她说：

"人的力气是使出来的，要伸懒筋。 "

有一天，母亲带她到场院去摘北瓜，摘了满满一大筐。 母亲问她：

"试试，看你背得动吗？ "

她弯下腰，挎好筐系猛一立，因为北瓜太重，把她弄了个后仰，沾了满身土，北瓜也滚了满地。 她站起来哭了。 母亲倒笑了，自己把北瓜一个个拣起来，背到家里去了。

我们那村庄，自古以来兴织布，她不会。 后来孩子多了，穿衣困难，她就下决心学。 从纺线到织布，都学会了。 我从外面回来，看到她两个大拇指，都因为推机杼，顶得变了形，又粗、又短，指甲也短了。

后来，因为闹日本，家境越来越不好，我又不在家，她带着孩子们下场下地。 到了集日，自己去卖线卖布。 有时和大女儿轮换着背上二斗高粱，走三里路，到集上去粜卖。 从来没有对我叫过苦。

几个孩子，也都是她在战争的年月里，一手拉扯成人长大的。农村少医药，我们十二岁的长子，竟以盲肠炎不治死亡。 每逢孩子发烧，她总是整夜抱着，来回在炕上走。 在她生前，我曾对孩子们说：

"我对你们，没负什么责任。母亲把你们弄大，可不容易，你们应该记着。"

四

一位老朋友、老邻居，近几年来，屡次建议我写写"大嫂"。因为他觉得她待我太好，帮助太大了。老朋友说：

"她在生活上，对你的照顾，自不待言。在文字工作上的帮助，我看也不小。可以看出，你曾多次借用她的形象，写进你的小说。至于语言，你自己承认，她是你的第二源泉。当然，她瞑目之时，冰连地结，人事皆非，言念必不及此，别人也不会作此要求。但目前情况不同，文章一事，除重大题材外，也允许记些私事。你年事已高，如果仓促有所不讳，你不觉得是个遗憾吗？"

我唯唯，但一直拖延着没有写。这是因为，虽然我们结婚很早，但正像古人常说的：相聚之日少，分离之日多；欢乐之时少，相对愁叹之时多耳。我们的青春，在战争年代中抛掷了。以后，家庭及我，又多遭变故，直至最后她的死亡。我衰年多病，实在不愿再去回顾这些。但目前也出现一些异象：过去，青春两地，一别数年，求一梦而不可得。今老年孤处，四壁生寒，却几乎每晚梦见她，想摆脱也做不到。按照迷信的说法，这可能是地下相会之期，已经不远了。因此，选择一些不太使人感伤的断片，记述如上。已散见于其他文字中者，不再重复。就是这样的文字，我也写不下去了。

我们结婚四十年，我有许多事情，对不起她，可以说她没有一件事情是对不起我的。在夫妻的情分上，我做得很差。正因为如此，她对我们之间的恩爱，记忆很深。我在北平当小职员时，曾经买过两丈花布，直接寄至她家。临终之前，她还向我提起这一件小事，问道：

"你那时为什么把布寄到我娘家去啊？"

我说：

"为的是叫你做衣服方便呀！"

她闭上眼睛，久病的脸上，展现了一丝幸福的笑容。

向日葵

冯亦代①

　　看到外国报刊登载了久已不见的凡·高名画《向日葵》，以三千九百万美元的高价，在伦敦拍卖成交，特别是又一次看到原画的照片，心中怏怏若有所失者久之，因为这是一幅我所钟爱的画。当然我永远不会有可以收藏这幅画的家财，但这也禁不住我对它的喜欢。如今归为私人所有，总有种今后不复再能为人们欣赏的遗憾。我虽无缘亲见此画，但我觉得名画有若美人，美人而有所属，不免是件憾事。

　　记得自己也曾经有过这幅同名而布局略异的复制品，是抗战胜利后在上海买的。有天在陕西南路街头散步，在一家白俄经营的小书店的橱窗里看到陈列着一帖凡·高名画集的复制品。凡·高是十九世纪以来对现代绘画形成颇有影响的大师，我不懂画，但我喜欢他的强烈色调，明亮的画幅上带着些淡淡的哀愁和寂寞感。《向日葵》是他的系列名画，一共画了七幅，四幅收藏在博物馆里，一幅毁于第二次世界大战时的日本横滨，这次拍卖的则是留在私人手中的最后两幅之一。当下我花了四分之一的月薪，买下了这帖凡·高的精致复制品。

---

① 冯亦代（1913—2005）。浙江杭州市人。文学翻译家、作家，长期从事新闻、出版工作，曾任《读书》副主编。著作有《龙套集》《书人书事》《漫步纽约》等。译著有海尔曼《守望莱茵河》、卡静《现代美国文艺思潮》、海明威《第五纵队及其他》等。

我特别喜欢他的那幅向日葵，朵朵黄花有如明亮的珍珠，耀人眼目，但孤零零插在花瓶里，配着黄色的背景，给人的是种凄凉的感觉，似乎在盛宴散后，灯烛未灭的那种空荡荡的光景，令人为之心沉。　我原是爱看向日葵的，每天清晨看它们缓缓转向阳光，洒着露珠，是那样的楚楚可怜亦复可爱。　如今得了这幅画便把它装上镜框，挂在寓所餐室里。　向日葵衬在一片明亮亮的黄色阳光里，挂在漆成墨绿色的墙壁上，宛如婷婷伫立在一望无际的原野中，特别怡目，但又显得孤清。　每天我就这样坐在这幅画的对面，看到了欢欣，也尝到了寂寞。　以后我读了欧文·斯通的《生活的渴望》，是关于凡·高短暂一生的传记。　他只活了三十七岁，半生在探索色彩的癫狂中生活，最后自杀了。　他不善谋生，但在艺术上却走出了自己的道路，虽然到死后很久，才为人们所承认。　我读了这本书，为他执着的生涯所感动，因此更宝贵他那画得含蓄多姿的向日葵。　我似乎懂得了他的画为什么"一半欢欣，一半寂寞"的道理。　Ｖ解放了，我到北京工作，这幅画却没有带来；总觉得这幅画面与当时四周的气氛不相合拍似的。　因为解放了，周围已没有落寞之感，一切都沉浸在节日的欢乐之中。　但是曾几何时，我又怀恋起这幅画来了。　似乎人就像这束向日葵，即使在落日的余晖里，都拼命要抓住这逐渐远去的夕阳。　我想到了深绿色的那面墙，它一时淹没了这一片耀眼的金黄；我曾努力驱散那随着我身影的孤寂，在作无望的挣扎。　以后星移斗转，慢慢这一片金黄，在我的记忆里也不自觉地淡漠起来，逐渐疏远得几乎被遗忘了。

　　十年动乱中，我被谪放到南荒的劳改农场，每天做着我力所不及的劳役，心情惨淡得自己也害怕。　有天我推着粪车，走过一家农民的茅屋，从篱笆里探出头来的是几朵嫩黄的向日葵，衬托在一抹碧蓝的天色里。　我突然想起了上海寓所里那面墨绿色墙上挂着的凡·高的《向日葵》。　我忆想那时家庭的欢欣，三岁的女儿在学着大人腔说话，接着她也发觉自己学得不像，便嘻嘻笑了起来，爬上桌子指着我在念的书，说"等我大了，我也要念这个"。　而现在眼前只有几朵向日葵招呼着我，我的心不住沉落又飘浮，没个去处。　以后每天拾粪，即使要多走不少路，也宁愿到这处来兜个圈。　我只是想看一眼那几朵慢慢变成灰黄的向日葵，重温一些旧时的欢乐，一直到有一天农民把熟透了的果实收藏了进去。　我记得那一天我走过这家农家里，篱笆里的孩子们正在争夺丰收的果实，一片笑声里夹着尖叫；我也想到了我远在北国的女儿，她现在如果就夹杂在这群孩子的喧哗中，该多幸福！但如果她看见自己的父亲，衣衫褴褛，推着沉重的粪车，她又作何感想？　我噙着眼里的泪水往回走。　我又想起了凡·高的那幅《向日葵》。　他在画这画时，心头也许远比我尝到人世更大孤凄，要不他为什么画出行将衰败的花朵呢？　但他也梦想欢欣，要不他又为什么要用这耀眼的黄色作底呢？

凡·高的《向日葵》已经卖入富人家，可那幅复制品，却永远陪伴着我的记忆，难免想起作画者对生活的疯狂渴望。　人的一生尽管有多少波涛起伏，对生活的热爱却难以泯灭。　阳光的金色不断出现在我的眼前，这原是凡·高的《向日葵》说出了我未能一表的心思。

不会老的小丁

黄苗子①

从三十年代到九十年代，在大转变中的中国社会，真是波澜壮阔，很不平凡。绝大部分知识分子在这波谲云诡的变化中，把自己和广大人民群众的命运主动地、紧密地联结在一起。正是这样，这些平凡的大地之子成长和成熟起来，他们受到了熬炼，从而也发挥了才智和力量，作出一些对人类有益的贡献。丁聪，就是千百万这种人之一，他是在目前享有应得的声誉的艺术家。

茅盾先生曾经在一九四四年记下他一九四一年在香港和丁聪见面的印象：

> ……我第一次会见了"小丁"。这以前我只是在他的作品中想象他的丰采。我把我未见过的艺术家的仪表，长而且乱的头发，苍白脸，乃至大领结，来想象未识面的"小丁"，这可完全失败了。"小丁"给我的第一眼的印象是一位运动员，直到现在，我每逢读到小丁的画，我眼前便跳出一个短小精悍、天真快乐的运动员。
>
> ——《阿 Q 正传插画》

---

① 黄苗子（1913—2012）。广东人。著名画家、书法家、美术史家。著有散文集《货郎集》《敬惜字纸》等。

这里得略加说明："小丁"是丁聪的笔名，是他年轻的时候在他的作品上开始用的，以区别于他的父亲——漫画界受尊敬的老前辈、人称"老丁"的丁悚。但后来这个名字用惯了，直到今天，丁聪已经六十多岁，还是用"小丁"这笔名。这也许是丁聪并不服老，正如刘海粟先生在作品签名后面，往往模仿旧小说中描写俏佳人，总是"年方二八"那句话，写上"年方八六"同样意思吧。至于茅盾先生对于丁聪的第一印象，一下就抓住他是个"短小精悍、天真快乐的运动员"是恰当不过的，丁聪现在虽则年纪大了些，人也发胖了，可是外表上还像个运动员，虽然他平日并不喜爱运动，乒乓球打不过他的夫人沈俊。

一九八六年，《健康报》一位记者，登门拜访丁聪。丁聪年正七十，发不白，齿不缺，精神爽利，有如中年人，记者拿出笔记本子，请丁聪谈一谈他的健康之道。丁聪说："我平日一爱吃肥肉，二不戒酒，三不喜欢任何体育运动。"记者尴尬地说："丁老，我这不好向读者介绍。"丁聪抱歉地说："可我说的是老实话。"记者客气而失望地站起来握握手，告辞了。

一九一六年，丁聪出生于上海一个"卖艺人家"的家庭，父亲丁悚是二十年代最早的一家美术学院——上海美术专科学校的创办人之一。后来一直在报刊上创作装饰画和漫画，并且在一家烟草公司的广告部担任美术工作。老丁在当时是有名的画家，我还买过他一本石印的时装妇女《百美图》。他家里每逢周末假日，就堆满一屋子人，京剧、话剧和电影演员，歌星、报馆的作家、画家都喜欢到恒勤里（当时上海法租界的一条小弄堂）丁家去。

我初次拜访这个文艺沙龙，并不是作为丁悚的客人而是作为丁聪的小伙伴进去的，我那时二十二三岁，记不得是在《时代漫画》杂志的编辑部还是在我们的老前辈张光宇先生家里，第一次和丁聪见面的，他比我小三岁。 可是比我显得"老成持重"。 由于当时大家都在漫画刊物上投稿，许多年轻人便都很自然地厮混在一起，这批年轻人现在都变成老头，丁聪叫他"叶家伯伯"的叶浅予，当时就俨然是我们的老大哥，一九九〇年他八十五岁了。 现在北京的胡考、陆志庠都比我们大些，华君武（现在是著名漫画家）似乎和丁聪差不多，在上海的张乐平（著名长篇漫画《三毛》的作者），现在也年过七十，特伟（我国唯一的美术片厂的厂长）和我及丁聪差不多，现在都是七十以上、八十以下的人了。

话又说回来，我第一次到丁家的印象至今还很深，那天大约是个星期六晚，一大堆当时的电影话剧"明星"分布在楼下客厅和二楼丁家伯伯的屋子里，三三五五，各得其乐，他们有的叫丁悚和丁师母做"寄爹""寄娘"。 由于出乎意外地一下子见到那么多的名流，我当时有点面红心跳，匆匆地见过丁家伯伯，就赶快躲到三楼丁聪的小屋里去了。

在这样的家庭影响之下，丁聪后来的艺术发展，就不是偶然的了。

丁聪在上海清心中学毕业后，曾经有一个时期到上海美专画素描，凑巧我那时也常常半天到美专学画（那是张弦教授的介绍，每月缴三元学费，来去自由，每个素描教室都可以进去画，老师也客客气气，爱管不管），于是就常常碰到丁聪，他当然比我用功得多，我们有时还一起到城隍庙附近一个小公园画动物速写，有时到半淞园。

丁聪那时还给两个电影公司出版的画报当美术编辑。 记得有一次和丁聪玩到很晚他带我回他家去过夜，不料《联华》画报的唐瑜，正在他那小楼上等他，唐瑜的西装口袋上插个牙刷，因为他们要工作一个通宵，第二天清早在丁家洗漱之后，就得到印刷厂发稿去。 那时丁聪大约是十九岁吧。

后来听说那个时期丁聪还在上海一家著名的女校高年级教过素描，但可能是短时期的事，也许因为觉得年轻人在女校教画有点怕难为情，他没有详细告诉过我。 后来，他就帮助马国亮兄参加《良友》画报的编辑工作。

假使这个世界永远太平下去，丁聪也许就舒舒服服在上海滩上一帆风顺地当他父亲的继承人，在那里过一辈子虽不阔气而多乐趣的文艺名流生活。 可是侵略者的炮火不对任何一个中国人发慈悲，一九三八年"八·一三"上海遭到日本军阀的侵略，丁聪参加了《救亡漫画》《抗日画刊》的工作。 日本侵略者终于进入了上海，丁聪便只好跟着"张家伯伯"张光宇到香港去谋生。 记得一九三八——一九三九年我见到他的时候，他主要是同马国亮兄等在编《大地》画报，和协助叶浅予编辑《今日中国》。 当时他在各方面都十分活跃，参加了"旅港剧人协会"，搞《北京人》等话剧的舞台设计，他又是漫画家协会香港分会的成员，参加那里每周的集会和写生习作，还给金仲华先生负责的《星岛晚报》画长篇漫画《小朱从军记》。 一九四一年秋，他又参加了茅盾先生在香港主编的杂志《笔谈》的美术编辑工作。 在这当中，他曾跟着张光宇到重庆一家电影制片厂任美术设计工作，他搞过《雾重庆》等话剧的舞台设计。 不久由于政治空气紧张，他又和张光宇及诗人徐迟，回到香港去。

日本军阀挑起太平洋战争，又把大批流浪香港的文化人再度赶到内地，丁聪从一九四二年起，就又在桂林、重庆过着半失业的日子。 他们举行过《香港的受难》画展，战时大后方的一切落后，报纸很少发表漫画的机会，他就只好在话剧团里搞设计布景工作，后来又跟着剧团流浪到成都，当时丁聪在重庆参加了许多著名话剧的舞台设计：吴祖光编剧的《正气歌》、金山导演的《钦差大臣》、老舍编剧的《祖国在呼唤》、曹禺的《北京人》《家》……等等。 在成都，他为张骏祥导演、吴祖光编剧的《牛郎织女》搞设计。 那时丁聪和祖光住在一条叫"五世同堂街"的一座古老大院废弛中的凉亭里，也就是张骏祥的"怒吼剧社"演员宿舍的一部分。 这些演员和艺术家们过着流浪生活，演出了，"有福同享"地大家分着钱用；没有戏的日子，自然就"有祸同当"，甚至大门口摆摊卖香烟、瓜子的老太婆，看出他们挨饿的情况，偷偷地塞一大把花生米让女演员拿进去给大家充饥的日子也是常有的。 吴祖光前年年发表一篇散文《三十七年述怀》，是专门回忆他和丁聪的长期交往的，他动人地记下了他们在成都那一年多的生活。

丁聪始终是个勤恳工作的艺术家，这个时期他的创作欲特别旺盛，《花街》是用漫画笔调刻成抗战时期大后方的一个最阴暗可怜的角落——成都的下等妓女集中地的夜色，这幅用放大镜显示出来的旧中国垂死前的溃疡，看了令人恻然欲涕。 《现象图》则入木三分地描写了在反动的官僚军阀统治下，当时各阶层的形形色色，从新式轿车中的"如花美眷"，裹毡御寒、流落街头的伤兵，把"献金"赈济箱的钱明争暗夺的狗官，标卖自己身上衣服的贫士，肥头胖脑胸挂勋章的官商，以画"黄狗"欺世盗名的画家，成都安乐寺中搞投机买卖的小投机家，一身兼任乳母女仆、挽着菜篮的教授……正如叶圣陶先生题的那首词中说的"莫言嬉笑人丹青，须知中有伤心涕！"

在大后方流浪，使丁聪接触到自己祖国的广大土地和人民。这些人同他在上海那个圈子的人完全不同。 比如多少年在舞台上搭布景的木工阿土，由于同丁聪的长期合作，他们成为好朋友，他们酒喝在一块儿，木板床睡到一块儿，他们跑码头、过州县，一起爬梯搭架，这些本质朴素而又饱历风霜的人物，使丁聪对中国社会的认识增加了深度和广度。 一九四四年丁聪由成都搭上运货物的卡车到西康一带去旅行写生，在旅途中，他认识一个彝族朋友，叫罗以辰，他后来非常想念丁聪，运用彝文给丁聪写了一封信：

> ……我想到的才写这封信：汉人想说夷人的话，夷人想说汉人的话，懂话不懂话，是没有办法的。……黑夷是想跑马的，白夷是想百只母羊的，土司是想官印的。母亲养我这儿子，下到过云南，上到过雷波……

作为艺术家的丁聪，用自己的诚挚去换来兄弟民族这样天真纯笃的深情，这件事是有趣和动人的。

在重庆和成都，丁聪的艺术成就，已经使许多前辈和同辈佩服。 他那时还在四川省立艺术专科学校教课，参加了庞薰琹、吴作人、刘开渠等组织的现代美术会。 徐悲鸿先生在青城山看到他的素描，除了大加夸奖之外，还要了他几张画去珍藏。 现在美国的英籍美术史家苏利文教授，也是丁聪作品的欣赏者之一，他们一直保持了四十年的友谊。

虽然我不想写什么《忏悔录》，但我平生确做过不少值得忏悔的事，老年想起这些往事，真有陆放翁"出门搔首怆平生"之感。和我相比，丁聪则显得从来就是一个诚笃君子。 在重庆，记得我在丁聪的宿舍里看到一位导演剃光了头，我就拿着铁锤晃一下，开玩笑地说，很想敲他一记，不料锤柄是活的，果然那位仁兄的脑壳立刻就冒起个大包。 又一次，我同丁聪去参观一个介绍近东地区风光的展览会，我觉得一张印有埃及古壁画的明信片美极了，就忘了父母和师长教导的道德准则，情不自禁地把它放入皮夹内。 等到将要出门，一位认识我的管理人伸出手来，十分礼貌地说："黄先生，这明信片等展览会开完，由我们送到府上好吗？"……像这些事情，却使旁观的丁聪急得满头大汗，好像他自己在做这些错事似的。

为了抗战，也为了糊口，丁聪还到过昆明。他终于在日本侵略军投降后回到上海。那个时期从大后方归来的"大人物"可真了不起，占房子，要"条子"（黄金），抢位子（官）……叫作"五子登科"。一下子弄得民不聊生、民怨沸腾，丁聪那时行李萧条地回到上海，除了一大卷画稿就是几件破衣，颇有点像失意回家的苏秦。他还是和吴祖光合作办《清明》杂志，为陈白尘的著名讽刺喜剧《升官图》搞舞台设计。《清明》杂志是当时以图文并茂和品格高著称的同人杂志，敢于指斥当时的政治社会黑暗，通过文艺暴露真实，是很客观受欢迎的文艺刊物。《升官图》的舞台设计给我的印象很深，台口四沿是一张当中挖空的"法币"（钞票），然后省长、知县、秘书长、财政、警察局长……一批妖魔鬼怪全都以漫画形象出现，这出话剧所以轰动，剧作者、导演佐临和丁聪都同样获得成功。同时，他为吴祖光的《捉鬼传》和《嫦娥奔月》搞设计。还为《文粹》《周报》《群众》等刊物设计封面漫画，当了作家凤子的《人世间》杂志编委。当时的"政府"开始要对付这些文化人了，丁聪又不得不于一九四七年秋从上海老家提着萧条的行李到香港来。八年抗战使丁聪对帝国主义和半封建半殖民的社会有了认识，三年解放战争又使他上了民主革命运动这一课，他一面在香港从事电影的美术工作，一面致力于漫画创作，参加了"人间画会"这一艺术家群，以及《漫画时代》的编撰工作。丁聪自己说："漫画是美术工作者与黑暗搏斗时的匕首，我曾带着它闯过一段漫长而阴暗的岁月。"（《丁聪漫画选·自序》

一九五二年版）这个时期，他在香港发表的漫画，更加锋芒毕露地抨击垂死挣扎的旧政权，受到中外艺术界的好评。 一九四九年底，文艺界人士都纷纷从香港回来，丁聪也兴高采烈地又提着萧条的行李回到北京。

他上完了人生大学这两次大课——抗日战争与解放战争，就已是三十以上，"人到中年"了。

正如茅盾先生说的，丁聪的形象是"短小精悍、天真快乐的运动员"。 五十年代初，这个"运动员"简直像一匹英姿飒爽的骏马那样奔腾驰骋，他和胡考一起主编《人民画报》，他担任许多重要展览会的设计布置工作，他还给《漫画》杂志撰稿，他担任许多社会活动。 运动员有足够的场地给他施展，骏马有广阔的天地让它腾骧。

插图在他是出色当行，除了四十年代的《阿Q正传插画》之外，一九七八年出了一本《鲁迅小说插图》，这是在十年浩劫后期，他干校回来后的作品。 以后在北京陆续出版的老舍先生作品《骆驼祥子》《四世同堂》《牛天赐传》等插图，都是丁聪的手笔。 茅盾先生的小说《腐蚀》，丁聪也画了插图。 最近出版的《新凤霞回忆录》，丁聪的插图增加了内容的趣味。 此外，他还给《单口相声传统作品选》，英文的《中国童话选》等作了大量的插图。 丁聪近年，除了创作些漫画之外，就如此勤奋地生产大量插图，单就数量而言，已是极不容易的了。 丁聪的插图，特点是善于刻画人物性格，感情的表现真切动人。 带点漫画的夸张风格，但构图细致，注重时代背景和原著精神的刻画，因此作家和读者都喜欢丁聪的插图。 丁聪的装饰画、素描速写都很有功夫。 他喜欢用细线条，带有版画和装饰画的味道。 他的漫画、插图、素描速写、书籍装帧，以及图片编排，都贯彻他自己清秀而严谨的个性。当然在讽刺性喜剧的设计和漫画中，更加尽致地发挥他那泼辣笔调和浪漫想象。

俗话说："有福同享，有祸同当。"一九五七年，我和丁聪都被"划"了一下，我们都被"放"到北边，十分愉快地接受知识分子的"改造再改造"。丁聪那时结婚不久，儿子出世还没见过面。记得那时在北方人叫"干打垒"的土坯房子外头，日夜不停地"为党做贡献"之外，有时也真如杜甫那两句诗："夜阑共秉烛，相对如梦寐。"

在"老九"们都搞"臭"了的年代，我们都乖乖地听党的话，不敢"乱说乱动"，那时流行的歌子是"鱼儿离不开水呀，瓜儿离不开秧；革命群众离不开共产党"呢。二十年过去，云开日见地宣布了二十年前这一"划"，前面加上一个"误"字，可这一"误"非同小可，"骏马"变成"老骥"了，好在丁聪还有曹操那种气魄，"老骥伏枥，志在千里"，"二十年又是一条好汉"嘛，他还是那么生龙活虎地又干他那些本行。

真是"做到老学到老"。一次"反右"，一次"文革"，丁聪、我，以及无数的"老九"们还在不停地上大课。

像经过了阿波罗神施术一样，没有什么势力能够阻止丁聪的艺术活动，一九五八年，他劳动了一个时期，还是那么一个"天真快乐的运动员"，他偷空就画北大荒的生活，用速写、水彩画等方式记录下当地的生活风光，后来，又由于"十年动乱"的缘故，丁聪在一九六八年以后先在河北、后在京郊的干校当了多年的"牧豕儿郎"，在十分认真地把猪管得又肥又胖之外，由于特殊原因，他不便当众画画，但还是像一个"天真快乐的运动员"，他用剪刀在泡沫塑料上剪猪，剪动物，还剪制鲁迅和高尔基像，这些完全像小雕塑的塑料剪刻，乍一看还以为是泥塑或金属雕刻。当然，这些活动，都是一个人偷偷摸摸地进行的。

然而丁聪的多才多艺还不止于此。 信不信由你，他不止一次在舞台上给昆曲演员吹整出戏的笛子。 说到拉二胡，丁聪在画家当中并不下于学有渊源的李可染先生。 这是我多年来亲眼目睹的。 可惜这位音乐天才始终被他的绘画才华所淹没，因此还没有人邀请他参加音乐家协会。

本文开头提到茅盾先生给丁聪写的《阿Q正传插画》序文的原稿，经过了三十七年之后，茅盾先生又在上面题了一首诗：

不见小丁久，相逢倍相亲。
童颜犹如昔，奋笔斗猛人。

前辈对丁聪的爱护，也正说明了丁聪的为人和艺术。

赵树理在北京胡同里

严文井①

现在我人仍然在北京，可是从古老的胡同里搬出来，住进"现代化"的楼房小区，不觉已经七年了。

胡同正在不断萎缩，有的已经消亡，看来我跟胡同的缘分已经结束了。

我在北京一共住了将近四十年，先后住过三条胡同。

第一度来北京，我先后在北长街兴隆胡同和王府大街大鹁鸽寺住过，共不到三年。 抗日战争爆发，我匆匆离开了北京，一去就是十四年多。 我怀念北京，更多的是怀念这两条安静的胡同；它们的分量在我心中似乎超过了一些商市和游乐场所。 故宫我只去过一次，而颐和园连一次也没有去过。 在兴隆胡同时我结识了一个交往不超过一年的女朋友。 在大鹁鸽寺我单恋过一个连面都没见过的女孩子。 她是一个女高音，每每在黄昏时练声，我爱她那声音。 现在，我在兴隆胡同里那个大杂院里是绝对看不见那个女友的面容了。 而大鹁鸽寺早已完全消失。 那些东西的确存在过，我也的确怀念过，而它们都不见了，如同一个轻轻的梦。

---

① 严文井（1915—2005）。 湖北武昌人。 原名严文锦。 早在湖北省立高级中学求学时便发表散文作品。 1937 年出版散文集《山寺暮》。 1938 年到延安，先入"抗大"学习，后在"鲁艺"任职。 1945 年到东北解放区，任《东北日报》副总编辑，新中国成立后主要从事儿童文学创作，曾任作家出版社、人民文学出版社社长。 作品主要有《严文井童话选》《严文井散文选》等。

我再度来到北京，则已走入了中年。

一九五一年春天我住在中南海庆云堂。 一九五三年我迁进了东总布胡同四十六号（现在叫六十号），这就是被萧乾称之为"大酱缸"的那个奇怪所在。

这个拥有三个大院连带一个临街铺面、一个作坊的大房子前身确实是一个大酱缸，一九五三年春被"作协"买过来改修为"作协宿舍"。

我的待遇算是不错的。 我被分到第一进院子里的一所南屋里。 这南屋原来只有一个屋顶，四面没有墙，是驴推磨的作坊。现在加上了墙和门窗，内部隔断成为四间小屋，居然有模有样，容纳下了我一家七口人。 当然，孩子们睡上下两层的木床。 我还单独占有了一个小小的"书房"。

夜深人静，当我伏案写作的时候，听见不远处"环城有轨电车"的隆隆运行声和车铃的叮咚声，不禁产生了一种幸福感。 我这个天生的小市民打内心深处感谢一个类似上帝的神秘力量，只希望世界上从此以后保持"永久和平"，逐渐实现共产主义，让孩子们顺利长大，我也坐下来写点小东西……我这个觉悟不高的笨蛋，一点也没有考虑以后那无穷无尽的"阶级斗争"。

除了一九六四年秋到一九六五年夏我去山东曲阜参加"四清"工作一年，一九六九年秋到一九七二年冬三年多在湖北咸宁"下放改造"外，我一直都住在"大酱缸"，算是这里的老住户之一。除了一两个人秘密进行的"机密"活动外，这所房子内许多人命运的兴衰成败，我大致也目睹了一些，至少也是耳闻了一些。

几十年来，一些"高级作家"荣升当官了，一些"机灵人""弄巧成巧"或弄巧成拙地离开了，一些作家被放逐走了，一些作家故去了。 各式各样的新住户因时势搬了进来。 院内树木几乎伐尽了；各式厨房和各种小屋占满了"空地"，墙边堆满蜂窝煤，过道塞满了自行车，"作协"那本来不多的"文气"跟着"破四旧"已被扫荡一空；过去的"娃娃"长大了，很快他们又生了更多的新娃娃。哭叫声此起彼伏。于是，作家协会的"宿舍"连影儿也没有了。

如果我是曹雪芹，就可能利用这"大酱缸"的历史为原型写出一部滋味复杂的巨著来，可惜我不是曹雪芹。

我只能写一点没啥分量的回忆文章。

我已经回忆过了萧乾，现在我打算回忆赵树理，他住在东总布胡同四十六号时的一些片段。

赵树理从山西山沟沟里走出来，住进了北京的胡同，是幸还是不幸，至今我也说不准。胡同既然是住人的，赵树理为什么就不可以来住住呢，虽然我认为他住在胡同里并不自在。

我这个胸无大志不会写"远方大事"的笨伯注定了只能写我所知道的"身边琐事"。谈赵树理我也只能谈他在东总布胡同的一些琐事。好在老赵这个人为人宽厚，如果他在天有灵，对我所写的这些琐事，即使不准确，他也一定会付之一笑而给予宽容的。他决不会担心他在"中国文学史"里保不住一个位置。

五十年代初的老赵，在北京以至全国，早已是大名鼎鼎的人物了，想不到他在"大酱缸"里却算不上个老几。他在"作协"没有官职，级别不高；他又不会利用他的艺术成就为自己制造声势，更不会昂着脑袋对人摆架子。他是个地地道道的"土特产"。不讲究包装的"土特产"可以令人受用，却不受人尊重。这是当年"大酱缸"里的一贯"行情"。

"官儿们"一般都是三十年代在上海或北京熏陶过的可以称之为"洋"的有来历的人物，土头土脑的老赵只不过是一个"乡巴佬"，从没有见过大世面；任他的作品在读者中如何吃香，本人在"大酱缸"还只能算一个"二等公民"，没有什么发言权。 他绝对当不上"作家官儿"，对人发号施令。 在"四十六"第三进院子北屋给他分配了一间房子，这已经算是特殊待遇了。

我认识老赵，大约是在一九五一年冬季。 在这以前，肯定他不会知道我这个人。 现在，我们忽然变成了庆云堂的一个院子里的紧邻居。 他住在西屋一间，我住东屋一间，每天见面几次，这才有了交往。

老赵没有担任党内什么具体职务，在中南海这样一个神圣所在，来访者要来找他可不容易。 可能是闷得慌，有时他来找我聊聊天。 他之所长，正为我之所短，一般都是他谈我听。 我多次去过山西；他那口上党话，对我不算难懂。 我们之间的交流，进行得很顺利，我们就变成了朋友。

从而我知道了一些老赵的过去。 我的记忆力素来不好，下面一段文字，我没有信心保证它的准确性。

赵树理上过师范学校。 二十年代末期或三十年代初期他就入了党，后来失去了关系，直到抗日战争初期，他又恢复了这个关系。 他流浪过。 干过几种收入微薄的职业，例如文书、小学教员、乡村医生（中医）等。 他也曾在太原的报纸副刊上写过"新文艺"作品，出乎我意料之外的是，他还读过不少"五四"时期的文艺作品和一些外国作品的译本（包括林琴南的译作）。 他的科学常识很丰富。 我这才明白，老赵并不是一个"土包子"，他肚子里装的洋货不少。 四十年代初期，甚至更早，他把主要精力用在《李有才板话》《小二黑结婚》等这类作品上，显然是在实践自己长期思考得来的艺术主张。 这条路是他自己开辟的，比谁都早。 他会干各种农活。 他热爱上党梆子和民歌民谣。 他喜欢书法，懂得中国古诗古文。 我想，如果没有这些条件，就不会出现这个独特的赵树理。

我觉得他坚持自己的艺术主张有些像狂热的宗教徒。 他不可能被人说服。 他坚持自己的意见，可是和颜悦色，态度温和。 他对他的信仰很有自信。

他爱好上党梆子，可以说是爱得入了迷，经常给我"送戏上门"。 有天晚上，我正打算干点什么，他突然推门而入。

"老严，我来给你唱段上党梆子。"

不等我让座，他就在书桌边坐下了。 接着就双手齐用，以敲打手指头代替打板和锣鼓，节奏急促紧张，同时哼着高亢的过门，一段我一字不懂的上党梆子就吼了出来。 我没有偏见，但实在品评不出这段唱腔的滋味。 我还没有反应过来，老赵马上又自我介绍："还有一段更好的。"

又是双手击打桌边，口哼过门，近乎喊叫似的高声歌唱。 我只有不做声，耐心听着。

这个晚上，老赵倒是尽了兴，而我则有苦说不出。

也许上党戏原来的腔调是好听的，而被老赵唱走了调。 他五音不全，可能是耳朵和嗓子都不好。

他有一把三弦，时常叮叮咚咚不知弹些什么，也是不成腔调。但他自我陶醉，真有一种"贵在投入"的精神。

我从不扫他的兴，让他过戏瘾，因此他常常来光顾这个"听众"的门。 一九五三年，我和老赵都迁到了东总布胡同四十六号，在新居里，老赵还继续给我这优惠待遇，隔不了几个晚上，就突然推门而入，"老严，我来给你唱一段。"

也许是老赵太天真，我这个人太世故，他始终不知道我并不欣赏他的歌喉。

我隐隐感觉到老赵的寂寞。他一再唱上党梆子，可能是在思乡。北京引人入胜的胡同毕竟有些东西不如他那山沟沟。

老赵也有他的狡猾之处，他并不是不了解他所嘲讽过的东西，可他就不肯承认那些"异端"也有点长处。

有时候我放西方古典音乐唱片，他悄悄推门而入，也坐下来听一段，不加以评论。我也不打算诱使他说什么称赞的话。有一次，我正在听一个花腔女高音的咏叹调，他忽又闯了进来，说了一句俏皮话："猫尾巴又被门夹住了。"我不答腔，他竟然坐下陪我听那个被夹了尾巴的"猫"叫声。他面带微笑，猜不透他是在欣赏自己的警句，还是或多或少也感到那个女高音的某些动人之处。

有一个晚上他来谈天，告诉我：上党梆子里也有和声，演员的歌唱和伴奏的乐器不是一个声部平行进行的，并举了实例示范。可惜我当时没有用简谱记下来，现在则已忘得一干二净了。看来，这个老"师范生"是学过一些乐理，并具备一定的西方音乐知识的。他曾经讽刺某些救亡歌曲的"轮唱"，不过是在表明他属于另一"教派"而已。

我很佩服老赵的记忆力。除了大段上党梆子，他可以连唱几个小时不断外，他青年时期写的一些小戏和诗歌，也能一口气一字不落地流利地背了出来。

他在写《灵泉洞》的时候，曾经告诉我，他每天一定要写五千字。起床后，他就构思这五千字，包括刻画形象，调整语句，修饰词藻的功夫在内。五千字一个一个按顺序在他脑子内都安排妥当并记住之后，就坐下来一个字不改、一口气写了出来。因此他的稿纸从来都是很干净的。

他爱酒，但量不大。他常上胡同口一家小酒馆里独酌。有好几次他很得意地对我说："今天晚饭又是三菜一汤。"不待我问，他就道出了那"三菜"：一为花生仁，二为豆腐干，三为蒜肠。诸如此类。只是我忘了那一"汤"是什么，大概不外"二锅头"或别的什么酒。

他怕冷，秋末一降温，他就穿上了皮大衣。五十年代初，北京各个商场出售的旧皮大衣很多，价钱虽不高，销路却不好。在"新社会"，人们不愿意把自己打扮成不久前的那些官僚、地主和大商人的样。老赵不在乎，就穿上了这种大衣，像一个过去的土"老财"。但他的每件大衣都穿不久，不是送给人了，就是忘在什么地方了，又得去买另一件。我记得一九五二年冬天他穿的是一件女式大衣。他缩着头，只把那个长而勾曲的红鼻子从那个长长的翻皮领中伸出来，像个寒风中的老母鸡，可他还显得有些陶然自得。

但他也不是什么都满不在乎。

一九五三年夏天有个黄昏，我听见老赵唉声叹气从院子里经过，嗓门特大，情况显然异常。等我赶出去，他已经左右开弓，自己打起自己的耳光来。我跟随他到了他那间北屋，问他发生了什么事，他不回答，一边自打耳光，一边哭出声来："儿子呵！爸爸对不起你。只怪你爸爸不争气，没有面子……"

原来他是在为儿子入学的事生气。

这年秋天，北京市可以容许学生住宿的重点小学"育才"小学有两个名额分配给"作协"。当时"作协"该入学的孩子不少，暗中竞争很激烈。老赵也为自己那个男孩争取过。让孩子住了校，自己可以省很多事。好像那时他还没有把全家搬到北京来，没人管家务管孩子。竞争的结果，老赵自然归于失败者的行列中。许多话，老赵又不愿意明说，在气头上，他就采取了农村妇女通行的那种自我发泄方式。

我还知道老赵一件生气的事，他气得那么厉害，是很难令一般人理解的。

我在少年时代胡乱下过一阵围棋。后来我明白了自己不是学棋的材料，就及时洗手不干了。认识老赵以后，不知怎么向老赵谈起了这件往事。谁知老赵是个大棋迷，房间里总力求有一套棋具，说什么也一定要和我下一盘。没想到我这个好多年不下棋的"臭棋"手居然不费力就取胜了。老赵当然不服。再来一盘，还是他输。于是他要求下第三盘。这时已经是晚上十一点了。我的妻子见这么晚我还不回家，便打发孩子来找我。从庆云堂到"四十六号"，老赵总是未尽兴，未打一个翻身仗，我便离开了。有一次可惹火了老赵。仍然是一个第三盘未下完我被叫走的局面，当时老赵没发火。第二天，"作协"秘书长陈白尘来告诉我，昨晚老赵大怒，说了一番十分激动的话。大意如下："李叔华不把人当人。我和她两个人，总有一个先死。要是我不先死，我每天早上到她门前去砸碎一颗棋子，把棋子砸完为止……"白尘连忙笑着回答："别砸，别砸！那要砸多少天，你把棋子和棋盘都送给我得了。"

老赵喜欢书法，他曾送给我好几本碑帖，其中有《争座位帖》《兰亭集序摹本》等。他那笔钢笔字颇有点"兰亭集"的味道。

他会中医，曾在农村行过医。我有点小病，他总自告奋勇来看病开方。但我从未照方买药。不是我不相信他的医术，而是我不喜欢吃药。

记不清是哪一年了，老赵为农村问题向中央写了一封长信，就农民的疾苦和农村经济问题提了一些自己的想法和建议。后来这封信被批回作协，要作协党组和老赵讨论。参加这个讨论会的人不多，我也是其中一个。会议由邵荃麟主持。结果是可想而知的，老赵受到了大家的批评。 大家一致都说，农村形势一片大好，不像老赵说的那么悲观。 老赵虽然处于孤立的地位，却也坚持自己的观点不让。 那个会开得还算"和风细雨"，没有什么火药味，可是谁也没有说服谁。 可惜我已经忘掉了老赵的原信，和所辩论的具体问题。 我只记得老赵发言中有这么一个意思：农民交出了自己种的粮食，国家总应该给他们一些东西，哪怕是小商品，比方针头线脑这样的东西。 我们总应该给农民一点东西嘛！

这个会只有不了了之。

我当时觉得老赵这个人"农民性"未改，"迂阔可笑"。 现在看来，可笑的倒是我们那些不了解农村而又自以为代表"真理"、自以为"是"的人。

几经周折，老赵终于离开了北京的胡同，回到山西的山沟沟里去了。

没想到在"文革"中，他这颗棋子终于被人砸碎了，死得那么惨。

北京东总布胡同四十六号的寓客当中有一个赵树理，一个真正的作家。

天山景物记

碧野①

朋友，你到过天山吗？　天山是我们祖国西北边疆的一条大山脉，连绵几千里，横亘准噶尔盆地和塔里木盆地之间，把广阔的新疆分为南北两半。　远望天山，美丽多姿，那长年积雪高插云霄的群峰，像集体起舞时的维吾尔族少女的珠冠，银光闪闪；那富于色彩的连绵不断的山峦，像孔雀正在开屏，艳丽迷人。

天山不仅给人一种稀有美丽的感觉，而且更给人一种无限温柔的感情。　它有丰饶的水草，有绿发似的森林。　当它披着薄薄云纱的时候，它像少女似的含羞；当它被阳光照耀得非常明朗的时候，又像年轻母亲饱满的胸膛。　人们会同时用两种甜蜜的感情交织着去爱它，既像婴儿喜爱母亲的怀抱，又像男子依偎自己的恋人。

如果你愿意，我陪你进天山去看一看。

雪峰·溪流·森林

七月间新疆的戈壁滩炎暑逼人，这时最理想是骑马上天山。

---

① 碧野（1916—2008）。　散文家、小说家。　原名黄潮洋，广东大埔人。抗战期间参加华北游击队和农村巡回演剧队以及中华全国文艺界抗敌协会。　后当过中学教员。　1948年到解放区，在一些大学任教。　新中国成立后在中央文学研究所、中国作协、新疆文联等处工作。　1960年任中国作协湖北分会副主席、中国作协理事等职，出版报告文学、小说、散文等多种著作。

新疆北部的伊犁和南部的焉耆都出产良马，不论伊犁的哈萨克马或者焉耆的蒙古马，骑上它爬山就像走平川，又快又稳。

进入天山，戈壁滩上的炎暑就远远地被撇在后边，迎面送来的雪山寒气，立刻会使你感到像秋天似的凉爽。 蓝天衬着高高耸立的巨大的雪峰，在太阳下，几块白云在雪峰间投下云影，就像白缎上绣上了几朵银灰的暗花。 那融化的雪水，从高悬的山涧、从峭壁断崖上飞泻下来，像千百条闪耀的银链。 这飞泻下来的雪水，在山脚汇成冲激的溪流，浪花往上抛，形成千万朵盛开的白莲。 可是每到水势缓慢的洄水涡，却有鱼儿在跳跃。 当这个时候，饮马溪边，你坐在马鞍上，就可以俯视那阳光透射到的清澈的水底。 在五彩斑斓的水石间，鱼群闪闪的鳞光映着雪水清流，给寂静的天山添上了无限生机。

再往里走，天山越来越显得优美，沿着白皑皑群峰的雪线以下，是蜿蜒无尽的翠绿的原始森林，密密的塔松像撑天的巨伞，重重叠叠的枝桠，只漏下斑斑点点细碎的日影。 骑马穿行林中，只听见马蹄溅起漫流在岩石上的水声，增添了密林的幽静。 在这林海深处，连鸟雀也少飞来，只偶然能听到远处的几声鸟鸣。 这时，如果你下马坐在一块岩石上吸烟休息，虽然林外是阳光灿烂，而遮去了天日的密林中却闪耀着你烟头的红火光。 从偶然发现的一棵两棵烧焦的枯树看来，这里也许来过辛勤的猎人，在午夜中他们生火宿过营，烤过猎获的野味。 这天山上有的是成群的野羊、草鹿、野牛和野骆驼。

如果说进到天山这里还像是秋天，那么再往里走就像是春天了。 山色逐渐变得柔嫩，山形也逐渐变得柔和，很有一伸手就可以触摸到凝脂似的感觉。 这里溪流缓慢，萦绕着每一个山脚，在轻轻荡漾着的溪流两岸，满是高过马头的野花，红、黄、蓝、白、紫，五彩缤纷，像织不完的织锦那么绵延，像天边的彩霞那么耀眼，像高空的长虹那么绚烂。这密密层层成丈高的野花，朵儿赛八寸的玛瑙盘，瓣儿赛巴掌大。马走在花海中，显得格外矫健，人浮在花海上，也显得格外精神。在马上你用不着离鞍，只要稍微伸手就可以满怀捧到你最心爱的大鲜花。

虽然天山这时并不是春天，但是有哪一个春天的花园能比得过这时天山的无边繁花呢？

迷人的夏季牧场

就在雪的群峰的围绕中，一片奇丽的千里牧场展现在你的眼前。墨绿的原始森林和鲜艳的野花，给这辽阔的千里牧场镶上了双重富丽的花边。千里牧场上长着一色青翠的酥油草，清清的溪水齐着两岸的草丛在漫流。草原是这样无边的平展，就像风平浪静的海洋。在太阳下，那点点水泡似的蒙古包在闪烁着白光。

当你尽情策马在这千里草原上驰骋的时候，处处都可以看见千百成群肥壮的羊群、马群和牛群。它们吃了含有乳汁的酥油草，毛色格外发亮，好像每一根毛都冒着油星。特别是那些被碧绿的草原衬托得十分清楚的黄牛、花牛、白羊、红羊，在太阳下就像绣在绿色缎面上的彩色图案一样美。

有的时候，风从牧群中间送过来银铃似的叮当声，那是哈萨克牧女们坠满衣角的银饰在风中击响。牧女们骑着骏马，优美的身姿映衬在蓝天、雪山和绿草之间，显得十分动人。她们欢笑着跟着嬉逐的马群驰骋，而每当停下来，就骑马轻轻地挥动着牧鞭歌唱她们的爱情。

这雪峰、绿林、繁花围绕着的天山千里牧场，虽然给人一种低平的感觉，但位置却在海拔两三千公尺以上。 每当一片乌云飞来，云脚总是扫着草原，洒下阵雨，牧群在雨云中出没，加浓了云意，很难分辨得出哪是云头哪是牧群。 而当阵雨过去，雨洗后的草原就变得更加清新碧绿，远看像块巨大的蓝宝石，近看缀满草尖上的水珠，却又像数不清的金刚钻。

特别诱人的是牧场的黄昏，周围的雪峰被落日映红，像云霞那么灿烂；雪峰的红光映射到这辽阔的牧场上，形成一个金碧辉煌的世界，蒙古包、牧群和牧女们，都镀上了一色的玫瑰红。 当落日沉没，周围雪峰的红光逐渐消退，银灰色的暮霭笼罩草原的时候，你就可以看见无数点点的红火光，那是牧民们在烧起铜壶准备晚餐。

你用不着客气，任何一个蒙古包都是你的温暖的家，只要你朝有火光的地方走去，不论走进哪一家蒙古包，好客的哈萨克牧民都会像对待亲兄弟似的热情地接待你。 渴了你可以先喝一盆马奶，饿了有烤羊排，有酸奶疙瘩，有酥油饼，你可以一如哈萨克牧民那样豪情地狂饮大嚼。

当家家蒙古包的吊壶三脚架下的野牛粪只剩下一堆红火烬的时候，夜风就会送来冬不拉的弦音和哈萨克牧女们婉转嘹亮的歌声。 这是十家八家聚居在一处的牧民们齐集到一家比较大的蒙古包里，欢度一天最后的幸福时辰。

过后，整个草原沉浸在夜静中。 如果这时你披上一件皮衣走出蒙古包，在月光下或者繁星下，你就可以朦胧地看见牧群在夜的草原上轻轻地游荡，夜的草原是这么宁静而安详，只有漫流的溪水声引起你对这大自然的遐思。

野马·蘑菇圈·旱獭·雪莲

夜幕中，草原在繁星的闪烁下或者在月光的披照中，该发生多少动人的情景，但人们却在安静的睡眠中疏忽过去了；只有当黎明来到这草原上，人们才会发现自己的马群里的马匹在一夜间忽然变多了，而当人们怀着惊喜的心情走拢去，马匹立刻就分为两群，其中一群会奔腾离你远去，那长长的鬣鬃在黎明淡青的天光下，就像许多飘曳的缎幅。这个时候，你才知道那是一群野马。夜间，它们混入牧群，跟牧马一块嬉戏追逐。它们机警善跑，游走无定，几匹最骠壮的公野马领群，它们对许多牧马都熟悉，相见彼此用鼻子对闻，彼此用头亲热地摩擦，然后就合群在一起吃草、嬉逐。黎明，当牧民们走出蒙古包，就是它们分群的一刻。公野马总是掩护着母野马和野马驹远离人们。当野马群远离人们站定的时候，在日出的草原上，还可以看见屹立护群的公野马的长鬣鬃，那鬣鬃一直披垂到膝下，闪着美丽的光泽。

日出后的草原千里通明，这时最便于去发现蘑菇。天山蘑菇又嫩又肥厚，又大又鲜甜。这个时候你只要立马草原上瞭望，便可以发现一些特别翠绿的圆点子，那就是蘑菇圈。你对着它直驰马前去，就很容易在这直径三四丈宽的一圈沁绿的酥油草丛里，发现像夏天夜空里的繁星似的蘑菇。眼看着这许许多多雪白的蘑菇隐藏在碧绿的草丛中，谁都会动心。一只手忙不过来，你自然会用双手去采，身上的口袋装不完，你自然会添上你的帽子、甚至马靴去装。第一次采到这么多新鲜蘑菇，对一个远来的客人是一桩最快乐的事。你把鲜蘑菇在溪水里洗净，不要油，不要盐，光是白煮来吃就有一种特别鲜甜的滋味，如果你再加上一条野羊腿，那就又鲜甜又浓香。

天山上奇珍异品很多，我们知道水獭是生活在水滨和水里的，而天山上却生长着旱獭。　在牧场边缘的山脚下，你随处都可以看见一个个洞穴，这就是旱獭居住的地方。　从九十月大雪封山，到第二年四五月冰消雪化，旱獭要整整在它们的洞穴里冬眠半年。只有到了夏至后，发青的酥油草才把它们养得胖墩墩，圆滚滚。这时它们的毛色麻黄发亮，肚子拖着地面，短短的四条腿行走迟缓，正可以大量捕捉。

　　另一种奇珍异品是雪莲。　如果你从山脚往上爬，超越天山雪线以上，就可以看见青凛凛的雪的寒光中挺立着一朵朵玉琢似的雪莲。　这习惯于生长在奇寒环境中的雪莲，根部扎入岩隙间，汲取着雪水，承受着雪光，柔静多姿，洁白晶莹。　这生长在人迹罕至的海拔几千公尺雪线以上的灵花异草，据说是稀世之宝——一种很难求得的妇女良药。

天然湖与果子沟

　　在天山峰峦的高处，常常出现有巨大的天然湖，就像美女晨妆时开启的明净的镜面。　湖面平静，水清见底，高空的白云和四周的雪峰清晰地倒映水中，把湖山天影融为晶莹的一体。　在这幽静的湖中，唯一活动的东西就是天鹅。　天鹅的洁白增添了湖水的明净，天鹅的叫声增添了湖面的幽静。　人家说山色多变，而事实上湖色也是多变，如果你站立高处瞭望湖面，眼前是一片爽心悦目的碧水茫茫，如果你再留意一看，接近你的视线的是鳞光闪闪，像千万条银鱼在游动，而远处平展如镜，没有一点纤尘或者没有一根游丝的侵扰。　湖色越远越深，由近到远，是银白、淡蓝、深青、墨绿，界线非常分明。　传说中有这么一个湖是古代一个不幸的哈萨克少女滴下的眼泪，湖色的多变正是象征着那个古代少女的万种哀愁。

　　就在这个湖边，传说中的少女的后代子孙们现在已在放牧着羊群。　湖水滋润着湖边的青草，青草喂胖了羊群，羊奶哺育着少女的后代子孙。　当然，这象征着哈萨克族不幸的湖，今天已经变为实际的幸福湖。

　　山高爽朗，湖边清净，日里披满阳光，夜里缀满星辰，牧民们的蒙古包随着羊群环湖周游，他们的羊群一年年繁殖，他们恋爱、生育，他们弹琴歌唱自己幸福的生活。

　　高山的雪水汇入湖中，又从像被一刀劈开的峡谷岩石间，泻落到千丈以下的山涧里去，水从悬崖上像条飞链似的泻下，即使站在十几里外的山头上，也能看见那飞链的白光。　如果你走到悬崖跟前，脚下就会受到一种惊心动魄的震撼。　俯视水链冲泻到深谷的涧石上，溅起密密的飞沫，在日中的阳光下，形成蒙蒙的瑰丽的彩色水雾。　就在急湍的涧流边，绿色的深谷里也散布着一顶顶牧民的蒙古包，像水洗的玉石那么洁白。

　　如果你顺着弯弯曲曲的涧流走，沿途汇入千百泉流就逐渐形成溪流，然后沿途再汇入涧流和溪流，就形成河流奔腾出天山。

　　就在这种深山野谷的溪流边，往往有着果树夹岸的野果子沟。春天繁花开遍峡谷，秋天果实压满山腰。　每当花红果熟，正是鸟雀野兽的乐园。　这种野果子沟往往不为人们所发现。　其中有这么一条野果子沟，沟里长满野苹果，连绵五百里。　春天，五百里的苹果花开无人知。　秋天，五百里成熟累累的苹果无人采，老苹果树凋枯了，更多的新苹果树苗长起来。　多少年来，这条五百里长沟堆满了几丈厚的野苹果泥。

　　现在，已经有人发现了这条野苹果沟，开始在沟里开辟猪场，用野苹果来养育成群成群的乌克兰大白猪；而且有人已经开始计划在沟里建立酿酒厂，把野苹果酿造成大量芬芳的美酒，让这大自然的珍品化成人们的血液，增进人们的健康。

　　朋友，天山的丰美景物何止这些，天山绵延几千里，不论高山、深谷，不论草原、湖泊，不论森林、溪流，处处都有丰饶的物品，处处都有奇丽的美景，你要我说我可真说不完。　如果哪一天你有豪情去游天山，临行前别忘了通知我一声，也许我可能给你当一个不很出色的向导。　当向导在我只是一个漂亮的借口，其实我私心里也很想找个机会去重游天山。

日　出

刘白羽①

登高山看日出，这是从幼小时起，就对我富有魅力的一件事。

落日有落日的妙处，古代诗人在这方面留下不少优美的诗句，如像"大漠孤烟直，长河落日圆""落日照大旗，马鸣风萧萧"，可是再好，总不免有萧瑟之感。 不如攀上奇峰陡壁，或是站在大海岩头，面对着弥漫的云天，在一瞬时间内，观察那伟大诞生的景象，看火、热、生命、光明怎样一起来到人间。 但很长很长时间，我却没有机缘看日出，而只能从书本上去欣赏。

海涅曾记叙从布罗肯高峰看日出的情景：

> 我们一言不语地观看，那绯红的小球在天边升起，一片冬意朦胧的光照扩展开了，群山像是浮在一片白浪的海中，只有山尖分明突出，使人以为是站在一座小山丘上。在洪水泛滥的平原中间，只是这里或那里露出来一块块干的土壤。

善于观察大自然风貌的屠格涅夫，对于日出，却作过精辟的描绘：

---

① 刘白羽（1916—2005）。 北京通州人，现代著名作家，代表作有《长江三日》《心灵的历程》《黄河之水天上来》《第二个太阳》《中国人民的胜利》等。

……朝阳初升时，并未卷起一天火云，它的四周是一片浅玫瑰色的晨曦。太阳，并不厉害，不像在令人窒息的干旱的日子里那么炽热，也不是在暴风雨之前的那种暗紫色，却带着一种明亮而柔和的光芒，从一片狭长的云层后面隐隐地浮起来，露了露面，然后就又躲进它周围淡淡的紫雾里去了。在舒展着云层的最高处的两边闪烁得有如一条条发亮的小蛇；亮得像擦得耀眼的银器。可是，瞧！那跳跃的光柱又向前移动了，带着一种肃穆的欢悦，向上飞似的拥出了一轮朝日。……

　　可是，太阳的初升，正如生活中的新事物一样，在它最初萌芽的瞬息，却不易被人看到。看到它，要登得高，望得远，要有一种敏锐的视觉。从我个人的经历来说，看日出的机会，曾经好几次降临到我的头上，而且眼看就要实现了。

　　一次是在印度。我们从德里经孟买、海德拉巴、帮格罗、科钦，到翠泛顿。然后沿着椰林密布的道路，乘三小时汽车，到了印度最南端的科摩林海角。这是出名的看日出的胜地。因为从这里到南极，就是一望无际的、碧绿的海洋，中间再没有一片陆地。因此这海角成为迎接太阳的第一位使者。人们不难想象，那雄浑的天穹，苍茫的大海，从黎明前的沉沉暗夜里升起第一线曙光，燃起第一支火炬，这该是何等壮观。我们到这里来就是为了看日出。可是听了一夜海涛，凌晨起来，一层灰蒙蒙的云雾却遮住了东方。这时，拂拂的海风吹着我们的衣襟，一卷一卷浪花拍到我们的脚下，发出柔和的音响，好像在为我们惋惜。

　　还有一次是登黄山。这里也确实是一个看日出的优胜之地。因为黄山狮子林，峰顶高峻。可惜人们没有那么好的目力，否则从这儿俯瞰江、浙，一直到海上，当是历历可数。这种地势，只要看看黄山泉水，怎样像一条无羁的白龙，直泄新安江、富春江，而经钱塘入海，就很显然了。 我到了黄山，开始登山时，鸟语花香，天气晴朗，收听气象广播，也说二三日内无变化。 谁知结果却逢到了徐霞客一样的遭遇："浓雾弥漫，抵狮子林，风愈大，雾愈厚……雨大至……"只听了一夜风声雨声，至于日出当然没有看成。

　　但是，我却看到了一次最雄伟、最瑰丽的日出景象。 不过，那既不是在高山之巅，也不是在大海之滨，而是从国外向祖国飞航的飞机飞临的万仞高空上。 现在想起，我还不能不为那奇幻的景色而惊异。 是在我没有一点准备、一丝预料的时刻，宇宙便把它那无与伦比的光华、丰采，全部展现在我的眼前了。 当飞机起飞时，下面还是黑沉沉的浓夜，上空却已游动着一线微明，它如同一条狭窄的暗红色长带，带子的上面露出一片清冷的淡蓝色晨曦，晨曦上面高悬着一颗明亮的启明星。 飞机不断向上飞翔，愈升愈高，也不知穿过多少云层，远远抛开那黑沉沉的地面。 飞机好像唯恐惊醒人民的安眠，马达声特别轻柔，两翼非常平稳。 这时间，那条红带，却慢慢在扩大，像一片红云了，像一片红海了。 暗红色的光发亮了，它向天穹上展开，把夜空愈抬愈远，而且把它们映红了。 下面呢？ 却还像苍莽的大陆一样，黑色无边。 这是晨光与黑夜交替的时刻，这是即将过去的世界与即将到来的世界交替的时刻。 你乍看上去，黑夜还似乎强大无边，可是一转眼，清冷的晨曦变为磁蓝色的光芒。 原来的红海上簇拥出一堆堆墨蓝色云霞。 一个奇迹就在这时诞生了。 突然间从墨蓝色云霞里矗起一道细细的抛物线，这线红得透亮，闪着金光，如同沸腾的溶液一下抛溅上去，然后像一支火箭一直向上冲，这时我才恍然大悟，原来这就是光明的白昼由夜空中进射出来的一刹那。 然后在几条墨蓝色云霞的隙缝里闪出几个更红更亮的小片。 开始我很惊奇，不知这是什么？ 再一看，几个小片冲破云霞，密接起来，融合起来，飞跃而出，原来是太阳出来了。 它晶光耀眼，火一般鲜红，火一般强烈，不知不觉，所有暗影立刻都被它照明了。 一眨眼工夫，我看见飞机的翅膀红了，窗玻璃红了，机舱座里每一个酣睡者的面孔红了。 这时一切一切都宁静极了，宁静极了。 整个宇宙就像刚诞生过婴儿的母亲一样温柔、安静，充满清新、幸福之感。 再向下看，云层像灰色急流，在滚滚流开，好让光线投到大地上去，使整个世界大放光明。 我靠在软椅上睡熟了。 醒来时我们的飞机正平平稳稳，自由自在，向我的亲爱的祖国、向太阳升起的地方航行。 黎明时刻的种种红色、灰色、黛色、蓝色都不见了，只有上下天空，一碧万顷，空中的一些云朵，闪着银光，像小孩子的笑脸。 这时，我深切感到这个光彩夺目的黎明，正是新中国瑰丽的景象；我忘掉了为这一次看到日出奇景而高兴，而喜悦，我却进入一种庄严的思索，我在体会着"我们是早上六点钟的太阳"这一句诗那最优美、最深刻的含意。

造屋记

秦兆阳①

　　我常常在"假如"中悬空回旋，在现实中实地迈步。　我痛惜失去了的年华，羡慕现在的青年，想做的事情很多，而精力非常有限。　于是就常常在脑子里产生出一连串的"假如"：假如我现在只有四十岁，假如我壮实得像一头牛，假如我还可以活二十年……我当然也知道这都是一些空泛的无补于实际的想法。　于是我回到现实中来：爱惜时间吧！快点做事吧！

　　但是，困难之多，难以尽述。

　　于是我又回到"假如"里悬空回旋。　……

　　近年来，一连串震天动地的历史事件振奋了我的心情，使我焦急时间的空过，使我连做梦都想到行动计划。　然而我没有行动的空间。　多病的老伴，教书的女儿，连我一共三口人，住在一间空间不大的屋子里。　有时在外地工作的二女儿和儿子回来，就是五口之家同处一室。　老伴呻吟于病榻，儿女喧声于耳边；一人说话，大家来听；来一位客人，全家奉陪；冬天还要在屋子中央安一个炉子，卧室又兼厨房。　于是一家人一百遍计议：假如能在院子里盖一间小屋，那是多好！

---

①　秦兆阳（1916—1994）。　湖北黄冈人，当代作家。　著有短篇小说集《平原上》《农村散记》《幸福》，长篇小说《大地》以及散文集《黄山失魂记》《风尘漫记》等。

是的，假如我自己有一间可以单独做事的小屋，哪怕是只能够搁得下一张桌子和一张椅子的小屋，那我就可以不浪费时间，那就等于延长了寿命。

决心下定了：在这样的大城市里，一无所有，白手起家！

那时正是地震以后，到处在拆烂墙，修旧房。 不少有劳动力的人家，推着小车拾烂砖头，用公家发的搭防震棚的木头，在院里院外盖起一间间小屋来。 我们呢？ 我和女儿，一老一小，是劳动力。 而且女儿只有在星期天才有空。 没有小车，用两个小铁桶来挑。 可惜啊，并不是所有拆烂墙的地方都让你去捡。 完整一些的砖头，工人们要留着砌新墙用。 半大的可用的砖头，早被劳力强的人抢光了。 好容易捡到了一点，路远担子重，真够呛。

木头呢？ 需要几条碗口粗、两丈长的檩条，还有一百几十根小椽子。 女儿在西郊一个中学里教书，托老师，托学生，寻寻找找。 找到了，又托人用三轮车拉到家。 几十里路拉来，能不好好招待人家？ 多病的妻子还得当厨师。

泥土呢？ 如果是用农村的大车来计算，得用几大车。 幸好附近有两处地方在挖防空洞，挖出来的土堆在马路边，可以随便要。拼着老骨头，挑吧！ 有时女儿也帮着。 挑来先堆在大门外，然后再往我们的后院挑。 上台阶，经门洞，下台阶，曲里拐弯，来到后院。 挑了几百担！

石灰呢？ 得用几百斤！ 又是女儿的功劳：托人买，托人用汽车拉到胡同口，然后一筐筐抬到后院里。 怕雨淋，用塑料布盖起来。

小院子里成了泥土的山，石灰的山，烂砖头的山，出来进去，要翻山越岭。 祈祷老天爷别下雨，别把院子里变成黄泥岗。

有一天，女儿下班回来时很高兴：在郊区买到了一千五百块砖!

又有一天，女儿下班回来又很高兴：托人找到了大卡车，明天就可以把砖头拉回来！

明天，砖头拉来了。但是胡同小，卡车进不来。搬吧！连好心的汽车司机也帮着搬。哼唷哼唷，整整一个下午。砖头进了院，人却倒上了床，连起来吃饭的力气也没有。

院子里又增加了几座更大的砖头山。

这些事情用了多长时间？将近一年！

在这一年里，脑子里出现过多少个"假如"！又有多少次被现实拖回到现实！

只有三个"假如"没有落空。一个是：假如我的女儿是个男孩子——她也确实半点也不比男孩子差，累死了她也要干。再一个是：假如我只有二十岁——我也确实是把老命来拼，忘记了年岁。第三个是：假如世界上有许多热心人——也确实是有许多热心人，都是女儿的同事和同事的家属与朋友。特别是有一位外号叫"木匠"的年轻人：剑眉大眼，虎背熊腰，外表英俊，内心火热，许多事情都是他帮的忙。

还要把几百斤石灰都泡制成灰浆子，这又是我的事，因为女儿天天要上班。在院子里清理出一块小空地，挖了一个小坑坑，把石灰一桶一桶泡成浆，倒进去，把沉底的渣滓丢弃掉。足足忙了十来天，是在七月的太阳下，简直是用汗水泡石灰！

到此为止，一切准备工作总算做好了。

但是又发生了一个意想不到的大波折。

这就又使我回到一连串的"假如"里去了：假如没有一九五七、一九五八年的大不幸，我就不会远谪南方，家里就不会光留下两个不懂事的女孩子，也就不会有空余的房子。假如没有十年的

"史无前例"，街道上就不会把本属"私人生活资料"的空余房子都分配给别人居住。假如没有长期的"阶级斗争，一抓就灵"，北京市的居民住房问题早就会"一抓就灵"，就不需要对千万间私人房产一抓就灵，而且中华人民共和国的宪法也就不抓也灵，政策也就不落也实。还有，假如占住我的房子的这家人家的当家人不是脾气古怪的人，那也就不会发生这个意想不到的大的波折。

这后院是大约三十平方米的一块地方，是个东西方向的长方形。前两年北京市普遍使用煤气炉做饭，居民们都设法在院里院外盖了简易的搁煤气炉子的小厨房，我女儿也费了很大力气在院子的东头盖了个简易的小厨房。不到四平方米大，高个子进去就要碰脑袋。我们这回原是计划把这个厨房拆了，再在原地盖一个扩大将近一倍的小屋。不料，在一个星期天，我女儿叫来了两位年轻的同事帮忙，把小厨房拆了，把地基也挖好了。住在我们对面屋的男主人却走出屋来，把腰一叉，把脖子一硬，发话了："喂！你们这样不行！把屋子盖在我们后窗户跟前，挡风挡亮，走遍天下能说得过这个理去吗？"

我的老伴连忙迎上去，赔着笑脸说："×大爷，我们不是早就跟×姨商量好了吗？是×姨同意的呀！"

×姨，是他的内当家，是我们平常习惯的称呼。

"跟她商量了不算，她不能当我的家！"接着又是一大堆很难听的话。

我实在气得忍不住，走上去问他："你有意见为什么不早说？为什么偏偏等我们把东西堆满一院子，把小厨房也拆了，连做饭的地方也没有了，你才说？你这是什么理？"

"我愿意什么时候说，就什么时候说，你要是不服气，打官司去！"这是他的回答。

我老伴连忙把我拦开了，又向他解释：离他们后窗户有好远，计划盖多高，对他的后窗户影响非常小。但是，总归一句话：不行！

　　工程停止了。"忍住！忍住！"我对自己说。

　　夜里，我老伴又去找他赔笑脸，作解释。但是，得到的又是一大堆更加难听的话。

　　假如不是自己的房子院子而自己反倒受制于人；假如不是我跟女儿千辛万苦准备了一年；假如我老伴不是一个革命了几十年的老干部，如今反而在这样的事情上受这样的气；假如那个不讲理的横人说话稍微好听一点……那么，我那可怜的老伴的心脏病就不会犯得这么重。

　　她躺在床上整整一个月，吃不下，睡不着，胸口憋得出不来气，连说话力气也没有。

　　我跟我女儿，由盖房子忙，变成了为病人忙。

　　我女儿又到那"横人"的女儿的工作单位去，请求那年轻人从中疏通一下。几经往返，最后得到的回答是："把院子从中间分，在你们那一半盖去吧！"

　　这时已经是一九七七年深秋了，眼看就要到隆冬上冻的时候了，时候不等人啊！而且，没有地方做饭，没有地方搁锅碗瓢盆，满院子的砖头、泥土、木头……人，怎么生活！

　　又是那位好心的"木匠"救了我们（假如真有上帝，我愿意一辈子为他祈求幸福）。他带来两位老泥瓦工师傅，在院子里左衡量，右察看，决定了：在我们这一半，从我们住的南屋接出去，三天以后就动工！

　　三天以后，好心的"木匠"约好了十来个人，有泥瓦工老师傅，有木工电工，有年轻的小工，从三十里路以外，骑着车子，带着工具，一路飞跑，天刚亮就来了。

一整天紧张的战斗。天黑了，把电灯拉到外面，挑灯夜战。到夜里十点，每个人，包括我和女儿，用了好几盆清水洗净了满头满脸的泥沙，大家围在用两张桌子接在一起的饭桌边，痛饮三杯，庆祝胜利——除了窗户和门没有安上，地没有铺好，墙壁没有抹灰以外，房子基本上竖起来了，连屋顶上也抹了一层泥，只等以后慢慢再加工。

以后又忙了一个多月的收尾工作，门窗也是木匠安的。

冬天来了。买不到玻璃，用两层塑料薄膜钉在窗棂上，安上了炉子，搁上一张单人床，一个两屉桌，两张椅子。老天，我总算有了一个看书和写作的窝儿了！

厨房呢？我已经累得无能为力了。女儿一人干了两天，累得卧床不起了。只得写信让儿子从农村请假回来搭盖，又用了几天时间才盖成。只有两平方米大，只搁得下煤气罐和炉子，外加一个小碗橱；只容得下一个人在里面转身子。我有了窝儿，写了东西，第一篇小说是《女儿的信》，歌颂的是老干部，是人民，是真理。……直到现在，已经两年有半了。来的客人越来越多：有约稿的，看望的，谈写作的，我总是说："对不起，房子太小……"书籍，没地方摆；杂志，没地方堆；报纸，没地方塞；各种稿子和材料，没地方……房顶又矮又薄，下大雨就漏。热天，上面烤，窗户当西晒，屋子里像火炉。写论文时要找一本参考书，写小说时要翻翻笔记本，难找哇！还有：在外地工作的儿女都已回来，不但都需要学习用功的地方，而且都要结婚，哪有房子？于是我想：假如……但是有时我又感到很幸福——特别是每天晚上往床上一躺，先不忙关灯，瞪着眼看着房顶上裸露着的托梁和檩条，就好像回到了以前的老革命根据地，住在农民家里。

于是我作了一篇《陋室之歌》：

假如假如，现实现实。得来不易，敢不知足？既已知足，岂可不酬之以水酒，歌之以"打油"？乃作歌曰：

> 呜呼！山岂在高，有树就好。水岂在深，有鱼就好。屋岂在大，能住就好。艰苦缔造，始知块砖掬土之可宝。破陋狭窄，方怜三代同堂之苦恼。况且身居其中，可骋神思，可对稿纸，可绞脑汁，可读来稿。一息尚存兮，怎不思涂地以肝脑！纵有华屋千间，尽庇女婿姨俵，岂不怕无颜以对江东之父老？

附记：上文写好后之数日，我正坐于陋室中之小折叠靠椅上，入神地阅读一部长篇来稿，忽然轰隆之声乍起，如墙倒屋塌一般，尚未清醒过来，书籍杂志兜头盖脑砸了下来，堆了一身，自己竟被埋进了书籍的坟墓。原来是，靠椅旁边有个唯一的一人多高的书柜，日益增多的书籍杂志，不但把柜子塞得毫无缝隙，连柜顶上也一直堆到屋顶，柜子不胜负荷，压断了柜脚，竟突然倒了下来，几乎真的使我肝脑涂地！……

寄给梦想

罗兰①

这些天，你一直心神不宁，一会说要去山上，一会说要去海滨。你天天细读报纸上的房地产广告，一遍又一遍地计算你并不丰裕的荷包。你说要买一块小小的地，在上面搭一间小小的房子。要旧式的、要石头砖瓦盖的、或木料的。你说，你不要豪华，只要轩敞；你不要漂亮，只要静寂。

于是，有一天，你说你看中了一块小小的地，在远远的山上。那里真是很远，要翻过一个高高的山峰，折向一个低低的深谷，再攀上另一带幽寂的峰峦。那里只有一个通路，通往一个长着茅草和少数琉球松的山头。那里山高、风劲，琉球松吹着哨子般的音响。在那山头的西侧，临着深深的谷间，对着陡峭的空山，有一片小小的可以属于你的地。你说，那里地价便宜，适合你的荷包；而那里杳无人踪，适合你的梦想。

你三番四次地冒着烈日，攀过山头，去看那可以属于你的小地。你又兴高采烈地四处筹措可以属于你的款项，以便在买地之

---

① 罗兰（1919—2015）。原名靳佩芬。祖籍河北，河北省立女子师范学院师范部毕业。1948年只身到台湾省。从事音乐教育及广播工作多年。著有《罗兰小语》《罗兰散文》、长短篇小说、诗论、诗歌剧、散文体自传等，均畅销海峡两岸及海外。1969年获台湾"中山文艺"散文奖。1994年获广播金钟特别奖。1996年《岁月沉沙》"三部曲"获台湾文学界最高奖——第二十一届文学奖。1997年《罗兰小语》列大陆畅销书排行榜。2003年获世界华文作家协会"终身成就奖"。

外，尚有馀资，可将你梦中的小屋兴建。

在一切买卖立约、过户、鸠工等等手续尚未开始之前，你已无数次在你心中绘出小屋的蓝图，和将来隐居其中的美丽远景。 你说，"将来，一旦有空，我就将跑去那幽寂的山上，投进我无人的小屋。"在那里，有一床、一桌、一椅，一点简单的器物，和一个可燃木柴的壁炉。 夏天里，让满山绿意和一涧泉声伴你。 而你可以效古人"山间偃仰无不至"，可以效古人去听"石泉漻漻若风雨"，看"桂花松子常满地"，可以"云深不知处"，可以"终年无客长关闭，终日无心长自闲"。

冬天里，你可以升一炉柴火，燃松枝以取暖。 然后，你将写短笺，约好友，说"君但能来相往还"。 你们可以在那里谈古论今，读旧书，赏古画。 你们也可以竟日高卧，不问世事，你们也可以"弹琴复长啸"，一享豪纵之乐。 住三数日、五六日、九十日，全随你意。

当然，你更要在那里写稿。 携一二十本稿纸上山，埋头去琢磨章句，编织梦想。 你相信，那时你文章产量当可丰饶，内容当较飘逸。 ……

这梦——山居之梦，独处之梦，逃世之梦，自由自在之梦，日以继夜，在你心中鼓荡。 你为它欣喜，为它着迷，为它奔走——在崎岖盘折的山道之上。

于是，价钱谈妥，地界分割谈妥，草约随时可签，你随时可拥有那块小地，而建立你的梦想于那块小地之上了。 你忽然从梦中醒了过来。 你忽然问自己——你什么时候去住呢？

你不上班了吗？ 周末？ 周末孩子都在家，你不陪孩子了吗？ 带着孩子？ 他们并不爱那无人的山，而且，你必须承认，你要那间小屋的目的正是不打算带着孩子。

那么，在休假的时候？　当然，你一年可以有一两次休假。　但只这一两次，其余的时间，你就让它空着？　你说可以雇个人去看守和打扫。　雇谁呢？　谁愿如你一样的去那深山独处呢？

　　那么，你说，到你退休之后。　你什么时候退休呢？　退休之后，你是否还有足够的健康，使你仍具有这分逸兴豪情呢？　而且，你去山上时，谁来照管你现在的家呢？　你怕不怕那时忽然生病？　山间多雨的气候，会不会为你的风湿助虐？　你不知道，你不能肯定。　你并不愿花了不少的钱，盖了一个房子，而让它常年空着。

　　或许你根本就不必盖那样一个房子。　你所要的并不真正是那样一个房子。　你只是想要逃开，空想有一个时间让你逃开。　逃开生活的诸种牵绊。

　　最近这些年，我不只一次听你诉说被生活牵缠得苦。　你说你心理上有一种病态，你好怕绳子、铁丝和电线。　因为他们象征纠缠与牵绊。　你说，每当你看见一团乱糟糟，纠缠不清的绳子、铁丝或电线的时候，你便迫不及待地把它们一下子扔出去，扔得远远的。　那样，你就会有一种挣脱的快感。　你厌恨一日三餐的繁琐。　你说，即使全家都不想吃饭，你也必须下厨。　因为你是主妇，而那正是主妇的职责——宁可下厨忙二三小时之后，饭菜只在桌上摆一摆，便即撤下，你也不能因大家并不想吃而在厨房缺席。　你说你不知道那是为了什么。　你只是必须那样去做而已。　你也厌恨越来越复杂的生活内容。　有一天，你把好几架电扇都卖了，把好几箱衣服都送人了。　把好几大篓书都扔了。　你说，那些都是牵绊，都令你烦累，消耗你的精神，剥夺你的时间。　但是隔不多久，你又买了三架新的电扇，你皮包里又有了一叠新的发票——布店的、鞋店的、家具店的、百货店的……你说家里人要用，你没有办法不买。

你讥笑洋人喝酒，每一种酒有每一种的杯子，而他们把能拥有许多整套的"玻璃器皿"引以为荣，你说，他们那是"大狗钻大洞，小狗钻小洞"，香槟酒杯为什么不能喝白兰地？ 啤酒杯也不妨喝马田尼。 当然，最好是既无香槟白兰地，也不要啤酒马田尼。 如爱喝酒，只要是"酒"也就行了。 但是，你的架子上，仍是有越来越多的各式酒瓶，有越来越多的各式杯盏。 你厌恨它们，但你必须照料它们，去洗、去擦、去把它们排列得整整齐齐，而你几乎从来不动用它们。 正如你所说，人们买许多东西，似乎只是为了让自己去照料它们。

当然，对许多人来说，拥有许多东西，正是他们人生的目的。 那是"丰裕""富足""豪华""气派"所代表的真义。 而对你来说，那却只是累赘与牵绊。 你厌恨这些，却无法摆脱这些。 因此，你总向往那深山里的一间小屋。

我听你说过不知多少次了，只是这一次比较具体而已。

我不是不同情你。 我每次都非常同意你的梦想。 只是，我知道，到了最后，你仍会妥协，仍会放弃。 因为你摆不脱那些牵绊。

当然，你之所以摆不脱，并非你不够潇洒，而只是因为那些你所谓的牵绊并非来自身外。 它们是你的一部分，它们织在你生命里。 你和你的家，正如蜗牛和它的外壳。 不是先有了家，而你才住进去的；而是先有了你，由你体内分泌结构而形成了那个家。你正如一只蜗牛，驮着你自己造成的壳。 你想摆脱它吗？ 你能想象蜗牛摆脱了它的壳，而住进一个原不属于它的洞穴吗？

而你的孩子与丈夫是你的影子。 你不会傻到想逃开自己的影子吧？ 你不会那么可笑吧？

当然，当然，（你不要生气！）我不是有意戳穿你的梦想，更不是有意伤害你的自尊。我只是，哦，我只是如此地对你无限同情与悲悯。你是既无勇气拒绝，又无力量摆脱！你是灵魂向往飘逸，而形体留恋凡庸！

　　我不忍点破你山居的梦。因此，我仍以我一向对你的宠惯，对着你，在咖啡桌与冷气机前坐下来，微笑地听听你说你的梦。说那空山的幽寂，云雾的迷蒙；远望海面的空灵，以及涧底流泉的淙淙。说你那即使盖成了也无缘去住的小屋，说你那即使实现也不能真正令你快乐的摆脱；说你那原不属于女人的幽居独处的梦。

　　我微笑地看着你用你挺秀的笔迹画着小屋的蓝图——这边是门，那边是窗，还有一个依山面海的平台，和一个可以围坐取暖的壁炉。这里放我的唐诗，那里放我的古画，最要紧的是一个书桌，一把靠椅，和一张藤榻。……

　　你真的要去吗？

　　你真的能去吗？

　　你真的不觉得你真正拥有了一幢山上的房子时，怕牵绊的你，反而更多了一项需你照料的牵绊吗？

　　还是？还是？只让我们暂时用一片玻璃长窗，隔开楼下的车水马龙与软红十丈，凭一杯咖啡，满室冷气，来说一下午不必实现的梦，让我们"虽不能至，心向往之"的幻想一番而已呢？

前门箭楼的燕子

黄裳①

已经二十多年没有上北京了，真有说不出的相思。

到北京的那一天，天真够热的，觉得这里的太阳确是不同凡响。 不过却热得干脆、痛快，绝不拖泥带水，这是比江南高明的地方。 在前门外住下来以后，已经是该吃晚饭的时候了，就慢慢溜出来，在前门大街上闲走，"都一处""一条龙""月盛斋"这些店招看了就使人感到亲切，即使里边卖的食物与过去不大一样了，也不要紧。 "都一处"卖的是蟹肉包子，这应该是南京或上海的特色，现在是"南风北渐"了。 但小米稀饭却是地道的北京风味，好得很。 可惜我想再来一碗的时候，却卖光了。

来到前门箭楼前，早已是黄昏时分。 白天几次经过，我已经贪婪地看过好几眼，现在就想细细地、前前后后好好地看看她。箭楼新粉刷过，虽然有金碧辉煌的彩绘，但整体依旧是庄严肃穆的。 因为她的主体是用一色深灰城砖砌成的，真是落落大方。 楼身比我保留的任何旧印象都干净得多。 我曾经看见过在她身上画着日本仁丹的商标，美丽牌香烟的"美女"，和其他乱七八糟各式

---

① 黄裳（1919—2012）。 原名容鼎昌，笔名赵会仪、勉仲等，山东益都（今青州）人，当代著名学者、散文家，曾长期从事新闻工作，并熟于版本目录之学。 1940年开始发表文学作品，著有作品集《榆下说书》《翠墨集》《负暄录》《过去的足迹》《榆下杂说》《春夜随笔》等。 其文得古文之神韵，文思自由放达，文笔挥洒自如。

各样的布告招贴，就像浑身贴满了膏药。那可真让人不舒服，简直就像中华民族百多年来苦难的象征。她像一位英雄的母亲，承受着重重苦难、凌辱，骄傲地挺首屹立，默默地护卫着、看着在她身边川流不息地走过的儿女。今天，她是应该开颜一笑了。

一种过去我没有见过的景致在眼前出现了。千百只燕子不住地围绕着箭楼飞，飞来飞去，飞进飞出，就像夏天雷雨前荷塘上穿梭飞舞的蜻蜓，蜂衙前哄聚的蜂群。

过去从来没有看见过这样的景色，使我在箭楼侧边伫立了很久。

忽然想起宋徽宗画过的《瑞鹤图》。那构思是有些相近的，不过比起眼前的这一派喧腾景象，可寂静得多了。

也许应该像故宫那样，在画檐朱栋之间结起铁丝网来吧，我不知道。古代的诗人喜欢用燕雀这样的小动物，点缀在宫廷殿阁之间，制造一种凄寂的气氛。我想，这是由他们所处的时代和诗人的感情决定的。其实同样的事物，用来抒写无论哪一种心情都是可以的。

我兜了个大圈子去看箭楼的侧影。发现她本身就像一只作势将要凌空飞去的燕子，有一对鲜明、凸现的侧翼。古建筑师手下精美的造型不能不使后人惊叹。它是那么端凝，却又那么轻盈；那么沉着，却又那么飞动；那么拙重，却又那么飘举；那么威武，却又那么秀丽。在箭楼后面挺立着正阳门，这才是主帅，箭楼不过是它的先行。论气魄、格局，主帅确实有主帅的分量。漆工加在它身上的金彩无疑是更繁复而多。在晚霞映照下，发出了炫目的光；就是在暗夜里，也会呈现闪闪荧光。一座七宝楼台。正阳门是端端正正的，气势沉雄的，可是奇怪的是，它给人的印象依旧是玲珑的，没有半点儿拙重的感觉。

很久以来，人们为某些民族形式的新建筑取了一个不大好听的称号——大屋顶。这称号也真不大动听，但也不能不承认它有一定的正确性。那些用大量水泥堆集起来的大帽子，远远望去就会使人产生喘不过气来的压迫感，更不必说在建筑学上负载承重，空间利用各方面的考虑了。正阳门和箭楼，应该说是典型的"大屋顶"，可是谁会产生那样的观感呢？箭楼上那一排排射口，是从实战的考虑出发设计的，但却安排得那么美……我想，在继承、学习民族优秀传统的工作中，我们做得实在很差，同时在学习与运用时，思想也多少是有些僵化的。

走到天安门前，天色已经完全黑下来了。长安街上和广场四周亮起了千万盏华灯。我走过金水桥边的华表，抚摸着莹洁的白石狮子。狮子身上还散发着晒了一天下来的太阳的余热，好像它们并不是石雕。

在观礼台边的栏杆上找到一个空当，坐了下来。这里坐满了乘凉的老人。年轻人多半在广场里活动，那里似乎有更大的吸引力。没有坐多久，我就跳下了栏杆，穿过长安街，走进了广场。这里的光线是较暗的，这里那里，都能看到斜支着一架架自行车，年轻的一对就倚着车身轻轻地谈话，也许并不在谈话。也有三人一组的，添上了一个刚能爬动的孩子，在带了来铺起的毯子上不住地爬着笑着，年轻的父母不住地交换着谈话，他们的声音高得多了，他们一大半的话都是对孩子说的。

此外，在广场上还看到不少玩"飞碟"的年轻人。这是红红绿绿用塑料做成的像铁饼似的盘子，两个人对掷，可以掷出种种花样来。走着走着，一只飞碟向我飞来，正想躲时，它却从耳边飘过去了。

澜沧江边的蝴蝶会

冯牧①

我在西双版纳的美妙如画的土地上，幸运地遇到了一次真正的蝴蝶会。

很多人都听说过云南大理的蝴蝶泉和蝴蝶会的故事，也读过不少关于蝴蝶会的奇妙景象的文字记载。据我所知道的，第一个细致而准确地描绘了蝴蝶会的奇景的，恐怕要算是明朝末年的徐霞客了。在三百多年前，这位卓越的旅行家就不但为我们真实地描写了蝴蝶群集的奇特景象，并且还详尽地描写了蝴蝶泉周围的自然环境。他这样写着：

> ……山麓有树大合抱，倚崖而耸立，下有泉，东向漱根窍而出，清冽可鉴。稍东，其下又有一小树，仍有一小泉，亦漱根而出，二泉汇为方丈之沼，即所溯之上流也。泉上大树，当四月初，即发花如蛱蝶，须翅栩然，与生蝶无异；又有真蝶千万，连须钩足，自树巅倒悬而下，及于泉面，缤纷络绎，五色焕然。

---

① 冯牧（1919—1995）。原名冯先植，笔名若湘。北京人。作家、文学评论家。著有评论集《繁花与草叶》《耕耘文集》，散文集《滇云览胜记》等。有《冯牧文集》九卷行世。

这是一幅多么令人目眩神迷的奇丽景象！无怪乎许多来到大理的旅客都要设法去观赏一下这个人间奇观了。 但可惜的是，胜景难逢，由于某种我们至今还不清楚的自然规律，每年蝴蝶会的时间总是十分短促并且是时有变化的；而交通的阻隔，又使得有机会到大理去游览的人，总是难于恰巧在那个时间准确无误地来到蝴蝶泉边。 就是徐霞客也没有亲眼看到真正的蝴蝶会的盛况；他晚去了几天，花朵已经凋谢，使他只能折下一枝蝴蝶树的标本，惆怅而去。 他的关于蝴蝶会的描写，大半是根据一些亲历者的转述而记载下来的。

其实所谓蝴蝶会，并不是大理蝴蝶泉所独有的自然风光，而是在云南的其他地方也曾经出现过的一种自然现象。 比如，在清人张泓所写的一本笔记（《滇南新语》）中，就记载了昆明城里的圆通山（就是现在的圆通公园）的蝴蝶会，书中这样写道：

> 每岁孟夏，蛺蝶千百万会飞此山，屋树岩壑皆满，有大如轮、小于钱者，翩翩随风。缤纷五彩，锦色烂然，集必三日始去，究不知其去来之何从也，余目睹其呈奇不爽者盖两载。

今年春天，由于一种可遇而不可求的机会，我看到了一次真正的蝴蝶会，一次完全可以和徐霞客所描述的蝴蝶泉相媲美的蝴蝶会。

西双版纳的气候是四季长春的。 在那里你永远看不到植物凋敝的景象。 但是，即使如此，春天在那里也仍然是最美好的季节。 就在这样的季节里，在傣族的泼水节的前夕，我们来到了被称为西双版纳的一颗"绿宝石"的橄榄坝。

在这以前，人们曾经对我说：谁要是没有到过橄榄坝，谁就等于没有看到真正的西双版纳。当我们刚刚踏上这片土地时，我马上就深深地感觉到，这些话是丝毫也不夸张的。我们好像来到了一个天然的巨大的热带花园里，到处都是浓荫匝地，繁花似锦。到处都是一片蓬勃的生气：鸟类在永不休止地鸣啭；在棕褐色的沃土上，各种植物好像是在拥挤着、争抢着向上生长。行走在村寨之间的小径上，就好像是行走在精心培植起来的公园林荫路上一样，只有从浓密的叶隙中间，才能偶尔看到烈日的点点金光。我们沿着澜沧江边的一连串村寨进行了一次远足旅行。

我们的访问终点，是背倚着江岸、紧密相连的两个村寨——曼厅和曼扎。当我们刚刚走上江边的密林小径时，我就发现，这里的每一块土地，每一段路程，每一片丛林，都是那样地充满了浓丽的热带风光，都足以构成一幅色彩斑斓的绝妙风景画面。我们经过了好几个隐藏在密林深处的村寨，只有在注意寻找时，才能从树丛中发现那些美丽而精巧的傣族竹楼。这里的村寨分布得很特别，不是许多人家聚成一片，而是稀疏地分散在一片林海中间。每一幢竹楼周围都是一片丰饶富庶的果树园；家家户户的庭前窗后，都生长着枝叶挺拔的椰子树和槟榔树，绿荫盖地的芒果树和荔枝树。在这里，人们用果实累累的香蕉树做篱笆，用清香馥郁的夜来香做围墙。被果实压弯的柚子树用枝叶敲打着竹楼的屋檐，密生在枝丫间的菠萝蜜散发着醉人的浓香。

我们在花园般的曼厅和曼扎度过了一个愉快的下午。我们参观了曼扎的办得很出色的托儿所；在那里的整洁而漂亮的食堂里，按照傣族的习惯，和社员们一起吃了一餐富有民族特色的午饭，分享了社员们的富裕生活的欢乐。我们在曼厅旁听了为布置甘蔗和双季稻生产而召开的社长联席会，然后怀着一种满意的心情走上了归途。

我们走的仍然是来时的路程，仍然是那条浓荫遮天的林中小路，数不清的奇花异卉仍然到处散发着沁人心脾的清香。在路边的密林里，响彻着一片鸟鸣蝉叫声。透过树林枝干的空隙，时时可以看到大片的平整的田地，早稻和许多别的热带经济作物的秧苗正在夕照中随风荡漾。在村寨的边沿，可以看到坝树林和菩提林的巨人似的身姿。在它们的荫蔽下，佛寺的高大的金塔和庙顶在闪着耀眼的金光。

一切都和我们来时一样。可是，我们又似乎觉得，我们周围的自然环境和来时有些异样。终于，我们发现了一种来时所没有的新景象：我们多了一群新的旅伴——成群的蝴蝶，在花丛上，在枝叶间，在我们的周围，到处都有三五成群的彩色蝴蝶在迎风飞舞；它们有的在树丛中盘旋逗留，有的却随着我们一同前进。开始，我们对于这种景象也并不以为奇。我们知道，这里的蝴蝶的美丽和繁多是别处无与伦比的；我们在森林中经常可以遇到彩色斑斓的蝴蝶和人们一同行进，甚至连续飞行几里路。我们早已养成了这样的习惯：习惯于把成群的蝴蝶看作是西双版纳的美妙自然景色的一个不可缺少的组成部分了。

但是，我们越来越感到，我们所遇到的景象实在是超过了我们的习惯和经验了。蝴蝶越聚越多，一群群、一堆堆从林中飞到路径上，并且成群结队地向着我们要去的方向前进着。它们在上下翻飞，左右盘旋；它们在花丛树影中飞快地扇动着彩色的翅膀，闪得人眼花缭乱。有时，千百个蝴蝶拥塞了我们前进的道路，使我们不得不用树枝把它们赶开，才能继续前进。

就这样，在我们和蝴蝶群的搏斗中走了大约五里路之后，我们看到了一个奇异的景色。 我们走到一片茂密的坝树林边。 在一块草坪上面，有一株硕大的菩提树，它的向四面伸张的枝丫和浓茂的树叶，好像是一把巨大的阳伞似的遮盖着整个岸坪。 在草坪中央的几方丈的地面上，聚集着数以万计的美丽的蝴蝶，仿佛是密密地丛生着一片奇怪的植物似的，好像是一座美丽的花坛一样。 它们互相拥挤着，攀附着，重叠着，面积和体积在不断地扩大。 从四面八方飞来的新的蝶群正在不断地加入进来。 这些蝴蝶大多数是属于一个种族的，它们的翅膀的背面是嫩绿色的，这使它们在停仃不动时就像是绿色的小草一样，它们翅膀的正面却又是金黄色的，上面还有着美丽的花纹，这使它们在扑动翅翼时却又像是朵朵金色的小花。 在它们的密集着的队伍中间，仿佛是有意来作为一种点缀，有时也飞舞着少数的巨大的黑底红花身带飘带的大木蝶，在一刹那间，我们好像是进入了一个童话世界；在我们的眼前，在我们四周，在一片令人心旷神怡的美妙的自然景色中间，到处都是密密匝匝、层层叠叠的蝴蝶；蝴蝶密集到这种程度，使我们随便伸出手去便可以捉到几只。 天空中好像是雪花拟的飞散着密密的花粉，它和从森林中飘来的野花和菩提的气味，混合成一般刺鼻的浓香。

面对着这种自然界的奇景，我们每个人几乎都目瞪口呆了。站在千万只翩然飞舞的蝴蝶当中，我们觉得自己好像是有些多余的了。 而蝴蝶却一点也不怕我们；我们向它们密集的队伍投掷着树枝，它们立刻轰地拥向天空，闪动着彩色缤纷的翅翼，但不到一分钟之后，它们又飞到草地上集合了。 我们简直是无法干扰它们参与盛会的兴致。

我们在这些群集成阵的蝴蝶前长久地观赏着，赞叹着，简直是流连忘返了。 在我的思想里，突然闪过了一个念头：难道这不正是过去我们从传说中听到的蝴蝶会么？ 我完全被这片童话般的自然景象所陶醉了；在我的心里，仅仅是充滋着一种激动而欢乐的情感，并且深深地为了能在我们祖国边疆看到这样奇丽的风光而感到自豪。 我们所生活、所劳动、所建设着的土地，是一片多么丰富、多么美丽、多么奇妙的土地啊！

海滩拾贝

秦牧①

在艺术摄影中，常常看到这样的画面：无边无际的海滩上，一个人俯身在拾些什么；天上漂浮着云彩，远处激溅着浪花……这样的画面，引人走进一个哲理和诗情水乳交融的境界。 这种情景是很引人入胜的。 但是这样的画图，人却不难走到里面去。 一个人只要到海滩去拾拾贝壳，就会很自然地变成那种影片里面的人物了。

许许多多的人都有爱贝壳的习性。 有些人生活趣味本来很少，但一见到贝壳却会爱不释手，一跑到海滩去捡起贝壳来就往往兴奋得像个小孩。 在这方面，似乎我们中有许多人还保持着我们远代的老祖先的审美观念，他们曾经震惊于贝壳的美丽，一致同意把贝壳采用做货币。 也许由于爱贝壳的人众多吧，广州文化公园的水产馆里陈列贝壳的那些玻璃柜旁总是挤满了观众。 广州近年还有一间有趣的商店出现，它专门贩卖贝壳和珊瑚。 香港也有这一类的商店。 因为这样的缘故，现在开到南海群岛去的船只，就不止是运的海味、鸟粪，还有运贝壳和珊瑚的了。

---

① 秦牧（1919—1992）。 当代散文家。 原名林觉夫，广东澄海人。 生于香港。 以散文著称于文坛。 名篇有《土地》《花蜜与蜂刺》。 此外，他还写了不少儿童文学作品和美学论著。 1963 年加入中国共产党。 粉碎"四人帮"后，创作了大量作品。 几年来，仅结集而成的散文集就有十多部。 自选集《长河浪花集》是其散文的代表作。 还出版了《艺海拾贝》的姐妹篇《语林采英》。

但是从商店里买回来的贝壳，比较自己从海滩亲自捡回来的，风味毕竟不同。无论商店里的贝壳是怎样的五光十色，实际上比我们在海滩上所见到的，却总要贫乏得多。

凡是有海滩的地方，就有贝壳。但是有些著名的海滩，那种贝壳丰富的情形，却不是一般的小海滩可以比拟的。像海南岛三亚附近渔村一带的海滩，你走到上面去，可以发现每一步都有贝壳，而且构造千奇百怪，用句古话来形容，真可以说是"鬼斧神工"。据到过西沙群岛的人说，那边的情形就更可观了。要找到特别美丽、离奇的贝壳就得到特别荒僻的小岛去。贝壳究竟有多少种呢？这样的题目正像问天上的星、问地上的树、问草丛里的昆虫、问碳水化合物有多少种那样的不易回答。有一些专门收集贝壳的"贝壳迷"，他们像古币迷、邮票迷收集古币、邮票那样地搜集着贝壳。据说，世界各个角落的贝壳是千差万别的。有一个贝壳迷花了近十年心血，搜集到几千种远东出产的贝壳；而这，在贝壳所有品种中所占的仍然是一个很小的百分比。

令人目迷五色的各种贝壳，有大得像一颗椰子、一顶帽子、一支喇叭的，它们的名字就叫作"椰子螺""唐冠贝""天狗螺"。也有一些小得像颗珍珠，可以让女孩子串起来做项链的。它们有形形色色的状貌，因此人们也就给起了一些五花八门的名字。像伞的叫作"伞贝"，像钟的叫作"钟螺"，像小扇的叫作"扇贝"，像蜘蛛的叫作"蜘蛛螺"，像骷髅的叫作"骨贝"，还有鹅掌贝、鸭脚贝、冬菇贝等等。有一些贝壳，只从它们的名字就可以想见它们令人惊艳的容貌，像锦身贝、凤凰贝、花瓣贝、初雪贝等就是。还有一些贝壳，给人叫作"波斯贝""高丽贝"，使人想见古代各国船舶往来，外国商人拿出新奇的贝壳来，人们围观啧啧赞美的情景。 种类无比丰富的贝壳，使人不禁想起了一切瓷器的精品。 所有歌咏瓷器的诗句，美丽的贝壳都可以当之无愧。 像什么"大邑烧瓷轻且坚，叩如哀玉锦城传"啦，什么"雨过天晴云破处，这般颜色作将来"啦，许多贝壳的模样儿、颜色，完全足以体现那种神韵。 你细细看海滩上的贝壳，它们有像白陶的，有像幼瓷的，有的像上了釉，有的颜色复杂，竟像是"窑变"的产品。历史学家们考据出来：地球上的各个区域，古代的人们日中为市的时代，一般都曾经采用贝壳做过流通手段，当铜和金还在地下酣睡的时候，这些海滩小动物建造的小房子就已经信用卓著地成为人们的良币了。 在殷墟里面，和牛骨龟甲混在一起的，也还有贝币，说明三千五百年前这些奇妙的小东西已经普遍被人们用作交易的媒介了。 直到今天，我们的文字里，许许多多和价值有关的字，像财、宝、买、卖、赏、赐、贵、贱等等，不写简笔字的时候，都还留有个"贝"字在里头。 这情形，使我们想起了古代各洲的人们，在海滩上拾到美丽的贝壳的时候，那种欣赏赞叹的情景。 在这方面，好像对自然景物的审美观念，千万代的人类之间，也还有一脉相通之处似的。 自然，贝壳不容易损坏，不容易伪造，尤其是使它在人类货币史上占有光荣一席的主要原因。 几千年前的贝币，我们今天在博物馆里看到的不是还很完好么？ 至于这么一种小玩意儿，似乎直到今天，聪明的人类也还未能制造出一枚赝品来。

爱贝壳的不仅是初到海滩的人们。 渔民和在沿海区域的一切居民，实际上也都是爱贝壳的。 从这一点看来，可以说爱美的心理原很普遍。 初到海滩的人兴高采烈地捡着贝壳，渔民和他们的孩子看到人们那种发痴的模样儿，也许抿着嘴善意地嘲笑着。 但其实他们何尝不捡贝壳呢？ 只是他们"曾经沧海难为水"，一般平凡的贝壳，他们不放在眼里罢了。 许多渔民的家庭，其实都藏有几枚美丽的贝壳。 当我有一次在海南岛三亚附近的海滩上捡贝壳时，一个渔家老妇笑嘻嘻而又慷慨地说："来，我送两个给你。"于是她返身登上高脚的渔家棚屋里，拿出一个"小海星"和两枚"星宝贝"来像给小孩似的给了我。 也还有一些渔家小孩，看到客人们拾贝壳拾得入了迷，也从他的家里拿出几枚美丽的贝壳让你看看的。 一比较，你就知道他们目力不凡，通常的那种粗陶器或者素色瓷器似的贝壳，他们是看不上眼的。 他们所捡的贝壳都是像揉了上等彩釉的珍品。 例如那种"眼球贝"，四围一团宝蓝色或者墨绿色，中心雪白的地方有许多美丽的斑点。 类似这样的东西，住在海边的人们才肯俯身去拾起来。

海滩上的人们和城市里的贝壳商店，也有把贝壳制成各种用具的。 有的人用贝壳做成饭瓢水勺，有的用贝壳做了台灯。 还有的人用各种各样的贝壳堆成假石山，有一些贝壳适宜做塔，有些可以做桥，有的可以做垂钓渔翁的斗笠。 海南的渔村里就常有这样一些"贝壳石山"出卖，正像农民中有许多工艺美术家一样，这是渔民工艺美术家们的杰作。 贝壳的工艺美术，在中国原有悠久的历史。 像"嵌螺钿"，那种用心精磨过的贝壳，嵌在雕镂和裸漆过的器具上面的工艺美术，在中国已有千年左右的历史。 当玻璃还没有大量制造和流行的时候，有一种半透明的叫作"窗贝"的贝壳，已经被人用来代替玻璃。 人们用贝壳做各种器具的历史是很悠久的，而且一直盛行不衰，看来这类工艺美术将来还要大放光彩。 最近，粤东又有人用它来制造客厅里悬挂的屏条了，贝壳在这些屏条上给砌成了美丽的字画。

我们在海滩的时候，就是不去思念贝壳在人类生活上的价值，也没有找到什么珍奇的品种，我觉得，单是在海滩俯身拾贝这回事，本身就使人踏入一种饶有意味的境界。试想想：海水受月亮的作用，每天涨潮二次，在高潮线和低潮线之间有这么一片海滩。这里熙熙攘攘地生长着各种小生物，不怕干燥的贝类一直爬到高潮线，害怕干燥的就盘桓在低潮线，这两线之间，生物的类别何止千种万种！潮水来了，石头上的牡蛎、藤壶，海滩里的蛤蜊，纷纷伸手忙碌地捕食着浮游生物；潮水退了，它们就各个忙着闭壳和躲藏。这看似平静的一片海滩，原来整天在演着生存的竞争。这看似单纯的一片海滩，内容竟是这样的丰富，单是贝类样式之多就令人眼花缭乱。这看似很少变化的一片海滩，其实岩石正在旅行，动物正在生死，正在进化退化。人对万事万物的矛盾、复杂、联系、变化的辩证规律认识不足时，常常招致许多的不幸。而一个人在海滩漫步，东捡一个花螺，西拾一块雪贝，却是很容易从中领会这种事物之间复杂、变化的道理的。因此，我说，一个人在海滩走着走着，多多地看和想，那情调很像是走进一个哲理和诗的境界。

当你拾着贝壳，在那辽阔的海滩上留下两行转眼消灭的脚印时，我想每个肯多想一想的人都会感到个人的渺小，但看着那由亿万的沙粒积成的沙滩和亿万的水滴汇成的海洋，你又会感到渺小和伟大原又是极其辩证地统一着的。没有无数的渺小，就没有伟大。离开了集体，伟大又一化而为渺小。那个从落地的苹果悟出万有引力的牛顿是常到海滩去的，他在临终的床上说过这样的话："我不知道世人怎样看我，但我自己却以为我是在未知的真理的大海前面，在海滩上拾一些光滑的石块或者美丽的贝壳就引以为乐的小孩……"这一段话是很感人的。 人到海滩去常常可以纯真地变成小孩，感悟骄傲的可笑和自卑的无聊，把这历史常常馈赠给我们每个人的讨厌的礼物，像抛掉一块破瓦片似的抛到海里去。

我抚弄着从海滩上拾回来的贝壳，常常想起的就是这么一些事物……

爱

张爱玲①

这是真的。

有个村庄的小康之家的女孩子，生得美，有许多人来做媒，但都没有说成。那年，她不过十五六岁罢，是春天的晚上，她立在后门口，手扶着桃树。她记得她穿的是一件月白的衫子。对门住的年轻人同她见过面，可是从来没有打过招呼的，他走了过来，离得不远，站定了，轻轻地说了一声："噢，你也在这里吗？"她没有说什么，他也没有再说什么，站了一会，各自走开了。

就这样就完了。

后来，这女子被亲眷拐子，卖到他乡外县去做妾，又几次三番地被转卖，经过无数的惊险的风波。老了的时候，她还记得从前那一回事，常常说起，在那春天的晚上，在后门口的桃树下，那年轻人。

于千万人之中遇见你所遇见的人，于千万年之中，时间的无涯的荒野里，没有早一步，也没有晚一步，刚巧赶上了，那也没有别的话可说，唯有轻轻地问一声："噢，你也在这里吗？"

---

① 张爱玲（1920—1995）。原籍河北丰润，生于上海。中学毕业后去香港读书，后回上海从事写作；作品丰富，是沦陷区的主要作家。1950 年参加上海第一届文代会。1952 年移居香港，后定居美国。作品有《传奇》《流言》《赤地之恋》《半生缘》等。

昆明的雨

汪曾祺①

宁坤要我给他画一张画，要有昆明的特点。 我想了一些时候，画了一幅：右上角画了一片倒挂着的浓绿的仙人掌，末端开出一朵金黄色的花；左下画了几朵青头菌和牛肝菌。 题了这样几行字：

昆明人家常于门头挂仙人掌一片以辟邪，仙人掌悬空倒挂，尚能存活开花。于此可见仙人掌生命之顽强，亦可见昆明雨季空气之湿润。雨季则有青头菌、牛肝菌，味极鲜腴。

我想念昆明的雨。

我以前不知道有所谓雨季。 "雨季"，是到昆明以后才有了具体感受的。

我不记得昆明的雨季有多长，从几月到几月，好像是相当长的。 但是并不使人厌烦。 因为是下下停停、停停下下，不是连绵不断，下起来没完。 而且并不使人气闷。 我觉得昆明雨季气压不

---

① 汪曾祺（1920—1997）。 江苏高邮县人，中国当代著名作家。 1940 年开始发表小说，并结集为《邂逅集》《羊舍的夜晚》出版，被认为是"京派作家"新人。 1949 年后，从事民间文学与戏曲工作，著有京剧剧本《范进中举》《芦荡火种》。 1979 年后重新从事小说创作，《受戒》《大淖记事》为其代表作。 有散文集《蒲桥集》等。

低，人很舒服。

昆明的雨季是明亮的、丰满的，使人动情的。 城春草木深，孟夏草木长。 昆明的雨季，是浓绿的。 草木的枝叶里的水分都到了饱和状态，显示出过分的、近于夸张的旺盛。

我的那张画是写实的。 我确实亲眼看见过倒挂着还能开花的仙人掌。 旧日昆明人家门头上用以辟邪的多是这样一些东西：一面小镜子，周围画着八卦，下面便是一片仙人掌——在仙人掌上扎一个洞，用麻线穿了，挂在钉子上。 昆明仙人掌多，且极肥大。有些人家在菜园的周围种了一圈仙人掌以代替篱笆。 ——种了仙人掌，猪羊便不敢进园吃菜了。 仙人掌有刺，猪和羊怕扎。

昆明菌子极多。 雨季逛菜市场，随时可以看到各种菌子。 最多，也最便宜的是牛肝菌。 牛肝菌下来的时候，家家饭馆卖炒牛肝菌，连西南联大食堂的桌子上都可以有一碗。 牛肝菌色如牛肝，滑，嫩，鲜，香，很好吃。 炒牛肝菌须多放蒜，否则容易使人晕倒。 青头菌比牛肝菌略贵。 这种菌子炒熟了也还是浅绿色的，格调比牛肝菌高。 菌中之王是鸡㙡，味道鲜浓，无可方比。鸡㙡是名贵的山珍，但并不真的贵得惊人。 一盘红烧鸡㙡的价钱和一碗黄焖鸡不相上下，因为这东西在云南并不难得。 有一个笑话：有人从昆明坐火车到呈贡，在车上看到地上有一棵鸡㙡，他跳下去把鸡㙡捡了，紧赶两步，还能爬上火车。 这笑话用意在说明昆明到呈贡的火车之慢，但也说明鸡㙡随处可见。 有一种菌子，中吃不中看，叫作干巴菌。 乍一看那样子，真叫人怀疑：这种东西也能吃？！ 颜色深褐带绿，有点像一堆半干的牛粪或一个被踩了的马蜂窝。 里头还有许多草茎、松毛，乱七八糟！ 可是下点工夫，把草茎松毛择净，撕成蟹腿肉粗细的丝，和青辣椒同炒，入口便会使你瞠目结舌：这东西这么好吃！ 还有一种菌子，中看不中吃，叫鸡油菌。 都是一般大小，有一块银圆那样大，滴溜圆，颜色浅黄，恰似鸡油一样。 这种菌子只能做菜时配色用，没甚味道。

雨季的果子，是杨梅。 卖杨梅的都是苗族女孩子，戴一顶小花帽子，穿着扳尖的绣了满帮花的鞋，坐在人家阶石的一角，不时吆唤一声："卖杨梅——"声音娇娇的。 她们的声音使得昆明雨季的空气更加柔和了。 昆明的杨梅很大，有一个乒乓球那样大，颜色黑红黑红的，叫作"火炭梅"。 这个名字起得真好，真是像一球烧得炽红的火炭！ 一点都不酸！ 我吃过苏州洞庭山的杨梅、井冈山的杨梅，好像都比不上昆明的"火炭梅"。

雨季的花是缅桂花。 缅桂花即白兰花，北京叫作"把儿兰"（这个名字真不好听）。 云南把这种花叫作缅桂花，可能最初这种花是从缅甸传入的，而花的香味又有点像桂花，其实这跟桂花实在没有什么关系。 ——不过话又说回来，别处叫它白兰、把儿兰，它和兰花也挨不上呀，也不过是因为它很香，香得像兰花。我在家乡看到的白兰多是一人高，昆明的缅桂是大树！ 我在若园巷二号住过，院里有一棵大缅桂，密密的叶子，把四周房间都映绿了。 缅桂盛开的时候，房东（是一个五十多岁的寡妇）就和她的一个养女，搭了梯子上去摘，每天要摘下来好些，拿到花市上去卖。 她大概是怕房客们乱摘她的花，时常给各家送去一些。 有时送来一个七寸盘子，里面摆得满满的缅桂花！ 带着雨珠的缅桂花使我的心软软的，不是怀人，不是思乡。

雨，有时是会引起人一点淡淡的乡愁的。 李商隐的《夜雨寄北》是为许多久客的游子而写的。 我有一天在积雨稍住的早晨和德熙从联大新校舍到莲花池去。 看了池里的满池清水，看了着比丘尼装的陈圆圆的石像（传说陈圆圆随吴三桂到云南后出家，暮年投莲花池而死），雨又下起来了。 莲花池边有一条小街，有一个小酒店，我们走进去，要了一碟猪头肉，半市斤酒（装在上了绿釉的土瓷杯里），坐了下来。 雨下大了。 酒店有几只鸡，都把脑袋反插在翅膀下面，一只脚着地，一动也不动地在檐下站着。 酒店院子里有一架大木香花。 昆明木香花很多。 有的小河沿岸都是木香。 但是这样大的木香却不多见。 一棵木香，爬在架上，把院子遮得严严的。 密匝匝的细碎的绿叶，数不清的半开的白花和饱涨的花骨朵，都被雨水淋得湿透了。 我们走不了，就这样一直坐到午后。 四十年后，我还忘不了那天的情味，写了一首诗：

> 莲花池外少行人，
> 野店苔痕一寸深。
> 浊酒一杯天过午，
> 木香花湿雨沉沉。

我想念昆明的雨。

胡同文化

汪曾祺

北京城像一块大豆腐，四方四正。 城里有大街，有胡同。 大街、胡同都是正南正北，正东正西。 北京人的方位意识极强。 过去拉洋车的，逢转弯处都高叫一声"东去！""西去！"以防碰着行人。 老两口睡觉，老太太嫌老头子挤着她了，说"你往南边去一点"。 这是外地少有的。 街道如是斜的,就特别标明是斜街,如烟袋斜街、杨梅竹斜街。 大街、胡同,把北京切成一个又一个方块。 这种方正不但影响了北京人的生活,也影响了北京人的思想。

胡同原是蒙古语,据说原意是水井,未知确否。 胡同的取名,有各种来源。 有的是计数的,如东单三条、东四十条。 有的原是皇家储存物件的地方,如皮库胡同、惜薪司胡同(存放柴炭的地方)。 有的是这条胡同里曾住过一个有名的人物,如无量大人胡同、石老娘(老娘是接生婆)胡同。 大雅宝胡同原名大哑巴胡同,大概胡同里曾住过一个哑巴。 王皮胡同是因为有一个姓王的皮匠。 王广福胡同原名王寡妇胡同。 有的是某种行业集中的地方。 手帕胡同大概是卖手帕的。 羊肉胡同当初想必是卖羊肉的。 有的胡同是像其形状的。 高义伯胡同原名狗尾巴胡同。 小羊宜宾胡同原名羊尾巴胡同。 大概是因为这两条胡同的样子有点像羊尾巴、狗尾巴。 有些胡同则不知道何所取义,如大绿纱帽胡同。

胡同有的很宽阔,如东总布胡同、铁狮子胡同。 这些胡同两边大都是"宅门",到现在房屋都还挺整齐。 有些胡同很小,如耳朵眼胡同。 北京到底有多少胡同? 北京人说:有名的胡同三千六,没名的胡同数不清。 通常提起"胡同",多指的是小胡同。

胡同是贯通大街的网络。 它距离闹市很近,打个酱油,约二斤鸡蛋什么的,很方便,但又似很远。 这里没有车水马龙,总是安安静静的。 偶尔有剃头挑子的"唤头"(像一个大镊子,用铁棒从当中擦过,便发出"嗡"的一声)、磨剪子磨刀的"惊闺"(十几个铁片穿成一串,摇动作声)、算命的盲人(现在早没有了)吹的短笛的声音。 这些声音不但不显得喧闹,倒显得胡同里更加安静了。

胡同和四合院是一体，胡同两边是若干四合院连接起来的。胡同、四合院，是北京市民的居住方式，也是北京市民的文化形态。我们通常说北京的市民文化，就是指的胡同文化。胡同文化是北京文化的重要组成部分，即使不是最主要的部分。

胡同文化是一种封闭的文化。住在胡同里的居民大都安土重迁，不大愿意搬家。有在一个胡同里一住住几十年的，甚至有住了几辈子的。胡同里的房屋大都很旧了，"地根儿"房子就不太好，旧房檩，断砖墙。下雨天常是外面大下，屋里小下。一到下大雨，总可以听到房塌的声音，那是胡同里的房子。但是他们舍不得"挪窝儿"——"破家值万贯"。

四合院是一个盒子。北京人理想的住家是"独门独院"。北京人也很讲究"处街坊"。"远亲不如近邻"。"街坊里道"的，谁家有点事，婚丧嫁娶，都得"随"一点"份子"，道个喜或道个恼，不这样就不合"礼数"。但是平常日子，过往不多，除了有的街坊是棋友，"杀"一盘；有的是酒友，到"大酒缸"（过去山西人开的酒铺，都没有桌子，在酒缸上放一块规成圆形的厚板以代酒桌）喝两"个"（大酒缸二两一杯，叫作"一个"）；或是鸟友，不约而同，各晃着鸟笼，到天坛城根、玉渊潭去"会鸟"（会鸟是把鸟笼挂在一处，既可让鸟互相学叫，也互相比赛），此外，"各人自扫门前雪，休管他人瓦上霜"。

北京人易于满足，他们对生活的物质要求不高。有窝头，就知足了。大腌萝卜，就不错。小酱萝卜，那还有什么说的。臭豆腐滴几滴香油，可以待姑奶奶。虾米皮熬白菜，嘿！我认识一个在国子监当过差，伺候过陆润庠、王垿等祭酒的老人，他说："哪儿也比不了北京，北京的熬白菜也比别处好吃——五味神在北京。"五味神是什么神？我至今考查不出来。但是北京人的大白菜文化却是可以理解的。 北京人每个人一辈子吃的大白菜摞起来大概有北海白塔那么高。

北京人爱瞧热闹，但是不爱管闲事。 他们总是置身事外，冷眼旁观。 北京是民主运动的策源地，"民国"以来，常有学生运动。 北京人管学生运动叫作"闹学生"。 学生示威游行，叫作"过学生"。 与他们无关。

北京胡同文化的精义是"忍"。 安分守己，逆来顺受。 老舍《茶馆》里的王利发说："我当了一辈子的顺民"，是大部分北京市民的心态。

我的小说《八月骄阳》里写到"文化大革命"，有这样一段对话：

> "还有个章法没有？ 我可是当了一辈子安善良民，从来奉公守法。这会儿，全乱了。我这眼面前就跟'下黄土'似的，简直的，分不清东西南北了。"
>
> "您多余操这份儿心。粮店还卖不卖棒子面？"
>
> "卖！"
>
> "还是的。有棒子面就行。……"

我们楼里有个小伙子，为一点儿事，打了开电梯的小姑娘一个嘴巴。 我们都很生气，怎么可以打一个女孩子呢！我跟两个上了岁数的老北京（他们是"搬迁户"，原来是住在胡同里的）说，大家应该主持正义，让小伙子当众向小姑娘认错。 这二位同声说："叫他认错？ 门儿也没有！ 忍着吧！ ——'穷忍着，富耐着，睡不着眯着'！""睡不着眯着"这话实在太精彩了！睡不着，别烦躁，别起急，眯着！北京人，真有你的！

北京的胡同在衰败、没落。 除了少数"宅门"还在那里挺着，大部分民居的房屋都已经很残破，有的地基柱础甚至已经下沉，只有多半截还露在地面上。 有些四合院门外还保存已失原形的拴马桩、上马石，记录着失去的荣华。 有打不上水来的井眼、磨圆了棱角的石头棋盘，供人凭吊。 西风残照，衰草离披，满目荒凉，毫无生气。

看看这些胡同的照片，不禁使人产生怀旧情绪，甚至有些伤感。 但是这是无可奈何的事。 在商品经济大潮的席卷之下，胡同和胡同文化总有一天会消失的。 也许像西安的蛤蟆陵、南京的乌衣巷，还会保留一两个名目，使人怅望低徊。

再见吧，胡同。

秋色赋

峻青①

时序刚刚过了秋分，就觉得突然增加了一些凉意。 早晨到海边去散步，仿佛那蔚蓝的大海，比以前更加蓝了一些；天，也比以前更加高远了一些。 回头向岭上望去，哦，秋色更浓了。

多么可爱的秋色啊！

我真不明白，为什么欧阳修作《秋声赋》时，把秋天描写得那么肃杀凄凉？ 在我看来，花木灿烂的春光固然可爱，然而，瓜果遍地的秋色却更加使人欣喜。

秋天，比春天更富有欣欣向荣的景象。

秋天，比春天更富有灿烂绚丽的色彩。

你瞧，西面山洼里那一片柿树，红得多么好看，简直像一片火似的。 古今多少诗人画家都称道枫叶的颜色，然而，比起柿树来，那枫叶却不知要逊色多少呢。

还有苹果，那驰名中外的红香蕉苹果，也是那么红，那么鲜艳，那么逗人喜爱。 大金帅苹果则金光闪闪，呈现出一片黄澄澄的颜色。 山楂树上缀满了一颗颗红玛瑙似的果子。 葡萄呢，就更加绚丽多彩，那种叫"水晶"的，长得长长的，绿绿的，晶莹透明，真像是用水晶和玉石雕刻出来似的；而那种叫红玫瑰的，则紫

---

① 峻青（1922—1991）。 原名孙俊卿，山东海阳人，作家。 著有散文集《欧行书简》《秋色赋》《雄关赋》《屐痕集》等。

中带亮，圆润可爱，活像一串串紫色的珍珠。 ……

啊！好一派迷人的秋色！

我喜欢这绚丽灿烂的秋色，因为它表示着成熟和繁荣，也意味着愉快和欢乐。

今年，胶东半岛上雨水充足，气候适宜。 一开春，小麦就长得很好。 六月间，我乘胶济列车经过昌潍大平原时，看到那金色的麦浪，像海洋似的荡漾在一望无际的大平原上，而收下来的麦子，则像一座座山岭堆在铁路两旁的场地上，心里禁不住欣喜万分。 当时，我曾把这种欢乐的心情，写信告诉许多和我同乡的战友，让他们和我一起共享这故乡丰收的快乐。 现在，时间刚刚过去三个多月，前几天，我乘由青岛开往烟台的列车经过胶东内地时，又看到一幅秋天大丰收的欢乐景象：金黄色的谷子刚收割不久，高粱又熟得火红一片，山坡上，田野里，到处是紧张秋收的人群。 村头上，打谷场里，到处堆着像小山一样高的庄稼秸子和金光闪闪的包米穗子。 胶东，这个不愧为水果之乡的半岛上，今年水果大丰收。 列车经过莱阳车站的时候，站上摆满了著名的莱阳梨。 这梨又大又甜。 人们告诉我，今年梨的产量大大超过了去年。

在烟台西沙旺，我曾参观了以盛产烟台苹果著称的幸福公社。那正是苹果成熟的时候，一踏进那绿色海洋般的果林里，就闻到一股浓烈的苹果香气。 人们告诉我，六十年前，这儿还是一片荒凉的沙滩，那赭黄色的沙地上什么都没有。 栽种苹果，不过是近三四十年的事情，而大规模栽植，却是在解放之后，尤其是近几年。瞧，那一棵棵枝叶茂盛的果树上，果实累累，树枝都被压弯了，有的树枝竟然被压断了，大多数树枝不得不用木杆撑住。 生产队门前的广场上，摘下来的苹果堆得像小山一样，成群的姑娘们正在把这驰名中外的香蕉苹果包装到雪白的木箱子里。 一辆接一辆的卡车，又把这包装好的苹果运到海关码头和火车站去。 很快地，国内各大城市和国外一些地方，就会尝到这芬芳甘甜的美味了。 让那些吃到这种美味的朋友们，也都来分享一份我们丰收的喜悦吧。

前天，在威海市的陶家夼，我又看到一派更令人喜爱的秋色。那里，除和烟台西沙旺一样有着成片的苹果林以外，更有特色的却是葡萄，那简直是一个葡萄的王国。 九十多户的山村，整个笼罩在绿色的葡萄架下。 那风光，就别提有多么幽美了。 请想象一下那条奇特而美丽的街道吧，那茂密的枝藤顺着架子交叉着爬满了大街的两旁和上空，使得大街成了一条长长的绿色走廊。 现在，葡萄都熟了，那一串串亮晶晶的淡绿色、紫红色、米黄色的葡萄，挂满了大街的两旁和上空，人在这大街上走着，就仿佛走进了一个琥珀和珍珠缀成的世界。

流经村前的一条小河，两岸长满了葡萄，姑娘们在葡萄架下面洗衣服，那五光十色的葡萄和姑娘们的影子一起倒映在清澈的河水里。 ……

家家户户的院子里也都盖满了葡萄。 头一年栽下一棵小小的枝丫，第二年就爬满院落，使得院子和屋里都充满了绿色。 人们就在这葡萄架下吃饭乘凉，妇女们则在葡萄架下做针线活儿。

今年葡萄也是大丰收，一般的每棵收一千斤以上，有一棵竟然收了两千六百多斤。 这种丰硕的收成是令人欣喜的。 而更加令人欣喜的还是那种在陶家夼社员中普遍形成的高尚风气：不论是大街上还是小河旁，那遍地伸手可及的葡萄，竟没有一颗丢失的。 且不说大人，就连七八岁的孩子，也都把集体的财物看得比自己的还重要。 去年，陶家夼在超额完成了国家的收购任务之后，把多余的一万多斤苹果分给社员们。 社员们却把这分到的苹果按收购牌价卖给国家。 这是多么令人钦佩的高尚品质啊！

应该说，这也是一种丰收，是一种精神品质上的丰收。 而这种丰收，比起谷物果木的丰收来，更加可贵，更加令人振奋。 因为一般的谷物丰收，可能出现在任何一个风调雨顺的角落里，而这种精神品质上的丰收，却只能出现在我们这社会主义的土壤上，出现在毛泽东时代里。

我们中国有句农谚："不行春风，难得秋雨。"

这句话，不只说出了气候上的一条规律，也是人类生活中的一条哲理。 谁都知道，眼前这丰硕的收成，并不是凭空得来的，尤其是在那连续几年的严重灾荒之后。

我们并不讳言：前两年，我们的确有过一段相当困难的时期，但是这种情况改变得很快。 记得今年三月间，我乘由济南开往烟台的列车经过昌潍大平原的时候，看到铁路两旁的田野里，到处是紧张忙碌的人群。 那时候，天气还很冷，潍河里还在流着浮冰，平原上整天价在刮着大风。 人们就在这大风中刨地耕田，生产热情是那么高，干劲是那么足。 这时候，和我同车的一位老汉站在车窗前面，眯着眼睛，向外望着那一群群在田野上耕作的人们，望着那大风，自言自语地说："好哇，大风，你就使劲地刮吧。 你现在刮得越大，秋后的雨水就越充足。 刮吧，使劲地刮吧，刮来个丰收的好年景，刮来个富强的好日子。"

这老汉大约六十多岁，胡须头发都白了，但是精神却很好。他看到我在注意地看他，就冲着我一笑说："'不行春风，难得秋雨。'同志，你听到过这句谚语吗？"

我点了点头。

他又问："可是，你知道这春风是从哪里刮来的吗？"

我摇摇头，觉得他问得有些奇怪。

老汉神秘地一笑，指着西北的方向说："喏，从那里，北京。"

"什么？北京？"我越发困惑不解了。

"嗯，北京。"老汉严肃地点点头，笑眯眯地说：

"从北京，从党中央。"

哦！我明白了。

老汉已经转移了话题，他指的是另一种春风。他把党集中力量加强农业的号召称为春风。

我不禁高兴地称赞道："好，好恰当的比喻。"

老汉说："这是我一辈子的亲身体验：不管遇到多么大的困难，只要按着党的指示去做，就一定会得到好的结果。你说我这个体验对吗，同志？"

是啊，有这样的体验的，又何尝只是这老汉一个呢？可以说这是全中国人民的共同体验，是全中国人民从几十年的革命斗争中摸索出来的一条真理。

春华秋实，没有那浩荡的春风，又哪里会有这满野秋色和大好的收成呢？

在这大好的秋收季节里，成熟和丰收的又何止是上面所写到的那几个方面呢？几天来，我不断地漫步山野，巡行田间。眼前那绚丽缤纷的大好秋色，真使人眼花缭乱，应接不暇。啊，多么使人心醉的绚丽灿烂的秋色，多么令人兴奋的欣欣向荣的景象啊！

在这里，我们根本看不到欧阳修所描写的那种"其色惨淡，烟霏云敛……其意萧条，山川寂寥"的凄凉景色，更看不到那种"渥然丹者为槁木，黟然黑者为星星"的悲秋情绪，看到的只是万紫千红的丰收景色和奋发蓬勃的繁荣气象。因为在这里，秋天不是人生易老的象征，而是繁荣昌盛的标志。写到这里，我忽然明白了为什么欧阳修把秋天描写得那么肃杀悲凉，因为他写的不只是时令上的秋天，而且是那个时代、那个社会在作者思想上的反映。　我可以大胆地说，如果欧阳修生活在今天的话，那他的《秋声赋》一定会是另外一种内容，另外一种色调。

　　我爱秋天。

　　我爱我们这个时代的秋天。

　　我愿这大好秋色永驻人间。

太阳下的风景

黄永玉①

　　从十二岁出来，在外头生活了将近四十五年，才觉得我们那个县城实在是太小了。不过，在天涯海角，我都为它而骄傲，它就应该是那么小，那么精致而严密，那么结实。它也实在是太美了，以致以后的几十年我到哪里也觉得还是我自己的故乡好；原来，有时候，还以为可能是自己的偏见。最近两次听到新西兰的老人艾黎说："中国有两个最美的小城，第一是湖南凤凰，第二是福建的长汀……"他是以一个在中国生活了将近六十年的老朋友说这番话的，我真是感激而高兴。

　　我那个城，在湘西靠贵州省的山洼里。城一半在起伏的小山坡上，有一些峡谷，一些古老的森林和草地，用一道精致的石头城墙上上下下地绣起一个圈来圈住。圈外头仍然那么好看，有一座大桥，桥上层叠着二十四间住家的房子，晴天里晾着红红绿绿的衣服，桥中间是一条有瓦顶棚的小街，卖着奇奇怪怪的东西。桥下游的河流拐了一个弯，有学问的设计师在拐弯的地方使尽了本事，盖了一座万寿宫，宫外左侧还点缀一座小白塔。于是，成天就能在桥上欣赏好看的倒影。

---

　　① 黄永玉（1924—　）。土家族，湖南凤凰县人，中国当代著名画家、美术史家。20世纪40年代始为书刊插图并发表诗作。50年代初由香港返北京。现居住香港。著有诗集《曾经有过那种时候》《我的心，只有我的心》，散文集《太阳下的风景》等。

城里城外都是密密的、暗蓝色的参天大树，街上红石板青石板铺的路，路底有下水道，蔷薇、木香、狗脚梅、桔柚，诸多花果树木往往从家家户户的白墙里探出枝条来。关起门，下雨的时候，能听到穿生牛皮钉鞋的过路人丁丁丁地从门口走过。还能听到庙中建筑四角的"铁马"风铃丁丁当当的声音。下雪的时候，尤其动人，因为经常一落即有二尺来厚。

最近我在家乡听到一位苗族老人这么说，打从县城对面的"累烧坡"半山下来，就能听到城里"哄哄哄"的市声，闻到油炸粑粑的香味道。实际上那距离还在六七里之遥。

城里多清泉，泉水从山岩石缝里渗透出来，古老的祖先就着石壁挖了一眼一眼壁炉似的竖穷，人们用新竹子做成的长勺从里头将水舀起来。年代久远，泉水四周长满了羊齿植物，映得周围一片绿，想起宋人赞美柳永的话："有井水处必有柳词"，我想，好诗好词总是应该在这种地方长出来才好。

我爸爸在县里的男小学做校长，妈妈在女小学做校长。妈妈和爸爸都是在师范学校学音乐美术的，不知道什么时候爸爸用他在当地颇有名气的拿手杰作通草刻花作品去参加了一次"巴拿马赛会"（天晓得是一次什么博览会），得了个铜牌奖，很使他生了一次大气（他原冀得到一块大金牌的）。虽然口味太高，这块铜牌奖毕竟使他增长了怀才不遇的骄傲快感。这个人一直是自得其乐的。他按得一手极复杂的大和弦风琴，常常闭着眼睛品尝音乐给他的其他东西换不来的快感。以后的许多潦倒失业的时光，他都是靠风琴里的和弦与闭着的眼睛度过的。我的祖母不爱听那些声音，尤其不爱看我爸爸那副"与世无争随遇而安"的神气，所以一经过聒噪的风琴旁边时就嘟嘟囔囔，说这个家就是让这部风琴弄败的。可是这风琴却是当时本县唯一的新事物。

妈妈一心一意还在做她的女学校校长，也兼美术和音乐课。从专业上说，她比爸爸差多了，但人很能干，精力尤其旺盛。 每个月都能从上海北京收到许多美术音乐教材。 她教的舞蹈是很出色而大胆的，记得因为舞蹈是否有伤风化的问题和当地的行政长官狠狠地干过几仗，而都是以胜利告终。 她第一个剪短发，第一个穿短裙，也鼓动她的学生这么做。 在当时的确是颇有胆识的。

看过几次电影，《早春二月》那些歌，那间学校，那几位老师，那几株桃花李花，多么像我们过去的生活！

再过一段时候，爸爸妈妈的生活就寥落了，从外头回来的年轻人代替了他们。 他们消沉，难过，以为是某些个人对不起他们。他们不明白这就是历史的规律，后浪推前浪啊！ 不久，爸爸到外地谋生去了，留下祖母和妈妈支撑着摇摇欲坠的自古相传的"古椿书屋"。 每到月底，企盼着从外头寄回来的一点点打发日子的生活费。

有一天傍晚，我正在孔庙前文星街和一群孩子进行一场简直像真的厮杀的游戏，忽然一个孩子告诉我，你们家来了个北京客人！

我从来没亲眼见过北京客人。 我们家有许许多多北京、上海的照片，那都是我的亲戚们寄回来让大人们觉得有意思的东西，对孩子来说，它又不是糖，不是玩意，看看也就忘了。 这一次来的是真人，那可不是个随随便便的事。

这个人和祖母围着火炉膛在矮凳上坐着，轻言细语地说着话，回头看见了我。

"这是老大吗？"那个人问。

"是呀！"祖母说，"底下还有四个咧！ 真是旺丁不旺财啊！"

"喂！"我问，"你是北京来的吗？"

"怎么那样口气？　叫二表叔！"祖母说，"是你的从文表叔！"

我笑了，在他周围看了一圈，平平常常，穿了件灰布长衫。

"嗯……你坐过火车和轮船？"

他点点头。

"那好！"我说完马上冲出门去，继续我的战斗。　一切一切就那么淡漠了。

几年以后，我将小学毕业，妈妈叫我到四十五里外的外婆家去告穷，给骂了一顿，倒也在外婆家住了一个多月。　有一天，一个中学生和我谈了一些很深奥的问题，我一点也不懂，但我马上即将小学毕业，不能在这个中学生面前丢人，硬着头皮装着对答如流的口气问他，是不是知道从凤凰到北京要坐几次轮船和几次火车？

他好像也不太懂，这叫我非常快乐。　于是我又问他知不知道北京的沈从文？　他是我爸爸的表弟，我的表叔。

"知道！　他是个文学家，写过许多书，我有他的书，好极了，都是凤凰口气，都是凤凰事情，你要不要看？　我有，我就给你拿去！"

他借的一本书叫作《八骏图》，我看了半天也不懂，"怎么搞的？　见过这个人，又不认得他的书？　写些什么狗皮唠糟的事？老子一点也不明白……"我把书还给那个中学生。

"怎么样？"

"唔、唔、唔。"

许多年过去了。

我流浪在福建德化山区里，在一家小瓷器作坊里做小工。　我还不明白世界上有一种叫作工资的东西，所以老板给我水平极差的三顿伙食已经十分满足。　有一天，老板说我的头发长得已经很不成话，简直像个犯人的时候，居然给了我一块钱。 我高高兴兴地去理了一个"分头"，剩下的七角钱在书店买了一本《昆明冬景》。

我是冲着沈从文三个字去买的。 钻进阁楼上又看了半天，仍然是一点意思也不懂。 这我可真火了。 我怎么可以一点也不懂呢？ 就这么七角钱？ 你还是我表叔，我怎么一点也不明白你在说些什么呢？ 七角钱，你知不知道我这七角钱要派多少用场？ 知不知道我日子多不好过？ 我可怜的七角钱……

德化的跳蚤很多，摆一脸盆水在床板底下，身上哪里痒就朝哪里抓一把，然后狠狠往床下一摔，第二天，黑压压一盆底跳蚤。

德化出竹笋，柱子般粗一根，山民一人抬一根进城卖掉买盐回家。 我们买来剁成丁子，抓两把米煮成一锅清粥，几个小孩一口气喝得精光，既不饱，也不补人，肚子给胀了半天，胀完了，和没有吃过一样。 半年多，我大腿跟小腿都肿了起来，脸也肿了；但人也长大了……

我是在学校跟一位姓吴的老师学的木刻，我那时是很自命不凡的，认为既然刻了木刻，就算是有了一个很好的倾向了。 听说金华和丽水的一个木刻组织出现，就连忙把自己攒下来的一点钱寄去，算是入了正道，就更是自命不凡起来，而且还就地收了两个门徒。

甚惋惜的是，那两位好友其中之一给拉了壮丁，一个的媳妇给保长奸污受屈，我给他俩报了仇，就悄悄地离开了那个值得回忆的地方，不能再回去了。

在另一个地方遇见了一对夫妇，他们善心地收留我，把我当作自己的孩子一样照顾，这个家真是田园诗一样善良和优美。 我就住在他们极丰富的书房里，那些书为我所有，我贪婪地吞嚼那些广阔的知识。 两夫妇给我文化上的指引，照顾我受过伤的心灵，深怕伤害了我极敏感的自尊心，总是小心地用商量的口气推荐给我的系统性的书本。

"你可不可以看一下威尔斯的《世界史纲》，你掌握了这一类型的各种知识，就会有一个全局的头脑。 你还可以看看他写书的方法……"

"我觉得你读一点中外的历史，文化史，你就会觉得读起别的书来更有本领，更会吸收……"

"……莱伊尔的《普通地质学》和达尔文《在贝尔格军舰上的报告书》之类的书，像文学一样有趣，一个自然科学家首先是个文学家这多好！ 是不是？"

"……波特莱尔是个了不起的诗人，多聪明机智，是不是，但他的精神上是有病的，一个诗人如果又聪明能干，精神又健康多好！"

"不要光看故事，你不是闲人；如果你要写故事，你怎么能只做受感动的人呢？ 要抓住使人感动的许许多多的艺术规律，你才能够干艺术工作。 你一定做得到……"

将近两年，院子的红梅花开了两次，我背着自己做的帆布行囊远远地走了，从此没有再回到那个温暖的家去。 他们家的两个小孩都已长大成人，而且在通信中知道还添了一个美丽的女孩。 这都是将近四十年前的往事了。 我默祷那些活着的和不在人世的善良的人过得好，好人迟早总是有好报的，遗憾的是，世上的许多好人总是等不到那一天……

在两位好人家里的两年，我过去短短的少年时光所读的书本一下子都觉醒了，都活跃起来。 生活变得那么有意思，几乎是，生活里每一样事物，书本里都写过，都歌颂或诅咒过。 每一本书都有另一本书作它的基础，那么一本一本串联起来，自古到今，成为庞大的有系统的宝藏。

以后，我拥有一个小小的书库，其中收集了从文表叔的几乎全部的著作。我不仅明白了他书中说过的话，他是那么深度地了解故乡土地和人民的感情，也反映出他青少年时代储存的细腻的观察力和丰富的语言的魅力，对以后创作起过了不起的作用。对一个小学未毕业的人来说，这几乎是奇迹；而且坚信，人是可以创造奇迹的。

抗日战争胜利后我只身来到上海，生活困难得相当可以了，幸好有几位前辈和好友的帮助和鼓舞，正如伊壁鸠鲁说过的："欢乐的贫困是美事"，工作还干得颇为起劲。先是在一个出版社的宿舍跟一个朋友住在一起，然后住到一座庙里，然后又在一家中学教音乐和美术课。那地方在上海的郊区，每到周末，我就带着一些刻好的木刻和油画到上海去，给几位能容忍我当时年轻的狂放作风的老人和朋友们去欣赏。记得曾经有过一次要把油画给一位前辈看看的时候，才发现不小心早已把油画遗落在公共汽车上了。生活穷困，不少前辈总是一手接过我的木刻稿子一手就交出了私人垫的预支稿费。记得一位先生在一篇文章里写过这样的话，"大上海这么大，黄永玉这么小"，天晓得我那时才二十一岁。

我已经和表叔沈从文开始通信。他的毛笔蝇头行草是很著名的，我收藏了将近三十年的来信，好几大捆，可惜在令人心疼的前些日子，都散失了。有关传统艺术系统知识和欣赏知识，大部分是他给我的。那一段时间，他用了许多精力在研究传统艺术，因此我也沾了不少的光。他为我打开了历史的窗子，使我有机会沐浴着祖国伟大传统艺术的光耀。在一九四六年或是一九四七年，他有过一篇长文章谈我的父母和我的行状，与其说是我的有趣的家世，不如说是我们乡土知识分子在大的历史变革中的写照。 表面上，这文章有如山峦上抑扬的牧笛与江流上浮游的船歌相呼应的小协奏，实质上，这文章道尽了旧时代小知识分子，小山城相互依存的哀哀欲绝的悲惨命运。 我在傍晚的大上海的马路上买到了这张报纸，就着街灯，一遍又一遍地读着，眼泪湿了报纸，热闹的街肆中没有任何过路的人打扰我，谁也不知道这哭着的孩子正读着他自己的故事。

朋友中，有一个是他的学生，我们来往得密切，大家虽穷，但都各有一套蹩脚的西装穿在身上。 记得他那套是白帆布的，显得颇有精神。 他一边写文章一边教书，而文章又那么好，使我着迷到了极点。 人也像他的文章那么洒脱，简直是浑身的巧思。 于是我们从"霞飞路"来回地绕圈，话没说完，又从头绕起。 和他同屋的是一个报社的夜班编辑，我就睡在那具夜里永远没有主人的铁架床上。 床年久失修，中间凹得像口锅子。 据我的朋友说，我窝在里面，甜蜜得像个婴儿。

那时候我们多年轻，多自负，时间和精力像希望一样永远用不完。 我和他时常要提到的自然是"沈公"。 我以为，最了解最敬爱他的应该是我这位朋友。 如果由他写一篇有关"沈公"的文章，是再合适也没有的了。

在写作上，他文章里流动着从文表叔的血型，在文字功夫上他的用功使当时大上海许多老人都十分惊叹。 我真是为他骄傲。 所以我后来不管远走到哪里，常常用他的文章去比较我当时读到的另一些文章是不是蹩脚。

在香港，我呆了将近六年。 在那里欢庆祖国的解放。 与从文表叔写过许许多多的信。 解放后，他是第一个要我回北京参加工作的人。 不久，我和梅溪背着一架相机和满满一皮挎包的钞票上北京来探望从文表叔和婶婶以及两个小表弟了。 那时他的编制还在北京大学，而人已在革命大学学习。 记得婶婶在高师附中教书，两个表弟则在小学上学。

我们呢？ 年轻到了家，各穿着一套咔叽布衣服，充满了简单的童稚的高兴。 见到民警也务必上前问一声好，热烈地握手。

表叔的家在沙滩中老胡同宿舍。 一位叫石妈妈的保姆料理家务。 我们发现在北方每天三餐要吃这么多面食而惊奇不止。

我是一个从来不会深思的懒汉。 因为"革大"在西郊，表叔几乎是"全托"，周一上学，周末回来，一边吃饭一边说笑话，大家有一场欢乐的聚会。 好久我才听说，表叔在"革大"的学习，是一个非常奇妙的日子。 他被派定要扭秧歌，要过组织生活。 有时凭自己的一时高兴，带了一套精致的小茶具去请人喝茶时，却受到一顿奚落。 他一定有很多作为一个老作家面对新事物有所不知，有所彷徨困惑的东西，为将要舍弃几十年所熟悉用惯的东西而深感惋惜痛苦。 他热爱这个崭新的世界，从工作中他正确地估计到将有一番开拓式的轰轰烈烈，旷古未有的文化大发展，这与他素来的工作方式很对胃口。 他热爱祖国的土地和人民，但新的社会新的观念对于他这个人能有多少了解？ 这需要多么细致地分析研究而谁又能把精力花在这么微小的个人哀乐上呢？ 在这个大时代里多少重要的工作正等着人做的时候……

在那一段日子里，从文表叔和婶婶一点也没有让我看出在生活中所发生的重大的变化。 他们亲切地为我介绍当时还健在的写过《玉君》的杨振声先生，写过《莫须有先生坐飞机以后》的废名先生，至今生气勃勃、老当益壮的朱光潜先生，冯至先生。 记得这些先生当时都住在一个大院子里。

两个表弟那时候还戴着红领巾，我们四人经过卖冰棍摊子时，他们还客气地做出少先队员从来不嗜好冰棍的样子，使我至今记忆犹新。 现在他们的孩子已经跟当时的爸爸一般大了，真令人欷歔……

我们在北京住了两个月不到就返回香港，通信中知道表叔已在"革大"毕业，并在历史博物馆开始新的工作。

两年后，我和梅溪就带着七个月大的孩子坐火车回到北京。

那是北方的二月天气。 火车站还在大前门东边，车停下来，一个孤独的老人站在月台上迎接我们。 我们让幼小的婴儿知道："这就是表爷爷啊！"

从南方来，我们当时又太年轻，什么都不懂，只用一条小小的薄棉绒毯子包裹着孩子，两只小光脚板露在外边，在广东，这原是很习见的做法，却吓得老人大叫起来：

"赶快包上，要不然到家连小脚板也冻掉了……"

从文表叔十八岁的时候也是从前门车站下的车，他说他走出车站看见高耸的大前门时几乎吓坏了！

"啊！ 北京，我要来征服你了……"

时间一晃，半个世纪过去了。

比他晚了十年，我已经二十八岁才来到北京。

时间是一九五三年二月。

我们坐着古老的马车回到另一个新家，北新桥大头条十一号，他们已离开沙滩中老胡同两年多了。 在那里，我们寄居下来。

从文表叔一家老是游徙不定。 在旧社会他写过许多小说，照一位评论家的话说："叠起来有两个等身齐"。 那么，他该有足够的钱去买一套四合院的住屋了，没有；他只是把一些钱买古董文物，一下子玉器，一下子宋元旧锦，明式家具……精精光。 买成习惯，也送成习惯，全搬到一些博物馆和图书馆去。 有时连收条也没打一个。 人知道他无所谓，索性捐赠者的姓名也省却了。

现在租住下的房子很快也要给迁走的。 所以住得很匆忙，很不安定，但因为我们到来，他就制造一副长住的气氛，免得我们年轻的远客惶惑不安。 晚上，他陪着我刻木刻，看刀子在木板上运行，逐渐变成一幅画。 他为此而兴奋。 轻声地念道一些鼓励的话……

他的工作是为展品写标签，无须乎用太多的脑子。 但我为他那精密之极的脑子搁下来不用而深深惋惜。 我多么地不了解他，问他为什么不写小说；粗鲁地逼迫有时使他生气。

一位我们多年尊敬的，住在中南海的同志写了一封信给他，愿意为他的工作顺利出一点力气。 我从旁观察，他为这封回信几乎考虑了三四年，事后恐怕始终没有写成。 凡事他总是想得太过朴素，以致许多年的话不知从何谈起。

保姆石妈妈的心灵的确像块石头。 她老是强调从文表叔爱吃熟猪头肉夹冷馒头。 实际上这是一种利用老人某种虚荣心的鼓励，而省了她自己做饭做菜的麻烦。 从文表叔从来是一位精通可口饭菜的行家，但他总是以省事为宜，过分的吃食是浪费时间。每次回家小手绢里的确经常胀鼓鼓地包着不少猪头肉。

几十年来，他从未主动上馆子吃过一顿饭，没有这个习惯。当他得意地提到有限的几次宴会时——徐志摩、陆小曼结婚时算一次，郁达夫请他吃过一次什么饭算一次，另一次是他自己结婚。我没有听过这方面再多的回忆。 那些日子距今，实际上已有半个世纪。

借用他自己的话说：

"美，总不免有时叫人伤心……"

什么力量使他把湘西山民的朴素情操保持得这么顽强。 真是难以相信，对他自己却早已习以为常。

我在中央美术学院教学的工作一定，很快地找到了住处，是在北京东城靠城边的一个名叫大雅宝的胡同，宿舍很大，一共三进院子，头一间房子是李苦禅夫妇和他的岳母，第二间是董希文一家，第三间是张仃夫妇，然后是第二个院子，第一家是我们，第二家是柳维和，第三家是程尚仁。再是第三个院子，第一家是李可染，第二家是范志超，第三家是袁迈，第四家是彦涵，接着就是后门了。院子大约有大大小小三十多个孩子。一来我们是刚从香港回来的，行动和样子都有点古怪，引起他们的兴趣；再就是平时我喜欢跟孩子一道，所以我每天要有一部分时间跟他们在一起。我带他们一道玩，排着队，打着扎上一条小花手绢的旗帜上公园去。现在，这些孩子都长大了，经历过不少美丽和忧伤的日子。直到现在，我们还保持了很亲密的关系。

我搬家不久，从文表叔很快也搬了家，恰好和我们相距不远，他们有三间房，朝南都是窗子，卧室北窗有一棵枣树横着，映着蓝天，真是令人难忘。

儿子渐渐长大了，每隔几天三个人就到爷爷家去一趟。爷爷有一具专装食物的古代金漆柜子，儿子一到就公然地面对柜子站着，直到爷爷从柜子里取出点什么大家吃吃为止。令人丧气的是，吃完东西的儿子马上就嚷着回家，为了做说服工作每一次都要花很多工夫。

从文表叔满屋满床的画册书本，并以大字报的形式把参考用的纸条条和画页都粘在墙上。他容忍世界卜最噜苏的客人的马拉松访问，尤其仿佛深怕他们告辞，时间越长，越热情越精神的劲头使我不解，因为和我对待生熟朋友的情况竟如此相似。

有关于民族工艺美术及其他史学艺术的著作一本本出来了，天晓得他用什么时间写出来的。

婶婶像一位高明的司机，对付这么一部结构很特殊的机器，任何情况都能驾驶在正常的生活轨道上，真是神奇之至。两个人几乎是两个星球上来的人，他们却巧妙地走在一道来了。没有婶婶，很难想象生活会变成什么样子，又要严格，又要容忍。她除了承担全家运行着的命运之外，还要温柔耐心引导这长年不驯的山民老艺术家走常人的道路。因为从文表叔从来坚信自己比任何平常人更平常。所以形成一个几十年无休无止的学术性的争论。婶婶很喜欢听我讲一些有趣的事和笑话，往往笑得直不起身。这里有一个秘密，作为从文表叔文章首席审查者，她经常为他改了许多错别字。婶婶一家姐妹的书法都是非常精彩的，但她谦虚到脑腆的程度，面对着称赞往往像是身体十分不好受起来，使人简直不忍心再提起这件事。

那时候，《新观察》杂志办得正起劲，编辑部的朋友约我为一篇文章赶着刻一幅木刻插图。那时候年轻，一晚上就交了卷。发表了，自己也感觉弄得太仓促，不好看。为这幅插图，表叔特地来家里找我，狠狠地批了我一顿：

"你看看，这像什么？怎么能够这样浪费生命？你已经三十岁了。没有想象，没有技巧，看不到工作的庄严！准备就这样下去？……好，我走了……"

给我的打击是很大的。我真感觉羞耻。将近三十年，好像昨天说的一样，我总是提心吊胆想到这些话，虽然我已经五十六岁了。

在从文表叔家，常常碰到一些老人。金岳霖先生、巴金先生、李健吾先生、朱光潜先生、曹禺先生和卞之琳先生。他们相互间的关系温存得很，亲切地谈着话，吃着客人带来的糖食。印象较深的是巴老伯（家里总那么称呼巴金先生），他带了一包鸡蛋糕来，两个老人面对面坐着吃这些东西，缺了牙的腮帮动得很滑稽，一面低声地品评这东西不如另一家的好。 巴先生住在上海，好些时候才能来北京一次，看这位在文学上早已敛羽的老朋友。

金岳霖先生的到来往往会使全家沸腾的。 他一点也不像在世纪初留学英国的洋学生，而更像哪一家煤厂的会计老伙计。 长长的棉袍，扎了腿的棉裤，尤其怪异的是头上戴的罗宋帽加了个自制的马粪纸帽檐，里头还贴着红纸，用一根粗麻绳绕在脑后捆起来。金先生是从文表叔的前辈，表弟们都叫他"金爷爷"。 这位哲学家来家时不谈哲学，却从怀里掏出几个其大无匹的苹果来和表弟家里的苹果比赛，看谁的大（当然就留下来了）。 或者和表弟妹们大讲福尔摩斯。 老人们的记忆力真是惊人，信口说出的典故和数字，外行几乎不大相信其中的准确性。

表叔自己记性也非常好，但谈论现代科学所引用的数字明显地不准确，问题在聊天，孩子们却很认真，抓着辫子就不放手，说爷爷今天讲的数字很多相似。 表叔自己有时发觉了也会笑起来说："怎么我今天讲的全是'七'字？"（七十辆车皮，七万件文物，七百名干部调来搞文物，七个省市……）

"文化大革命"时，那些"管"他的人员要他背毛主席语录，他也是一筹莫展。

我说他的非凡的记忆力，所有和他接触过的年轻朋友是无有不佩服的。 他曾为我开过一个学术研究的一百多个书目，注明了出处和卷数以及大约页数。

他给中央美院讲过古代丝绸锦缎课，除了随带的珍贵古丝绸锦缎原件之外，几乎是空手而至，站在讲台上把近百的分期和断代信口讲出来。

他那么热衷于文物，我知道，那就离开他曾经朝夕相处近四十年的小说生涯越来越远了。 解放后出版的一本《沈从文小说选集》序言中有一句话：

"我和我的读者都行将老去。"

听起来真令人伤感……

有一年我在森林，我把森林的生活告诉他，不久就收到他一封毛笔蝇头行草的长信，他给我三点自己的经验：

一、充满爱去对待人民和土地。 二、摔倒了，赶快爬起来往前走，莫欣赏摔倒的地方耽误事，莫停下来哀叹。 三、永远地、永远地拥抱自己的工作不放。

这几十年来，我都尝试着这么做。

有时候，他也讲俏皮话——

"有些人真奇怪，一辈子写小说，写得好是应该的，不奇怪；写得不好倒真叫人奇怪。"

写小说，他真是太认真了，十次、二十次地改。 文字音节上，用法上，一而再地变换写法，薄薄的一篇文章，改三百回根本不算一回事。

"文化大革命"开始了。

我们两家是颠簸在波浪滔天的大海中的两只小船，相距那么远，各有各的波浪。 但我们总还是找得到巧妙的机会见面。 使我惊奇的是，从文表叔非常坚强洒脱，每天接受批斗之外，很称职地打扫天安门左边的历史博物馆的女厕所（对年纪大的老人比较放心）。

真是人人熟悉的一段漫长的经历。

我的爱人也变了另一个样，过去从学校到学校，没有离开过家门，连老鼠也害怕的人，居然帮着几家朋友处理起家务来了。 表叔一生几十年收藏的心爱的书、家具，满堆在院子里任人践踏，日晒雨淋。由我爱人一个决心，论斤地处理掉了。骑着自行车，这家料理，那家帮忙，简直是一反常态。锻炼得很了不起的精明能干，把几家人的担子全挑在肩膀上，过了这么些年。

我们一有机会就偷偷地见面。也有大半年没有见面的时候，但消息总是非常灵通的。

生活变化多端，有一个规律常常使我产生信仰似的尊敬。那就是真正的痛苦是说不出口的，且往往不愿说。比如，在战场上，身旁的战友突然死去，看谁口头细致地对人描述过这些亲身的经历，那个逐渐走近死亡的战友的痛苦煎熬的过程？这几乎是不可能的。描述总有个情感能承受的极限。它不牵涉到描述才能问题。

聪明的莱辛把这个道理在艺术理论范畴里阐述得很透彻（见《拉奥孔》），但有一点我还在考虑，照他说：

"为什么拉奥孔在雕刻里不哀号，而在诗里却哀号？"又说：

"为什么诗不受上文的局限？"

依我看，莱辛和他列举的诸般中外诗人是不是经历过痛苦的极限的生活？我不知道；知道了，肯不肯写到头，那又是一回事。用现实生活印证，雕塑和诗的描写深广度应该是一致的。

从文表叔一家和我们一家在那段年代的生活，我就不想说得太多了。因为这不仅仅是我们两家的事。在太具体、太现实的"考验"面前，往往我们的生活变得非常抽象，只靠一点点脆弱的信念活下去，既富于哲理，也极端蒙昧。

不久，从文表叔就下乡了。走之前，他把他积留下来的一点点现金，分给所有的孩子们，我们也得到一份。这真是一个悲壮的骊歌。他已经相信，再也不可能回到多年生活过的京华了。

他走得非常糊涂，到了湖北咸宁，才清醒过来，原来机关动员下乡的几十个人，最后成为下乡现实的就只老弱病三个人。几乎是给一种什么迷药糊里糊涂弄到咸宁去的。真用得上"彷徨"两个字。那么大的机关只来一个老高知和另外二老弱病，简直不成气候。吊儿郎当。谁也不去理会他，他也管不着任何人。

幸好，我说幸好是婶婶较早三个月已跟着另一个较齐整的机构到了咸宁，从文表叔作为"家属"被"托"在这个有点慈善劲头的机构里，过了许多离奇的日子。在这多雨泥泞遍地的地方，他写信给我时，居然说：

"……这儿荷花真好，你若来……"

天晓得！我虽然也在另一个倒霉的地方，倒真想找个机会到他那儿去看一场荷花……

在这场"文化大革命"中，他的确是受到锻炼，性格上撒开了，"七十而从心所欲，不逾矩"，派他看菜园子，"……牛比较老实，一轰就走；猪不行，狡诈之极，外像极笨，走得飞快。貌似走了，却冷不防又从身后包抄转来，……"还提到史学家唐兰先生在嘉鱼大江边码头守砖，钱锺书先生荣任管仓库钥匙工作，吴世昌先生又如何如何……每封信充满了欢乐情趣，简直令人忌妒。为那些没有下去的人深感惋惜。

这段时间，仅凭记忆，写下了的《中国服装史》稿的补充材料。还为我的家世写了一个近两万余字的"楔子"。《中国服装史》充满着灿烂的文采，严密的逻辑性，以及美学价值，以社会学、历史唯物主义的角度阐明艺术的发展和历史趋势（这部巨型图录性的著作得到中央领导同志的关注，不久恐将问世）。那个"楔子"，从文表叔如果在咸宁多待上五年，就会连接成一部几十万字的长篇小说，当然，留下那个"楔子"就已经很好，我宁愿世界没有这部未完成的小说，也不希望从文表叔在咸宁多待上一天。在那种强作欢悦的忧郁生活中，对一位具有细腻心地的老年人说来，是不适宜维持过久的。

咸宁有个地方也叫双溪，当然跟金华的那个双溪是两码事，从文表叔待在那里不少日子了。我几次地想在信上提一提李清照的《武陵春词》："……闻说双溪春尚好，也拟泛轻舟，只恐双溪舴艋舟，载不动，许多愁。"都深感自己可耻的残忍。这不是诗情大发的时候！

几年之后，我们全家在北京站为表叔举行一个充满温暖的归来仪式。"楔子"不必继续写下去了，"要爷爷，不要'红楼梦'！"（孩子们把那部未完成的小说代号为"红楼梦"），能够健康地回来，比一切都好。

原来的三间房子已经变成一间，当然，比一切都没有要好得多。回忆前几年的生活，谁不珍惜眼前的日子呢？

再过半年，婶婶作为退休也回来了，和从文表叔得到一些关心，在另一条两里远的胡同里，为他们增加了一个房间。要知道，当时关心人的人，自己的生活也是颇不稳定的，所以这种微薄的照顾是颇显得具有相濡以沫的道义的勇气和美感的。于是，表叔婶一家就有了一块"飞地"了，像以前的东巴基斯坦和西巴基斯坦一样。从文表叔在原来剩下的那间房间里为所欲为，写他的有关服装史和其他一些专题性的文章，会见他那批无止无休的不认识的客人。把那小小的房间搅得天翻地覆，无一处不是书，不是图片，不是零零碎碎的纸条。任何人不能移动，乱中有致，心里明白，物我混为一体。床已经不是睡觉的床，一半堆随手应用的图书。桌子只有稍微用肘子推一推才有地方写字。夜晚，书躺在躺椅上，从文表叔就躺在躺椅上的书上。这一切都极好，十分自然。 恩格斯说过："……除了真实的细节之外，还应注意典型环境的典型性格……"在这里，创作的三个重要元素都具备了。

不管是冬天或夏天的下午五点钟，认识这位"飞地"总督的人，都有机会见到他提着一个南方的带盖的竹篮子，兴冲冲地到他的另一个"飞地"去。 他必须到婶婶那边去吃晚饭，并把明早和中午的两餐饭带回去。

冬天尚可，夏天天气热，他屋子特别闷热，带回去的两顿饭很容易变馊的。 我们担心他吃了会害病。 他说：

"我有办法！"

"什么办法？ "因为我们家里也颇想学习保存食物的先进办法。

"我先吃两片消炎片。"……

……

从文表叔许许多多回忆，都像是用花朵装点过的，充满了友谊的芬芳。 他不像我，我永远学不像他，我有时用很大的感情去咒骂、去痛恨一些混蛋。 他是非分明，有泾渭，但更多的是容忍和原谅。 所以他能写那么好的小说。 我不行，愤怒起来，连稿纸也撕了，扔在地上践踏也不解气。 但我们都是故乡水土养大的子弟。

十八岁那年，他来到北京找他的舅舅——我的祖父。 那位老人家当时在帮熊希龄搞香山慈幼院的基本建设工作，住在香山，论照顾，恐怕也没有多大的能力。 从文表叔据说就住在城里的湖南会馆面西的一间十分潮湿长年有霉味的小亭子间里。 到冬天，那当然是更加凉快透顶的了。

下着大雪，没有炉子，身上只两件夹衣，正用旧棉絮裹住双腿，双手发肿、流着鼻血在写他的小说。

敲门进来的是一位清瘦个子而穿着不十分讲究的，下巴略尖而眯缝着眼睛的中年人。

"找谁？"

"请问，沈从文先生住在哪里？"

"我就是。"

"哎呀……你就是沈从文……你原来这么小。 ……我是郁达夫，我看过你的文章，好好地写下去……我还会再来看你。……"

听到公寓大厨房炒菜打锅边，知道快开饭了。 "你可吃包饭？"

"不。"

邀去附近吃了顿饭，内有葱炒羊肉片，结账时，一共约一元七角多，饭后两人又回到那个小小住处谈谈。

郁达夫走了，留下他的一条浅灰色羊毛围巾和吃饭后五元钞票找回的三元二毛几分钱。 表叔俯在桌上哭了起来。

……

从文表叔有时也画画，那是一种极有韵致的妙物，但竟然不承认那是正式的作品，很快地收藏起来，但有时又很豪爽地告诉我，哪一天找一些好纸给你画些画。 我知道，这种允诺是不容易兑现的。 他自然是极懂画的。 他提到某些画，某些工艺品高妙之处，我用了许多年才醒悟过来。

他也谈音乐，我怀疑七个音符组合的常识他清不清楚？ 但是明显地他理解音乐的深度用文学的语言却阐述得非常透彻。

"音乐、时间和空间的关系。"

他也常常说，如果有人告诉他一些作曲的方法，一定写得出非常好听的音乐来。 这一点，我特别相信，那是毫无疑义的。 但我的孩子却偷偷地笑爷爷吹牛，他们说：自然咯！ 如果上帝给我肌肉和力气，我就会成为大力士。

孩子们不懂的是，即使有了肌肉和力气的大力士，也不一定是个杰出的智慧的大力士。

契诃夫说过写小说的极好的话：

"好与坏都不要叫出声来。"

这几乎是搞文学的基本规律和诀窍，也标志了文学的深广度和难度。

从文表叔的书里从来没有——美丽呀！ 雄伟呀！ 壮观呀！幽雅呀！ 悲伤呀！ ……这些词藻的泛滥，但在他的文章里，你都能感觉到它们的恰如其分的存在。

他的一篇小说《丈夫》，我的一位从事文学几十年的，和从文表叔没见过面的前辈，十多年前读到之后，深受感动，他说：

"……这篇小说真像普希金说过的，'伟大的俄罗斯的悲哀'。"

跟表叔的第三次见面是最令人难忘的了。 经历的生活是如此漫长、如此浓郁，那么彩色斑斓；谁也没有料到，而恰好就把我们这两代表亲拴在一根小小的文化绳子上，像两只可笑的蚂蚱，在崎岖的道路上作着一种逗人的跳跃。

我们那个小小山城不知由于什么原因，常常令孩子们产生奔赴他乡的献身的幻想。 从历史角度看来，这既不协调且充满悲凉，以致表叔和我都是在十二三岁时背着小小包袱，顺着小河，穿过洞庭去"翻阅另一本大书"的。

故乡情

茹志鹃①

随着年龄的增长，我对那些不惜万里迢迢而来寻根的人，有了一种同感。 这是一种捉摸不住，讲说不清，难以言传，而又排遣不开的感情。

它好像很巨大，又好像很琐细。 具体得如一撮土，一滴水。 但要说它只是一撮土一滴水，又似乎绝非如此，它又大得无从搬移，无法传递，不可替代。 它是天，它是地，它是山，它是水。然而它又非一般的天、地、山、水，它和民族，和祖先，和各人逝去的童年或青年时代的岁月，和中华民族的历史，和个人的经历镶嵌在一起，盘根错节地联在一起的那个天、那个地、那个山、那个水，还有那种对别人毫无意味，对自己却无比亲切的乡音。

说实在话，世上有着许许多多比乡土更加美妙，更加怡人的地方。 但独有故乡却是"我的"，它像母亲一样，无可选择。 美的，不够美的，都一样，是亲爱的，是"我的"。 它不会让人时时挂念，却能令人终生难以忘怀。 这就是故乡，人人都有的故土之情。

绍兴是我的祖籍，我没有在这里住过，对它并不熟稔。 绍兴

---

① 茹志鹃（1925—1998）。 上海人，中国当代女作家。 著有小说散文集《高高的白杨树》；短篇小说集《百合花》《草原上的小路》《茹志鹃小说选》；中篇小说《剪辑错了的故事》以及散文集《惜花人已去》等。

话亦只是小时候听祖母说过，但不知为什么，这里的一切都使我向往。 为了探望故土，为了聆听乡音，我来到了绍兴。

坐着蚱蜢似的乌篷船，沿着小河，沙沙地擦着野生花草，经过一道一道圆拱的、半菱形的石头小桥，经过林边的埠头，那里，着青布衫的姑娘在洗衣裳，穿红球衣的小伙子在挑水。 在一圈一圈的水晕里，他们好像飘动在纤青拖蓝的白云之间。

坐在船尾摇船的老倌，一面用脚蹬着桨，用手里的划子点拨着船的方向，一面嘴里热闹地说着话。 说着路途如何地远，到的所在又是如何地偏僻，回程的生意又是如何难找，等等。 当听到我们同意加他一点船钱的时候，他又大声地发出一连串的感叹词：“哦唷！啧啧，这位师母真是……啊！真是……”随着那汩汩而进的小船，那乡音在故乡的水上跳着，笑着，滑着，热热闹闹地送得老远老远……

这一切对我都是新鲜的，但又觉很熟悉，是见过的。 在哪里见的呢？ 说不出，也许是在梦里。

我曾经做过这样的梦么？

我提着小竹篮，两只脚踏踏实实地走在故土上了。 沿着晚稻田畈当中的石板小道，浴着刚升起的太阳光，向小镇慢慢走去。在镇上一所校办的尼龙袜厂里做工的姑娘们，下了夜班回村来了。穿得山青水绿，手里提一个小竹篮，篮上盖一块新的花手帕，手帕边上伸出一双筷子，穿着布底鞋儿的脚，迈得轻轻地，迈得急急地，赶回家来了。 家里的小鹅儿等她们回去切萝卜菜哩！那挑了一半的花边，也要赶紧完工；那河埠头正等她们去淘米；那太阳光也正等着她们去晒草呢！ 多少事啊！脚步儿更加匆匆起来。 我站在路边让着道，目送走了三个，又迎来了五个，故乡的姑娘们走远了，苍黄的稻田上面增加了几只鲜艳的蝴蝶。 稻篷上面断断续续地传来了脆松松的声音："……懊煞哉！真当是顶了石臼做戏文……"

"……伊屋里灶司菩萨。 还是伊大……"

风把声音吹远了，剩下面前一条寂寂的石板路。 两旁的田畈把它挤得窄窄的，细细的一条，迤逦地牵引着人向镇上而去。

这情这景，我觉得新颖，然而我熟悉，我见过的。 在哪里见的呢，也许在梦里。 ……

小路引我走过一个小村尾，一团绿雾似的小竹园，掩映着一排白灰墙乌板门。 一个五六岁的女孩，不知哪里受了委屈来，抹着眼睛。 裤脚吊到小腿上，散了半边的辫子，遮着她有一点点脏的半边红脸蛋，独自寂寞地走在竹园后面。 我猜，在那紧闭着的黑板门中，总有一扇是她家的。

啊！ 家，是了，是家。 哦，故乡。 没有我的家的故乡！从前，当我也像这女孩这么大的时候，你不曾好待我过。 记得么，你让我走在那矻噔矻噔的石板路的深巷里，两边偌高的风火墙把我隔在外面，连想象的翅膀都无法飞越。 那幼稚的想象，无非只是想到里面有一张眠床，有一碗热饭，有一点点不那么冷的暖意。 这就是我心目中"家"的全体，这就是我所能有的、最美妙的想象。 故乡，故乡，我在你身边做过多少次"家"的梦，多少次问过我唯一的亲人，说："嗯奶，我们什么时候也能有一个'窝'呢？ ……"

没有我的"窝"的故乡啊！你未曾好好待我过，然而却在梦中无数次地使我萦回。 我梦见故乡的天，故乡的地，故乡的山，故乡的水。 因为，你给我的就是这些，因为，我把这些就当作我的家。 我的家啊，总是席卷了所有的荒漠，贫瘠，顶着一片黄苍苍的穹苍，四周围垂着灰蒙蒙的暮霭，当中缀着一弯淡淡的孤月，反复地出现在我的梦里。 多么冷啊！你冰醒了我少年时代的梦。 我走了，我不能总看着你那凄恻的面容。

我也做过好的梦。那是在后来，在巍峨的孟良崮上，在马衔嚼、人轻装的陇海路旁，在济南解放的捷报声里，在白雪皑皑的淮海平原上。在那冷的北方，我梦见了温暖的故乡，梦见一个青山郁郁，绿水悠悠的故乡。那里有白米饭乌干菜，有自家的冬笋，有野生的蘑菇，有鲜红的杨梅，有金黄的蜜橘，有青布蓝衫的姑娘，有母亲般的温柔关注。没有我的家的故乡，却给了远来的战士暖和和的床，热腾腾的饭。多么好的故乡，多么美的梦啊！

绕过了小村尾，石板路接着石拱桥。傍河的小镇，沿河伸开了一条街道。豆腐担连着鲜鱼摊，担儿前的人多，摊儿前的人少。点心店里热气腾腾，倒并不客满，布店柜台边却站了个里三层外三层，富裕的人置冬装，更富裕的人在买花的确良。立冬刚过，有人已在筹备添夏天的衣裳。有名的羊肉银水，驮着一杆秤，敞着一件盖屁股的棉袄，背脊上的面子已不知去向，露出的棉花，远看就像一件羊皮背心。一顶新的罗宋帽，高高地顶在头上，帽顶款款地歪在一边，像京戏里的武生模样。他急匆匆赶过人群，作兴要赶去宰羊。我和老友蹲在卖鱼的木盆边，挑了两尾活跳的鲫鱼，放在小篮里，任它干张合着嘴，我们自顾慢慢地走。

在回来的路上，顺便去看了那个校办的袜厂，就是来时路上遇见那些姑娘们工作的地方。

厂，就是一个大客堂，里面坐了二十多个姑娘，摇着二十多部摇袜机，"喳喳喳"地摇完袜筒，就左一针右一针地挑袜跟，手是飞快的。挑完袜跟就"喳喳喳"地摇脚筒。

这机器，这操作，这程序，我熟悉，我见过的。不是在梦里，是真的，是在五十年之前，我暂住在杭州那危危的小阁楼里，房东聋奶奶的女儿，就整天在楼下"喳喳喳"地摇着这个。不过那时她摇的不是尼龙袜，是线袜。这"喳喳"的声音，伴着她轻轻哼的"的笃"调，让人感到凄婉和寂寞。

这机器我见过，这操作我熟悉，只是少了那凄楚的轻哼。真的，我后来梦见的情景要比这个好。那好的梦里，似乎是在一个锃亮发光的展览大厅里，一部锃亮发光的立式机器，由工人一按电钮，几秒钟就拿出了一只夹花尼龙袜。我想着我的梦，走出了那间客堂工厂。可是一抬头，只见我已走到一个建筑工地上，一大排三层楼的楼房已大致完工，只差些门窗之类、木匠师傅的功夫了。人家告诉我，这是造的校舍和教室，人家又告诉我，这就是用那"喳喳"响的摇袜利润建起的。我走了，摇袜机的声音已远远地落在了后面，但是依然还是"喳喳！喳喳！"地回响在我的心里。用它陈旧的方式，古老的声音，竭尽自己所能，一圈又一圈地转着，摇着，为了三层楼的楼房，为了农民的冬装和夏衫，为了四个现代化，老老实实地奉献着自己的一切。

哦！于是在那好的梦的前面，我又看见那些盖着花手帕的小竹篮，那些穿着布鞋儿的匆匆脚步……我也该动身了，太阳已升得老高，还有三里路要一步一步地走过去，篮里的鱼，还在干渴地张合着小嘴。

石拱桥连着石板路，石板路带我回到老友家的村头，看见路上相遇过的那些姑娘，已换下干净的新布鞋，脱下了山青水绿的新衣裳，正蹲在河埠头洗菜，正"啰啰"地唤着小鸡小鸭……我赶紧回到了不是我家的"家"里，把鱼放进淡水缸里，干搁了两个钟头的鲫鱼，居然又悠悠地游了起来。

故乡，这就是我实实在在的故乡。

林徽因印象

文洁若①

我大舅父万勉之早年留学日本，回国后在北平任职，娶了贵阳李家的一位姑娘。 她和梁启超的正夫人李蕙仙是堂姐妹。 因此，我刚刚懂事就听大人们谈起过梁启超及其长子梁思成的名字。 我大姐幼时聪明伶俐，四五岁上就能背诵上百首唐诗，深得大舅妈的宠爱。 1925 年左右，有一次，大舅妈和我母亲带她到梁家去串门。 梁启超很喜欢这个活泼可爱的小姑娘，摸了摸她的头，递给她一只涂了黄油的嫩老玉米。

1915 年，我五叔考入清华学堂，和梁思成同学。 这位五叔是我父亲的幼弟，比他小十来岁。 可惜他体质羸弱，未毕业就因患肺病而死。

我上初中后，有一次大姐拿一本北新书局出版的冰心短篇小说集《冬儿姑娘》给我看，说书里那篇《我们太太的客厅》的女主人公和诗人是以林徽因和徐志摩为原型而写的。 徐志摩因飞机失事而不幸遇难后，家里更是经常谈起他，也提到他和陆小曼之间的风流韵事。

光阴荏苒，1946 年我考进了清华大学外语系。 当时辅仁大学附属中学女校的同班同学几乎全都报考了，而只有我和王君钰被录

---

① 文洁若（1927—　）。 北京人，中国当代著名编辑，文学翻译家。 译有《天人五衰》《高野圣僧》《五重塔》等。 著有《我与萧乾》等。

取，她学的是工科。

在静斋宿舍里，高班的同学们经常谈起梁思成和林徽因伉俪。原来这些同学都上过西南联大，抗战胜利后，才随校从昆明复员到北平，然后根据各人志愿，分别插入清华、北大或南开。 由于是战时，西南联大师生间的关系似乎格外亲密，学生对建筑系梁、林两教授的家庭情况，了如指掌。 当时传为美谈的是这对夫妇多年来与哲学系金岳霖教授之间不平凡的友谊。 据说金教授年轻时就爱上了林徽因，为了她的缘故，竟然终身未娶。 不论战前在北平东城北总布胡同，还是战后迁回清华之后，两家总住紧邻。 学问渊博、风趣幽默的金教授是梁家的常客。 他把着手教梁家一对子女英语。 那时，大学当局对多年来患有肺病的林徽因关怀备至，并在她那新林院八号的住宅前竖起一块木牌，嘱往来的行人及附近的孩子们不要吵闹，以免影响病人休息。

在静斋，我有个叫谢延泉的同屋同学，她跟林徽因的女儿梁再冰十分要好，曾到梁家去玩过几次。 她说，尽管大夫严禁林徽因说话，好生静养，可病人见了来客总是说个不停。 谢延泉还亲眼看见金教授体贴入微地给林徽因端来一盘蛋糕。 那年头，蛋糕可是罕物！估计不是去哈达门的法国面包房就是去东安市场的吉士林买来的。

逻辑学是清华外文系的一门必修课。 尽管我被分配到一位姓王的教授那一班，可我还是慕名去听过几次金岳霖的课。 一个星期日下午，我在骑河楼上校车返回清华时，恰好和金教授同车。车上的金教授，一反平时在讲台上的学者派头，和身旁的两个孩子说说笑笑，指指点点——他们在数西四到西直门之间，马路旁到底有多少根电线杆子！我一下子就猜出，那必然是梁思成、林徽因的儿女梁再冰和梁从诫了。

我十分崇敬金教授这种完全无私的、柏拉图式的爱，也佩服梁思成那开阔的胸襟。他们二人都摆脱了凡夫俗子那种占有欲，共同爱护一位卓绝的才女。金认识林徽因时，她已同梁思成结了婚，但他对她的感情竟是那样地执着，就把林所生的子女都看成自己的孩子。这真是人间最真诚而美好的关系。当时，梁再冰正在北大外语系学习，梁从诫也在城里的中学住宿，金岳霖可能是进城陪这两个孩子逛了一天，再带他们回家去看望父母。

我还记起了那时的一个传闻：清华、北大、南开是联合招生，梁再冰填的第一志愿当然是清华，然而却被分数线略低于清华的北大录取了。林徽因无论如何也不相信爱女的考分竟够不上清华的录取标准！后来校方把卷子调出来给她看，她这才服了。记得每个报考生都给个号，我拿到的号是 350003 ——35 指民国三十五年，即 1946 年。卷子上只写号，不许写名字。这样，作弊的可能性就微乎其微了。连梁思成、林徽因这样一对名教授的女儿，在投考本校时也丝毫得不到特殊照顾。回想起来，当时的考试制度还是公正的。

1947 年的清华校庆，由于是经过八年抗战，校友们第一次团聚，所以办得格外隆重。在大礼堂听了校长、来宾和校友的致辞后，我就溜到图书馆的小阅览室去翻阅旧校刊。林徽因的一张半身照把我吸引住了。她身着白衣，打着一把轻巧的薄纱旱伞，脸上是温馨的笑容。正当我对着照片上这位妙龄才女出神的时候，蓦地听见一片喊喊嚓嚓声，抬头一看，照片的主人竟然在阅览室门口出现了。按说经过抗日期间岁月的磨难，她的健康已受严重损害，但她那俊秀端丽的面容，姣好苗条的身材，尤其是那双深邃明亮的大眼睛，依然充满了美感。　至今我还是认为，林徽因是我平生见过的最令人神往的东方美人。　她的美在于神韵——天生丽质和超人的才智与后天良好高深的教育相得益彰。　没想到已生了两个孩子、年过四十的林徽因，尚能如此打动同性的我，那么也难怪当年多情的诗人徐志摩会为风华正茂的她所倾倒了。　她款款来到一张摊开在长桌上的一幅古画前面，热切地评论着。　听说她经常对文学艺术作精辟的议论，可惜从未有人在旁速记，或用录音机把它录下来。　由于她周围堵起了厚厚的人墙，我也仅仅依稀听见她在对那幅梅花图上的几个"墨点"发表意见。

　　我第二次看到林徽因，大约是 1948 年的事。　在一个晚上，由学生剧团在大礼堂用英语演出《守望莱茵河》。　我去得较早，坐在前面靠边的座位上。　一会儿，林徽因出现了，坐在头排中间，和她一道进来的还有梁思成和金岳霖。　开演前，梁从诫过来了，为了避免挡住后面观众的视线，他单膝跪在妈妈前面，低声和她说话。　林徽因伸出一只纤柔的手，亲热地抚摩着爱子的头。　林徽因的一举一动都充满了美感。　我记起她是擅长演戏的，曾用英语在泰戈尔的著名诗剧《齐德拉》中扮演公主齐德拉。　我在清华的那几年，那是唯一的一次演英文戏，说不定还请林徽因当过顾问，所以她才抱病来看演出呢。

　　1954 年我和萧乾结婚后，他不止一次对我谈起 1933 年初次会见林徽因的往事。　那年 9 月，他的第一篇短篇小说《蚕》，在天津《大公报·文艺副刊》上发表了。　作品登在副刊最下端，为了挤篇幅，行与行之间甚至未加铅条，排得密密匝匝。　林徽因非但仔细读了，还特地写信给编者沈从文，约还在燕京大学三年级念着书的萧乾到北总布胡同她家去，开了一次茶会，给予他热情的鼓励。 使当时二十三岁的萧乾最感动的是，她反复说："用感情写作的人不多，你就是一个。"萧乾还告诉我，1948 年他从上海来北平时，曾去清华同林徽因谈了一整天，晚上在金岳霖家过的夜。1954 年国庆，我陪萧乾到北大法国文学家陈占元教授家度假，我们还一道去拜访过我的美国老师温德老人。 由于那时林徽因的身体已经衰竭，经常卧床，连她所担任的"中国建筑史"课程也是躺在床上讲授的，我们就没忍心去打搅她。

　　转年 4 月 1 日，噩耗传来，萧乾立即给梁思成去了一封慰问他并沉痛地悼念林徽因的信。 梁思成在病榻上回了他一信。 "文革"浩劫之后，我还看到过那封信。 1973 年我们从干校回京后，由于全家人只有一间八平方米"门洞"，出版社和文物局陆续发还的百十来本残旧的书，我都堆放在办公室的一只底板脱落、门也关不严、已废置不用的破柜子里。 一天，忽然发现其中一本书里夹着当年梁思成的那封来函。 梁思成用秀丽挺拔的字迹密密麻麻地写了两页。 首先对萧乾的慰问表示感谢，接着说，林徽因病危时，他因肺结核病住在同仁医院林徽因隔壁的病房里。 信中他还无限感慨地回顾了他从少年时代就结识、并共同生活了将近三十年的林徽因的往事。 信是直写的，虽然是钢笔字，用的却是荣宝斋那种宣纸信笺。 倘若是 70 年代末，我会把这封信看作无价之宝，赶紧保存下来。 当时，经过"史无前例"的浩劫，整个人尚处在懵懵懂懂状态。 我竟把这封信重新放回到那只根本不能上锁的破柜子里，甚至也没有向萧乾提起。 记得大约同时，萧乾从出版社发还的一口旧牛皮箱子里发现了我母亲唯一的纪念物——周围嵌着一圈珍珠的一颗大翡翠。 1966 年 8 月 23 日抄家后，出版社的革委会接到街道上的通知后，在把被批斗够了的萧乾押回出版社的时候，胡乱从家里抄了这么一箱子东西和书。 接着就打派仗，也没顾得打开看看，几年后又原封不动地发还给我们了。 萧乾紧张地对我说："不要忘了最高指示——三五年再来一次，现在已七年了。 趁早打发掉，免得又成为罪状！"我连看也没看它一眼，就听任他蹬上自行车，赶到王府井的珠宝店去把它三文不值两文地处理掉了。 说实在的，直到党的十一届三中全会后，我们才相信头上悬的那把达摩克利斯剑总算消失了。 我时常想，说不定哪一天，夹在某本旧书中的梁思成来信，会再一次露面。

1979 年萧乾赴美参加衣阿华国际写作计划的活动，事后到各州去转了转。 林徽因的二弟林桓当时正在俄亥俄大学任美术学院院长，他创作的陶瓷作品曾为欧美各大博物馆所收藏。 林桓听说萧乾来美，就跑了好几个州才找到了萧乾——当时他正在几家大学作巡回演讲。 1932 年萧乾曾在福州英华中学教过林桓。 阔别了近半个世纪的师生畅谈了一通。 林桓表示很想回国讲学，为祖国的陶瓷事业出点力气。 萧乾回京后，曾为此替他多方奔走过，但始终没有结果。

80 年代初，萧乾从美国为梁从诫带来了一封费正清写给他的信。 梁从诫住在干面胡同，离我所在的出版社不远，我顺路把信送去了。 当年的英俊少年已成长为风度翩翩的中年人。 我还看到了他那位在景山学校教英文的妻子和小女儿——她长得很漂亮，令人想起奶奶林徽因。 告辞出来，忽然看见金岳霖教授独自坐在外屋玩纸牌。 尽管那时他已八十开外了，腰背依然挺直。 我告诉他，1946 至 1947 年，我曾旁听过他的逻辑课，而正式教我的是一位王教授。 他不假思索地就把那位王教授的名字说了出来。 林徽因和梁思成相继去世了，金岳霖居然能活到新时期，并在从诫夫妇的照拂下安度晚年，还是幸福的。

去年8月，我陪萧乾去看望冰心大姐。 那是凌叔华去世后头一次见到大姐。 话题不知怎地就转到林徽因身上。 我想起费正清送给萧乾的《五十年回忆录》中，有一章谈及徐志摩当年在英国怎样热烈追求过林徽因。 我对大姐说："我听说陆小曼抽大烟，挥霍成性。 我总觉得徐志摩真正爱的是林徽因。 他和陆小曼的那场热恋，很有点做作的味道。"

大姐回答说："林徽因认识徐志摩的时候，她才十岁，徐比她大十来岁，而且是个有妇之夫。 像林徽因这样一位大家闺秀，是绝不会让他为自己的缘故打离婚的。"

接着，大姐随手在案头的一张白纸上写下这样十个字：

> 说什么已往，
>
> 骷髅的磷光。

大姐回忆说：1931年11月11日，徐志摩因事从北平去上海前，曾来看望过她。 这两句话就是徐志摩当时写下来的。 他用了"骷髅""磷光"这样一些字眼，说明他当时已心灰意冷。 19日，徐志摩赶回北平来听林徽因用英文做的有关中国古建筑的报告。 当天没有班机，他想方设法搭乘了一架运邮件的飞机。 因雾太大，在鲁境失事，不幸遇难身亡。

正写到这里，梁从诫打来电话，由于萧乾适赴文史馆开会，是我接的。 他说，15日晚上费慰梅给他挂来长途，告诉他费正清已于14日逝世，委托梁从诫转告在北京的友人。 我感到了岁月的无情：又一位了解中国并曾支持过梁思成和林徽因的美国朋友离开了人间。 1987 年 1 月我陪萧乾赴港时，曾在香港中文大学的一位教授家里看到一部梁思成的英文遗著《中国建筑史图录》（据梁从诫说，其中"前言"部分，一半出自林徽因的手笔），那就是由于费正清夫妇的无私帮助，才得以在美国出版的。

1988 年，萧乾的老友、马来西亚槟州首席部长林苍祐携夫人访华，我们到香格里拉饭店去看望他们。 他指着周围像雨后春笋般冒起来的新型大厦对我们说："这些跟任何西欧大城市有什么两样？ 还有什么民族特色？"

1985 年 1 月我们访问槟州时，曾目睹马来西亚的华族从中国运木材石料，不惜工本盖起具有民族特色的祠堂庙宇和牌楼。 在美国、日本、新加坡，凡是有华裔居民的地方，都能看到琉璃瓦、大屋顶的建筑。 然而我们却好端端的把城墙、牌楼、三座门等历史悠久的文物群都毁掉了。 在《大匠的困惑》一书中，林洙记述了梁思成、林徽因伉俪在保存古迹方面所作的努力（尽管到头来在很大程度上归于徒劳），让后人进一步了解这两位中国知识分子的动人事迹。

放下此书，我不禁黯然想道：林徽因倘非死于 1955 年，而奇迹般地活到 1966 年 8 月，又当如何？ 红卫兵绝不会因为她已病危而轻饶了她。 在红八月的冲击下，她很可能和梁思成同归于尽。从这一点来说。 她的早逝竟是值得庆幸的。 她的遗体得以安葬于八宝山革命烈士公墓，那里还为她竖起一块汉白玉墓碑。

美国汉学家费正清的夫人费慰梅在《回忆林徽因》一文中说："在她身上有着艺术家的全部气质。 她能够以其精细的洞察力为任何一门艺术留下自己的痕迹。"

欧洲文艺复兴时期，曾出现过像达·芬奇那样的多面手。 他既是大画家，又是大数学家、力学家和工程师。 林徽因则是在中国的文艺复兴（五四运动）时期脱颖而出的一位多才多艺的人。她在建筑学方面的功绩，无疑是主要的，然而在诗歌、小说、散文、戏剧方面，也都有所建树。 我衷心希望文学研究者在搜集、钻研五四以来的几位大师的鸿著之余，也来顾盼一下这位像彗星般闪现在五四文坛上的才女所留下的珍贵的痕迹，她是不应被遗忘的。

废墟的召唤

宗璞①

　　冬日的斜阳无力地照在这一片田野上。　刚是下午，清华气象台上边的天空，已显出月牙儿的轮廓。　顺着近年修的柏油路，左侧是干皱的田地，看上去十分坚硬，这里那里，点缀着断石残碑。右侧在夏天是一带荷塘，现在也只剩下冬日的凄冷。　转过布满枯树的小山，那一大片废墟呈现在眼底时，我总有一种奇怪的感觉，好像历史忽然倒退到了古希腊罗马时代。　而在乱石衰草中间，仿佛应该有着妲己、褒姒的窈窕身影，若隐若现，迷离扑朔。　因为中国社会出奇的"稳定性"，几千年来的传统一直传到那拉氏，还不中止。

　　这一带废墟是圆明园中长春园的一部分。　从东到西，有圆形的台，长方形的观，已看不出形状的堂和小巧的方形的亭基。　原来都是西式建筑，故俗称西洋楼。　在莽苍苍的原野上，这一组建筑遗迹宛如一列正在覆没的船只，而那丛生的荒草，便是海藻，杂陈的乱石，便是这荒野的海洋中的一簇簇泡沫了。　三十多年前，初来这里，曾想，下次来时，它该下沉了罢？　它该让出地方，好建设新的一切。　但是每次再来，它还是停泊在原野上。　远嬴观的

---

　　①　宗璞（1928—　）。　当代女作家。　著有小说、散文、童话多种，并有少量译作。　散文集《丁香结》获新时期全国优秀散文（集）奖。　现有《宗璞小说散文选》行世。　近作有小说《南渡记》《东藏记》。

断石柱，在灰蓝色的天空下，依然寂寞地站着，显得四周那样空荡荡，那些无倚无靠。 大水法的拱形石门，依然卷着波涛。 观水法的石屏上依然陈列着兵器甲胄，那雕镂还是那样清晰，那样有力。但石波不兴，雕兵永驻，这蒙受了奇耻大辱的废墟，只管悠闲地、若无其事地停泊着。

时间在这里，如石刻一般，停滞了，凝固了。 建筑家说，建筑是凝固的音乐。 建筑的遗迹，又是什么呢？ 凝固了的历史么？看那海晏堂前（也许是堂侧）的石饰，像一个近似半圆形的容器，年轻时，曾和几个朋友坐在里面照相。 现在石"碗"依旧，我当然懒得爬上去了，但是我却欣然。 因为我的变化，无非是自然规律之功罢了。 我毕竟没有凝固——

对着这一段凝固的历史，我只有怅然凝望。 大水法与观水法之间的大片空地，原来是两座大喷泉，想那水姿之美，已到了标准境界，所以以"法"为名。 西行可见一座高大的废墟，上大下小，像是只剩了一截的、倒置的金字塔。 悄立"塔"下，觉得人是这样渺小，天地是这样广阔，历史是这样悠久——

路旁的大石龟仍然无表情地蹲伏着。 本该竖立在它背上的石碑躺倒在土坡旁。 它也许很想驮着这碑，尽自己的责任罢。 风在路另侧的小树林中呼啸，忽高忽低，如泣如诉，仿佛从废墟上飘来了"留——留——"的声音。

我诧异地回转身去看了。 暮色四合，方外观的石块白得分明，几座大石叠在一起，露出一个空隙，像要对我开口讲话。 告诉我这里经历的烛天的巨火么？ 告诉我时间在这里该怎样衡量么？ 还是告诉我你的向往，你的期待？

风又从废墟上吹过，依然发出"留——留——"的声音。 我忽然醒悟了。 它是在召唤！ 召唤人们留下来，改造这凝固的历史。 废墟，不愿永久停泊。

然而我没有为这努力过么？ 便在这大龟旁，我们几个人曾怎样热烈地争辩呵。 那时的我们，是何等慷慨激昂，是何等地满怀热忱！ 和人类比较起来，个人的一生是小得多的概念了，每个人自有理由做出不同的解释。 我只想，楚国早已是湖北省，但楚辞的光辉，不是永远充塞于天地之间么？

空中一阵鸦噪，抬头只见寒鸦万点，驮着夕阳，掠过枯树林，转眼便消失在已呈粉红色的西天。 在它们的翅膀底下，晚霞已到最艳丽的时刻。 西山在朦胧中涂抹了一层娇红，轮廓渐渐清楚起来。 那娇红中又透出一点蓝，显得十分凝重，正配得上空气中摸得着的寒意。

这景象也是我熟悉的，我不由得闭上眼睛。

"断碣残碑，都付与苍烟落照。"身旁的年轻人在自言自语。事隔三十余年，我又在和年轻人辩论了。 我不怪他们，怎能怪他们呢！ 我嗫嚅着，很不理直气壮。 "留下来吧！ 就因为是废墟，需要每一个你呵。"

"匹夫有责。"年轻人是敏锐的，他清楚地说出我嗫嚅着的话。 "但是怎样尽每一个我的责任？ 怎样使环境更好地让每一个我尽责任？"他微笑，笑容介于冷和苦之间。

我忽然理直气壮起来："那怎样，不就是内容么？"

他不答，我也停了说话，且看那瞬息万变的落照。 迤逦行来，已到水边。 水已成冰，冰中透出枝枝荷梗，枯梗上漾着绮辉。 远山凹处，红日正沉，只照得天边山顶一片通红。 岸边几株枯树，恰为夕阳做了画框。 框外娇红的西山，这时却全呈黛青

336

色，鲜嫩润泽，一派雨后初晴的模样，似与这黄昏全不相干，但也有浅淡的光，照在框外的冰上，使人想起月色的清冷。

树旁乱草中窸窣有声，原来有人作画。 他正在调色板上蘸着颜色，蘸了又擦，擦了又蘸，好像不知怎样才能把那奇异的色彩捕捉在纸上。

"他不是画家。"年轻人评论道，"他只是爱这景色——"

前面高耸的断桥便是整个圆明园唯一的遗桥了。 远望如一个乱石堆，近看则桥的格局宛在。 桥背很高，桥面只剩了一小半，不过桥下水流如线，过水早不必登桥了。

"我也许可以想一想，想一想这废墟的召唤。"年轻人忽然微笑说，那笑容仍然介于冷和苦之间。

紫藤萝瀑布

宗璞

我不由得停住了脚步。

从未见过开得这样盛的藤萝，只见一片辉煌的淡紫色，像一条瀑布，从空中垂下，不见其发端，也不见其终极，只是深深浅浅的紫，仿佛在流动，在欢笑，在不停地生长。 紫色的大条幅上，泛着点点银光，就像迸溅的水花。 仔细看时，才知那是每一朵紫花中的最浅淡的部分，在和阳光互相挑逗。

这里春红已谢，没有赏花的人群，也没有蜂围蝶阵。 有的就是这一树闪光的、盛开的藤萝。 花朵儿一串挨着一串，一朵接着一朵，彼此推着挤着，好不活泼热闹！

"我在开花！"它们在笑。

"我在开花！"它们嚷嚷。

每一穗花都是上面的盛开、下面的待放。 颜色便上浅下深，好像那紫色沉淀下来了，沉淀在最嫩最小的花苞里。 每一朵盛开的花像是一个张满了的小小的帆，帆下带着尖底的舱，船舱鼓鼓的，又像一个忍俊不禁的笑容，就要绽开似的。 那里装的是什么仙露琼浆？ 我凑上去，想摘一朵。

但是我没有摘。 我没有摘花的习惯。 我只是伫立凝望，觉得这一条紫藤萝瀑布不只在我眼前，也在我心上缓缓流过。 流着流着，它带走了这些时一直压在我心上的关于生死的疑惑，关于疾病的痛楚。 我浸在这繁密的花朵的光辉中，别的一切暂时都不存在，有的只是精神的宁静和生的喜悦。

这里除了光彩，还有淡淡的芳香，香气似乎也是浅紫色的，梦幻一般轻轻地笼罩着我。 忽然记起十多年前家门外也曾有过一大株紫藤萝，它依傍一株枯槐爬得很高，但花朵从来都稀落，东一穗西一串伶仃地挂在树梢，好像在察言观色，试探什么。 后来索性连那稀零的花串也没有了。 园中别的紫藤花架也都拆掉，改种了果树。 那时的说法是，花和生活腐化有什么必然关系。 我曾遗憾地想：这里再看不见藤萝花了。

过了这么多年，藤萝又开花了，而且开得这样盛，这样密，紫色的瀑布遮住了粗壮的盘虬卧龙般的枝干，不断地流着，流着，流向人的心底。

花和人都会遇到各种各样的不幸，但是生命的长河是无止境的。 我抚摸了一下那小小的紫色的花舱，那里满装生命的酒酿，它张满了帆，在这闪光的花的河流上航行。 它是万花中的一朵，也正是由每一个一朵，组成了万花灿烂的流动的瀑布。

在这浅紫色的光辉和浅紫色的芳香中，我不觉加快了脚步。

听听那冷雨

余光中①

　　惊蛰一过，春寒加剧。 先是料料峭峭，继而雨季开始，时而淋淋漓漓，时而淅淅沥沥，天潮潮地湿湿，即连在梦里，也似乎把伞撑着。 而就凭一把伞，躲过一阵潇潇的冷雨，也躲不过整个雨季。 连思想也都是潮潮润润的。 每天回家，曲折穿过金门街到厦门街迷宫式的长巷短巷，雨里风里，走入霏霏令人更想入非非。想这样子的台北凄凄切切完全是黑白片的味道，想整个中国整部中国的历史无非是一张黑白片子，片头到片尾，一直是这样下着雨的。 这种感觉，不知道是不是从安东尼奥尼那里来的。 不过那一块土地是久违了，二十五年，四分之一的世纪，即使有雨，也隔着千山万山，千伞万伞。 二十五年，一切都断了，只有气候，只有气象报告还牵连在一起。 大寒流从那块土地上弥天卷来，这种酷冷吾与古大陆分担。 不能扑进她怀里，被她的裙边扫一扫吧，也算是安慰孺慕之情。

　　这样想时，严寒里竟有一点温暖的感觉了。 这样想时，他希望这些狭长的巷子永远延伸下去，他的思路也可以延伸下去，不是金门街到厦门街，而是金门到厦门。 他是厦门人，至少是广义的

　　① 余光中（1928—2017）。 祖籍福建，1950 年举家迁台，著名的诗人、散文家，有诗集《钟乳石》《白玉苦瓜》等，散文集《凭一张地图》《隔水呼渡》等，另外还著有评论集及译作多种。 诗作《乡愁》是脍炙人口的经典佳作，本文则是作者散文的代表作，好评如潮，影响广泛。

厦门人，二十年来，不住在厦门，住在厦门街，算是嘲弄吧，也算是安慰。　不过说到广义，他同样也是广义的江南人，常州人，南京人，川娃儿，五陵少年。　杏花春雨江南，那是他的少年时代了。　再过半个月就是清明。　安东尼奥尼的镜头摇过去，摇过去又摇过来。　残山剩水犹如是。　皇天后土犹如是。　纭纭黔首纷纷黎民从北到南犹如是。　那里面是中国吗？　那里面当然还是中国，永远是中国。　只是杏花春雨已不再，牧童遥指已不再，剑门细雨、渭城轻尘也都已不再。　然则他日思夜梦的那片土地，究竟在哪里呢？

　　在报纸的头条标题里吗？　还是香港的谣言里？　还是傅聪的黑键白键、马思聪的跳弓拨弦？　还是安东尼奥尼的镜底勒马洲的望中？　还是呢，故宫博物院的壁头和玻璃柜内，京戏的锣鼓声中，太白和东坡的韵里？

　　杏花。　春雨。　江南。　六个方块字，或许那片土就在那里面。　而无论赤县也好神州也好中国也好，变来变去，只要仓颉的灵感不灭，美丽的中文不老，那形象，那磁石一般的向心力当必然长在。　因为一个方块字是一个天地。　太初有字，于是汉族的心灵、祖先的回忆和希望便有了寄托。　譬如凭空写一个"雨"字，点点滴滴，滂滂沱沱，淅淅沥沥，一切云情雨意，就宛然其中了。　视觉上的这种美感，岂是什么 rain 也好 pluie 也好所能满足？　翻开一部《辞源》或《辞海》，金木水火土，各成世界，而一入"雨"部，古神州的天颜千变万化，便悉在望中。　美丽的霜雪云霞，骇人的雷电霹雳，展露的无非是神的好脾气与坏脾气，气象台百读不厌、门外汉百思不解的百科全书。

　　听听，那冷雨。　看看，那冷雨。　嗅嗅闻闻，那冷雨。　舔舔吧，那冷雨。　雨下在他的伞上，这城市百万人的伞上、雨衣上、屋上、天线上。 雨下在基隆港、在防波堤、在海峡的船上，清明这季雨。 雨是女性，应该最富于感性。 雨气空濛而迷幻，细细嗅嗅，清清爽爽新新，有一点点薄荷的香味，浓的时候，竟发出草和树沐发后特有的淡淡土腥气，也许那竟是蚯蚓和蜗牛的腥气吧，毕竟是惊蛰了啊。 也许地上的地下的生命，也许古中国层层叠叠的记忆皆蠢蠢而蠕，也许是植物的潜意识和梦吧，那腥气。

第三次去美国，在高高的丹佛他山居了两年。 美国的西部，多山多沙漠，千里干旱。 天，蓝似安格罗·撒克逊人的眼睛；地，红如印第安人的肌肤；云，却是罕见的白鸟。 落基山簇簇耀目的雪峰上，很少飘云牵雾。 一来高，二来干，三来森林线以上，杉柏也止步，中国诗词里"荡胸生层云"，或是"商略黄昏雨"的意趣，是落基山上难睹的景象。 落基山岭之胜，在石，在雪。 那些奇岩怪石，相叠互倚，砌一场惊心动魄的雕塑展览，给太阳和千里的风看。 那雪，白得虚虚幻幻，冷得清清醒醒，那股皑皑不绝一仰难尽的气势，压得人呼吸困难，心寒眸酸。 不过要领略"白云回望合，青霭入看无"的境界，仍须回来中国。 台湾湿度很高，最饶云气氤氲雨意迷离的情调。 两度夜宿溪头，树香沁鼻，宵寒袭肘，枕着润碧湿翠、苍苍交叠的山影和万籁都歇的岑寂，仙人一样睡去。 山中一夜饱雨，次晨醒来，在旭日未升的原始幽静中，冲着隔夜的寒气，踏着满地的断柯折枝和仍在流泻的细股雨水，一径探入森林的秘密，曲曲弯弯，步上山去。 溪头的山，树密雾浓，蓊郁的水汽从谷底冉冉升起，时稠时稀，蒸腾多姿，幻化无定，只能从雾破云开的空处，窥见乍现即隐的一峰半壑，要纵览全貌，几乎是不可能的。 至少入山两次，只能在白茫茫里和溪头诸峰玩捉迷藏的游戏，回到台北，世人问起，除了笑而不答心自闲，故作神秘之外，实际的印象，也无非山在虚无之间罢了。 云缭烟绕，山隐水迢的中国风景，由来予人宋画的韵味。 那天下也许是赵家的天下，那山水却是米家的山水。 而究竟，是米氏父子下笔像中国的山水，还是中国的山水上纸像宋画，恐怕是谁也说不清楚了吧？

雨不但可嗅，可观，更可以听。 听听那冷雨。 听雨，只要不是石破天惊的台风暴雨，在听觉上总是一种美感。 大陆上的秋天，无论是疏雨滴梧桐，或是骤雨打荷叶，听去总有一点凄凉，凄清，凄楚。 于今在岛上回味，则在凄楚之外，更笼上一层凄迷了。 饶你多少豪情侠气，怕也经不起三番五次的风吹雨打。 一打少年听雨，红烛昏沉。 两打中年听雨，客舟中，江阔云低。 三打白头听雨在僧庐下，这便是亡宋之痛，一颗敏感心灵的一生：楼上，江上，庙里，用冷冷的雨珠子串成。 十年前，他曾在一场摧心折骨的鬼雨中迷失了自己。 雨，该是一滴湿漓漓的灵魂，在窗外喊谁。

雨打在树上和瓦上，韵律都清脆可听。 尤其是铿铿敲在屋瓦上，那古老的音乐，属于中国。 王禹偁在黄冈，破如椽的大竹为屋瓦。 据说住在竹楼上面，急雨声如瀑布，密雪声比碎玉。 而无论鼓琴，咏诗，下棋，投壶，共鸣的效果都特别好。 这样岂不像住在竹筒里面，任何细脆的声响，怕都会加倍夸大，反而令人耳朵过敏吧。

雨天的屋瓦，浮漾湿湿的流光，灰而温柔，迎光则微明，背光则幽黯，对于视觉，是一种低沉的安慰。 至于雨敲在鳞鳞千瓣的瓦上，由远而近，轻轻重重轻轻，夹着一股股的细流沿瓦槽与屋檐潺潺泻下，各种敲击音与滑音密织成网，谁的千指百指在按摩耳轮。 "下雨了"，温柔的灰美人来了，她冰冰的纤手在屋顶拂弄着无数的黑键啊灰键，把暗午一下子奏成了黄昏。

在古老的大陆上，千屋万户是如此。 二十多年前，初来这岛上，日式的瓦屋亦是如此。 先是天黯了下来，城市像罩在一块巨幅的毛玻璃里，阴影在户内延长复加深。 然后凉凉的水意弥漫在空间，风自每一个角落里旋起，感觉得到，每一个屋顶上呼吸沉重都覆着灰云。 雨来了，最轻的敲打乐敲打这城市，苍茫的屋顶，远远近近，一张张敲过去，古老的琴，那细细密密的节奏，单调里自有一种柔婉与亲切，滴滴点点滴滴，似幻似真，若孩时在摇篮里，一曲耳熟的童谣摇摇欲睡，母亲吟哦鼻音与喉音。 或是在江南的泽国水乡，一大筐绿油油的桑叶被啮于千百头蚕，细细琐琐屑屑，口器与口器咀咀嚼嚼。 雨来了，雨来的时候瓦这么说，一片瓦说千亿片瓦说，说轻轻地奏吧沉沉地弹，徐徐地叩吧挞挞地打，间间歇歇敲一个雨季，即兴演奏从惊蛰到清明，在零落的坟上冷冷奏挽歌，一片瓦吟千亿片瓦吟。

在旧式的古屋里听雨，听四月，霏霏不绝的黄梅雨，朝夕不断，旬月绵延，湿黏黏的苔藓从石阶下一直侵到他舌底，心底。到七月，听台风台雨在古屋顶上一夜盲奏，千层海底的热浪沸沸被狂风挟来，掀翻整个太平洋只为向他的矮屋檐重重压下，整个海在他的蜗壳上哗哗泻过。 不然便是雷雨夜，白烟一般的纱帐里听羯鼓一通又一通，滔天的暴雨滂滂沛沛扑来，强劲的电琵琶忐忐忑忑忐忑忑，弹动屋瓦的惊悸腾腾欲掀起。 不然便是斜斜的西北雨斜斜，刷在窗玻璃上，鞭在墙上打在阔大的芭蕉叶上，一阵寒濑泻过，秋意便弥漫日式的庭院了。

在旧式的古屋里听雨，从春雨绵绵听到秋雨潇潇，从少年听到中年，听听那冷雨。 雨是一种单调而耐听的音乐，是室内乐是室外乐，户内听听，户外听听，冷冷，那音乐。 雨是一种回忆的音乐，听听那冷雨，回忆江南的雨下得满地是江湖下在桥上和船上，也下在四川在秧田和蛙塘，下肥了嘉陵江下湿布谷咕咕的啼声。雨是潮潮润润的音乐下在渴望的唇上，舔舔那冷雨。

因为雨是最最原始的敲打乐从记忆的彼端敲起。瓦是最最低沉的乐器灰蒙蒙的温柔覆盖着听雨的人，瓦是音乐的雨伞撑起。但不久公寓的时代来临，台北，你怎么一下子长高了？瓦的音乐竟成了绝响。千片万片的瓦翩翩，美丽的灰蝴蝶纷纷飞走，飞入历史的记忆。现在雨下下来，下在水泥的屋顶和墙上，没有音韵的雨季。树也砍光了，那月桂，那枫树，柳树和擎天的巨椰，雨来的时候不再有丛叶嘈嘈切切，闪动湿湿的绿光迎接。鸟声减了啾啾，蛙声沉了阁阁，秋天的虫吟也减了唧唧。七十年代的台北不需要这些，一个乐队接一个乐队便遣散尽了。要听鸡叫，只有去《诗经》的韵里寻找。现在只剩下一张黑白片，黑白的默片。

正如马车的时代去后，三轮车的时代也去了。曾经在雨夜，三轮车的油布篷挂起，送她回家的途中，篷里的世界小得多可爱，而且躲在警察的辖区以外。雨衣的口袋越大越好，盛得下他的一只手里握一只纤纤的手。台湾的雨季这么长，该有人发明一种宽宽的双人雨衣，一人分穿一只袖子，此外的部分就不必分得太苛。而无论工业如何发达，一时似乎还废不了雨伞。只要雨不倾盆，风不横吹，撑一把伞在雨中仍不失古典的韵味。任雨点敲在黑布伞或是透明的塑胶伞上，将骨柄一旋，雨珠向四方喷溅，伞缘便旋成了一圈飞檐。跟女友共一把雨伞，该是一种美丽的合作吧。最好是初恋，有点兴奋，更有点不好意思，若即若离之间，雨不妨下大一点。真正初恋，恐怕是兴奋得不需要伞的，手牵手在雨中狂奔而去，把年轻的长发和肌肤交给漫天的淋淋漓漓，然后向对方的唇上颊上尝凉凉甜甜的雨水。不过那要非常年轻且激情，同时，也只能发生在法国的新潮片里吧。

大多数的雨伞想不会为约会张开。　上班下班，上学放学，菜市来回的途中，现实的伞，灰色的星期三。　握着雨伞，他听那冷雨打在伞上。　索性更冷一些就好了，他想。　索性把湿湿的灰雨冻成干干爽爽的白雨，六角形的结晶体在无风的空中回回旋旋地降下来，等须眉和肩头白尽时，伸手一拂就落了。　二十五年，没有受故乡白雨的祝福，或许发上下一点白霜是一种变相的自我补偿吧。一位英雄，经得起多少次雨季？　他的额头是水成岩削成还是火成岩？　他的心底究竟有多厚的苔藓？　厦门街的雨巷走了二十年与记忆等长，一座无瓦的公寓在巷底等他，一盏灯在楼上的雨窗子里，等他回去，向晚餐后的沉思冥想去整理青苔深深的记忆。　前尘隔海。　古屋不再。　听听那冷雨。

姑苏菜艺

陆文夫①

我不想多说苏州菜怎么好了，因为苏州市每天都要接待几万名中外游客，来往客商，会议代表，几万张嘴巴同时评说苏州菜的是非，其中不乏吃遍中外的美食家，应该多听他们的意见。同时我也发现，全国和世界各地的人都说自己的家乡菜好，你说吃在某处，他说吃在某地，究其原因，这吃和各人的环境、习性、经历、文化水平等等都有关系。

人们评说，苏州菜有三大特点：精细，新鲜，品种随着节令的变化而改变。这三大特点是由苏州的天、地、人决定的。苏州人的性格温和，办事精细，所以他的菜也就精致，清淡中偏甜，没有强烈的刺激。听说苏州菜中有一只绿豆芽，是把鸡丝嵌在绿豆芽里，其精的程度可以和苏州的刺绣媲美。苏州是鱼米之乡，地处水网与湖泊之间，过去，在自家的水码头上可以捞鱼摸虾，不新鲜的鱼虾是无人问津的。从前，苏州市有两大蔬菜基地，南园和北园，这两个菜园子都在城里面。菜农黎明起菜，天不亮就可以挑到小菜场，挑到巷子口，那菜叶上还沾着夜来的露水。七年前，我有一位朋友千方百计地从北京调回来，我问他为什么，他说是为

① 陆文夫（1928—2005）。江苏泰兴人，当代著名作家。著有短篇小说集《荣誉》《二遇周泰》《小巷深处》等。小说《美食家》曾获第三届全国优秀中篇小说奖。陆文夫的散文和小说一样，清隽秀逸，含蓄幽深，淳朴自然，展现了浓郁的姑苏地方色彩。

了回到苏州来吃苏州的青菜。 这位朋友不是因莼鲈之思而归故里，竟然是为了吃青菜而回来的。 虽然不是唯一的原因，但也可见苏州人对新鲜食物是嗜之如命的。 头刀（或二刀）韭菜、青蚕豆、鲜笋、菜花甲鱼、太湖莼菜、马兰头……四时八节都有时菜，如果有哪种时菜没有吃上，那老太太或老先生便要叹息，好像今年的日子过得有点不舒畅，总是缺了点什么东西。

我们所说的苏州菜，通常是指菜馆里的菜，宾馆里的菜，其实，一般的苏州人并不是经常上饭店，除非是去吃喜酒，陪宾客什么的。 苏州人的日常饮食和饭店里的菜有同有异，另成体系，即所谓的苏州家常菜。 饭店里的菜也是千百年间在家常菜的基础上提高、发展而定型的。 家常过日子没有饭店里的那种条件，也花不起那么多的钱，所以家常菜都比较简朴。 可是简朴并不等于简单，经济实惠还得制作精细，精细有时并不消耗物力，消耗的是时间、智慧和耐力，这三者对苏州人来说是并不缺乏的。

吃也是一种艺术，艺术的风格有两大类。 一种是华，一种是朴；华近乎雕琢，朴近乎自然，华朴相错是为妙品。 人们对艺术的欣赏是华久则思朴，朴久则思华，两种风格轮流交替，互补互济，以求得某种平衡。 近华还是近朴，则因时因地因人而异。 吃也是同样的道理。 比如说，炒头刀韭菜、炒青蚕豆、荠菜肉丝豆腐、麻酱油香干拌马兰头，这些都是苏州的家常菜，很少有人不喜欢吃的。 可是日日吃家常菜的人也想到菜馆里去弄一顿，换换口味。 已故的苏州老作家周瘦鹃、范烟桥、程小青先生，算得上是苏州的美食家，他们的家常菜也是不马虎的。 可在当年我们常常相约去松鹤楼"尝尝味道"。 如果碰上连续几天宴请，他们又要高喊吃不消，要回家吃青菜了。 前两年威尼斯的市长到苏州来访问，苏州市的市长在得月楼设宴招待贵宾。 当年得月楼的经理是特级服务技师顾应根，他估计这位市长从北京等地吃过来，什么市面都见过了，便以苏州的家常菜待客，精心制作，朴素而近乎自然。 威尼斯的市长大为惊异，中国菜竟有如此的美味！苏州菜中有一只松鼠鳜鱼，是苏州名菜，家庭中条件有限，做不出来。 可是苏州的家常菜中常用雪里蕻烧鳜鱼汤，再加一点冬笋片和火腿片。 如果我有机会在苏州的饭店做东或陪客的话，我常常指明要一只雪里蕻大汤鳜鱼，中外宾客食之无不赞美。 鳜鱼雪菜汤虽然不像鲈鱼莼菜那么名贵，却也颇有田园和民间的风味。 顺便说一句，名贵的菜不一定都是鲜美的，只是因其有名或价钱贵而已。烹调是一种艺术，艺术切忌粗制滥造，但也反对矫揉造作，热衷于原料的高贵和形式主义。

近年来，随着人民生活水平的提高，旅游事业的发展，经济交往的增多，苏州的菜馆生意兴隆，日无虚席。 苏州的各色名菜都有了恢复与发展，但也碰到了问题，这问题不是苏州所特有，而是全国性的。 问题的产生也很简单：吃的人太多。 俗话说人多没好食，特别是苏州菜，以精细为其长，几十桌筵席一起开，楼上楼下都坐得满满的，吃喜酒的人像赶集似的拥进店堂里。 对不起，那烹饪就不得不采取工业化的方式了，来点儿流水作业。 有一次，我陪几位朋友上饭馆，饭店的经理认识我，对我很客气，问我有什么要求。 我说只有一个小小的要求，即要求那菜一只只地下去，一只只地上来。 经理无可奈何地摇摇头："办不到。"

所谓一只只地下去，就是不要把几盆虾仁之类的菜一起下锅炒，炒好了每只盆子里分一点，使得小锅菜成了大锅菜。 大锅饭好吃，大锅菜却并不鲜美，尽管你是炒的虾仁或鲜贝。

所谓一只只地上来，就是要等客人们把第一只菜吃得差不多时，再把第二只菜下锅。 不要一拥而上，把盆子摞在盆子上，吃到一半便汤菜冰凉，油花结成油皮。 中餐和西餐不同，中餐除掉冷盆之外，都是要趁热吃的。 饭店经理也知道这一点，可他又有什么办法呢？ 哪来那么多的人手？ 哪来那么大的场地？ 红炉上的菜单有一叠，不可能专用一只炉灶，专用一个厨师来为一桌人服务，等着你去细细地品味。 如果服务员不站在桌子旁边等扫地，那就算是客气的。

有些老吃客往往叹息，说传统的烹调技术失传，菜的质量不如从前，这话也不尽然。 有一次，苏州的特一级厨师吴涌根的儿子结婚，他的儿子继承父业，也是有名的厨师，父子合做了一桌菜，请几位老朋友到他家聚聚。 我的吃龄不长，清末民初的苏州美食没有吃过，可我有幸参加过 50 年代初期苏州最盛大的宴会，当年苏州的名厨师云集，一顿饭吃了四个钟头。 我觉得吴家父子的那一桌菜，比起 50 年代初期来毫无逊色，而且有许多创造与发展。内中有一只拔丝点心，那丝拔得和真丝一样，像一团云雾笼罩在盘子上，透过纱雾可见一只雪白的蚕蛹（小点心）卧在青花瓷盆里。吴师傅要我为此菜取个名字，我名之曰"春蚕"。 苏州是丝绸之乡，蚕蛹也是可食的。 吴家父子为这一桌菜准备了几天，他哪里有可能有精力每天都办它几十桌呢？

苏州菜的第二个特点便是新鲜、时鲜。 各大菜系的美食无不考究这一点，可是这一点也受到了采购、贮运和冷藏的威胁。 冰箱是个好东西，说是可以保鲜，这里所谓的保鲜是保其在一定的时间内不坏，而不能保住菜蔬尤其是食用动物的鲜味。 得月楼的特级厨师韩云焕，常为我的客人炒一只虾仁，那些吃遍中外的美食家食之无不赞美，认为是一种特技，可是这种特技有一个先决条件，那虾仁必须是现拆的，用的是活虾或是没有经过冰冻的虾。 如果没有这种条件的话，韩师傅也只好抱歉："对不起，今天只好马虎点了，那虾仁是从冰箱里拿出来的。"看来，这吃的艺术也和其他的艺术一样，也都存在着普及与提高的问题。 饭店里的菜本来是一种提高，吃的人太多了以后就成了一种普及，要在这种普及的基础上再提高，那就只有在大饭店里开小灶。 由著名的厨师挂牌营业，就像大医院里开设主任门诊，那挂号费当然也得相应地提高点。 烹调是一种艺术，真正的艺术都有艺术家的个性和独特的风格，集体创作与流水作业会阻碍艺术的发展。 根据中国烹饪的特点，饭店的规模不宜太大，应开设一些有特色的小饭店。 小饭店的卫生条件很好，环境不求洋化而具有民族的特点。 像过去一样，炉灶就放在店堂里，文君当炉，当众表演，老吃客可以提了要求，咸淡自便。 那菜一只只地下去，一只只地上来当然就不成问题。 每个人都可以拿起筷子来："请，趁热。"每个小饭店只要有一两只拿手菜，就可以做出点名声来。 当今许多有名的菜馆，当初都是规模很小；当今的许多名菜，当初都是小饭馆里创造出来的。 小饭馆当然不能每天办几十桌喜酒，那就让那些欢喜在大饭店里办喜酒的人去多花点儿气派钱。 问题是那些开小饭店的人又不安心了，现在有不少的人都想少花力气多赚钱，不花力气赚大钱。

苏州菜有着十分悠久的传统，任何传统都不可能是一成不变的。 这些年来苏州的菜也在变，偶尔发现有川菜和鲁菜的渗透。为适应外国人的习惯，还出现了所谓的宾馆菜。 这些变化引起了苏州老吃客们的争议，有的赞成，有的反对。 去年，坐落在察院场口的萃华园开张，这是一家苏州烹饪学校开设的大饭店，是负责培养厨师和服务员的。 开张之日，苏州的美食家云集，对苏州菜未来的发展各抒己见。 我说要保持苏州菜的传统特色，却遭到一位比我更精于此道的权威的反对："不对，要变，不能吃来吃去都是一样的。"我想想也对，世界上哪有不变的东西？ 不过，我倒是希望苏州菜在发展与变化的过程中，注意向苏州的家常菜靠拢，向苏州的小吃学习，从中吸收营养，加以提炼，开拓品种，这样才能既保持苏州菜的特色，而又不在原地踏步，更不至于变成川菜、鲁菜、粤菜等等的炒杂烩。

如果我们把烹饪当作一门艺术的话，就必须了解民间艺术是艺术的源泉，有特色的艺术都离不开这个基地，何况苏州的民间食品是那么的丰富多彩，新鲜精细，许多家庭的掌勺人都有那么几手。当然，把家常菜搬进大饭店又存在着价格问题，麻酱油香干拌马兰头，好菜，可那原料的采购、加工、切洗都很费事，却又不能把一盘拌马兰头卖它二十块钱。 如果你向主持家政的苏州老太太献上这盘菜，她还会生气："什嘛，你叫我到松鹤楼来吃马兰头！"

悼朱光潜先生

李泽厚①

朱光潜先生逝世了，我应该写点什么，却不知道写什么才好。凌晨四点钟，我坐在屋里发呆，四周是那样的寂静。

我和朱先生是所谓"论敌"，五十年代激烈地相互批评过，直到朱先生暮年，我也不同意他的美学观点。 这大概好些人知道。但是，我和朱先生两个人一块喝酒，朱先生私下称赞过我的文章。这些却不一定有许多人知道。 那我就从这写起？

我那第一篇美学文章是在当时批朱先生的高潮中写成的。印出油印稿后，我寄了一份给贺麟先生看。 贺先生认为不错，便转给了朱先生。 朱回信给贺说，他认为这是批评他文章中最好的一篇。 贺把这信给我看了。 当时我二十几岁，虽已发了几篇文章，但毕竟是言辞凶厉而知识浅薄的"毛孩子"。 这篇文章的口气调门便也不低，被批评者却如此豁达大度，这相当触动了我，虽未对人常说，却至今记得。 贺先生也许早淡忘了，但不知那封信还在不？ 当然，朱先生在一些文章中也动过

① 李泽厚（1930— ）。 湖南长沙人。 生于汉口，父早亡，家境贫寒。1945 年秋初中毕业后考上湖南第一师范，毕业后一度失业，后当上乡村小学教师。 1950 年考入北京大学哲学系，毕业后专搞美学研究。 20 世纪中后期中国重要美学家、思想史家。 著有《批判哲学的批判》《美学论集》《美的历程》《中国古代思想史论》《中国近代思想史论》《中国现代思想史论》等。 偶为散文，多收在《走我自己的路》一书中。

气，也说过重话，但与有些人写文章来罗织罪状，夸张其辞，总想一举搞垮别人，相去何止天壤？ 我想，学术风格与人品、人格以至人生态度，学术的客观性与个体的主观性，大概的确有些关系。 朱先生勤勤恳恳，数十年如一日地写了特别是翻译了那么多的东西，造福于中国现代美学，这是我非常敬佩而想努力学习的。 朱先生那半弯的腰，盯着你看时那炯炯有神的大眼睛，带着安徽口音的沉重有力的声调，现在异常清楚地呈现在我的眼前。

因为自己懒于走动，我和朱先生来往不多。 在"文革"中，去看过他几次。 我们只叙友情，不谈美学。 聊陈与义的诗词，谈恩斯特·卡西尔，虽绝口不涉及政治，但我当时那股强烈的愤懑之情总有意无意地表露了出来。 我把当时填的一首词给朱先生看了，朱先生却以"牢骚太盛防肠断"来安慰、开导我。 并告诉我，他虽然七十多岁，每天坚持运动，要散步很长一段路程，并劝我也搞些运动。 朱先生还告诉我，他每天必喝白酒——小盅，多年如此。 我也是喜欢喝酒的，于是朱先生便用酒招待我，我们边喝边聊。 有一两次我带了点好酒到朱先生那里去聊天，我告诉他，以后当妻子再干涉我喝酒时，我将以高龄的他作为挡箭牌。朱先生听了，莞尔一笑。

"文革"后，朱先生更忙了，以耄耋之年，编文集、选集、全集，应各种访问，邀请、讲学、开会，还要翻译维柯……于是我没再去朱先生那里了。 最近两年，听说朱先生身体已不如前，但我消息既不灵通，传闻又时好时坏，加上自己一忙，也就没十分注意。

如今，一声惊雷，先生逝去。 回想起当年情景，我真后悔这十年没能再去和朱先生喝酒聊天，那一定会痛快、高兴得多。 但这已经没有办法了，生命只有一次，人生不能重复。 只是记忆和感情将以更丰富的形态活在人的心底。 而这也就是死亡所不能吞噬的人类的有活力的生命和生命的活力。

蟋蟀国

流沙河①

小鸡养一群又一群，到头来一只只果了芳邻饿狗之腹。 心伤透了，烧掉竹编鸡笼，誓同羽族绝缘。 这是"批林批孔"那年的事了。 我家小园，鸡踪既灭，夏草秋花，次第丛生。 金风一起，园中便有蟋蟀夜鸣。 古语云："蟋蟀鸣，懒妇惊。"惊什么？ 惊寒衣之犹未备也。 明代文人记京师童谣云："蟋蟀瞿瞿叫，宣德皇帝要。"蒲松龄据此写悲惨的蟋蟀故事入《聊斋志异》。 《诗经》咏及蟋蟀，《豳风》《唐风》两见。 自此代代有之，不胜枚举。 这小虫有资格竞选中华的国虫，惜乎虫格稍低于蝉，缺少蝉的高洁，而且好斗。 不过好斗也属优秀品质，在那些年。 倒是蝉因自高自洁，常被揪斗。 有诗人回笔写那些年，说中国人被挑拨起来互相狠斗，斗得冤冤不解，如斗蟋蟀一般。 妙！愈想愈妙！

蟋蟀一科，种类繁庶，最著名的当数油葫芦和棺材头。 油葫芦长逾寸，圆头，遍体油亮，鸣声圆润如滚珠玉。 棺材头短小些，方头，羽翅亦油亮，鸣声凌厉如削金属。 油葫芦打架，互相抱头乱咬，咬颈、咬胸、咬腿，野蛮之至。 棺材头打架，互相抵头角力，显得稍为文明，基本符合"要文斗，不要武斗"的原则。

---

① 流沙河（1931— ）。 原名余勋坦，四川金堂人，著名诗人。 1948 年开始创作，著名作品有诗歌《寄黄河》《草木篇》等。 现有《流沙河诗集》行世。

不过遇着势均力敌，双方互不退让，也兴抱头乱咬。　吾乡儿童特看重棺材头，瞧不起油葫芦，呼之曰和尚头。　和尚头这名称已寓有嘲谑意。　和尚头确实也傻头傻脑，乱跑乱爬，毫无威仪可睹。棺材头则不然，姿态庄重，步伐稳健，沉着迎敌，从容应战。　吾乡儿童所捕所养所斗，皆限于棺材头，和尚头不与焉。　所谓蟋蟀，在吾乡乃指棺材头而言。　特此说明。

在我家小园，蟋蟀的天敌是鸡。　鸡在墙边地角搜查缝隙，啄食一切昆虫，更凶的一着是用双爪扒垃圾，扒瓦砾，扒草荄与花根，扒出虫卵就啄。　鸡有耐性，不厌其烦，天天搜查天天扒，害得蟋蟀难以安身立命，难以传宗接代。　"批林批孔"那年的暮春，多亏最后一群天敌被芳邻饿狗吃绝了，蟋蟀得以复国，夜夜欢奏"虫的音乐"于清秋的小园。

夜凉如水。　疲劳一天的我，此时独坐门前石凳，摇扇驱蚊，静听小园蟋蟀的歌。　忽然想起我这四十年来唱了多少歌哟。　且让我算算吧。　记忆中最早的一支歌《空枝树》是偎在慈母膝下，跟着她唱会的。　歌曰：

> 空枝树，不开花。
> 北风寒，夕阳西下。
> 一阵阵，叫喳喳。何处喧哗？
> 何处喧哗？原来是乌鸦。
> 乌鸦，乌鸦，你……

人的一生用这样一首歌开了头，还能有什么好命运。　混到中年，自己也成了空枝树。　哦，不空不空，有树冠呢，一顶右派帽子。　到五六岁，跟着堂兄七哥唱会《吹泡泡》《渔光曲》。　读小学，唱《满江红》，唱抗日救亡的歌。 稍大些，唱《黄河大合唱》。 入初中，莫名其妙，唱《山在虚无缥缈间》。 上高中，唱四十年代电影的流行歌，唱美国的歌，后来又唱《古怪歌》《山那边好地方》《你是灯塔》《走！跟着毛泽东走》这一类进步歌。新中国成立后，成年了，唱五十年代光明的歌，唱朝鲜的歌，唱苏联的歌。 自从有了《社会主义好》这支绝妙的歌，我就喑哑了，不再唱歌了。 十多年以后，现在，我参加黑五类的夜学，奉命唱语录歌。 唱"敬爱的毛主席，我们心中的红太阳"，唱"你不打，他就不倒"。 四十年来，人类的歌变了多少花样，蟋蟀的歌却同我小时候听见的一模一样。 这太熟稔的歌，真能唤醒童年，使我惊愕四十年如一瞬。 而使我更为惊愕的是忽然想起南宋叶绍翁的这一首七绝：

萧萧梧叶送寒声。
江上秋风动客情。
知有儿童挑促织。
夜深篱落一灯明。

仿佛看见那个捉蟋蟀的儿童就是我哟！不但叶绍翁看见过我的"一灯明"，也是南宋的姜夔还看见过我本人呢。 他不是在《齐天乐·蟋蟀》词中写过"笑篱落呼灯，世间儿女"的名句吗？ 小时候我酷爱捉蟋蟀。 捉蟋蟀，在我，其乐趣远胜过斗蟋蟀（我打架总吃亏）。 童年秋天傍晚，只要侦听出庭院有蟋蟀在叫，我便像掉了魂似的，吃晚饭无心，做夜课无心，非把这只蟋蟀捉入笼中不可。

此时独坐门前石凳听蟋蟀的悲歌，徒生感慨罢了，倒不如去捉，或能捉回一瞬间的童年。 兴趣来了，说干就干。 我锯一截竹筒，径寸，长尺，一端留竹节，一端不留。 然后用自制的小刀在竹筒上刻削出密密的五条平行窄缝。 一具蟋蟀笼就这样做成了。不是吹牛，我做这玩艺儿真可谓驾轻就熟。 我是沿着刀路走回童年去啊。

小儿余鲲七岁，深夜不归，在外面大院坝伙同别的小孩游戏。我去叫他回来，悄悄告诉他今夜捉蟋蟀。 说是捉给他玩，其实是想让他看看爸爸捉蟋蟀的本领。 此事无关父爱，读者明察。

夜既深矣，小园蟋蟀鸣声更响，更急，更繁。 不过我很容易听出来，大多数是可笑的和尚头即油葫芦，只有三四只是我要捉的棺材头。 那些和尚头求偶心太切，拼命振羽乱叫，呼唤卿卿，不肯稍歇，也不怕被人捉将笼里去。 棺材头的警惕性高，闻人跫音渐近，便寂然敛了翅，保持沉默。 枇杷林附近的那一只棺材头就是这样，只因我的泡沫塑料拖鞋踩响了一片枯叶，它便不肯再叫。难以判明它所踞的确切位置，我只得伫立在树荫下，作雕像状，岿然不动，屏息等待。 鲲鲲远远站在我的后面，高擎一盏点煤油的瓶灯，等得不耐烦了，不小心弄出声音来。 我乃勃然大怒，斥责鲲鲲，挥手以示失望，转身入室，读《史记》去。 鲲鲲自知犯了错误，便替我蹲在小园内，继续侦听。 过了一会，探头入室，向我比手势。

这次不穿拖鞋，赤脚走捉。 鲲鲲仍然擎灯，远远站在后面。我以半分钟一步的慢速，轻轻轻轻逼近枇杷树下。 这次那家伙的鸣声变得稀疏了，显然余悸尚在。 我蹲下去，双手爬行如猫，愈逼愈近。 近到下颏之下，伸手便可掩捕。 我向后面比手势，接过鲲鲲手中的瓶灯，向地面一照，终于看见了。 这家伙，好英武！似乎有所觉察，已经暂停振羽，但双翅仍然高张着，不肯收敛。

它在想等一会再唱吧？ 我把瓶灯轻轻放在地上，又把蟋蟀笼轻轻放在它的前面，笼口距它头部不到一寸。 做这一切，我都侧着脸，不让自己呼出的气惊动它。 然后我用一根细微的竹丝去挑拨它那一对灵敏的触须，使它误认为前面有来敌。 一挑一拨，它立刻敛了翅，悚然而惊。 再挑再拨，它便筛抖躯体，警告来敌。 三挑三拨，惹得它怒火起，勇猛向前，准备打架。 就这样挑拨着，引它步步追赶不存在的来敌，一直追入笼口，终于"入吾彀中"。我用玉米轴心塞了笼口，长长舒一口气，好像拾得宝贝似的，快活之至。 回到室内，在灯下细细看，果然英武。 这家伙头部左右两侧各有一线黑纹如眉。 我与鲲鲲约定，就叫它黑眉毛。 此时黑眉毛似有所醒悟，用触须到处探索。 鲲鲲用竹丝挑拨，它便避开，躲到笼底一端去了，不肯出来。 我说："不要去逗它了。 它在反省。"

我去小园墙边，很快又捉一只。 这次是用左手擎灯，用右手掩捕的。 捉回关入笼中，让这倒霉的可怜虫去惹黑眉毛。 这可怜虫惊魂甫定，弹一弹须，梳一梳翅，伸一伸腿，舔一舔脚，便一路试探着，向黑眉毛所踞的笼底一端蹀去。 黑眉毛正在独自生闷气，察觉后面有敌来犯，便猛地掉转身，冲杀出来。 两雄相逢狭路，四条触须挥鞭乱舞，立刻抵头角力。 这可怜虫哪是对手，两个回合，败下阵来，回头便逃。 黑眉毛不解恨，一路猛追究寇，不让那可怜虫喘息片刻。 可怜虫向上爬，要钻缝，缝太窄，钻不出，只好仰悬在上，暂避锋芒。 黑眉毛一边振羽鸣金，宣布胜利，一边继续搜寻逃敌，绝不饶恕。 来回搜寻两趟，发现逃敌高挂在上，便抬头去咬腿。 好狠，这黑眉毛！

鲲鲲看得呆了。

"快半夜了。 睡了。"我说。

翌晨，恍惚听见鲲鲲在骂："林贼！林贼！你是林贼！"原来黑眉毛咬断了可怜虫一条腿，正在大啃大嚼，当吃早点。我赶快放两颗花生米入蟋蟀笼。这样或许能保住另一条腿吧？

于是黑眉毛改名为林贼。鲲鲲问。"爸，我们给断腿取个啥名字？"我信口答："走资。"

白天我带着鲲鲲上班去，忙于钉包装箱糊口。近来黑五类夜学，有时候上面叫我去参加，有时候上面又叫我不要去参加了，莫名其妙。所以晚上多有闲暇在家重读《史记》，浮沉在遥远的兴亡里，忽喜忽悲。又想到历史上有那么多冤屈，动辄要命，弄不好还要杀全家，能苟活如我者已是万幸，我还有什么不满足的哟。

昨夜提蟋蟀引动了鲲鲲的兴趣，他就夜夜擎灯，自己去捉。他的本领当然赶不上我。他总是用手掌掩捕太猛，往往压断或压伤蟋蟀的一条腿，弄成"走资"或"预备走资"。关它们入笼中，徒遭"林贼"欺侮。"你不要损阴德，快把它们放了。"我多次这样告诫他。这些伤残者结果是放了又被误捉，误捉了又被开释，唱了二进宫又唱三进宫，老是缠着我们。

有一夜鲲鲲捉住一只硕大惊人的。这位胖兄鸣声炸响，我早就侦听过多次了，只因为它深藏在石砌的墙脚缝内，不好下手。也是胖兄合该倒霉，放深跑到墙脚底下觅食。觅食你就觅食，不要闹嘛。它被佳肴美味（查系臭馒头半块）胀得憨了，乃大振其钢翅，拼命张扬，所以终被鲲鲲拿获，入我笼中。灯下一看，真是庞然大物。

"这回'林贼'要挨打了！"我说。

胖兄舔了脚又揉了腿，歪着脖子出神。

"爸，它为啥偏着头？"

"它在想。"

"想啥？"

"想馒头真好吃啊。"

鲲鲲用竹丝赶他向前走。赶一下，走两步。又赶一下，又走两步。不赶，它就不走。奇怪的是歪着脖子，老是歪着脖子。我已明白原因何在，深感惋惜，瞪了鲲鲲一眼，但又不愿点破。

恰好"林贼"出巡来了，大摇大摆，威风凛凛，一路挥鞭，东敲西打。几只被它咬怕了的臣仆急忙让路，停摇触须，深怕发生误会。"林贼"用鞭梢一一检验了它们的忠实程度，然后走向歪脖子胖兄，双鞭一阵乱舞，似乎在问："前面是何虫豸？"胖兄轻轻摇须作答，大有谦谦君子之风，虽然不亢，但也不卑，恪守中庸之道，"林贼"抢步上前，摇动着口器两侧的短白须，要求对手速来抵头角力，决一雌雄。胖兄立即克己复礼，掉转身去，拒绝抵头角力，似乎在说："非礼勿动呀非礼勿动！"依旧可笑地歪着脖子出神。

鲲鲲大失所望。

"爸，它为啥不打架？"

"孔老二嘛。"

鲲鲲不懂我的回答是什么意思，还要再问。我生气了，责备他说："失损阴德！你用手去掩它，扭伤了它的颈项。它不是现在还歪着脖子吗！"

"林贼"振羽鸣金，闹着要驱逐"孔老二"。"孔老二"不理它，等它逼近了，猛地弹腿向后踢它，踢得它近不了身。毕竟是个庞然大物，弹腿凌厉。

后来有同院的小孩带着余鲲到本镇食品厂去扒煤堆，捉回十五六只蟋蟀。笼太小了，养不下这么多好汉。我用两个洗干净的泡菜坛子接待它们一伙，连同接待"林贼"及其臣仆，当然还接待

"孔老二"。 每坛居住十只以上。 两坛共有二十多只，放在室内。 饲以花生、胡桃、辣椒，让它们吃得饱，养得肥，有广阔天地可跳可跑，又有受外面强光的影响。 两坛音乐，通宵伴我，妙不可言。

不妙的是每隔几天总有一位好汉被咬成独腿的"走资"，赖我救出，抛入小园，自谋生路。 蟋蟀国的虫口就这样暗中偷减。 秋分以后，虫口减半，每坛只剩六七只了。 我视察过，"林贼"仍然健康，"孔老二"仍然歪着脖子出神。 独腿的照例被我抛入小园去。

钉包装箱的活路愈来愈忙。 每日早早出晚晚归，还要加夜班，哪有闲心逗弄蟋蟀。 只要听见两坛尚有音乐，我就不想亲临坛口视察。 不过我能猜到，被咬成"走资"的肯定很多。

有一夜我听出两坛总共只有三只在叫，估计情况严重。 翌日中午，捧着坛子到阳光下面去视察，心都凉了。 第一坛内，"林贼"仍然健康，"孔老二"仍然歪着脖子出神，其余的四五只都死了。 第二坛中，只有一只无名氏还活着，其余的五六只都死了。 我用筷子拈出尸骸，一一观看。 被咬掉腿的，被咬破腹，被咬断颈的，都有。 坛内饲料还剩了许多，说明死者不是死于饥饿，而是活生生地被咬死的。 国虫啊国虫！

"林贼"。"孔老二"。 无名氏。 三只强者被我关入笼中，养在枕畔。 无名氏论躯体并不比"林贼"大，但它头部黄亮，与众不同。 我给它取名为金冠。 金冠不惹"林贼"，专找"孔老二"打架。"孔老二"瘦多了，颈伤无法复原，已成终身憾事。 看来"林贼"大有希望永远健康，"孔老二"则性命危殆。

某日偶然发现"孔老二"踯躅在蟋蟀笼的中段，前有金冠的威逼，后有"林贼"的偷咬，饱受两面夹攻之苦，远胜昔年陈蔡之厄。 想不到这就是我最后一次看见它了。

有一次听见笼中在吵架，我去视察。 原来是金冠与"林贼"正在争吃"孔老二"的遗骸，一边啃嚼一边对骂。 我将"夫子"遗骸抢救出来，以礼葬之小园内的"夫子"故居——石砌墙脚的某一条缝内，顺便也替鲲鲲忏悔一番。

"孔老二"既然死了，金冠与"林贼"的攻守同盟也跟着瓦解了。 一笼不容二雄，它俩遂成了生冤家死对头，常常打架。 有一次打架被我目击，至今不忘。 谨陈述该战役始末如次。

金冠住在笼口一端，以玉米轴心为靠山。 "林贼"住在笼底一端，以竹节为靠山。 它俩各有势力范围，绝不乱住。 笼的中段堆放饲料，是为中立地区，谁都可以来的。 不过不能够越过饲料堆。 谁越过了，谁便是入侵者，将被对方驱逐。 先是金冠走到中立地区进餐，绕过辣椒，又绕过胡桃，去啃花生。 花生啃出声响，"林贼"听见，便也来啃。 啃了几口，觉得乏味，想去尝尝金冠后面的胡桃和辣椒，便伸出触须去同金冠打招呼，请它让路。它只顾啃花生，不作回答。 "林贼"以为金冠不作回答便是同意，就贸然走上去。 金冠立刻停嚼，摇动口器两侧的短白须，向"林贼"挑战。 "林贼"大怒，立刻应战，一头撞了上去，同金冠头抵头，互相角力。 斗了几个回合，不分胜负。 忽然两雄直起身来，互相抱头乱咬，犹如疯狗一般。 咬了一个回合，又忽然一齐低下头来，继续角力。 "林贼"毕竟老了，体力渐渐不支，难敌金冠少年气盛，所以逐步后退。 "林贼"退到笼底一端，但仍然不甘心示弱。 这里是它日常盘踞之所，地形熟悉，背后又有竹节做靠山，可以用双腿向后蹬着靠山，增强推力，极有利于固守。金冠虽然勇锐，也难攻垮"林贼"。 相反，"林贼"倒逐步反攻过来了。 就在这时候，两雄又忽然直起身来，互相咬头，咬得嚓嚓有声。 金冠最后使出绝招，咬紧"林贼"的下颚，用力向后一抛，抛了三四寸远，落在饲料堆间发愣。 不等"林贼"清醒过来，金冠就转身去追击。 "林贼"胆怯，不敢抵抗，一路溃逃。 昔日威风，竟扫地以尽矣！

"林贼"后来死了。 察其遗骸，居然十分完整。 不见一点啮痕，只是腹部瘪凹。 以理推之，它很可能是饿死的。 金冠独霸着饲料堆，不让它来进餐，它当然迟早要饿死了。

霜降以后，天气转寒。 金冠从此不再夜鸣，日益憔悴。 它的触须失去弹力，变卷曲了。 用竹丝去挑拨，不见积极反应。 它头部的黄亮已经黯然失色，不再有金冠之象了。 最不妙的是它已经拒食，整天躲在玉米轴心一端，不想出巡。 看来它的日子也屈指可数了。 国虫啊国虫！

某日偶然瞥见芳邻的那一条饿狗在阶前晒太阳打瞌睡，我忽然想到，应该感谢它。 多亏它吃绝了我的鸡群，才会有小园的那些蟋蟀。 有了小园的那些蟋蟀，我才有可能去听，去捉，去养，去看它们打架，去受到启迪，去获得有趣的人生经验。 到如今事隔十一年，我凭回忆写出这一篇蟋蟀国的《春秋》，如果能够骗得稿酬若干，老实说吧，也应该感谢那一条饿狗。 遗憾的是它在那年冬天就已经被屠宰了，葬入芳邻肠胃中了。

行板如歌

王蒙①

柴可夫斯基好像一直生活在我的心里。

当然与50年代的唯苏俄是瞻有关系。 但是对于苏俄的幻想易破——也不是那么易——对于柴可夫斯基的情感难消。 他已经成为我生活的一部分了。

他之所以容易接受，是由于他的流畅的旋律与洋溢的感情和才华。 他的一些舞曲与小品是那样行云流水，清新自然，纯洁明丽而又如醉如痴，多彩多姿。 比如《花的圆舞曲》，比如《天鹅湖》，比如钢琴套曲《四季》，比如小提琴曲《旋律》，脍炙人口，家喻户晓，浑然天成，了无痕迹。 它们令人愉悦光明，热爱生命。 他是一个赋予生命以优美的旋律与节奏的作曲家。 没有他，人生将减少多少色彩与欢乐!

他的另一些更令我倾倒的作品，则多了一层无奈的忧郁，美丽的痛苦，深邃的感叹。 他的伤感，多情，潇洒，无与伦比。 我总觉得他的沉重叹息之中有一种特别的妩媚与舒展，这种风格像

---

① 王蒙（1934— ）。 当代著名小说家、作家。 20世纪50年代初开始发表文学作品，1956年因短篇小说《组织部来了个年轻人》而崭露头角，也受到不公正的非难。 之后搁笔二十余年，新时期得到平反后，创作势头犹如泉涌，出版了多部作品。 其中主要有长篇小说《活动变人形》《恋爱的季节》《失态的季节》和《蹉跎的季节》等。 散文集有《轻松与感伤》《一笑集》《行板如歌》等。

是——我只找到了——苏东坡。 他的乐曲——例如第六交响曲《悲怆》，开始使我想起李商隐，苍茫而又缠绵，绮丽而又幽深，温柔而又风流……再听下去，特别是第二乐章听下去，还是得回到苏轼那里去。 他能自解。 艺术就是永远的悲怆的解释，音乐就是无法摆脱的忧郁的摆脱。 摆脱了也还忧郁，忧郁了也要摆脱。 对于一个绝对的艺术家来说，悲怆是一种深沉，更是一种极深沉的美。 而美是一种照耀着人生的苦难的光明。 悲即美。 而美即光明。 悲怆成全着美，美宣泄着却也抚慰着悲。 悲与美共生，悲与美冲撞，悲与美互补。 忧郁与摆脱，心狱与大光明界，这就产生了一种摇曳，一种美的极致。

这也可以说是一种哲学。 人生苦短，人生苦苦。 然而有美，有无法人为地寻找和制造的永恒的艺术普照人间。 于是软弱的人也感到了骄傲，至少是感到了安慰，感到了怡然。 这就是柴可夫斯基的第六交响曲的哲学。

在他的第五交响曲与 D 大调小提琴协奏曲中，既有同样的美丽的痛苦，又有一种才华的赤诚与迷醉，我觉得缔造着这样的音乐世界，呼吸着这样的乐曲，他会是满脸泪痕而又得意扬扬，烂漫天真而又矜持饱满。 他缔造的世界悲从中来而又圆满无缺。 你好像刚刚迎接到了黎明，重新看到了罪恶而又清爽，漫无边际而又栩栩如生的人世。 你好像看到了一个含泪又含笑的中年妇人，她无可奈何却又是依依难舍地面对你我的生存境遇。

是的，摇曳，柴可夫斯基最最令人着迷的是他的音乐的摇曳感。 有多少悲哀也罢，有多少压抑也罢。 他潇洒地摇曳着表现了出来，只剩下了美了。

这就是才华。 我坚信才华本身就是一种美，是一种酒，饮了它一切悲哀的体验都成就了诗的花朵，成就了美的云霞。 它是上苍给人类的，首先是给这个俄罗斯人的最珍贵的礼物。　是上苍给匆匆来去的男女的慰安。　拥有了这样的礼物，人们理应更加感激和平安。　柴可夫斯基教给人的是珍惜，珍惜生命，珍惜艺术，珍惜才华，珍惜美丽，珍惜光明。　珍惜的人才没有白活一辈子。　而这样的美谁也消灭不了。　在火里不会燃烧，在水里也不会下沉。这最后的两句话是一首苏联革命歌曲的标题。　原谅那些毫无美感但知道整人的可怜虫吧，他们已经够苦的了。

在我的惹祸的《组织部来了个年轻人》中，我描写了林霞与赵慧文一起听《意大利随想曲》。　《意大利随想曲》最动人之处就在于它的潮汐般的、波浪般的摇曳感与阳光灿烂的光明感。　人生太多不幸也罢，浮生短促也罢，还是有了那么迷人，那么秀丽，那么刻骨，那么哀伤，有时候却又是那么光明的柴可夫斯基的音乐。那是永久的青春的感觉与记忆。　这能够说是浪漫么？　据说行家们是把柴可夫斯基算做浪漫主义作曲家的。

1987 年我在意大利的佛罗伦萨看到了柴可夫斯基的故居，在佛市郊区，在灌木丛下有一个白栅栏。　可惜只是驱车而过罢了。缘止于此，有什么办法呢？　我宁愿说他是一个抒情作曲家。　也许音乐都是抒情的。　但是贝多芬的雍容华贵包含着够多的理性和谐的光辉，莫扎特对于我来说则是青春的天籁，马勒在绝妙的神奇之中令我感到的是某种华美的陌生……只有柴可夫斯基，他抒的是我的情，他勾勒的是我的梦，他的酒使我如醍醐灌顶。　他使我热爱生活热爱青春热爱文学，他使我不相信人类会总是像豺狼一样你吃掉我、我吃掉你。　我相信美的强大，柴可夫斯基的强大。　他是一个真正的催人泪下的作曲家。　普希金、莱蒙托夫的抒情诗的传统和屠格涅夫、契诃夫的抒情小说的传统。　我相信这与人类不可能完全灭绝的善良有关。　这与冥冥中的上苍的旨意有关。

我喜欢——应该说是崇拜与沉醉这种风格。 特别是在我年轻的时候，只有在这种风格中，我才能体会到生活的滋味，爱情的滋味，痛苦的滋味，艺术的滋味。 柴可夫斯基是一个浓缩了情感与滋味的作曲家，是一个极其投入极其多情的作曲家。

他的一些曲子很重视旋律，有些通俗一点的甚至人们可以跟着哼唱。 其中最著名的应该算是第一弦乐四重奏第二乐章——如歌的行板了。 循环往复，忧郁低沉，而又单纯如诉，弥漫如深秋的夜雾。 行板如歌云云虽然只是意大利语——Andante Cantabile ——的译文，但其汉语词也是幽美，符合柴可夫斯基的风格。 我写过一个中篇小说，题目就叫《如歌的行板》，这首乐曲是我的主人公的命运的一部分，也就是我的生命的一部分了。 冯骥才说是他本来准备用"如歌的行板"为题写一篇小说的，结果被我"抢"到了头里。 有什么可说的呢？ 大冯！你与柴可夫斯基没有咱们这种缘分。 我不知道有没有读者从这篇小说中听出柴可夫斯基的音乐来。 还有一些其他的青年时代的作品，我把柴可夫斯基看作自己的偶像与寄托。

真正的深情是无价的。 虽然年华老去，虽然我们已经不再单纯，虽然我们不得不时时停下来舔一舔自己的伤口，虽然我们自己对自己感到愈来愈多的不满……又有什么办法！如果夜阑人静，你谛听了柴可夫斯基的《如歌的行板》，你也许能够再次落下你青年时代落过的泪水。 只要还在人间，你就不会完全麻木。

于是你感谢柴可夫斯基。

苏州赋

王蒙

左边是园，右边是园。

是塔是桥，是寺是河，是诗是画，是石径是帆船是假山。

左边的园修复了，右边的园开放了。 有客自海上来，有客自异乡来。 塔更挺拔，桥更洗练，寺更幽凝，河更闹热，石径好吟诗，帆船应入画。 而重重叠叠的假山，传至今天还要继续传下去的是你的匠心真情。 是你的参差坎坷的魅力。

这是苏州。 人间天上无双不二的苏州。 中国的苏州。

苏州已经建城二千五百年。 她已经老态龙钟。 无怪乎七年前初次造访的时候她是那样疲劳，那样忧伤，那样强颜欢笑。 失修的名胜与失修的城市，以及市民的失修的心灵似乎都在怀疑苏州自身的存在。 苏州，还是苏州吗？

苏州终于起步，苏州终于腾飞。 为外乡小儿也熟知的江苏四大"名旦"香雪海冰箱、春花吸尘器、孔雀电视机、长城电风扇全都来自苏州。 人们曾经担心工业的浪潮会把苏州的历史文化与生活情趣淹没。 看来，这个问题已经受到了苏州人的关注。 还不知道有哪个城市近几年修复了复原了这么多古建筑古园林。 在庆祝苏州建城二千五百年的生日的时候，一九八六年，苏州迎来了再生的青春。 一千五百年前的盘门修复了，是全国唯一的精美完整的水陆城门。 环秀山庄后面盖起的"革文化之命"的楼房拆除了，秀美的山庄复原，应令她的建造者的在天之灵欣慰，更令今天的游客流连忘返，赞叹不已。 戏曲博物馆，民俗博物馆，刺绣博物馆……纷纷建成。 寒山寺的钟声悠扬，虎丘塔的雄姿牢固，唐伯虎的新坟落成，苏州又回来了！苏州更加苏州！

当我看到观前街、太监巷前熙熙攘攘的人群，辉煌的彩灯装饰的得月楼、松鹤楼的姿影，看到那些办喜事的新人和他们的亲友，听到他们的欢声笑语，闻到闻名海内外的苏州佳肴的清香的时候，不禁为她的太平盛景而万分感动。 当然还有许许多多的麻烦、冲撞、紧迫、危机与危机的意识，然而今天的苏州，得来是容易的吗？ 会有人甘心再失去吗？

不，我不能再在苏州停留。 她的小巷使我神往，这样的小巷不应该出现在我的脚下而只能出现在陆文夫的小说里，梦里，弹词开篇的歌声里。 弹词、苏昆、苏剧、吴语吴歌的珠圆玉润使我迷失，我真怕听这些听久了便不能再听懂别的方言与别的旋律。 也许会因此不再喜欢不再会讲已经法定了推广了许多年的普通话——国语。 那迷人的庭园，每一棵树与它身后的墙都使我倾倒，使我怀疑苏州人究竟是生活在亚洲、中国、硬邦邦的地球上还是生活在自己营造编织的神话里。 这神话的世界比真的世界要小也要美得多。 她太小巧，太娇嫩，太优雅，她会使见过严酷的世界，手掌和心上都长着老茧的人不忍去摸她碰她亲近她。

一双饱经忧患的眼睛见到苏州的园林还能保持自己的威严与老练吗？ 他会不会觉得应该给自己的眼睛换上纯洁的水晶？ 他会不会因秀美与巨大这两个审美范畴的撕扯而折裂自己的灵魂？ 他会不会觉得自己和这个世界已经或者正在或者将要可能成为苏州的留园、愚园、拙政园的对立面呢？ 他会不会产生消灭自己或者消灭苏州这样一种疯狂的奇想呢？

更不要说苏绣乃至苏州的佳肴美点了。 看到那一个个刺绣女工的惊人的技艺和耐心，优雅和美丽，我还能写作和滔滔不绝地发言吗？　能不感到不好意思吗？　还有勇气或者有涵养去倾听那些一知半解的牛皮清谈、草率无涯的胡说八道吗？　在苏州呆久了，还能承受那些乏味、枯燥与粗野的事情吗？

　　苏州的刺绣，沉静的创造。　苏州的菜肴，明亮的喜悦。　苏州的歌曲，不设防的温柔。　苏州的园林，恬美的诗情。　苏州的街道，宁静的幻梦。　而苏州的企业和企业家，温雅的外表下包含着洋溢的聪明生气。　这一切都是怎么发生怎么留存的？　她怎么样经历了那大起大落大轰大嗡多灾多难的时代！

　　苏州是一种诱惑，是一种挑战，是一种补充。　在我们的生活里，苏州式的古老、沉静、温柔已经变得越来越陌生。　而大言欺世、大闹盗名、大轰趋时的"反苏州"却又太多了。　苏州更是一种文化历史现实未来的混合体。　苏州是一种珍惜，是一种保护，对于一切美善，对于一切建设创造和生活本身的珍惜与保护。　也是一种反抗，是对一切恶的破坏的无声的反抗。　虽然，恶也是一种时髦，而破坏又常常披上革命的或忽而又披上现代意识的虎皮。我真高兴，七年以后，我有缘再访苏州。　我们终于能够平静下来，保护苏州，复原苏州，欣赏苏州，爱恋苏州了。　我们终于能珍重苏州的美，开始懂得不应该去做那些亵渎美毁灭美的事情。在历史的惊涛骇浪和汹涌大潮当中，在一个又一个神圣的豪情与偏狂的争闹之中，在不断时髦转眼更替的巨轮与浪头之中，苏州保留下来了，苏州复原了，苏州在发展。　苏州是永远的。　比许多雷霆万钧的炮声更永远。

珍珠鸟

冯骥才①

真好！朋友送我一对珍珠鸟。放在一个简易的竹条编成的笼子里，笼内还有一卷干草，那是小鸟舒适又温暖的巢。

有人说，这是一种怕人的鸟。

我把它挂在窗前。那儿还有一盆异常茂盛的法国吊兰。我便用吊兰长长的、串生着小绿叶的垂蔓蒙盖在鸟笼上，它们就像躲进深幽的丛林一样安全；从中传出的笛儿般又细又亮的叫声，也就格外轻松自在了。

阳光从窗外射入，透过这里，吊兰那些无数指甲状的小叶，一半成了黑影，一半被照透，如同碧玉；斑斑驳驳，生意葱茏。小鸟的影子就在这中间隐约闪动，看不完整。有时连笼子也看不出，却见它们可爱的鲜红小嘴儿从绿叶中伸出来。

我很少扒开叶蔓瞧它们，它们便渐渐敢伸出小脑袋瞅瞅我。我们就这样一点点熟悉了。

三个月后，那一团愈发繁茂的绿蔓里边，发出一种尖细又娇嫩

---

① 冯骥才（1942—　）。"文革"后崛起的伤痕文学代表作家。浙江宁波人。1977年开始发表作品，主要是写小说，也写散文，还长于绘画。迄今出版各种作品四十部左右，不少佳作获得好评，如长篇小说《义和拳》，中篇小说《三寸金莲》，短篇小说《高女人和她的矮丈夫》和散文《珍珠鸟》《巴黎的艺术家们》等。其中短篇小说《雕花烟斗》获1979年全国优秀短篇小说奖，中篇小说《啊》《神鞭》分别获全国第一、三届优秀中篇小说奖。

的鸣叫。 我猜到，是它们有了雏儿。 我呢？ 绝不掀开叶片往里看，连添食加水时也不睁大好奇的眼去惊动它们。 过不多久，忽然有一个小脑袋从叶间探出来。 更小哟，雏儿！ 正是这个小家伙！

它小，就能轻易地由疏格的笼子钻出身。 瞧，多么像它的母亲，红嘴红脚，灰蓝色的毛，只是后背还没有生出珍珠似的圆圆的白点；它好肥，整个身子好像一个蓬松的球儿。

起先，这小家伙只在笼子四周活动，随后就在屋里飞来飞去，一会儿落在柜顶上，一会儿神气十足地站在书架上，啄着书背上那些大文豪的名字；一会儿把灯绳撞得来回摇动，跟着逃到画框上去了。 只要大鸟在笼里生气地叫一声，它立即飞回笼里去。

我不管它。 这样久了，打开窗子，它最多只在窗框上站一会儿，绝不飞出去。

渐渐它胆子大了，就落在我书桌上。

它先是离我较远，见我不去伤害它，便一点点挨近，然后蹦到我的杯子上，俯下头来喝茶，再偏过脸瞧瞧我的反应。 我只是微微一笑，依旧写东西，它就放开胆子跑到稿纸上，绕着我的笔尖蹦来蹦去，跳动的小红爪子在纸上发出嚓嚓响。

我不动声色地写，默默享受着这小家伙亲近的情意。 这样，它完全放心了，索性用那涂了蜡似的、角质的小红嘴，"嗒嗒"啄着我颤动的笔尖。 我用手抚一抚它细腻的绒毛，它也不怕，反而友好地啄两下我的手指。

白天，它这样淘气地陪伴我；天色入暮，它就在父母的再三呼唤声中，飞向笼子，扭动滚圆的身子，挤开那些绿叶钻进去。

有一天，我伏案写作时，它居然落到我的肩上。 我手中的笔不觉停了，生怕惊跑它。 待了一会儿，扭头看，这小家伙竟趴在我的肩头睡着了，银灰色的眼睑盖住眸子，小红脚刚好给胸脯上长长的绒毛盖住。 我轻轻抬一抬肩，它没醒，睡得好熟！ 还呷呷嘴，难道在做梦？ 我笔尖一动，流泻下一时的感受：

　　信赖，往往创造出美好的境界。

梦里花落知多少

三毛①

那一年的冬天，我们正要从丹娜丽芙岛搬家回到大加纳利岛自己的房子里去。

一年的工作已经结束，美丽无比的人造海滩引进了澄蓝平静的海水。

荷西与我坐在完工的堤边，看也看不厌地面对着那份成绩欣赏，景观工程的快乐是不同凡响的。

我们自黄昏一直在海边坐到子夜，正是除夕，一朵朵怒放的烟火，在漆黑的天空里如梦如幻地亮灭在我们仰着的脸上。

滨海大道上挤满着快乐的人群。钟敲十二响的时候，荷西将我抱在手臂里，说："快许十二个愿望，心里跟着钟声说。"

我仰望着天上，只是重复着十二句同样的话："但愿人长久，但愿人长久，但愿人长久，但愿人长久——"

送走了去年，新的一年来了。

荷西由堤防上先跳了下地，伸手接过跳落在他手臂中的我。

我们十指交缠，面对面地凝望了一会儿，在烟火起落的五色光影下，微笑着说："新年快乐！"然后轻轻一吻。

---

① 三毛（1943—1991）。原名陈平，祖籍浙江定海，生于重庆，台湾著名女作家，作品风靡海峡两岸。主要作品，有散文小品《撒哈拉的故事》《雨季不再来》《稻草人手记》等。她的文章轻松活泼，自然流畅。

我突然有些泪湿，赖在他的怀里不肯举步。

新年总是使人惆怅，这一年又更是来得如真如幻。许了愿的下一句对夫妻来说并不太吉利，说完了才回过意来，竟是心慌。

"你许了什么愿。"我轻轻问他。

"不能说出来的，说了就不灵了。"

我勾住他的脖子不放手，荷西知我怕冷，将我卷进他的大夹克里去。我再看他，他的眸光炯炯如星，里面反映着我的脸。

"好啦！回去装行李，明天清早回家去啰！"

他轻拍了我一下背，我失声喊起来："但愿永远这样下去，不要有明天了！"

"当然要永远下去，可是我们得先回家，来，不要这个样子。"

一路上走回租来的公寓去，我们的手紧紧交握着，好像要将彼此的生命握进永恒。

而我的心，却是悲伤的，在一个新年刚刚来临的第一个时辰里，因为幸福满溢，我怕得悲伤。

不肯在租来的地方多留一分一秒，收拾了零杂东西，塞满了一车子。清晨六时的码头上，一辆小白车在等渡轮。

新年没有旅行的人，可是我们急着要回到自己的房子里去。

关了一年的家，野草齐膝，灰尘满室，对着那片荒凉，竟是焦急心痛，顾不得新年不新年，两人马上动手清扫起来。

不过静了两个多月的家居生活，那日上午在院中给花洒水，送电报的朋友在木栅门外喊着："ECHO，一封给荷西的电报呢！"

我匆匆跑过去，心里扑扑地乱跳起来，不要是马德里的家人出了什么事吧！电报总使人心慌意乱。

"乱撕什么嘛！先给签个字。"朋友在摩托车上说。

我胡乱签了个名，一面回身喊车房内的荷西。

"你先不要怕嘛！ 给我看。"荷西一把抢了过去。

原来是新工作来了，要人火速去拉芭玛岛报到。

只不过几小时的光景，我从机场一个人回来，荷西走了。

离岛不算远，螺旋桨飞机过去也得四十五分钟，那儿正在建新机场，新港口。 只因没有什么人去那最外的荒寂之岛，大的渡轮也就不去那边了。

虽然知道荷西能够照顾自己的衣食起居，看他每一度提着小箱子离家，仍然使我不舍而辛酸。

家里失了荷西便失了生命，再好也是枉然。

过了一星期漫长的等待，那边电报来了。

"租不到房子，你先来，我们住旅馆。"

刚刚整理的家又给锁了起来，邻居们一再地对我建议： "你住家里， 荷西周末回来一天半，他那边住单身宿舍，不是经济些嘛！"

我怎么能肯。 匆忙去打听货船的航道，将杂物、一笼金丝雀和汽车托运过去，自己携着一只衣箱上机走了。

当飞机着陆在静静小小的荒凉机场时，又看见了重沉沉的大火山，那两座黑里带火蓝的大山。

我的喉咙突然卡住了，心里一阵郁闷，说不出的闷，压倒了重聚的欢乐和期待。

荷西一只手提着箱子，另一只手搭在我的肩上向机场外面走去。

"这个岛不对劲！"我闷闷地说。

"上次我们来玩的时候不是很喜欢的吗？"

"不晓得，心里怪怪的，看见它，一阵想哭似的感觉。"我的手拉住他皮带上的绊扣不放。

"不要乱想，风景好的地方太多了，刚刚赶上看杏花呢！"他轻轻摸了一下我的头发又安慰似的亲了我一下。

只有两万人居住的小城里租不到房子。我们搬进了一房一厅连一小厨房的公寓旅馆。收入的一大半付给了这份固执相守。

安置好新家的第三日，家中已经开始请客了，婚后几年来，荷西第一回做了小组长，这里另外四个同事没有带家眷，有两个还依然单身。我们的家，伙食总比外边的好些，为着荷西爱朋友的真心，为着他热切期望将他温馨的家让朋友分享，我晓得，在他内心深处，亦是因为有了我而骄傲，这份感激当然是全心全意地在家事上回报了他。

岛上的日子岁月悠长，我们看不到外地的报纸，本岛的那份又编得有若乡情。久而久之，世外的消息对我们已不很重要，只是守着海，守着家，守着彼此。每听见荷西下工回来时那急促的脚步声上楼，我的心便是欢喜。

六年了，回家时的他，怎么仍是一样跑着来的，不能慢慢地走吗？六年一瞬，结婚好似是昨天的事情，而两人已共过了多少悲欢岁月。

小地方人情温暖，住上不久，便是深山里农家讨杯水喝，拿出来的必是自酿的葡萄酒，再送一满怀的鲜花。

我们也是记恩的人，马铃薯成熟的季节，星期天的田里，总有两人的身影弯腰帮忙收获。做热了，跳进蓄水池里游个泳，趴在荷西的肩上浮沉，大喊大叫，便是不肯松手。

过去的日子，在别的岛上，我们有时发了神经病，也是争吵的。

有一回，两人讲好了静心念英文，夜间电视也约好不许开，对着一盏孤灯就在饭桌前钉住了。

讲好只念一小时，念了二十分钟，被教的人偷看了一下手表，再念了十分钟，一个音节发了二十次还是不正确，荷西又偷看了一下手腕。知道自己人是不能教自己人的，看见他的动作，手中的原子笔啪一下丢了过去，他那边的拍纸簿哗一下摔了过来，还怒喊了一声："你这傻瓜女人！"

第一次被荷西骂重话，我呆了几秒钟，也不知回骂，冲进浴室拿了剪刀便剪头发，边剪边哭，长发乱七八糟地掉了一地。

荷西追进来，看见我发疯，竟也不上来抢，只是依门冷笑："你也不必这种样子，我走好了！"

说完车钥匙一拿，门砰一下关上离家出走去了。

我冲到阳台上去看，凄厉地叫了一声他的名字，他哪里肯停下来，车子刷一下就不见了。

那一个长夜，是怎么熬下来的，自己都迷糊了。只念着离家的人身上没有钱，那么狂怒而去，又出不出车祸。

清晨五点多他轻轻地回来了，我趴在床上不说话，脸也哭肿了。离开父母家那么多年了，谁的委屈也能受下，只有荷西，他不能对我凶一句，在他面前，我是不设防的啊！

荷西用冰给我冰脸，又拉着我去看镜子，拿起剪刀来替我补救剪得狗啃似的短发。一刀一刀细心地给我勉强修修整齐，口中叹着："只不过气头上骂了你一句，居然剪头发，要是一日我死了呢——"

他说出这样的话来令我大恸，反身抱住他大哭起来，两人缠了一身的碎发，就是不肯放手。

到了新的离岛上，我的头发才长到齐肩，不能梳长辫子，两人却是再也不吵了。

依山背海而筑的小城是那么的安详，只两条街的市集便是一切了。

我们从不刻意结交朋友，几个月住下来，朋友雪球似的越滚越大，他们对我们真挚友爱，三教九流，全是真心。

周末必然是给朋友们占去了，爬山，下海，田里帮忙，林中采野果，不然找个老学校，深夜睡袋里半缩着讲巫术和鬼故事，一群岛上的疯子，在这世外桃源的天涯地角躲着做神仙。有时候，我快乐得总以为是与荷西一同死了，掉到这个没有时空的地方来。

那时候，我的心脏又不好了，累多了胸口的压迫来，绞痛也来。小小一袋菜场买回来的用品，竟然不能一口气提上四楼。

不敢跟荷西讲，悄悄地跑去看医生，每看回来总是正常又正常。

荷西下班是下午四点，以后全是我们的时间，那一阵不出去疯玩了。黄昏的阳台上，对着大海，半杯红酒，几碟小菜，再加一盘象棋，静静地对弈到天上的星星由海中升起。

有一晚我们走路去看恐怖片，老旧的戏院里楼上楼下数来数去只有五个人，铁椅子漆成铝灰色，冰冷冷的，然后迷雾凄凄的山城里一群群鬼飘了出来捉过路的人。

深夜散场时海潮正涨，浪花拍打到街道上来。我们被电影和影院吓得彻骨，两人牵了手在一片水雾中穿着飞奔回家，跑着跑着我格格地笑了，挣开了荷西，独自一人拼命地快跑，他鬼也似的在后面又喊又追。

还没到家，心绞痛突然发了，冲了几步，抱住电线杆不敢动。

荷西惊问我怎么了，我指指左边的胸口不能回答。

那一回，是他背我上四楼的。背了回去，心不再痛了，两人握着手静静醒到天明。

然后，缠着我已经几年的噩梦又紧密地回来了，梦里总是在上车，上车要去什么令我害怕的地方，梦里是一个人，没有荷西。

　　多少个夜晚，冷汗透湿的从梦魇里逃出来，发觉手被荷西握着，他在身畔沉睡，我的泪便是满颊。 我知道了，大概知道了那个生死的预告。

　　以为先走的会是我，悄悄地去公证人处写下了遗嘱。

　　时间不多了，虽然白日里仍是一样笑嘻嘻地洗他的衣服，这份预感是不是也传染了荷西。

　　即使是岸上的机器坏了一个螺丝钉，只修两小时，荷西也不肯在工地等，不怕麻烦地脱掉潜水衣就往家里跑，家里的妻子不在，他便大街小巷地去找，一家一家店铺问过去： "看见 ECHO 没有？ 看见 ECHO 没有？"

　　找到了什么地方的我，双手环上来，也不避人的微笑痴看着妻子，然后两人一路拉着手，提着菜篮往工地走去，走到已是又要下水的时候了。

　　总觉相聚的因缘不长了，尤其是我，朋友们来约周末的活动，总拿身体不好挡了回去。

　　周五帐篷和睡袋悄悄装上车，海边无人的地方搭着临时的家，摸着黑去捉螃蟹，礁石的夹缝里两盏朦朦的黄灯扣在头上，浪潮声里只听见两人一声声狂喊来去的只是彼此的名字。 那种喊法，天地也给动摇了，我们尚是不知不觉。

　　每天早晨，买了菜蔬水果鲜花，总也舍不得回家，邻居的脚踏车是让我骑的，网篮里放着水彩似的 片颜色便往码头跑。 骑进码头，第一个看见我的岸上工人总会笑着指方向： "今天在那边，再往下骑——"

　　车子还没骑完偌大的工地，那边岸上助手就拉信号，等我车一停，水里的人浮了起来，我跪在堤防边向他伸手，荷西早已跳了上来。

大西洋的晴空下，就算分食一袋樱桃也是好的，靠着荷西，左边的衣袖总是湿的。

不过几分钟吧，荷西的手指轻轻按一下我的嘴唇，笑一笑，又沉回海中去了。

每见他下沉，我总是望得痴了过去。

岸上的助手有一次问我："你们结婚几年了？"

"再一个月就六年了。"我仍是在水中张望那个已经看不见了的人，心里慌慌的。

"好得这个样子，谁看了你们也是不懂！"

我听了笑笑便上车了，眼睛越骑越湿，明明上一秒还在一起的，明明好好地做着夫妻，怎么一分手竟是魂牵梦萦起来。

家居的日子没有敢浪费，扣除了房租，日子也是紧了些。 有时候中午才到码头，荷西跟几个朋友站着就在等我去。

"ECHO，银行里还有多少钱？"荷西当着人便喊出来。

"两万，怎么？"

"去拿来，有急用，拿一万二出来！"

当着朋友面前，绝对不给荷西难堪。 掉头便去提钱，他说的数目一个折扣也不少，匆匆交给尚是湿湿的他，他一转手递给了朋友。

回家去我一人闷了一场，有时次数多了，也是会委屈掉泪的。哪里知道那是荷西在人间放的利息，才不过多久，朋友们便倾泪回报在我的身上了呢！

结婚纪念的那一天，荷西没有按时回家，我担心了，车子给他开了去，我借了脚踏车要去找人，才下楼呢，他回来了，脸上竟是有些不自在。

匆匆忙忙给他开饭——我们一日只吃一顿的正餐。坐下来向他举举杯，惊见桌上一个红绒盒子，打开一看，里面一只罗马字的老式女用手表。

"你先别生气问价钱，是加班来的外快——"他喊了起来。

我微微地笑了，没有气，痛惜他神经病，买个表还多下几小时的水。那么借朋友的钱又怎么不知去讨呢！

结婚六年之后，终于有了一只手表。

"以后的一分一秒你都不能忘掉我，让它来替你数。"荷西走过来双手在我身后环住。

又是这样不祥的句子，教人心惊。

那一个晚上，荷西睡去了，海潮声里，我一直在回想少年时的他，十七岁时那个大树下痴情的孩子，十三年后，在我枕畔共着呼吸的亲人。

我一时里发了疯，推醒了他，轻轻地喊名字，他醒不全，我跟他说："荷西，我爱你！"

"你说什么？"他全然地骇醒了，坐了起来。

"我说，我爱你！"黑暗中为什么又是有些呜咽。

"等你这句话等了那么多年，你终是说了！"

"今夜告诉你了，是爱你的，爱你胜于自己的生命，荷西——"

那边不等我讲下去，孩子似的扑上来缠住我，六年的夫妻了，竟然为着这几句对话，在深夜里泪湿满颊。

醒来荷西已经不见了，没有见到他吃早餐使我不安歉疚，匆匆忙忙跑去厨房看，洗净的牛奶杯里居然插着一朵清晨的野花。

我痴坐到快正午。这样的夜半私语，海枯石烂，为什么一日泛滥一日。 是我们的缘数要到了吗? 不会有的事情,只是自己太幸福了才生出的惧怕吧!

照例去工地送点心,两人见了面竟是赧然。 就连对看一眼都是不敢,只拿了水果核丢来丢去地闹着。

一日我见阳光正好,不等荷西回来,独自洗了四床被单。 搬家从来不肯带洗衣机,去外面洗又多一层往返和花费,不如自己动手搓洗来得方便。

天台上晾好了床单,还在放夹子的时候心又闷起来了,接着熟悉的绞痛又来。 我丢下了水桶便往楼下走,进门觉着左手臂麻麻的感觉,知道是不太好了,快喝了一口烈酒,躺在床上动也不敢动。

荷西没见我去送点心,中午穿着潜水衣便开车回来了。

"没什么,洗被单累出来了。"我恹恹地说。

"谁叫你不等我洗的——"他趴在我床边跪着。

"没有病,何必急呢! 医生不是查了又查了吗。 来,坐过来……"

他湿湿地就在我身边一靠,若有所思的样子。

"荷西——"我说,"要是我死了,你一定答应我再娶,温柔些的女孩子好,听见没有——"

"你神经! 讲这些做什么——"

"不神经,先跟你讲清楚,不再婚,我是灵魂永远都不能安息的。"

"你最近不正常,不跟你讲话。 要是你死了,我一把火把家烧掉,然后上船去飘到老死——"

"放火也可以,只要你再娶——"

荷西瞪了我一眼,只见他快步走出去,头低低的,大门轻轻扣上了。

一直以为是我，一直预感的是自己，对着一分一秒都是恐惧，都是不舍，都是牵挂。而那个噩梦，一日密似一日地纠缠着上来。

平凡的夫妇如我们，想起生死，仍是一片茫茫，失去了另一个的日子，将是什么样的岁月？我不能先走，荷西失了我要痛疯掉的。

一点也不明白，只是茫然地等待着。

有时候我在阳台上坐着跟荷西看渔船打鱼，夕阳晚照，凉风徐来，我摸摸他的颈子，竟会无端落泪。

荷西不敢说什么，他只说这美丽的岛对我不合适，快快做完第一期工程，不再续约，我们回家去的好。

只有我心里明白，我没有发疯，是将有大苦难来了。

那一年，我们没有过完秋天。

荷西，我回来了，几个月前一袭黑衣离去，而今穿着彩衣回来，你看了欢喜吗？

向你告别的时候，阳光正烈，寂寂的墓园里，只有蝉鸣的声音。

我坐在地上，在你永眠的身边，双手环住我们的十字架。

我的手指，一遍又一遍轻轻划过你的名字——荷西·马利安·葛罗。

我一次又一次地爱抚着你，就似每一次轻轻摸着你的头发一般地依恋和温柔。

我在心里对你说——荷西，我爱你，我爱你，我爱你——

这一句让你等了十三年的话，让我用残生的岁月悄悄地只讲给你一个人听吧！

我亲吻着你的名字，一次，一次，又一次，虽然口中一直叫着"荷西安息！ 荷西安息！"可是我的双臂，不肯放下你。

我又对你说："荷西，你乖乖地睡，我去一趟台湾就回来陪你，不要悲伤，你只是睡了！"

结婚以前，在塞哥维亚的雪地里，已经换过了心，你带去的那颗是我的，我身上的，是你。

埋下去的，是你，也是我。 走了的，是我们。

我拿出缝好的小白布口袋来，黑丝带里，系进了一握你坟上的黄土。 跟我走吧，我爱的人！ 跟着我是否才叫真正安息呢？

我替你再度整理了一下满瓶的鲜花，血也似的深红的玫瑰。留给你，过几日也是枯残，而我，要回台湾去了，荷西，这是怎么回事，一瞬间花落人亡；荷西，为什么不告诉我，这不是真的，一切只是一场噩梦。

离去的时刻到了，我几度想放开你，又几次紧紧抱住你的名字不能放手。 黄土下的你寂寞，而我，也是孤零零的我，为什么不能也躺在你的身边。

父母在山下巴巴地等待着我。 荷西，我现在不能做什么，只有你晓得，你妻子的心，是埋在什么地方。

苍天，你不说话，对我，天地间最大的奥秘是荷西，而你，不说什么地收了回去，只让我泪眼仰望晴空。

我最后一次亲吻了你，荷西，给我勇气，放掉你大步走开吧！

我背着你狂奔而去，跑了一大段路，忍不住停下来回首，我再度向你跑回去，扑倒在你的身上痛哭。

我爱的人，不忍留下你一个人在黑暗里，在那个地方，又到了哪儿去握住你的手安睡？

我趴在地上哭着开始挖土，让我再将十指挖出鲜血，将你挖出来，再抱你一次，抱到我们一起烂成白骨吧！

那时候，我被哭泣着上来的父母带走了。我不敢挣扎，只是全身发抖，泪如血涌。最后回首的那一眼，阳光下的十字架亮着新漆。你，没有一句告别的话留给我。

那个十字架，是你背，也是我背，不到再相见的日子，我知道，我们不会肯放下。

荷西，我永生的丈夫，我守着自己的诺言千山万水地回来了，不要为我悲伤，你看我，不是穿着你生前最爱看的那件锦绣彩衣来见你了吗？

下机后去镇上买鲜花，店里的人惊见是远去台湾而又回来的我，握住我的双手说不出一句话来，我们相视微笑，眼里都浮上了泪。

我抱着满怀的鲜花走过小城的石板路，街上的车子停了，里面不识的人，只对我淡淡地说："上车来吧！送你去看荷西。"

下了车，我对人点头道谢，看见了去年你停灵的小屋，心便狂跳起来。在那个房间里，四支白烛，我握住你冰凉苍白的双手，静静度过了我们最后的一夜，今生今世最后一个相聚相依的夜晚。

我鼓起勇气走上了那条通向墓园的煤渣路，一步一步地经过排排安睡了的人。我上石阶，又上石阶，向左转，远远看见了你躺着的那片地，我的步子零乱，我的呼吸急促，我忍不住向你狂奔而去。荷西，我回来了——我奔散了手中的花束，我只是疯了似的向你跑去。

冲到你的墓前，惊见墓木已拱，十字架旧得有若朽木，你的名字，也淡得看不出是谁了。

我丢了花，扑上去亲吻你，万箭穿心的痛穿透了身体。是我远走了，你的坟地才如此荒芜，荷西，我对不起你——

不能，我不是坐下来哭你的，先给你插好了花，注满清水在瓶子里，然后就要下山去给你买油漆。

来，让我再抱你一次，就算你已成白骨，仍是春闺梦里相思又相思的亲人啊！

我走路奔着下小城，进了五金店就要淡棕色的亮光漆和小刷子，还去文具店买了黑色的粗芯签字笔。

路上有我相熟的朋友，我跟他们匆匆拥抱了一下，心神溃散，无法说什么别后的情形。

银行的行长好心要伴我再上墓园，我谢了他，只肯他的大车送到门口。

这段时光只是我们的，谁也不能在一旁，荷西，不要急，今天，明天，后天，便是在你的身畔坐到天黑，坐到我也一同睡去。

我再度走进墓园，那边传来了丁字镐的声音，那个守墓地的在挖什么人的坟？

我一步一步走进去，马诺罗看见是我，惊唤了一声，放下工具向我跑来。

"马诺罗，我回来了！"我向他伸出手去，他双手接住我，只是又用袖子去擦汗。

"天热呢！"他木讷地说。

"是，春天已经尽了。"我说。

这时，我看见一个坟已被挖开，另外一个工人在用铁条撬开棺材，远远的角落里，站着一个黑衣的女人。

"你们在捡骨？"我问。

马诺罗点点头，向那边的女人望了一眼。

我慢慢地向她走去，她也迎了上来。

"五年了？"我轻轻问她，她也轻轻地点点头。

"要装去那里？"

"马德里。"

那边一阵木头迸裂的声音，传来了喊声："太太，过来看一下签字，我们才好装小箱！

那个中年妇人的脸上一阵抽动。

我紧握了她一下双手，她却不能举步。

"不看行不行？ 只签字。"我忍不住代她喊了回去。

"不行的，不看怎么交代，怎么向市政府去缴签字——"那边又喊了过来。

"我代你去看？"我抱住她，在她颊上亲了一下。

她点点头，手绢捂上了眼睛。

我走向已经打开的棺木，那个躺着的人，看上去不是白骨，连衣服都灰灰地附在身上。

马诺罗和另外一个掘坟人将那人的大腿一拉，身上的东西灰尘似的飞散了，一天一地的飞灰，白骨，这才露了出来。

我仍是骇了一跳，不觉转过头去。

"看到了？"那边问着。

"我代看了，等会儿这位太太签字。"

阳光太烈，我奔过去将那不断抽动着双肩的孤单女人扶到大树下去靠着。

我被看见的情景骇得麻了过去，只是一直发冷发抖。

"一个人来的？"我问她，她点头。

我抓住她的手，"待会儿，装好了小箱，你回旅馆去睡一下。"

她又点头，低低地说了一声："谢谢！"

离开了那个女人，我的步伐摇摇晃晃，只怕自己要昏倒下去。

刚刚的那一幕不能一时里便忘掉，我扶着一棵树，在短墙上靠了下来，不能恢复那场惊骇，心中如灰如死。

我慢慢地摸到水龙头那边的水槽，浸湿了双臂，再将凉水泼到自己的脸上去。

荷西的坟就在那边，竟然举步艰难。

知道你的灵魂不在那黄土下面，可是五年后，荷西，叫我怎么面对刚才看见的景象在你的身上重演？

我静坐了很久很久，一滴泪也流不出来。

再次给自己的脸拼命去浸冷水，这才拿了油漆罐子向坟地走过去。

阳光下，没有再对荷西说一句话，签字笔一次次填过刻着字的木槽缝里——荷西·马利安·葛罗。 安息。 你的妻子纪念你。

将那几句话涂得全新，等它们干透了，再用小刷子开始上亮光漆。

在那个炎热的午后，花丛里，一个着彩衣的女人，一遍又一遍地漆着十字架，漆着四周的木栅。 没有泪，她只是在做一个妻子的事情——照顾丈夫。

不要去想五年后的情景，在我的心里，荷西，你永远是活着的，一遍又一遍地跑着在回家，跑回家来看望你的妻。

我靠在树下等油漆干透，然后再要涂一次，再等它干，再涂一次，涂出一个新的十字架，我们再一起掮它吧！

我渴了，倦了，也困了。 荷西，那么让我靠在你身边。 再没有眼泪，再没有恸哭，我只是要靠着你，一如过去的年年月月。

我慢慢地睡了过去，双手挂在你的脖子上。 远方有什么人在轻轻唱歌——

记得当时年纪小

你爱谈天

我爱笑

有一回并肩坐在桃树下

风在林梢鸟儿在叫

我们不知怎样睡着了

梦里花落知多少

心灵的对白

席慕容①

在每天晚上入睡之前，每天早上醒来之后，我总禁不住想问下自己一个问题："我想要的，到底是一些什么呢？"

我想要把握住的，到底是一些什么呢？ 要怎么样才能为它塑出一个具体的形象？ 要怎么样才能理清它的脉络呢？

窗外的槭树，叶子已变成一片璀璨的金红，又是一年将尽了，日子过得真是快！ 这样白日黑夜不断地反复，我的问题却还一直没有找到答案。 我一直没办法用几句简单和明白的话，向你描述出我此刻的心情。

而你是知道的，对现在这个时刻，我有多感激，有多珍惜！我心中一直充满了一种朦胧的欢喜，一种朦胧的幸福。 可是，我就是说不出来，几次话到唇边，就是无法出口，好像隐隐然有一种警惕：若是说出来，有些事物有些美妙的感觉就会消失不见了。

而今夜，就是提笔的那一刹那，忽然有一句话进入我心中："世间总有一些事，是我们永远无法解释也无法说清的，我必须接受自己的渺小和自己的无能为力了。"

是的，在命运之前，我必须要承认我的渺小与无能为力，一向

---

① 席慕容（1943— ）。 女，台湾著名诗人、散文家、画家，生于重庆，祖籍内蒙古察哈尔盟明安旗。 出版的诗集有《七里香》《无怨的青春》《时光九篇》《边缘光影》《迷途诗册》《我折叠着我的爱》等。

争强好胜的我，在这里是没有什么可以争辩和可以控制的了。

就是说，在这世间，有些事物你是无法为它画出一张精确的画像来的，一旦真的变成精确了以后，它原来最美的、最令人疼惜的那一点就会消失不见了。有些事物，你也不能用简单和明白的语句来为它下一个定义，当那个定义斩钉截铁地出现了以后，它原来最温柔的，最令人感动的那一种特质也就没有了。

所以，我终于明白了，我终于知道，这么多年以来，一直烦扰在我心中的种种焦虑和不安，其实都是不必要和莫须有的啊！因为，世间有些事情，实在是无法解释，也不用解释的啊！

原来如果我又想画画，又想写诗，必定是因为心里有着一种想画和想写的欲望，必定是因为我的生命能从这两种创作活动里，得到极大的欢喜和安慰，因此，这实在是我自己的一种需求，一种自然的现象，我又何必一定要想出一个完美和完全的答案来呢？事情的本身应该就是一种最自然的答案了吧。

其实，你一直都是很明白，并且看得很清楚的，你一直都是知道我的，因为，你一直都认为："没有比自然更美、更坦白和更真诚的了。"

不是吗？如果万物都能顺着自然的道理去生长、去茁壮、去成熟，这世间就会添了多少安静而又美丽的收获呢！

一位哲学家告诉过我，世间有三种人，一种是极敏锐的，因此，在每一种现象发生的时候，这种人都能马上做出正确的反应，来配合种种的变化，所以他们很少会发生错误，因而也不会有追悔和遗憾。另外有一种人又是非常迟钝的，遇任何一种现象或是变化，他都是不知不觉，只顾埋头走自己的路，所以尽管一生错过无数机缘，却也始终不会察觉自己的错误，因此，也更不会有追悔和遗憾。

然后，哲学家说：所有的艺术家都属于中间的那一个阶层，没有上智的敏锐，所以常会做出错误的决定。　但是，又没有下智的迟钝，所以，在他的一生中，总是充满了一种追悔的心情。

　　然而，就是因为有了这一种追悔的心情，人类才会产生了那么多又那么美丽的艺术作品。

　　这位哲学家和我同龄，然而他的头发却因丰富的思虑变成花白，可是他的面容却还保有一种童稚的热情。　每次与他交谈，我总有一种无所遁形的感觉，好像是不管是我的坏或者我的好，在他的眼睛里都已看得清清楚楚，而且就算我怎样努力地掩饰或者去显露，都没有丝毫的效果，因为，我的本质他完全明白。

　　那么，你是不是也是这样呢？　不管我用什么面貌出现在你的面前，不管是毫无准备或者准备得很充分，你都能一样地看透呢？在你面前，我永远只是一个最单纯的我而已呢？　"没有什么比自然更美、更坦白和更真诚的了。"

　　然而，这样的一种单纯，这样的一种自然，是要用几千个日夜，几千个流泪与追悔的日夜才能孕育出来的，要经过多少次的尝试与错误才能过滤出来的，要经过多少次的努力的克制与追求才能得到的，要用几千几万句话才能形容得出来的啊！

　　"自然"是什么呢？　应该就只是一种认真和努力的成长罢了，应该就只是如此而已。　然而，这样认真而努力的成长，在这世间，有谁能真正知道？　有谁能完全明白？　有谁能绝对相信？更有谁，更有谁能从开始到结束仔仔细细为你一一理清、一一说出、一一记住的呢？

　　没有，没有一个人，甚至连我自己在内，在这世间，我相信没有一个人能把成长的历程中每一段细节、每一丝委婉的心事都镂刻起来，没有人能够做到这一点。

多少值得珍惜的痕迹都消逝在岁月里，消逝在风里和云里。在有意或无意间忽略了一些，在有意或无意间再忘记了一些，然后，逐渐而缓慢地，我蜕变成今日的我，站在你眼前的我，如你所说的：一个单纯而又自然的我。

然而，这样的一种单纯和自然，是用我所有的前半生来做准备的啊！我用了几十年的岁月来迎接今日与你的相遇，请你，请你千万要珍惜。亲爱的朋友，我对你一无所求，我不求你的赞美，不求你的恭维，不求你的鲜花和掌声，我只求你的了解和珍惜。

我们只能来这世上一次，只能有一个名字。我愿意用千言万语来描述这一种只有在人世间才能得到的温暖与朦胧的喜悦。我很高兴我能做中间的那一种人，我不羡慕上智，因为没有挫折的他们，不发生错误的他们，尽管不会流泪，可是却也失去了一种得到补救机会时的快乐与安慰。

其实，岁月一直在消逝，今日的得总是会变成明日的失，今日的补赎也挽不回昨日的错误，今日朦胧的幸福也将会变成明日朦胧的悲伤，可是，无论如何，我总是认真而努力地生活过了。

无论如何，借着我的画和我的诗，借着我的这些认真而努力的痕迹，我终于能得到一种回响，一种共鸣，终于发现，我竟然不是孤单和寂寞的了。

那么，我禁不住要问自己了："我想要的，是不是就是这种结果呢？"

我想要把握住的，是不是就只是今夜提笔时的这一种朦胧的欢喜与幸福？是不是就只是你的了解与珍惜？

"我想要的，到底是一些什么呢？"

"我想要的，到底是一些什么呢？"

祭　父

贾平凹①

　　父亲贾彦春，一生于乡间教书，退休在丹凤县棣花；年初胃癌复发，七个月后便卧床不起，饥饿疼痛，疼痛饥饿，受罪至第二十七天的傍晚，突然一个微笑而去世了。其时中秋将近，天降大雨，我还远在四百里之外，正预备着翌日赶回。

　　我并没有想到父亲的最后离去竟这么快。以往家里出什么事，我都有感应，就在他来西安检查病的那天，清早起来我的双目无缘无故地红肿，下午他一来，我立即感到有悲苦之灾了。经检查，癌已转移，半月后送走了父亲，天天心揪成一团，却不断地为他卜卦，卜辞颇吉祥，还疑心他会创造出奇迹，所以接到病危电报，以为这是父亲的意思，要与我交代许多事情。一下班车，看见戴着孝帽接我的堂兄，才知道我回来得太晚了，太晚了。父亲安睡在灵床上，双目紧闭，口里衔着一枚铜钱，他再也没有以往听见我的脚步便从内屋走出来喜欢地对母亲喊："你平回来了！"也没有我递给他一支烟时，他总是摆摆手而拿起水烟锅的样子，父亲永远不与儿子亲热了。

---

　　① 贾平凹（1952—　）。陕西丹凤人。初中毕业后在家务农。1972年入西北大学中文系。毕业后任陕西人民出版社编辑。1980年后进入创作高峰期，作品甚多。主要作品有散文集《月迹》《爱的踪迹》《商州散记》，小说集有短篇小说集《兵娃》《山地笔记》《早晨的歌》《野火集》，中篇小说《小月前本》《冰炭集》及长篇小说《浮躁》等。

守坐在灵堂的草铺里，陪父亲度过最后一个长夜。 小妹告诉我，父亲饲养的那只猫也死了。 父亲在水米不进的那天，猫也开始不吃，十一日中午猫悄然毙命，七个小时后父亲也倒了头。 我感动着猫的忠诚，我和我的弟妹都在外工作，晚年的父亲清淡寂寞，猫给过他慰藉，猫也随他去到另一个世界。 人生的短促和悲苦，大义上我全明白，面对着父亲我却无法超脱。 满院的泥泞里人来往作乱，响器班在吹吹打打，透过灯光我呆呆地望着那一棵梨树，还是父亲亲手栽的，往年果实累累，今年竟独独一个梨子在树顶。

父亲的病是两年前做的手术，我一直对他瞒着病情，每次从云南买药寄他，总是撕去药包上癌的字样。 术后恢复得极好，他每顿已能吃两碗饭，凌晨要喝一壶茶水，坐不住，喜欢快步走路。常常到一些亲戚朋友家去，撩了衣服说：瞧刀口多平整，不要操心，我现在什么病也没有了。 看着父亲的豁达样，我暗自为没告诉他病情而宽慰，但偶尔发现他独坐的时候，神色甚是悲苦，竟有一次我弄来一本算卦的书，兄妹们都嚷着要查各自的前途机遇，父亲走过来却说："给我查一下，看我还能活多久？"我的心咯噔一下沉起来，父亲多半是知道了他得的什么病，他只是也不说出来罢了。 卦辞的结果，意思是该操劳的都操劳了，待到一切都好。 父亲叹息了一声："我没好福。"我们都黯然无语，他就又笑了："这类书怎能当真？ 人生谁不是这样呢！"可后来发生的事情，不幸都依这卦辞来了。

先是数年前母亲住院，父亲一个多月在医院伺候，做手术的那天，我和父亲守在手术室外，我紧张得肚子疼，父亲也紧张得肚子疼。 母亲病好了，大妹出嫁，小妹高考却不中，原本依父亲的教龄可以将母亲和小妹的户口转为城镇户口，但因前几年一心想为小弟有个工作干，自己硬退休回来，现在小妹就只好窝在乡下了。为了小妹的前途，我写信申请，父亲四处寻人说情，他是干了几十年教师工作，不愿涎着脸给人家说那类话，但事情逼着他得跑动，每次都十分为难。 他给我说过，他曾鼓很大勇气去找人，但当得知所找的人不在时，竟如释重载，暗自庆幸，虽然明日还得再找，而今天却免去一次受罪了。 整整两年有余，小妹的工作有了着落，父亲喜欢得来人就请喝酒，他感激所有帮过忙的人，不论年龄大小皆视为贾家的恩人。

但就在这时候，他患了癌病。 担惊受怕的半年过去了，手术后身体一天天好起来，这一年春节父亲一定要我和妻子女儿回老家过年，多买了烟酒，好好欢度一番，没想年前两天，我的大妹夫突然出事故亡去。 病后的父亲老泪纵横，以前手颤的旧病又复发，三番五次划火柴点不着烟。 大妹带着不满一岁的外甥重又回住到我家，沉重的包袱又一次压在父亲的肩上。 为了大妹的生活和出路，父亲又开始了比小妹当年就业更艰难的奔波，一次次的碰壁，一夜夜的辗转不眠。 我不忍心看着他的劳累，甚至对他发火，他就再一次赶来给我说情况时，故意做出很轻松的样子，又总要说明他还有别的事才进城的。 大妹终于可以吃商品粮了，甚至还去外乡做临时工作，父亲实想领大妹一块去乡政府报到，但癌病复发了，终未去成。 父亲之所以在动了手术后延续了两年多的生命，他全是为儿女要办完最后一件事，当他办完事了竟不肯多活一月就悠然长逝。

俗话讲，人生的光景几节过，前辈子好了后辈子坏，后辈子好了前辈子坏，可父亲的一生中却没有舒心的日月。 在他的幼年，家贫如洗，又常常遭土匪的绑票，三个兄弟先后被绑票过三次，每次都是变卖家产赎回，而年仅七岁的他，也竟在一个傍晚被人背走到几百里外。 贾家受尽了屈辱，发誓要供养出一个出头的人，便一心要他读书。 父亲提起那段生活，总是感激着三个大伯，说他夜里读书，三个大伯从几十里外扛木头回来，为了第二天再扛到二十里外的集市上卖个好价，成半夜在院中用石槌砸木头的大小截面，那种"咣咣"的响声使他不敢懒散，硬是读完了中学，成为贾家第一个有文化的人。 此后的四五十年间，他们兄弟四人亲密无间，二十二口的大家庭一直生活到六十年代，后来虽然分家另住，谁家做一顿好吃的，必是叫齐别的兄弟。

我记得父亲在邻县的中学任教时期，一直把三个堂兄带在身边上学，他转到哪儿，就带在哪儿，堂兄在学生宿舍里搭合铺，一个堂兄尿床，父亲就把尿床的堂兄叫去和他一块睡，一夜几次叫醒小便，但常常堂兄还是尿湿了床，害得父亲这头湿了睡那头，那头暖干了睡这头。 我那时和娘住在老家，每年里去父亲那儿一次，我的伯父就用箩筐一头挑着我，一头挑着粮食翻山越岭走两天，我至今记得我在摇摇晃晃的箩筐里看夜空的星星，星星总是在移动，让我无法数清。 当我参加了工作第一次领到了工资，三十九元钱先给父亲寄去了十元，父亲买了酒便请了三个伯父痛饮，听母亲说那一次父亲是醉了。 那年我回去，特意跑了半个城买了一根特大的铝盒装的雪茄，父亲拆开了闻了闻，却还要叫了三个伯父，点燃了一口一口轮流着吸。 大伯年龄大，已经下世十多年了，按常理，父亲应该照看着二伯和三伯先走，可谁也没想到，料理父亲丧事的竟是二伯和三伯。 在盛殓的那个中午，贾家大小一片哭声，二伯和三伯老泪纵横，瘫坐在椅子上不得起来。

"文化革命"中，家乡连遭三年大旱，生活极度拮据，父亲却被诬陷为历史反革命关进了牛棚。 正月十五的下午，母亲炒了家中仅有的一疙瘩肉盛在缸子里，伯父买了四包香烟，让我给父亲送去。 我太阳落山时赶到他任教的学校，父亲已经遭人殴打过，造反派硬不让见，我哭着求情，终于在院子里拐角处见到了父亲，他黑瘦得厉害，才问了家里的一些情况，监管人就在一边催时间了。父亲送我走过拐角，却将缸子交给我，说："肉你拿回去，我把烟留下就是了。"我出了院子的栅栏门，门很高，我只能隔着栅栏缝儿看父亲，我永远忘不了父亲呆呆站在那儿看我的神色。

后来，父亲带着一身伤残被开除公职押送回家了，那是个中午，我正在山坡上拔草，听到消息扑回来，父亲已躺在床上，一见我抱了我就说："我害了我娃了！"放声大哭。 父亲是教了半辈子书的人，他胆小，又自尊，他受不了这种打击，回家后半年内不愿出门。 但家庭从政治上、经济上一下子沉沦下来，我们常常吃了上顿没有下顿，自留地的包谷还是嫩的便掰了回来，包谷棵儿和穗儿一起在碾子上砸了做糊糊吃，麦子不等成熟，就收回用锅炒了上磨。 全家唯一指望的是那头猪，但猪总是长一身红绒，眼里出血似的盼它长大了，父亲领着我们兄弟将猪拉到十五里的镇上去交售，但猪瘦不够标准，收购站拒绝收。 听说二十里外的邻县一个镇上标准低，我们决定重新去交，天不明起来，特意给猪喂了最好的食料，使猪肚撑得滚圆，我们却饿着，父亲说："今日把猪交了，咱父子仨一定去饭馆美美吃一顿！"这话极大地刺激了我和弟弟，赤脚冒雨将猪拉到了镇上。 交售猪的队排得很长，眼看着轮到我们了，收购员却喊了一声："下班了！"关门去吃饭。 我们迭声叫苦，没有钱去吃饭，又不能离开，而猪却开始排泄，先是一泡没完没了的尿，再是翘了尾巴要拉，弟弟急了，拿脚直踢猪屁股，但最后还是拉下来，望着那老大的一堆猪粪，我们明白那是多少钱的分量啊。 骂猪，又骂收购员，最后就不骂了，因为我和弟弟已经毫无力气了。 直等到下午上班，收购员过来在猪的脖子上捏捏，又在猪肚子上揣揣，头不抬地说："不够等级！下一个——"父亲首先急了，忙求着说："按最低等级收了吧。"收购员翻着眼训道："白给我也不收哩！"已经去验下一头猪了。父亲在那里站了好大一会儿，又过来蹲在猪旁边，他再没有说话，手抖着在口袋里掏烟，但没有掏出来，扭头对我们说："回吧。"父子仁默默地拉猪回来，一路上再没有说肚子饥的话。

在那苦难的两年里，父亲耿耿于怀的是他蒙受的冤屈，几乎过三天五天就要我来写一份翻案材料寄出去。他那时手抖得厉害，小油灯下他讲他的历史，我逐字书写，寄出去的材料百分之九十泥牛人海，而父亲总是自信十足。家贫买不起纸，到任何地方一发现纸就眼开，拿回来仔细裁剪，又常常纸色不同，以致后来父子俩谈起翻案材料只说"五色纸"就心照不宣。父亲幼年因家贫害过胃疼，后来愈过，但也在那数年间被野菜和稻糠重新伤了胃，这也便是他恶变胃癌的根因。当父亲终于冤案昭雪后，星期六的下午他总要在口袋里装上学校的午餐，或许是一片烙饼，或是四个小素包子，我和弟弟便会分别拿了躲到某一处吃得最后连手也舔了，末了还要趴在泉里喝水涮口咽下去。我们不知道那是父亲饿着肚子带回来的，最最盼望每个星期六傍晚太阳落山的时候。有一次父亲看着我们吃完，问："香不香？"弟弟说："香，我将来也要当个教师！"父亲笑了笑，别过脸去。我那时稍大，说现在吃了父亲的馍馍，将来长大了一定买最好吃的东西孝敬父亲。父亲退休以后，孩子们都大了，我和弟弟都开始挣钱，父亲也不愁没有馍馍吃，在他六十四岁的生口我买了一盒寿糕，他却直怨我太浪费了。五月初他病加重，我回去看望，带了许多吃食，他却对什么也没了食欲，临走买了数盒蜂王浆，叮咛他服完后继续买，钱我会寄给他的，但在他去世后第五天，村上一个人和我谈起来，说是父亲服完了那些蜂王浆后曾去商店打问过蜂王浆的价钱，一听说一盒八元多，他手里捏着钱却又回来了。

父亲当然是普通的百姓，清清贫贫的乡间教师，不可能享那些大人物的富贵，但当我在城里每次住医院，看见老干部楼上的那些人长期为小病疗养而坐在铺有红地毯的活动室中玩麻将，我就不由得想到我的父亲。

在贾家族里，父亲是文化人，德望很高，以致大家分为小家，小家再分为小家，甚至村里别姓人家，大到红白喜丧之事，小到婆媳兄妹纠纷，都要找父亲去解决。父亲乐意去主持公道，却脾气急躁，往往自己也要生许多闷气。时间长了，他有了一定的权威，多少也有了以"势"来压的味道，他可以说别人不敢说的话，竟还动手打过一个不孝其父的逆子的耳光，这少不得就得罪了一些人。为这事我曾埋怨他，为别人的事何必那么认真，父亲却火了，说道："我半个眼窝也见不得那些龌龊事！"父亲忠厚而严厉，胆小却嫉恶如仇，他以此建立了他的人品和德行，也以此使他吃了许多苦头，受了许多难处。当他活着的时候，这个家庭和这个村子的百多户人家已经习惯了父亲的好处，似乎并不觉得什么，而听到他去世的消息，猛然间都感到了他存在的重要。我守坐在灵堂里，看着多少人来放声大哭，听着他们哭诉："你走了，有什么事我给谁说呀？"的话，我欣慰着我的父亲低微却崇高，平凡而伟大。

在我小小的时候，我是害怕父亲的，他对我的严厉使我产生惧怕，和他单独在一起，我说不出一句话，极力想赶快逃脱。我恋爱的那阵，我的意见与父亲不一致，那年月政治的味道特浓，他害怕女方的家庭成分影响了我，他骂我，打我，吼过我"滚"。在他的一生中，我什么都听从他，唯那件事使他伤透了心。但随着时代的变化，家庭出身已不再影响到个人的前途，但我的妻子并未记恨他，像女儿一样孝敬他，他又反过来说我眼光比他准，逢人夸说儿媳的好处，在最后的几年里每年都喜欢来城中我的小家中住一个时期。但我在他面前，似乎一直长不大，直到我的孩子已经上小学了，一次他来城里，见面递给我一支烟来吸，我才知道我成熟了，有什么事可以直接同他商量。

父亲是一个普通的乡村教师，又受家庭生计所累，他没有高官显禄的三朋，也没有身缠万贯的四友，对于我成为作家，社会上开始有些虚名后，他曾是得意和自豪过。他交识的同行和相好免不了向他恭贺，当然少不了向他讨酒喝，父亲在这时候是极其慷慨的，身上有多少钱就掏多少钱，喝就喝个酩酊大醉。以致后来，有人在哪里看见我发表了文章，就拿着去见父亲索酒。他的酒量很大，原因一是"文革"中心情不好借酒消愁，二是后来为我的创作以酒得意，喝酒喝上了瘾，在很长的日子里天天都要喝的，但从不一人独喝，总是吆喝许多人聚家痛饮，又一定要母亲尽一切力量弄些好的饭菜招待。母亲曾经抱怨：家里的好吃好喝全让外人享用了！我也为此生过他的气，以我拒绝喝酒而抗议，父亲真有一段时间也不喝酒了。一九八二年的春天，我因一批小说受到报刊的批评，压力很大，但并未透露一丝消息给他。他听人说了，专程赶三十里到县城去翻报纸，熬煎得几个晚上睡不着。我母亲没文化，不懂得写文章的事，父亲给她说的时候，她困得不时打盹，父亲竟生气得骂母亲。第二天搭车到城里见我，我的一些朋友恰在我那儿谈论外界的批评文章，我怕父亲听见，让他在另一间房内休息，等来客一走，他竟过来说："你不要瞒我，事情我全知道了。没事不要寻事，有了事就不要怕事。你还年轻，要吸取经验教训，路长着哩！"说着又返身去取了他带来的一瓶酒，说：

"来，咱父子都喝喝酒。"他先倒了一杯喝了，对我笑笑，就把杯子交给我。他笑得很苦，我忍不住眼睛红了。这一次我们父子都重新开戒，差不多喝了一瓶。

自那以后，父亲又喝开酒了，但他从没有喝过什么名酒。两年半前我用稿费为他买了一瓶茅台，正要托人捎回去，他却来检查病了，竟发现患的是胃癌。手术后，我说："这酒你不能喝了，我留下来，等你将来病好了再喝。"我心里知道，父亲怕是再也喝不成了，如果到了最后不行的时候，一定让他喝一口。在父亲生命将息的第十天，我妻子陪送老人回老家，我让把酒带上。但当我回去后，父亲已经去世了，酒还原封未动。妻说：父亲回来后，汤水已经不能进，就是让喝酒，一定腹内烧得难受，为了减少没必要的痛苦，才没有给父亲喝。盛殓时，我流着泪把那瓶茅台放在棺内，让我的父亲在另一个世界上再喝吧。如今，我的文章还在不断地发表出版，我再也享受不到那一份特殊的祝贺了。

父亲只活了六十六岁，他把年老体弱的母亲留给我们，他把两个尚未成家的小妹留给我们，他把家庭的重担留给了从未担过重的长子的我。对于父亲的离去，我们悲痛欲绝，对于离去我们，父亲更是不忍。当检查得知癌细胞已广泛转移毫无医治可能的结论时，我为了稳住父亲的情绪，还总是接二连三地请一些医生来给他治疗，事先给医生说好一定要表现出检查认真，多说宽心话。我知道他们所开的药全都是无济于事的，但父亲要服只得让他服，当然是症状不减，且一日不济一日，他说："平呀，现在咋办呢？"我能有什么办法呀，父亲。眼泪从我肚子里流走了，脸上还得安静，说："你年纪大了，只要心放宽静养，病会好的。"说罢就不敢看他，赶忙借故别的事走到另一个房间去抹眼泪。后来他预感到了自己不行了，却还是让扶起来将那苦涩的药面一大勺一大勺地吞在口里，强行咽下，但他躺下时已泪流满面，一边用手擦着一边说："你妈一辈子太苦，为了养活你们，舍不得吃，舍不得穿，到现在还是这样。我只说她要比我先走了，我会把她照看得好好的……往后就靠你们了。还有你两个妹妹……"母亲第一个哭起来，接着全家大哭，这是我们唯有的一次当着父亲的面痛哭。我真担心这一哭会使父亲明白一切而加重他的负担，但父亲反倒劝慰我们，他照常要服药，说他还要等着早已订好的国庆节给小妹结婚的那一天，还叮咛他来城前已给菜地的红萝卜浇了水，菜苗一定长得茂密，需要间一间。

就在他去世的前五天，他还要求母亲去抓了两副中草药熬着喝。父亲是极不甘心地离开了我们，他一直是在悲苦和疼痛中挣扎，我那时真希望他是个哲学家或是个基督教徒，能透悟人生，能将死自认为一种解脱，但父亲是位实实在在地为生活所累了一生的平民，他的清醒的痛苦的逝去使我心灵不得安宁。当得知他在最后一刻终于绽出一个微笑，我的心多多少少安妥了一些。可以告慰父亲的是，母亲在悲苦中总算挺了过来，我们兄妹都一下子更加成熟，什么事都处理得很好。小妹的婚事原准备推迟，但为了父亲灵魂的安息，如期举办，且办得十分圆满。这个家庭没有了父亲并没有散落，为了父亲，我们都在努力地活着。

按照乡间风俗，在父亲下葬之后，我们兄妹接连数天的黄昏去坟上烧纸和燃火，名曰："打怕怕"，为的是不让父亲一人在山坡上孤单害怕。冥纸和麦草燃起，灰屑如黑色的蝴蝶满天飞舞，我们给父亲说着话，让他安息，说在这面黄土坡上有我的爷爷奶奶，有我的大伯，有我村更多的长辈，父亲是不会孤单的，也不必感到孤单，这面黄土坡离他修建的那一院房子不远，他还是极容易来家中看看；而我们更是永远忘不了他，会时常来探望他的。

秦　腔

贾平凹

　　山川不同，便风俗区别，风俗区别，便戏剧存异；普天之下人不同貌，剧不同腔，京，豫，晋，越，黄梅，二簧，四川高腔，几十种品类；或问：历史最悠久者，文武最正经者，是非最汹汹者？曰：秦腔也。　正如长处和短处一样突出便见其风格，对待秦腔，爱者便爱得要死，恶者便恶得要命。　外地人——尤其是自夸于长江流域的纤秀之士——最害怕秦腔的震撼；评论说得婉转的是：唱得有劲，说得直率的是：大喊大叫。　于是，便有柔弱女子，常在戏台下以绒堵耳，又或在平日教训某人：你要不怎么怎么样，今晚让你去看秦腔！秦腔成了惩罚的代名词。　所以，别的剧种可以各省走动，唯秦腔则如秦人一样，死不离窝；严重的乡土观念，也使其离不了窝：可能还在西北几个地方变腔走调的有些市场，却绝对冲不出往东南而去的潼关呢。

　　但是，几百年来，秦腔却没有被淘汰，被沉沦，这使多少人在大惑而不得其解。　其解是有的，就在陕西这块土地上。　如果是一个南方人，坐车轰轰隆隆往北走，渡过黄河，进入西岸，八百里秦川大地，原来竟是：一抹黄褐的平原；辽阔的地平线上，一处一处用木椽夹打成一尺多宽墙的土屋，粗笨而庄重；冲天而起的白杨，苦楝，紫槐，枝杆粗壮如桶，叶却小似铜钱，迎风正反翻覆……你立即就会明白了：这里的地理构造竟与秦腔的旋律维妙维肖的一统！再去接触一下秦人吧，活脱脱的一群秦始皇兵马俑的复出：高个，浓眉，眼和眼间隔略远，手和脚一样粗大，上身又稍稍见长于下身。当他们背着沉重的三角形状的犁铧，赶着山包一样团块组合式的秦川公牛，端着脑袋般大小的耀州瓷碗，蹲在立的卧的石磙子碌碡上吃着牛肉泡馍，你不禁又要改变起世界观了：啊，这是块多么空旷而实在的土地，在这块土地挖爬滚打的人群是多么"二楞"的民众！那晚霞烧起的黄昏里，落日在地平线上欲去不去的痛苦的妊娠，五里一村，十里一镇，高音喇叭里传播的秦腔互相交织，冲撞，这秦腔原来是秦川的天籁，地籁，人籁的共鸣啊！于此，你不渐渐感觉到了南方戏剧的秀而无骨吗？不深深地懂得秦腔为什么形成和存在而占却时间、空间的位置吗？

八百里秦川，以西安为界，咸阳，兴平，武功，周至，凤翔，长武，岐山，宝鸡，两个专区几十个县为西府，三原，泾阳，高陵，户县，合阳，大荔，韩城，白水，一个专区十几个县为东府。秦腔，就源于西府。在西府，民性敦厚，说话多用去声，一律咬字沉重，对话如吵架一样，哭丧又一呼三叹，呼喊远人更是特殊：前声拖十二分地长，末了方极快地道出内容。声韵的发展，使会远道喊人的人都从此有了唱秦腔的天才，老一辈的能唱，小一辈的能唱，男的能唱，女的能唱；唱秦腔成了做人最体面的事，任何一个乡下男女，只有唱秦腔，才有出人头地的可能，大凡有出息的，是个人才的，哪一个何曾未登过台，起码不能吼一阵乱弹呢？！

农民是世上最劳苦的人，尤其是在这块平原上，生时落草在黄土炕上，死了被埋在黄土堆下；秦腔是他们大苦中的大乐，当老牛木牵疙瘩绳，在田野已经累得筋疲力尽，立在犁沟里大喊大叫来段秦腔，那心胸肺腑，关关节节的困乏便一尽儿涤荡净了。秦腔与他们，是和"西凤"白酒，长线辣子，大叶卷烟，牛肉泡馍一样成为生命的五大要素。若与那些年长的农民聊起来，他们想象的伟大的共产主义生活，首先便是这五大要素。 他们有的是吃不完的粮食，他们缺的是高超的艺术享受，他们教育自己的子女，不会是那些文豪们讲的，幼年不是祖母讲着动人的迷丽的童话，而是一字一板传授着秦腔。 他们大都不识字，但却出奇地能一本一本整套背诵出剧本，虽然那常常是之乎者也的字眼从那一圈胡子的嘴里吐出来十分别扭。 有了秦腔，生活便有了乐趣，高兴了，唱"快板"，高兴得是被烈性炸药爆炸了一样，要把整个身心粉碎在天空！痛苦了，唱"慢板"，揪心裂肠的唱腔却表现了多么有情有味的美来，美给了别人的享受，美也熨平了自己心中愁苦的皱纹。当他们在收获时节的土场上，在月在中天的庄院里大吼大叫唱起来的时候，那种难以想象的狂喜，激动，雄壮，与那些献身于诗歌的文人，与那些有吃有穿却总感空虚的都市人相比，常说的什么伟大的永恒的爱情是多么渺小，有限和虚弱啊！

我曾经在西府走动了两个秋冬，所到之处，村村都有戏班，人人都会清唱。 在黎明或者黄昏的时分，一个人独独地到田野里去，远远看着天幕下一个一个山包一样隆起的十三个朝代帝王的陵墓，细细辨认着田埂上，荒草中那一截一截汉唐时期石碑上的残字，高高的土屋上的窗口里就飘出一阵冗长的二胡声，几声雄壮的秦腔叫板，我就痴呆了，感觉到那村口的土尖里，一头叫驴的打滚是那么有力，猛然发现了自己心胸中一股强硬的气魄随同着胳膊上的肌肉疙瘩一起产生了。

每到农闲的夜里，村里就常听到几声锣响：戏班排演开始了。演员们都集合起来，到那古寺庙里去。 吹，拉，弹，奏，翻，打，念唱，提袍甩袖，吹胡瞪眼，古寺庙成了古今真乐府，天地大梨园，导演是老一辈演员，享有绝对权威，演员是一家几口，夫妻同台，父子同台，公公儿媳也同台。 按秦川的风俗：父和子不能不有其序，爷和孙却可以无道，弟与哥嫂可以嬉闹无常，兄与弟媳则无正事不能多言。 但是，一到台上，秦腔面前人人平等，兄可以拜弟媳为帅为将，子可以将老父绳绑索捆。 寺庙里有窗无扇，屋梁上蛛丝结网，夏天蚊虫飞来，成团成团在头上旋转，薰蚊草就墙角燃起，一声唱腔一声咳嗽。 冬天里四面透风，柳木疙瘩火当中架起，一出场一脸正经，一下场凑近火堆，热了前怀，凉了后背。 排演到什么时候，什么时候都有观众，有抱着二尺长的烟袋的老者，有凳子高，桌子高趴满窗台的孩子。 庙里一个跟斗未翻起，窗外就哇地一声叫倒号，演员出来骂一声：谁说不好的滚蛋！他们抓住窗台死不滚去，倒要连声讨好：翻得好！翻得好！更有殷勤的，跑回来偷拿了红薯、土豆，在火堆里煨熟给演员作夜餐，赚得进屋里有一个安全位置。 排演到三更鸡叫，月儿偏西，演员们散了，孩子们还围了火堆弯腰踢腿，学那一招一式。

一出戏排成了，一人传出，全村振奋，扳着指头盼那上演日期。 一年十二月，正月元宵日，二月龙抬头，三月三，四月四，五月五日过端午，六月六晒丝绸，七月过半，八月中秋，九月初九，十月一日，再是那腊月五豆，腊八，二十三……月月有节，三月一会，那戏必是上演的。 戏台是全村人的共同的事业，宁肯少吃少穿也要筹资积款，买上好的木石，请高强的工匠来修筑。 村子富不富，就比这戏台阔不阔。 一演出，半下午人就扛凳子去占地位了，未等戏开，台下坐的、站的人头攒拥，台两边阶上立的卧的是一群玩童。 那锣鼓就叮叮咣咣地闹台，似乎整个世界要天翻地覆了。 各类小吃趁机摆开，一个食摊上一盏马灯，花生，瓜子，糖果，烟卷，油茶，麻花，烧鸡，煎饼，长一声短一声叫卖不绝。 锣鼓还在一声儿敲打，大幕只是不拉，演员偶尔从幕边往下望望，下边就喊：开演呀，场子都满了！幕布放下，只说就要出场了，却又叮叮咣咣不停。

台下就乱了，后边的喊前边的坐下，前边的喊后边的为什么不说最前边的立着；场外的大声叫着亲朋子女名字，问有坐处没有，场内的锐声回应快进来，有要吃煎饼的喊熟人去买一个，熟人买了站在场外一扬手，"日"地一声隔人头甩去，不偏不倚目标正好；左边的喊右边的踩了他的脚，右边的叫左边的挤了他的腰，一个说：狗年快完了，你还叫啥哩？一个说：猪年还没到，你便攻开了！言语伤人，动了手脚；外边的趁机而入，一时四边向里挤，里边向外扛，人的旋涡涌起，如四月的麦田起风，根儿不动，头身一会儿倒西，一会儿倒东，喊声，骂声，哭声一片；有拼命挤将出来的，一出来方觉世界偌大，身体胖肿，但差不多却光了脚，乱了头发。大幕又一挑，站出戏班头儿，大声叫喊要维持秩序，立即就跳出一个两个所谓"二于子"人物来。这类人物多是头脑简单，四肢发达，却十二分忠诚于秦腔，此时便拿了树条儿，哪里人挤，哪里打去，如凶神恶煞一般。人人恨骂这些人，人人又都盼有这些人，叫他们是秦腔宪兵。宪兵者越发忠于职责，虽然彻夜不得看戏，但大家一夜满足了，他们也就满足了一夜。

终于台上锣鼓停了，大幕拉开，角色出场。但不管男的女的，出来偏不面对观众，一律背身掩面，女的就碎步后移，水上漂一样，台下就叫：瞧那腰身，那肩头，一身的戏哟！是男的就摇那帽翎，一会儿双摇，一会儿单摇，一边上下飞闪，一边纹丝不动，台下便叫：绝了！绝了！等到那角色儿猛一转身，头一高扬，一声高叫，声如炸雷豁啷啷直从人们头顶碾过，全场一个冷颤，从头到脚，每一个手指尖儿，每一根头发梢儿都麻酥酥的了。如果是演《救裴生》，那慧娘站在台中往下蹲，慢慢地，慢慢地，慧娘蹲下去了，全场人头也矬下去了半尺，等那慧娘往起站，慢慢地，慢慢地，慧娘站起来了，全场人的脖子也全拉长了起来。　他们不喜欢看生戏，最欢迎看熟戏，那一腔一调都晓得，哪个演员唱得好，就摇头晃脑跟着唱，哪个演员走了调，台下就有人要纠正。　说穿了，看秦腔不为求新鲜，他们只图过过瘾。

在这样的地方，这样的环境，这样的气氛，面对着这样的观众，秦腔是最逞能的。　它的艺术的享受，是和拥挤而存在，是有力气而获得的。　如果是冬天，那风在刮着，像刀子一样，如果是夏天，人窝里热得如蒸笼一般，但只要不是大雪，冰雹，暴雨，台下的人是不肯撤场的。　最可贵的是那些老一辈的秦腔迷，他们没有力气挤在台下，也没有好眼力看清演员，却一溜一排地蹲在戏台两侧的墙根，吸着草烟，慢慢将唱腔品赏。　一声叫板，便可以使他们坠入艺术之宫，"听了秦腔，肉酒不香"，他们是体会得最深。　那些大一点的，脾性野一点的孩子，却占领了戏场周围所有的高空，杨树上、柳树上、槐树上，一个枝杈一个人。　他们常常乐而忘了险境，双手鼓掌时竟从树杈上掉下来，掉下来自不会损伤，因为树下是无数的人头，只是招致一顿臭骂罢了。　更有一些爬在了场边的麦秸儿集上，夏天四面来风，好不凉快，冬日就趴个草洞，将身子缩进去，露一个脑袋。　也正是有闲阶级享受不了秦腔吧，他们常就瞌睡了，一觉醒来，月在西天，戏毕人散，只好苦笑一声悄然没声儿地溜下来回家敲门去了。

当然，一次秦腔演出，是一次演员亮相，也是一次演员受村人评论的考场。　每每角色一出场，台下就一片喊喊喳喳，这是谁的儿子，谁的女子，谁家的媳妇，娘家何处？　于是乎，谁有出息，谁没能耐，一下子就有了定论。　有好多外村的人来提亲说媒，总是就在这个时候进行。　据说有一媒人将一女子引到台下，相亲台上一个男演员，事先夸口这男的如何俊样，如何能干，但戏演了过半，那男的还未出场，后来终于出来，是个国民党的伪兵，还持枪未走到中台，扮游击队长的演员挥枪一指，"叭"的一声，那伪兵就倒地而死，爬着钻进了后幕。那女子当下哼了一声，闭了嘴，一场亲事自然了了。这是喜中之悲一例。据说还有一例，一个老头在脖子上架了孙孙去看戏，孙孙吵着要回家，老头好说好劝只是不忍半场而去，便破费买了半斤花生，他眼盯着台上，手在下边剥花生，然后一颗一颗扬手喂到孙孙嘴里，但喂着喂着，竟将一颗塞进孙孙鼻孔，吐不出，咽不下，口鼻出血，连夜送到医院动手术，花去了七十元钱。但是，以秦腔引喜的事却不计其数。每个村里，总会有那么个老汉，夜里看戏，第二天必是头一个起床往戏台下跑。戏台下一片石头，砖头，一堆堆瓜子皮，糖果纸，烟屁股，他掀掀这块石头，踢踢那堆尘土，少不了要捡到一角两角甚至三元四元钱币来，或者一只鞋，或者一条手帕。这是村里钻刁人干的营生，而馋嘴的孩子们有的则夜里趁各家锁门之机，去地里摘那香瓜来吃，去谁家院里将桃杏装在背心兜里回来分红。自然少不了有那些青春妙龄的少男少女，则往往在台下混乱之中眼送秋波，或者就悄悄退出，相依相偎到黑黑的渠畔树林子里去了……

秦腔在这块土地上，有着神圣的不可动摇的基础。凡是到这些村庄去下乡，到这些人家去作客，他们最高级的接待是陪着看一场秦腔，实在不逢年过节，他们就会要合家唱一会儿乱弹，你只能点头称好，不能耻笑，甚至不能有一点不入神的表示。他们一生最崇敬的只有两种人，一是国家领导人，一是当地的秦腔名角。既是在任何地方，这些名角没有在场，只要发现了名角的父母，去商店买油是不必排队的，进饭馆吃饭是会有座位的，就是在半路上挡车，只要喊一声：我是某某的什么，司机也便要嘎地停车。但是，谁要侮辱一下秦腔，他们要争死争活地和你论理，以至大打出手，永远使你记住教训。 每每村里过红白丧喜之事，那必是要包一台秦腔的，生儿以秦腔迎接，送葬以秦腔致哀，似乎这个人生的世界，就是秦腔的舞台，人只要在舞台上，生、旦、净、丑，才各显了真性，恶的夸张其丑，善的凸现其美，善使他们获得了美的教育，恶的也使丑里化作了美的艺术。

广漠旷远的八百里秦川，只有这秦腔，也只能有这秦腔，八百里秦川的劳作农民只有也只能有这秦腔使他们喜怒哀乐。 秦人自古是大苦大乐之民众，他们的家乡交响乐除了大喊大叫的秦腔还能有别的吗？

素面朝天

毕淑敏①

素面朝天。

我在白纸上郑重写下这个题目。 夫走过来说，你是要将一碗白皮面，对着天空吗？

我说有一位虢国夫人，就是杨贵妃的姐姐，她自恃美丽，见了唐明皇也不化妆，所以叫……

夫笑了，说，我知道。 可是你并不美丽。

是的，我不美丽，但素面朝天并不是美丽女人的专利，而是所有女人都可以选择的一种生存方式。

看看我们周围。 每一棵树、每一叶草、每一朵花，都不化妆。 面对骄阳、面对暴雨、面对风雪，它们都本色而自然。 它们会衰老和凋零，但衰老和凋零也是一种真实。 作为万物灵长的人类，为何要将自己隐藏在脂粉和油彩的后面？

见一位化过妆的女友洗面，红的水黑的水蜿蜒而下，仿佛洪水冲刷过水土流失的山峦。 那个真实的她，像在蛋壳里窒息得过久

---

① 毕淑敏（1952— ）。 祖籍山东文登，1952 年出生于新疆伊宁，长在北京，就读于北京外语学院附属学校。 17 岁赴西藏阿里地区当兵，在海拔五千米的高原部队服役 11 年。 历任卫生员、军医。 1991 年毕业于北京师范大学研究生院中文系，硕士。 从事医学工作 20 年后开始专业写作，1987 年开始共发表作品两百余万字。 1989 年加入中国作家协会。 代表作《红处方》《血玲珑》《拯救乳房》等。

的鸡雏，渐渐苏醒过来，我觉得这个眉目清晰的女人，才是我真正的朋友。片刻前被颜色包裹的那个形象，是一个虚伪的陌生人。

脸，是我们与生俱来的证件。我的父母，凭着它辨认出一脉血缘的延续；我的丈夫，凭着它在茫茫人海中将我找寻；我的儿子，凭着它第一次铭记住了自己的母亲……每张脸，都是一本生命的图谱。连脸都不愿公开的人，便像捏着一份涂改过的证件，有了太多的秘密。所有的秘密都是有重量的。背着化过妆的脸走路的女人，便多了劳累，多了忧虑。

化妆可以使人年轻，无数广告喋喋不休地告诫我们。我认识的一位女郎，盛妆出行，艳丽得如同一组霓虹灯。一次半夜里我为她传一个电话，门开的一瞬间，我惊愕不止。惨亮的灯光下，她枯黄憔悴如同一册古老的线装书。"我不能不化妆。"她后来告诉我，"化妆如同吸烟，是有瘾的。我已经没有勇气面对不化妆的我。化妆最先是为了欺人，之后就成了自欺，我真羡慕你啊！"从此我对她充满同情。

我们都会衰老。我镇定地注视着我的年纪，犹如眺望远方一幅渐渐逼近的白帆。为什么要掩饰这个现实呢？掩饰不单是徒劳，首先是一种软弱。自信并不与年龄成反比，就像自信并不与美丽成正比。勇气不是储存在脸庞里，而是掌握在自己手中。化妆品不过是一些高分子的化合物、一些水果的汁液和一些动物的油脂，它们同人类的自信与果敢实在是不相干的东西。犹如大厦需要钢筋铁骨来支撑，而决非几根华而不实的竹竿。

常常觉得化了妆的女人犯了买椟还珠的错误。请看我的眼睛！浓墨勾勒的眼线在说。但栅栏似的假睫毛圈住的眼波，却暗淡犹疑。请注意我的口唇！樱桃红的唇膏在呼唤。但轮廓鲜明的唇内吐出的话语，却肤浅苍白……化妆以醒目的色彩强调以至强迫人们注意的部位，却往往是最软弱的所在。

磨砺内心比油饰外表要难得多，犹如水晶与玻璃的区别。

不拥有美丽的女人，并非也不拥有自信。 美丽是一种天赋，自信却像树苗一样，可以播种可以培植可以蔚然成林可以直到地老天荒。

我相信不化妆的微笑更纯洁而美好，我相信不化妆的目光更坦率而真诚，我相信不化妆的女人更有勇气直面人生。

假若不是为了工作，假若不是出于礼仪，我这一生，将永不化妆。

女人的白夜

铁凝①

我坐在窗前看窗外的窗，窗外的窗子静静地看我。

在白夜里我才知道，我看世界时，世界也在看我。

奥斯陆的白夜银白银白。 夜最深时也能辨清对面窗子窗帘的颜色。 那亚麻色的窗帘夜夜从不关闭，我才知道对面这老式房子并非一幢公寓。

我依然认定对面的窗子便是娜斯金卡的家，这少女的外婆正用别针把外孙女和自己别在一起。 可娜斯金卡还是有办法逃走，于是，彼得堡朦胧、湿润的白夜里便有了娜斯金卡和她的爱情故事。

这是陀思妥耶夫斯基的《白夜》，十几年前它就给了我那样美好的心境。 当我在黑夜里梦见白夜时，那白夜就是娜斯金卡纯净的脸。

十几年过去，我看见了真正的白夜。 如今我置身奥斯陆的白夜中，又听见了另一个白夜的故事。

6 月 23 日是北欧的仲夏夜狂欢节。 这天白夜最长，人们在黄

---

① 铁凝（1957—　）。 生于北京，祖籍河北赵县。 1986 年和 1988 年先后发表反省古老历史文化、关注女性生存的两部中篇小说《麦秸垛》和《棉花垛》，标志着铁凝步入一个新的文学创作时期。 她主要写小说，有长篇《玫瑰门》和中篇《对面》，短篇小说集《午后悬崖》。 《哦，香雪》《六月的话题》，分别获 1982 年、1984 年全国优秀短篇小说奖；《没有纽扣的红衬衫》获全国第三届优秀中篇小说奖。 她也写散文，有集子《女人的白夜》，获首届鲁迅文学奖。

昏相聚海边，点起篝火，彻夜欢歌。古时这节日却是以拿女人祭神为内容的。小镇上的人们在海边燃起火堆，将一个被镇长认定有罪的女人扔进火里，烧死她以换取整个小镇的清白。

女人们惧怕这白夜的来临，惧怕自己被镇长选中，于是加倍地小心做人。

可是，每一年的仲夏夜，火堆里仍然要投入一个女人。女人们仍然要在这里战栗着狂欢。

多少多少年后，当又一个仲夏夜来临，又一个女人就要被扔进火里时，一个聪明、勇敢的女人决意夺回女人的命运。她站出来质问镇长，问他有什么证据证明那被烧的女人有罪。镇长也很聪明，说：可以将这女人装进麻袋，绑好投入池塘。假如她飘在水面，说明她是清白的；假如她沉了下去，便是罪恶深重。

人们雀跃着拥向池塘，去观赏这种验证。自然，镇长选中的女人永远是沉下去的。这种验证的方式不过使用来祭神的女人在火的折磨前又加一层水的折磨。

多少多少年后，仲夏夜狂欢的篝火里不再投入女人，时代终于使活人换成了草人。草人敷衍了神灵，草人使女人松了一口气。仲夏夜可爱了，篝火旁响起了没有战栗的歌唱。

可那草人的样子是男草人还是女草人？我一直想问问讲故事的人。

当我在一个白夜从易卜生的故乡斯凯恩乘车返回奥斯陆的时候，沿途那幽深的有野鹿出没的森林里，那起伏着绿色松涛的山谷里，到处都响着娜拉出走时的关门声。这关门声曾经响彻了全世界，如今在这明如白昼的夜色里，它格外地清晰、真切，就像是回答着古时那个镇长的暴虐。

于是，世界上那么多的女人被吸引到斯堪的那维亚半岛来了，人们称这些人为作家。

于是，第二届国际女作家书展在娜拉的故乡开幕了。 1986 年的 6 月 23 日，参加书展的全体女作家聚会在英格亚德海湾，燃起篝火，共度狂欢之夜。

于是，奥斯陆慷慨地将今年的仲夏夜献给了更多的女人，女人在今夜决定一切，享受一切，统治一切。 这里有梦中有过的美妙意境，这里有我们不曾有过的梦。

英格亚德海湾的松树绿得年轻，海水蓝得响亮。 橘红色的太阳在深夜 11 点的海面半浸着身体，久久不愿沉没，就像在倾听芬兰女作家正在演唱的那粗犷、幽默的无字歌。 在她家乡的山谷里，当人们彼此相隔很远地劳动时，就靠了这无字的歌声沟通着心灵，传递着彼此的消息。

一个弹着吉他的女歌手也在唱。 歌声就像她那白布衬衫和褪尽颜色的牛仔裤、平底鞋一样简洁、朴素，却叫听的人要哭。 她尽心尽意地向海倾诉着她的灵魂，这种倾诉感曾经离我们多么地遥远。

一个头戴花环的少女从我身边过去，手里还有鲜花。 夕阳照耀着她唇边细密的金色茸毛，她是多么年轻啊。

我想起了远离着我的年轻朋友。

一个农村姑娘对我说，她一定要等学会写情书之后再谈恋爱；

一个城市姑娘对我说，她讨厌她的未婚夫是因为他太爱她；

一个从未经过伤心事的女孩子对我说她的灵魂整日充满了痛苦；

一个历经坎坷的女人对我说她活得很愉快。

我还想起近在咫尺的新朋友。

那做了母亲的挪威汉学家易德波告诉我，当她乘电车上班时，看着电车里的男人们，便开始假设今天她在精神上该同他们中的哪一位结婚。我问她结果怎样，她说结果他们都叫她失望，那唯一沉淀在她心里的人还是她丈夫。可再乘电车时，她还是假设着那精神上的结婚。

女人的愿望是这样复杂又这样简单；女人的要求是那么多又那么少。

我曾经和一位从未到过中国的挪威女作家特瑞尔聊天。她曾经在肯尼亚一个农民家里生活了四个星期，之后便写成一本关于肯尼亚农民生活的书。在书中她描述了肯尼亚农村一个男人三个太太的家庭结构。因为她是白人，一位肯尼亚作家便给这书以嘲讽，说白人写黑人不居高临下才怪。但这书的出版毕竟鼓舞了她从事国际题材的热情。目前她正计划写一本《毛泽东传》，写给挪威的中学生看。为此她幻想着到中国去。她一边叙述自己，一边卷着很呛人的烟丝抽，说话间神情充满着自信。最后她笑着说，1968 年中国"文革"时，她是挪威的红卫兵。上课时她也学着中国红卫兵的样子对老师不以为然，老师若是批评她，她就掏出《毛主席语录》叫老师"滚蛋"。

我曾经看见南非黑人女作家劳梦塔·尼克布在书展大厅向工作人员发脾气，因为大厅里竟没有她的书。我愿意谅解尼克布女士的激动，因为当一些作家有暇讨论文学如何表达自我情感、自我意识这样的"豪华"问题时，尼克布女士还没在自己的国土找到容身之地。她被赶出南非，流亡英国，不能用母语写作。在英国她仍然一往情深地歌颂着南非的妇女，她把她们称作南非的根。尼克布女士做着艰难的重返故土的梦，幻想着回归家园，幻想她的书在世界各地出版。

一个双耳坠着大虾的女人迎着我过来，那耷拉起须毛的大虾，那一身黑色衣裙使她显得气度不凡，就像对于统治海有着悄悄的欲望。

于是，男人悄悄地模仿起女性：一个额前梳着刘海的男青年盯着几位正在篝火边烤肉的女作家，他把嘴唇涂得很红，长长的鬈发用红头绳束在脑后，扎成一根马尾辫。 他的身躯很是矫健，却热衷于模仿女人的打扮。 在欧洲曾经有一些摇滚乐队，最初就是靠了装扮成女人演出而走红。 他们发迹了，我从来不相信这是因了对女性的崇拜。 也许这该叫作畸形的女人梦？

英格亚德海湾温柔着人心，人人都有不断的梦。 白夜包孕着它们，它们离你很近。

人总是要有一点梦的。 梦想、梦话、梦境……哪怕是噩梦、玄梦、荒唐梦，哪怕是美梦、酣梦，或者一枕黄粱之后的惊醒。

没了梦日子便少了滋味；有了梦人便有了第二组生活。 第二组生活使你获得双倍的时间，双倍的勇气，你的生命长了。 也许你会为了一个梦去追寻终生，纵然一路荆棘，一路坎坷，你无所顾忌。

朝霞续着晚霞灿烂了天空，白夜尽了。

白夜使那么多那么多女人在斯堪的那维亚半岛相聚，白昼使那么多那么多女人各奔东西。 人们回到自己的土地上，为了人类不再有仲夏夜那般的噩梦，为了人类能够有仲夏夜那般的美梦，努力向生活奉献着自己。

当娜拉出走的关门声砰地将你惊醒，当你从梦中醒来开始向生活奉献时，那梦才会变得真实。

"真正的光明绝不是永没有黑暗的时间"。 你不觉得那如昼的白夜原本就是一个梦么？

悼念木心先生

尹相涛①

木心先生走了。

几年来，一直想写木心，一直未敢提笔。 不曾想，一提笔，竟是追悼，尽是纪念。

2011 年 12 月 21 日凌晨三时，木心先生在故乡乌镇逝世，享年 84 岁。 枕水江南的古镇供养先生一生的大好文笔，满腹诗书学问，还有一身风雅一身飘逸。 先生没有家眷子嗣，漂泊几十载，终于叶落归根，终在故乡长辞长眠，若用先生作品中的话说，"从明亮处想，死，是不再疲劳的意思"，"我曾见的生命，都只是行过，无所谓完成"，先生就这样行过一生，写了一生。

是诗人，文学家，画家。 木心先生本名孙璞，字仰中，1927 年生于浙江乌镇，自幼迷恋绘画与写作。 先生早年所作散文、随笔等各种文章，自订二十二册，然"文革"初全遭抄没，先生后被非法监禁。 "文革"中，木心先生饱受苦难，而相较肉体与尊严所遭受的苦难与折辱，一笔一画苦心经营的文章尽数被毁，更叫人伤心绝望。 纵然如此，先生在遭非法监

---

① 尹相涛（1984— ）江苏赣榆人。 青年词曲作家、策划人、撰稿人，中国音乐家协会会员。 为阎维文、殷秀梅、吕薇、蔡国庆、雷佳、鲍国安等多位艺术家创作多首声乐作品及诗歌作品。 代表作品《多想对你说》登陆 2016 年中央电视台春节联欢晚会，并荣获中宣部第十四届精神文明建设"五个一工程"优秀作品奖。

禁期间仍秘密写作，写成狱中手稿六十六页。 1982年，先生远渡重洋旅居纽约，重拾中断了十余年的文学写作。 1984年，台湾《联合文学》推出创刊号"木心散文个展"专刊，先生笔底的春秋震动台湾，先生的名字和他的文字自此为海外与港台读者熟知。

初闻先生大名是在画家陈丹青的书中，初读先生大作还是2006年大陆出版的第一册木心散文集《哥伦比亚的倒影》，距离先生作品在台湾专展已过去整整二十二年一去不还的大好光阴。 陈丹青说："木心先生可能是我们时代唯一一位完整衔接古典汉语传统与五四传统的文学作者"，陈丹青说的对极了，我们差一点就错过这样的唯一。 木心先生文学襟怀包涵四海，文笔文风相承五四一脉，文白夹杂无拘无束，清明自然却深意悠远，文章博古今揽中外，学问如海，先生的作品在大陆问世后，大陆作家的中文写作有了新的标杆。 读木心，有一种发自内心的充盈，是对先生所呈现的文体的暗自惊叹，谁曾这样写过？ 谁正在这样写？ 只有木心。从此，留心大陆出版的每一本先生的书。 读木心的书，手边总要备着辞海，文中总有许多鲜活生动却被我们遗忘很久的字词铺排在字里行间。 读先生的书，心中要有博学精学，书中总有许多古今中外的诗词歌赋典籍故事，还有音乐美术美学历史哲学等等知识叫我深知己学的肤浅。 然而木心先生为文写字从不卖弄，从无轻佻。 先生是对读者怀有敬畏之心的作家，如先生在答记者问时曾说：

公开一则我的写作秘诀，心目中有个"读者观念"，它比我高明十倍，我抱着敬畏之心来写给它看，唯恐失言失态失礼，它则百般挑剔，从来不表满意，与它朝夕相处四十年，习惯了——谢谢诸位读者所凝契而共临的"读者观念"与我始终同在，"以马内利"!

几十年来，木心先生就是这样抱持一颗敬畏之心笔耕不辍，他游走世界，也属于世界。先生文学写作涉猎诗歌、小说、剧作、散文、随笔、杂记、文论，每一篇都迷人，都精彩，都见渊博。八十四年，我们拥有木心先生的时间很长，而我们阅读木心太短，身在大陆差点错过先生。关于文学，关于常识，读过木心，才知心中所学所知实在匮乏不堪。

是昨日忙碌中在网络上惊见先生讣告，顿时哑然，想起追读苦读先生文字的一夜一页，想起先生的《哥伦比亚的倒影》，想起《温莎墓园日记》，想起《琼美卡随想录》《即兴判断》《素履之往》，想起先生的《上海赋》，写上海的弄堂风光，写上海澡堂子里的"只识衣衫不认人"，写上海吃的名堂，文章观察细致入微，语言幽默生动，生生带读者穿越到老上海的旧梦里。从没有这么写过上海，上海也从没有在谁的笔下这样生动过，只有木心和他的《上海赋》。

曾在陈丹青的文章里，得知先生回到了乌镇，却未曾想到先生落叶归根，已在 2006 年应乌镇盛邀在故乡定居。想起今年清明时节，驾车去浙江西塘闲散几日，途经乌镇，几番犹豫，终于还是路过乌镇不曾亲近，想不到却也错失了静静走在木心先生读书画画写作的院门外，静静感知先生风骨的雅缘。

木心先生讣告不知是谁执笔，行文流畅，深情漫漶，透着长长的哀悼，不虚夸吹捧，不自贬过谦，平淡本真地交代先生一生经历，读之如见先生，配得上先生一生文笔清明，真要谢谢他。细读先生讣告才注意到先生年轻时在上海美术专科学校求学，而上海美专正是我读大学的南京艺术学院前身，原来我与先生竟是校友。

从南京奔赴北京工作，厚厚的随身书籍中木心先生的书居多，都是挚爱，都是准备——重温的文学美梦。

木心先生走了。 今夜重读《上海赋》。

木香花的春天

尹相涛

一

"婶，你家的木香花能不能让我采几枝"，院门口探出几颗小小的扎着小辫子的脑袋，其中一个花皮筋怯生生地问。

"进来吧，小心别折了大枝子，拣那开好了的摘，莫要摘花骨朵"，母亲叽叽叽叽嚼着煎饼从屋里应声出来。

每当木香花开的时节，满院子的花香漫过院墙，总引得许多小女孩大姑娘的顺着花香寻来。

"婶子，你家的木香花怎么开得这么好啊，怎么种的啊"，一串银铃略带夸张地赞叹着的是那爽朗的大姑娘。"婶，我采几枝子回家插着啊"，说话间大姑娘早已走到花树下攀起了枝桠。 若是听那院墙外叽叽喳喳的一阵嘀咕之后归于寂静，片刻后一颗探进院门的小脑袋嗫嗫嚅嚅问一声"有人在家吗"，那准是小女孩经不住花香诱人，鼓起勇气索上门来。

二

人之所以能够挨过许多艰辛异常的日子，我想大致是因为人们懂得苦中作乐吧。 养一簇花草，等它芬芳。 种一株果木，待它金黄。 种下许多绿树，终得阴翳，微风里送来清凉，消散了许多生计的烦恼。

幼年家中清苦，毫无家当可言。 父亲每次出海捕鱼一走就是十天半月，家里分文无有，船上还要添置网具、柴油、米粮菜蔬，时常捉襟见肘十分紧张。 父亲出海的日子里，母亲午饭后收拾一下家务便匆匆出门，骑一挂吱呀作响的自行车，后座挎两个鱼筐，用借来的一点点钱做本钱，去海边收购小渔船的鱼货贩到镇上去卖，每次卖完鱼货回来天色都已黢黑，兄妹三个早已辘辘饥肠。卖完鱼货，母亲会从镇上买些诸如海带之类的凉菜，再买些煎饼带回来，有时赚的多些也会买点荤菜熟食，然后拖着满身的疲惫赶回家为我们做饭。 就着暗淡的烛光，母子四人围坐下来，心满意足地吃一顿很晚的晚饭。 有时母亲会边看着我们吃饭边从衣兜里小心地掏出卷曲的手帕一圈圈铺展开，捏出一卷皱巴巴且潮湿的钱来，带着一股鱼腥味。 母亲一张一张抽出纸币，啐着唾沫细细的小声数着那少得可怜的数目，计算扣除本钱的盈余，高兴的跟我们说今天赚了有十几块钱，只是没有多少本钱罢了，不然可以多赚一些。

三

弟弟妹妹洗睡了。 已近深夜。 屋内静静的，只有老挂钟嘀嗒嘀嗒不知疲倦地走着昏黄的分秒。 像母亲一样。 每当挂钟停了，我便会用大椅子摞着小凳子，爬上去给那挂老钟上满发条，而母亲从不需谁来给她鼓劲，也从没有停歇。

老挂钟吃力地奏了十一响。 母亲坐在黯淡的烛光里补渔网，我在一旁给梭子穿线。 烛影婆娑，忽明忽暗地摇晃着四壁斑驳的墙。 这样一个家举步维艰，却因母亲的支撑以及母亲所栽种的那满院的花草果木，并没有许多破败的迹象，反而郁郁葱葱显得很有些生气。

四

儿时我家没有院门，只有走亲戚出远门，才会用两扇从别处挪来的破旧门板勉强撑起门面，聊甚于无，以挡君子。 矮矮的院墙上或浓或淡地趴着几片青苔，几尾狗尾巴草在墙头跟风摇摆。 院子南面是一排比曾祖母还要衰老的祖屋，土坯茅草，墙基略加了些青砖，最西头一间当作厨房，每每做饭时都是一阵烟熏火燎。 祖屋顶头东南角是一个简易的茅厕，茅厕前沿着墙根搭起一座鸡窝，用渔网罩着，家中每天能吃几颗鸡蛋就要看窝里那几只老母鸡的脸色了。 鸡窝旁是一口水井，前面砌了个小水池用作洗衣洗菜。 那时院子里是铺不起水泥地的，一下雨就是满院泥泞和深深浅浅许多行脚印。 雨水汇成涓流，裹挟着树枝杂草淤塞堆积着羸弱的排水明沟。 大人们披雨衣握铁锹疏通清理着，过路的癞蛤蟆停步仰望，复又低头默默地在雨中散步。远处池塘里青蛙合唱。

坐北朝南那四间低矮的瓦房遮风避雨抵挡寒霜。 最初屋内地上连砖都没有铺，每至夏天捉知了的时节，傍晚时分我只呆在屋里不需出门，就能看知了生生地从桌底床底的土里钻出来，看它自投罗网，将其捉拿归案，囚到蚊帐里。 待到一觉醒来，它早已蜕变，脱下了一具空壳，墨汁将蚊帐染得斑斑点点。 屋里的地面比院子要矮不少，仿佛是陷在地里的，以致我时常觉得这房子好矮，比门前的两株栀子花高不了多少，而东北角上父母窗前的那一株木香花，是真的比房子还要高了。

五

每到花木可以插枝的时节，村里的女人们便走东家串西家去剪早已喜欢的花木枝条回自家院子里栽种。

"西天子（西院）你大娘家的无花果长的真好，结那么多无花果，又大，甜得像吃蜜一样，俺家也插一枝怎么样"，母亲看着鸡窝前的那一小块空地似问非问地跟我说话，我的"好"字刚到喉咙还没等发出声来，母亲已握一把剪刀径自往大娘家去了。

"海涛快起来，跟我一块堆儿到前面栽树，你大娘家屋后都已经栽上一排了"，清晨母亲唤我起床时，她已经从镇上赶集回来，带回十几株水杉树苗。

"俺家山楂树年年结那多么果子，你家不弄一棵种种……你家桃树长得不孬啊，我剪一枝回去种，看能不能活"，后院小婶子跟我母亲絮叨之间手起刀落，带着桃树枝急急地回去了。

各种各样的花木果树就这么的在女人们的家常里短之间，从东家插枝到西家，村南头移株到村北头，待到来年花香果甜时，桃树，樱桃树，无花果，桑葚，梨树，山楂树，向日葵，栀子花，草莓……各家房前屋后早已品目繁多，枝稠叶茂了。久而久之各家院子里栽种的花木都有了亲缘，就像村里好多人家养的阿猫阿狗其实许多是一胞所生，只是当它们狭路相逢疯狂撕咬之时彼此不知道身世罢了。

六

我不记得我家院里那株木香花是母亲哪一年从谁家剪回来的枝子，似乎打我记事起它就一直存在，一直那么蓬大，攀着屋檐和院墙，默默地看着我们兄妹三个一点点地长大，直到最小的妹妹都背起书包开始上学了。

小学校就在村口。 学校里很多男孩子都爱背军绿色的小军包，还有的多背着一把军用水壶在身上，走起来雄赳赳气昂昂。男孩子对于当兵似乎都有着近乎痴迷的幻想。 我也曾把表弟的大盖帽藏在橱子里很久不愿归还，更被本家二叔的红领章和真正的军帽吸引得茶饭两忘。 虽然后来听说二叔似乎在部队里其实只是炊事班的，喂了三年老母猪而已，想来是没摸过枪吧，兴许也能偶尔摸到，即便这样仍没有打消我对他的一丝莫名的景仰，同时仍梦想着得到他的军帽和领章，虽然懵懂中知道他每次都是拿它们来逗我罢了。

开学的日子一到，我便斜挎着母亲用做衣服剩下的边角布料给我缝的书包上学去了，虽然我还是很羡慕同学的小军包。 我想一个人一方面的缺失，本能地想要从另一方面得到补偿。 我的成绩一直很好。 每到期末放假那天总能拿回家一张黄底红花的三好生奖状，并按学期顺序依次贴在墙上，以作邻居叔伯婶娘们来串门时来夸赞我的谈资。 "海涛你学习很好吧，在班底肯定是头一二名"，"一般化，一般化"，我按母亲之前教过的说辞回答。 这例行的夸赞与自谦之间，大大弥补了我不能背着那印有伟大领袖题写的"好好学习 天天向上"字样或是雷锋叔叔头像的小军包的自卑。 然而，比之奖状更让我感到一丝自豪的，是校园里时常弥漫着我家木香花那淡淡的持久的清香。 在那些花花绿绿扎着皮筋的小脑袋里，许多都是我的同学。

七

我家的那株木香花开的是白色的花，小小的一朵朵簇在花树上，像许多雪白可爱的小姑娘挤在一堆。 木香花的香淡淡的很悠远，让人不由得深呼吸，花香随之沁人心脾，抚润五脏，闻得再久都不会起腻。 摘几朵如胸针别在胸襟，如玉簪插在头上，清清爽爽的惹了一身幽香。

木香花很小，一般的花瓶衬它都嫌大，女孩子们为它寻了最适宜的居处——墨水瓶。 蓝色墨水瓶搁在桌上，把花枝插在瓶里，扑面而来的清香顷刻间充盈了整个教室，慢慢的，花朵因吸了瓶里的蓝墨水，花瓣儿也变成淡蓝色，这让我们既惊喜又好奇，也明白了花朵是通过枝茎来吸收水分的。 于是又拿出红墨水瓶再插几枝木香花试试看，不一会儿，花瓣就洇染了淡淡的红，像女孩子羞红的脸。 放了晚学，更多的女孩子打听了木香花的来处，三五成群地绕到我家去采。 我也自觉很骄傲了。 其中也有女孩子摘木香花的同时也顺带向我母亲告状，"你家尹相涛在学校又欺负人了"，一旁还有女伴佐证，满腹的委屈看来只有摘走几束木香花才可以得到安慰了。 "好，等他回来我收拾他"，母亲答应着，在里屋望着窗外本很欣喜的我顿时有些惶惶。

八

生活就这样在花香里清苦地度过，虽然还是穷困，但总算光景一年更比一年强，木香花依然年年开放，予人清香。 有一年木香花开得格外好，也有人开始在学校门口卖花。

花树下，母亲把许多木香花摘下来，几朵一捆扎好，布满了整整一个大洗澡盆。 "拿出去卖吧，看看你能不能卖出去"，母亲拿我们逗趣，我有些愕然，不知怎么办好。 "这个有什么啊，人家不是有卖的吗"，旁边的表哥居然很有兴味。

表兄弟俩抬着一盆清香挪着步子出了门，已是夕阳，却烤着我的脸滚烫滚烫，去往学校的那条小路从未那么长，大澡盆那么沉那么沉，我居然嗅不到手中一盆的清香。

"一盆木香花哎"，路过的学生很惊喜。

"那是卖的"，路过的学生走远了。

两个小人儿抬着着沉沉的香，立在小路上，低着头，再也无法往前走一步。

"回家吧，这个肯定没人买"，我提议，两个小人儿转身往回走，步子那样轻快。

就这样，一盆木香花放回院子里，任来院里摘花的女孩子随便拿回去。木香花开了谢，谢了又开。木香花芬芳了老教室课桌上的那一道三八线，芬芳了小女孩日记本的某一个夏夜，芬芳了大姑娘的衣襟，沾染了大小伙的胸膛。

生活艰难贫苦，却因那予人的清新而不觉得一无所有。递过一束木香花，换回来妍妍笑脸，手中攥着余香，一直芬芳到今天。

漂

尹相涛

一

一串炮竹声中来到这个世界。

小时候，父母就是家。母亲常说："子不嫌母丑，狗不嫌家贫"。那是清贫的等米下锅的日子，也是幸福安然的日子，可以围在父母身旁，躲在他们翼下。跟父亲到船上玩耍，随母亲到田里除草施肥，在河塘边捉青蛙，在树林里捕知了，夏天雨后光着脚丫沾满泥巴在小溪里放纸船，听青蛙唱歌，听知了和声。 天大地大不过是一方小小的村落，走得再远都能听见母亲叫着乳名喊孩子回家吃饭的呼唤。

老槐树，老宅院，栀子花，木香花，每一缕花香每一捧泥土都是滋养。 依稀记得，是盛夏的清晨，母亲和姑妈在槐树下说话，我坐在屋里小板凳上喊母亲给我穿袜子，母亲循声进来问我自己怎么不穿，我说分不清哪只该穿在左脚哪只穿在右脚，母亲和姑妈笑得合不拢嘴了，我却不知道为什么。 依稀记得，第一天上学，背着母亲用碎布料为我缝的书包，三百米外的村口小学却觉得仿佛离家很远，心里又是好奇又是不安。 院子里花开花谢，夏雨冬雪，家中昏暗的灯火里是母亲忙碌的身影，天边明灭的渔火中有一盏是父亲的消息。 左右可以不分的童年，青春可以叛逆的少年，从未想过有一天会离开家。

二

一串炮竹声送我读大学。

十八岁，终于离开家。 母亲说："在家千日好，出门万事难"。 离开父母，离开家，独自面对纷繁世界，学本事，学处世。 只是年幼，少不更事，未曾意识到此去经年，"家"从此成了"老家"，成了"故乡"，成了总也回去不的牵挂。 父母在老家，儿女在天涯。

是 2003 年夏天，大学二年级开学，我搬离学校公寓，开始租住在外。 那个年纪毕竟还没走进校外的风雨路，想不到"漂泊"这样的词。 最初一个人的漂泊权作享受寂寞，而后两个人的漂泊却多了些苦涩。 租房，搬家，周而复始。 小心翼翼地看房东脸色，小心翼翼地用水用电，小心翼翼地生怕听到搬家的通知。 租房契约是最作不得数的，不知道哪一天房东或是卖房或要自住，或者随便一个什么理由就可以请租客搬离，一年的租期并不能保证一年的安定。

2009年6月，房屋中介通知我，房东其实患有精神病，病发了吵着要收房。 两年的租约只过去半年，事情突如其来，还正是工作忙碌的时候，不几日就是一场重要的晚会，走投无路，只得请中介尽量拖住房东，等我出差回来再作处理。 晚会彩排，初夏闷热的晚上，我独坐巨大而空旷的广场，仰望星空，听舞台传来费翔的歌声："我/曾经豪情万丈，归来却/空空的行囊，那故乡的风，那故乡的云，为我抚平创伤……"

六年时间，早已厌倦居无定所的生活。 微薄的积蓄筑不起一个家，父母无力为我承担也不应再承担更多，可我还是打电话回家。 永远不会忘记，把自己关在阳台给母亲拨电话，言语中冲母亲叫嚷，我挂断电话，号啕大哭，气自己，恨自己。 许多年了，没有那样哭过，哭得伤心，无力，绝望。 总会不时想起支付买房款的前夜，父母挤在运送海鲜的货车上星夜赶来，拿出满是鱼腥味的用红色塑料袋包起来的六万块钱。 在外漂泊多年，终究还是故乡的风送来和煦，故乡的云飘来亲情，行囊空空的游子不回故园，还靠父母接济才算在南京安下一处蜗居。

许多次，一闭上眼，就看到曾经租住或暂居过的房间，破旧却整洁。 破旧的老式衣橱，窄小的床，桌面已经起鼓的书桌，地板上的电饭煲里煮着面还冒着热气，阳光透过窗子照进来，细小的尘埃在空气中飞舞。

许多次，一闭上眼，就会坐回到搬家公司那辆破旧的快要报废的货车上。娟前夜收拾了很久，把衣物用具整理打包，靠在我肩头疲倦地睡了。我看着车窗外来来往往的车辆和行人，默默回想着搬家工人在搬运那些破衣橱旧书柜后，抬起我花费五百多块钱新买的洗衣机时打趣说：总算搬到值钱的东西了。

每个人也许都曾有过现在想来有些艰辛的日子，但在当时或许不会觉得怎样艰辛，当时有当时的温暖和温馨，有当时的情感和感动，然而恐惧还是莫名袭来，害怕再回到那样的岁月，害怕现在拥有的只是一个随时会醒来的梦，心有余悸，不过如此吧。

三

二十七岁，再度离家。

《弟子规》里说：父母在，不远游，游必有方。父母年过半百，仍在操心劳力，而子女已然星散，不能尽孝膝下。春回燕归时，昔日在燕窝下像黄口乳燕一样叽叽喳喳没玩没了的孩子们都已不在身边。所幸我出门多在外遇贵人相助，工作顺当，只求竭力尽心，不负人不负己，虽远游，也算有方。

11月8日，与南京家中的门厅、卧室、厨房、阳台、书房、书籍、钢琴，跟每一样牵挂作别。成天坐在院门口晒太阳的老大爷看我上上下下来回搬运行李，颤颤巍巍问我是不是要搬家，我不想说离别，只说出个"长差"。

从南京驾车一路向北，载着满满的行囊顺道回老家。多年未曾感受过故乡十一月的秋寒冷暖，短短两三日，与老友小酌叙旧，去看年迈的外公外婆，去爷爷奶奶坟前祭扫，人生自此另起一行。

11日清早，祭扫回来，吃了饺子，收拾停当准备出发。母亲似问非问地说还是买一挂鞭炮放一放吧，那年送去读大学也放了鞭炮，说着推了车子出门买鞭炮。我是不喜欢这些的，也没说什么，知道母亲是想为我讨个平安吉祥。

临上车了，母亲把不知在哪儿折的桃树枝默不作声地塞进我的口袋里，辟邪的，我知道。

我发动汽车，一路向北，踏上漫漫不知归期的北漂路，身后是父亲母亲凝望的眼神，还有一串清脆的鞭炮声。